U0120471

长篇报告文学

穿越乌兰布和

陈志国　著

远方出版社

图书在版编目 (CIP) 数据

穿越乌兰布和 / 陈志国著 . -- 呼和浩特 : 远方出版社 , 2016.7

ISBN 978-7-5555-0684-3

Ⅰ . ①穿… Ⅱ . ①陈… Ⅲ . ①纪实文学 – 中国 – 当代 Ⅳ . ① I25

中国版本图书馆 CIP 数据核字 (2016) 第 139535 号

穿越乌兰布和

CHUANYUE WULANBUHE

作　　者	陈志国
总 策 划	苏那嘎
责任编辑	胡丽娟　杨　敏
责任校对	胡丽娟　杨　敏　武　迪
装帧设计	乔苏芝　韩　芳
出版发行	远方出版社
社　　址	呼和浩特市乌兰察布东路 666 号　邮编 010010
电　　话	（0471）2236471 总编室　2236460 发行部
经　　销	新华书店
印　　刷	内蒙古爱信达教育印务有限责任公司
开　　本	170mm × 240mm　1/16
字　　数	380 千
印　　张	22.25
版　　次	2016 年 7 月第 1 版
印　　次	2017 年 6 月第 1 次印刷
印　　数	1—4 500 册
标准书号	ISBN 978-7-5555-0684-3
定　　价	58.00 元

目　录

引　言 …001

第一章　与乌兰布和沙漠的不解之缘 …005

一、逃荒路上 …006

二、驴粪蛋蛋里找豆吃 …009

三、求学：二十里明沙三十里路 …014

四、冯玉祥屯军粮的地方 …023

第二章　“杨力生时代”的那些人和事儿 …027

一、接管旧磴口 …028

二、向沙漠进军 …036

三、治沙站传奇 …055

四、防沙林场功不可没 …057

1. 防沙林场的发展 …058

2. 防沙林场的变迁 …059

五、塔布村：乌兰布和沙漠中的一颗绿宝石 …063

六、一代治沙英雄 …067

1. 孙林涛：将毕生精力献给治沙事业 …067

2. 刘格礼：让无树沙城披绿装 …071

3. 牛二旦：世界知名的农民治沙专家 …074

第三章 农垦、兵团——沙漠上空的几片火烧云 …081

一、科学家垦区考古 …082

二、场、站机构：天女散花 …098

1. 巴盟哈腾套海综合林场 …098

2. 磴口县包尔套勒盖林场 …098

3. 巴盟治沙综合试验站 …098

4. 杭锦后旗太阳庙林场 …099

5. 磴口县防沙林场 …099

6. “老兵团” …099

三、兵团：沙漠夜空的七颗流星 …109

四、千秋功过，后人评说 …125

五、难忘的记忆碎片 …127

1. 一师五团八连简史 …128

2. 在一团四连和八连的那几年 …129

3. 哈腾套海抒情 …133

4. 从江南水乡到沙漠深处 …138

5. 纪念绍兴籍知青赴沙漠兵团 40 年 …141

第四章　生态建设，绿色文明 …147

一、“治沙精神”代代相传 …149
二、水克沙，沙生金 …163
三、速生丰产林：既赚钱又防沙 …169
四、生态治沙：绿色事业在腾飞 …180
五、国家级风景线：“三北”防护林建设 …182
六、退耕还林，造福于民 …190
七、天然林资源尤须保护 …194
1. 天保工程 …195
2. 森林生态效益补偿 …198

第五章　中国林科院：48万亩沙漠实验基地 …201

第六章　朝阳产业：沙漠旅游 …213

一、三盛公水利枢纽：万里黄河第一闸 …217
二、怀抱沙漠，“千岛湖”里的探险天堂 …219
三、三盛公天主教堂：见证河套沧桑 …221
四、纳林湖：乌兰布和沙漠里的湿地公园 …224
五、“沙漠金条”肉苁蓉基地之旅 …227
六、冬青湖：沙漠里的生态会馆 …231
七、哈腾套海：国家级自然保护区 …233

第七章　一切为了保护母亲河 …237

第八章　沙区人民不致富，沙漠永远治不住 …245

第九章　沙包成了香饽饽 …255

一、确立沙漠资源观 …256

二、特别报道 …263

1. 魏均和他的“王爷地” …263

2. 贺文军：沙海游泳，如鱼得水 …273

3. 酿酒葡萄，撑起紫色天空 …280

4. 光伏治沙，幸福万家 …284

5. 乌兰布和：“圣牧人”的有机梦 …288

第十章　阿拉善人的黄河之恋 …311

第十一章　黄河与沙漠的文明对决 …325

一、自然概况 …330

二、地质地貌特征 …332

三、自然灾害 …335

四、黄河在河套平原的历史变迁 …340

后　记 …347

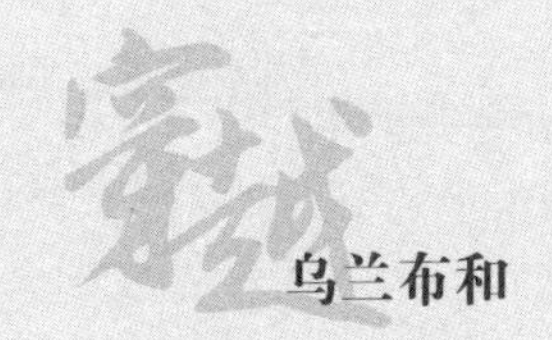

引　言

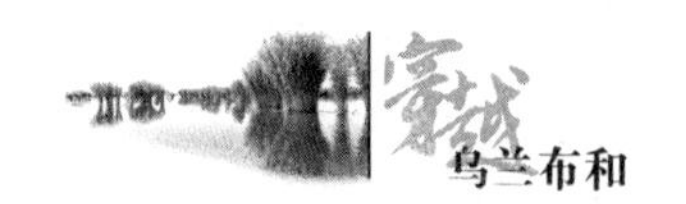

1959—1972 年，我在乌兰布和沙漠与黄河的夹缝中生活了 13 年，那时是我们国家最为困难和混乱的年代，同时也是我幼年的大脑处于混浊的年代。我理解不了，怎么好端端的防沙林带突然被人们撕开了缺口，明沙如蛇头般向农田里伸过来？那遮天蔽日的大树咋就被砍倒了？那黄风卷起黄沙，咋就能铺天盖地地砸下来把房子压倒？

不能让“红色的公牛”横冲直撞了。

于是乎，2 万多名兵团战士从祖国大江南北雄赳赳、气昂昂地开进乌兰布和沙漠。苦战 7 年，却没能战胜“公牛”，最终全线撤退。

乌兰布和沙漠给我们留下无尽的回忆。

三年经济困难时期，是肉苁蓉、锁阳、沙枣填满了我们这些孩子的饥肠，是沙蒿、甘草秧子烧热了家里的冷炕，是杨柳、沙枣树枝蒸熟了玉米面窝头……

乌兰布和沙漠使我们揪心，让我们纠结。据报载：2000 年，北京遭遇 8 次特大沙尘暴。时年冬，我开始执笔创作长篇纪实小说《沙尘暴刮起的地方》，就以我生活了 10 年的磴口县粮台乡粮台村为背景，小说内容以断代史体例描写了 20 世纪下半叶 50 年间的沙区变迁情况。脱稿后，为了利于销售，才把书名改为“河套沧桑”的。此书2009年面世后，竟一炮打红，走俏巴彦淖尔。于是乎，有了第二部长篇纪实小说《河套回眸》的创作出笼。该书第十回，是专写20世纪50年代磴口人民防沙治沙的。

2011年和2013年，我两次进入乌兰布和沙漠进行实地采访，发现沙区面貌大变，人民生活大为改善，就想以残年秃笔描写60多年来沙区的巨大变迁。

2015年秋末冬初，我把这一想法电话征询远方出版社社长苏那嘎，竟一拍即合。

选题是出版的灵魂，出版是写作的动力。

当肩负出版重任，我再度穿越乌兰布和，东南西北中，从北部的原兵团垦区到南部的阿拉善黄河与乌兰布和沙漠的夹心滩……一万平方公里，我大概跑了有一半面积。所到之处，兀奇高的大沙漠没了，风和日丽的天气多了，乌兰布和沙漠成了“香饽饽”，地租价格年年看涨。另外，央企、国企、私企纷纷来沙区投资，热闹得很。千年荒漠，终于温顺而又变绿、投入而又能产出了。

直到此时，我才深切地感到，这个选题是多么的好啊，多么的及时和必要啊！

我一生有40多年在不停地写文章，其中，发表的报告文学在五六十万字，可以说我对报告文学情有独钟。这部报告文学，其实就是乌兰布和沙漠“史”——一部断代史，从磴口县第一任县委书记杨力生到第十五届李建军。沙区66年的变化跃然纸上。

乌兰布和沙漠的经济社会发展史，其实就是新中国历史的一个缩影。

新中国成立头10年，巴彦淖尔市西部3旗县营造起170公里的防沙锁边林带，成功地阻挡住了沙漠东侵。书中以朴实无华的语言，记录了第一代人的治沙精神，他们可歌可泣，令人赞佩。

1959—1979年的20年间，乌兰布和沙漠不但没有得到很好的治理和保护，反而遭到很大破坏，令人十分痛心！

痛定思痛。1969年组建了北京军区内蒙古生产建设兵团，在乌兰布和沙漠北部垦区安置了7个团，2.1万名知识青年应募而来。国家最初的本意是想扭转沙区沙化的这种颓势、治理沙漠，但结果却使生态更加恶劣，沙进人退。到“文化大革命”结束前夕，兵团不得不撤销，知青走光。我把这一段历史放在第三章，对兵团组建的来龙去脉做了介绍，对当年兵团战士的生活状态进行了重点描述，并择取近年兵团知青的 5 篇回忆文章以飨读者。

大规模的沙漠综合治理，是进入 21 世纪。遵循钱学森院士“多采光、少用水、新科技、高效率”的沙产业理论，在“产业治沙”思路的指导下，以乌兰布和沙漠治理、保护与利用为目的，沙区人民全力推进乌兰布和沙漠的综合治理工作。根据沙区现状，三级政府出台了一系列配套政策，积极引导社会各方面力量参与沙区治理，特别是梭梭嫁接肉苁蓉技术的推广和有机酿酒葡萄的引种成功，吸引了一大批企业参与到乌兰布和沙漠的治理和开发当中，有力地推进了酿酒葡萄和梭梭的种植，也激发了企业参与治沙造林的热情。沙区治理面积逐年扩大，沙区环境得到了极大的改善。

乌兰布和沙漠的治理关乎黄河同时也关乎河套粮仓的安全，本书对此专设两章予以描述，使读者对河套地区的地理和历史有所了解。

第一章

与乌兰布和沙漠的不解之缘

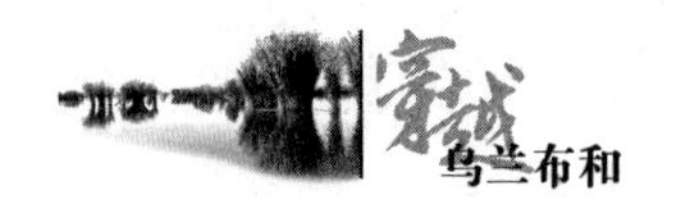

一、逃荒路上

诗曰：

三年灾害闹饥馑，野菜树叶熬苦汤。
频见田畴添墓穴，何寻村舍戏儿郎？
土墙茅屋残阳照，邻里亲朋见逃荒。
瘦骨嶙峋人对望，难能一枕梦黄粱。

1952年，我出生在“天下黄河富宁夏”的银川市郊。在东靠黄河、西贴惠农干渠的“鱼米之乡”，我度过了懵懵懂懂的童年时光。不期然间，一场“饿灾”降临人间……粮食光了，麸糠光了，榆树皮光了，就连河滩里黑渍泥下的芦草根籽也被斩尽杀绝吃光了。

1959年隆冬的一天，仅仅念了几十天书的我，随同父母逃离了“饿死人”的故乡，顺黄河向北200公里，落脚于乌兰布和沙漠。

由银川坐火车北行，过石嘴山，即进入内蒙古地界，黄河与京包铁路线在这里南北并行。往东是浩瀚无垠的鄂尔多斯高原，荒凉得不见一棵树木；瞭西是红尘滚滚的乌兰布和沙漠，刮得人睁不开眼睛。

在不足30公里的一段行程中，由南向北三个站名，这三站分属于内蒙古自治区两个盟的辖区：乌达站，属巴彦淖尔盟乌达市（县级）；海勃湾站，即伊克昭盟（现鄂尔多斯市）海勃湾市（县级）；下行20公里，是一个叫“碱柜”的小火车站，快车至此呼啸而过，慢车停靠从来不会超过3分钟。仓皇出逃的我们一家子在这里下了火车。父亲用担子挑着全部家当——一筐锅碗瓢盆、一筐被子和衣服，一手拉着我。母亲怀抱5岁小妹妹，10分钟来到黄河岸边。

一条大坡，顺坡而下，由东而西伸展到黄河边上，皑皑白雪覆盖在冰封的黄河上，夕阳挂在西边大沙漠尖尖上时……我们踏雪过河，投宿一家旅店。

这是一处水陆码头，名曰“磴口”，又叫“老磴口”。1926年，五原誓师后的冯玉祥，挥师南下，“援陕固甘”，响应北伐，曾从黄河西边走到磴口。但见此处人声鼎沸，商贾穿梭，一派繁忙景象，大有“一别包头，再见边城”之印象，于是乎将磴口由乡级升格为县级，任命工兵营长吴奇峰为首任县长。

在这里辟地设县，等于是在阿旗王爷心头割肉。阿旗王爷府委派官员前往兰州、南京极力抗争，怎奈胳膊拧不过大腿，拖了两年多，国民政府于1929年批准设立磴口县。从此，在这块弹丸之地，开始了旗县并存的局面。

1949年10月，中共宁夏省委在银川市组建磴口县委、县政府两套班子。县委书记杨力生、县长李尔直一行32人，沿黄河漂流到这里，只见县府被土匪烧毁抢砸得破败不堪，即将县府办公地址向北迁往60公里处的三盛公天主教堂。

1959年冬，这里已是巴彦淖尔盟阿拉善左旗巴音木仁人民公社驻地。冯玉祥在其自传《我的生活》一书中所描写的繁华的商埠码头已不复存在。

第二天一大早，我们一家人离开了巴音木仁，十分艰难地向南走来。

黄河在这里甩出一个弧形的大弯子。出了公社所在地，即是上千亩的菜地。消融的积雪地里可见腐烂的圆白菜叶子。田埂上、渠畔上是干丫杈棒的杨、柳、沙枣树。走出二里地，眼前呈现一大片河柳，河柳干最粗的莫过手腕子，非常茂密。

多数河柳被冰封于河边，呈现出又一个小弧形。出了柳林，但见四五层楼高的沙丘鳞次栉比，高低错落，伸向远方，无边的大沙漠探身于黄河之中。黄河与沙漠之间，基本上没有人走的路，更不通牛车、马车。脚下的路，是一步步挪出来的——要么在冰冻结实的河边，要么在两座沙丘之间的凹处，更多的时候是为了少走弯路而攀越那几房高的小沙丘。

我们走得大汗淋漓，饿得有气无力。中午时分，北边的沙漠绿洲——巴音木仁公社已完全消失在视线中，我们终于爬进了 10 公里外的上滩农场。

一次终生难忘的饥饿历程；

一次镌刻于幼小心灵上的逃难经历。

10 公里——那仅仅只是概念距离，感观上的目测距离——实际上 20 公里都不止。

在沙山的阴坡，蓄积着厚厚的冰雪，高大、冰凉而湿滑，人力根本无法攀爬，得绕过去；

在两座需仰视的大沙山之间，是略低一点的沙梁，上边覆盖着棉絮般的积雪，人则必须翻越过去。

更多的是沙漠上的山山相连，无法穿越，得绕行很长一截冤枉路……

饥饿、高寒、疲劳一起向我们袭来。

时年，父亲 35 岁，母亲 31 岁，正值壮年，农家出身，力气蛮大，耐力不错。母亲背着我的小妹，在这样陌生的环境中与寒风呼啸的死亡线上拼命往前挣扎。但最可怕的是，瞭不见前方任何一点生气的极端恐怖与紧张，这恐怖主宰了一切，充斥了钻入死亡之谷的我们一家。

可怜小妹妹那一年她只有 5 岁，她哭着喊着“饿——冻——”。妈妈累得大口大口喘气，可妹妹却一步都不愿意走。挑着担子的父亲往前走不远，就放下担子折返回来，替我妈抱一会儿妹妹，并拉着我妈说：“不能坐，不能坐！”父亲不停地喊着“起来，起来，走着暖和”。这么着走一段，再把妹妹交给我妈。那年，我只有 7 岁半——不懂事但尚可记事的年纪。

永远都不会忘记，那天早上我们一家没吃早饭，空腹上路。父亲原本以为

10 公里两小时可以走完，想不到的是大雪封沙，环境极其恶劣，行路的艰难超乎人们的想象。幼小无知的我，在爬、在滚、在哭、在闹，耳朵冻得不敢触摸了，鼻涕和泪水冻为一体。终于到了目的地，但是，我的鞋子和小脚冻成了一块，脱不下来了。

在农场最北边的一户草皮茅菴里，我一头栽倒在地，失去知觉。

词曰：

忆秦娥

天遭殃。逃荒路上饿断肠，饿断肠。三年饥馑，故乡离别。

塞外黄河冰封节。黄沙古道音尘绝。音尘绝。西风残照，少年昏厥。

二、驴粪蛋蛋里找豆吃

上滩农场，又一处河柳映绕的村落。黄河水在这里迂回、徘徊、冲刷、淘沙，淤澄出一大片展油油湿润润的滩涂农田，因为它位于巴音木仁的黄河上游，由此得名“上滩”，这里还野生出一丛丛河柳。

1958 年夏，府址设在巴彦浩特的“老巴盟”，和设在陕坝的河套行政区合并，在磴口县巴彦高勒镇成立了新的巴彦淖尔盟盟府。次年春，鉴于全盟粮食减产，各地饥民涌入河套的严峻形势，上级决定在黄河两岸广种河头地，以解决饥民的温饱问题。拥有上千亩地的上滩农场便应运而生。

“三分天灾，七分人祸。”1962 年，在北京 7000 人的领导干部大会上，国家主席刘少奇这样沉痛地总结并检讨刚刚过去的三年经济困难时期。此后 30 年，薄一波在《若干重大历史问题回忆》一书中也提到“三年困难时期饿死过人”。

那场灾难，始于 1959 年青黄不接的 3、4、5 月份。建国十年来的第一次人口大迁徙、大逃亡，在北起黑龙江漠河、南到海南岛天涯海角、东自长江三角洲、西出河西走廊之全国全面暴发。

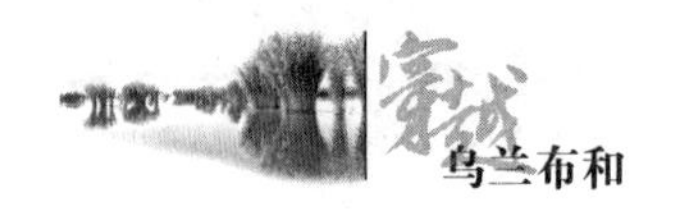

“黄河百害，唯富一套”的内蒙古河套地区，近代以来就是“走西口”走到头的好地方。有据可查的是，1958年末到1961年末的3年间，巴彦淖尔盟人口激增20万，增加人口占总人口的30%。

1959年青黄不接时，首先进入上滩的是腾格里沙漠深处的甘肃民勤人、宁夏南部山区的西海固人，接踵而至的是人口比较稠密的宁夏平原的饥民和长城以南的晋西北人。

我们一家是最晚的“应募者”。非常幸运，当我们到来时，秋末由政府出钱搭建的简易“窝棚”——三角形的泥草棚子居然还剩几间。我们一家很顺利地得到一间，并在这儿落了户。

此时的上滩农场，计有三四十户人家二百来口，大部分为宁夏人。

1959年的黄河十分乖顺听话，像一个腼腆的少女，温柔含羞地入境过境，直到黄河流凌封冻。主航道在距离农场2里远的东边，由南向北缓缓流淌。

这一年，以豆类为主的河滩地获得大丰收。二百来口居民，天天涌入公共食堂海吃海喝。到了时年深冬，居然还能继续吃到白面馒头。我清楚地记得，每天打垒尖垒尖一脸盆馒头回家，我在前边走，妹妹在后边捡拾。我们无限制地大吃大嚼，似乎天下粮食和沙粒一样，不是种出来的，是风刮来的。

好景不长。1960年3月，农场除种子、牲口料外，余粮均被调走支援了乌达煤矿建设。

饥饿悄然袭来。公共食堂被迫解散。到了四五月份“种瓜点豆”的大忙季节，家家户户已经无“隔夜粮”了。

6月份，千亩河滩地绿油油一片，黄豆、黑豆、扁豆和豌豆争奇斗艳，长势喜人。

7月份，花开花落，豆荚成形，再有一个多月便可开镰收割。

然而，天有不测风云，人有旦夕祸福。7月中旬，在抢收小麦、龙口夺食的流火季节，黄河水突然涨起来了，漫上河滩地，淹没了庄稼。男女老少齐上阵，连夜筑堤防水。怎奈黄河水越涨越高，公社和旗里迅速调兵遣将，前来帮助加固堤坝。水涨堤高，堤高水涨，虽经昼夜防守，但防了明处防不了暗处，险情仍无法排除。

一天深夜，河水在堤底钻开一个洞，将防洪堤撕开豁口。“哗！”汹涌澎湃的黄河水像千万匹脱缰野马，越过田野向村中袭来。黑暗中，只听有人在高处呼喊：“快起来，快跑，洪水来了！”刹那间，洪水冲绝了一切，淹没了窝棚。月光下，但见惊恐万状的人们夺路向沙漠顶子上爬去。河水战败明沙，从低洼处攻入沙漠腹地。活着的耗子、兔子在河水前边拼命奔跑，跑不迭的连同淹死的牲口在水面上漂浮着。

“李海柱……马老五……杨迷糊……”只听场长在最高的沙尖上手举黑铁皮喇叭筒逐户呼喊清点人数，“你们家人全不全？……”

天亮了，奔突的黄河消停了，不涨也不退，与黄漫漫的明沙像是停战的敌我双方僵持了3天，之后黄河水退下，渐渐地归到河槽，一泻千里，向北流去。

此时的河滩地变成了烂泥糊糊，死猪死羊死牛死兔子死鱼在泥滩上仰躺着，苍鹰在天空中盘旋着，寻觅着，在这些死尸上会餐。全场人陷入绝望之中，粮食没了，屋宇没了……什么叫“一贫如洗”——这就是。

一些人家趁此离开这一穷二白的不毛之地，另投别处谋生去了。更多的人则留下来，大伙儿聚在一个四面环“山”的凹处，倾听场领导班子为众人谋划灾后自救的路子。

二次盖起来的几十间窝棚——简易的河柳椽子和河柳软枝编就的笆子搭成的泥草茅庵，就在“山坳”的四周围成了一个大圆圈，家家户户的门都向中央敞开着，几十户人家俨然一个原始部落。篮球场子大的被人摊平的一块地方，是场长派活、众人说笑、孩子们嬉戏的好地方。

睡觉找错了门，睡错了媳妇，不稀奇，不羞耻。太阳像一团火球，几天后，便把滩地晒干了。又是一场男女老少齐出动的“人民战争”——赶快抢种大白菜、蔓菁、黄萝卜……从夏到秋，暴怒的令人生畏的黄河不再眷恋我们。倒是老天爷睁了眼，隔三岔五给下点雨来。那大白菜就像少妇的烫发头，一日比一日好看，那黄萝卜，能长成小孩胳膊粗细。何因之有？河水撤退后的滩地肥得流油，臭鱼烂虾腐尸就是优质“化肥”。进入凉飕飕的10月份，白菜萝卜可以上市了，但是没有市场，没有人来拉运。习惯于“一大二公”的集体经济，还没有商品概念呢。

无奈，几百万斤蔬菜挖回来，集体埋藏在“部落联盟”的外围。

1960年，在一场鹅毛大雪后寒冬真的来了。蜷缩在几乎是人摞人的窝棚中的各家各户，在彻骨的零下三四十度的寒风中刻骨铭心地“与天斗、与地斗”起来，但绝不是“其乐无穷”。幼年时的我，是怎样熬过那个刻骨铭心的严冬，五十几年了，不敢忘却——全家唯一的一口铁锅派上了大用场，白天锅底朝下用来做饭，晚上吹灯睡觉前锅底朝上，扣在灶火上，将锅底烧热取暖；瞬间柴火灶没了温度，父亲将锅翻过来恢复常态，倒入半锅水，用来灭耗子——满屋撕咬、胡窜的大小耗子太多了，有的就到锅里饮水，有不小心滑入锅里的自然成为父亲的囊中之物。饥寒交迫，寒冬难挨。

翻过年，是1961年春天。又一个“青黄不接”的梦魇般的季节悄然而至。属“糠菜半年粮”的白菜、萝卜、蔓菁从沙漠深处见天被挖出来、刨出来，按人定量，按劳力定量，分给满脸菜色的青壮年、老人和娃娃们。很快，赖以果腹的臭菜烂叶子全部吃光了。

一年之计在于春。可无论场领导们怎样地喊破嗓子，河滩地里再也没人干活了。为了活命，所有的人奔向沙漠去寻找食物。

啊，望而生畏的大沙漠，原来无法生存的几十米高的手拉手的大沙漠，此时竟成了人类求生的希望之地。何故之有？白茨底下生长着一种中药材，它的学名叫“锁阳”，俗名叫“黄骨狼”。此物一般生于梭梭或白茨根部，遇有雨天，借助潮湿钻出沙土，状似男根，肉如萝卜，食之生津而有甜味，微涩却无毒，它成了人们的饱食之物。

救命只有“黄骨狼”，人人都在为它忙。

远方，西天，太阳落山的地方，是“无极勇士”的“饭堂”，同时也是勇者的墓场。结伴“西征”的汉子金锁子、牛三旦二人，在所有人不敢去沙漠深处“扑死”的一天早上，肩扛两把大铁锹，拍着胸脯，勇敢地迎着睁不开眼的沙尘暴，走进了神秘莫测的大沙漠，从此活不见人、死不见尸。众人皆议论纷纷，推测判断：

迷路了？沙埋了？饿死了？纵深100里的沙漠，绝对是勇而无畏壮士的葬身之地。

春夏之交，肆虐的沙尘暴在狂风的呼号声中继续向河滩地里压过来。饥饿的人群，从三岁的孩儿到七八十岁的老人，全在漫滩里寻找可以下咽的食物：苦菜、发霉的白菜叶子、掘地三尺的鼠仓……一切熟的生的可食的不可食的都成了人们抵挡“饿狼”的吃食。

我领着妹妹，和一群小伙伴们拱开场面上的豆芥，拾那没有脱净的裹挟在草料中的豆子，扒开驴粪蛋蛋里寻找囫囵豆子。

读者大概不知道，牛、骆驼等大畜因为反刍的原因，食物在胃中已稀烂如泥，而骡、马虽不反刍，但拉的是稀屎一堆，“扑哧”一声落地，屎壳郎们立刻蜂拥而上，顷刻间粪便就“灰飞烟灭”，大畜粪便之中唯有从驴粪蛋子里可以找到整颗豆子。

捕捉耗子，是我等少年儿童们延缓小命的又一妙招——我们将沙漠中的爬行动物“沙和尚”捉来置于铁丝笼子中，敞开笼口，引诱耗子钻入食之，待猎物入笼，远处窥探的我们就拉动手中的绳子关闭笼门。而后，将耗子提溜出来，点燃一把软柴烧耗子。那耗子绒毛迅速起火，耗子便夺路而逃，结果，风助火势，火借风威，奔跑中的耗子就被烧成煳棒。我等便闭眼吞咽之。耗子肉虽然难吃，但总比饿肚子强多了。

掘鼠仓是又一生存之道。脚下的耗子实在太多、太多了，落脚即可踩死真不是夸张之说。此物与人一样，支持其越冬的唯一办法就是秋后掘地储粮，熟透的不易腐烂的豆荚子是耗子最好的藏品。老鼠粮仓一般与鼠洞同路。顺着鼠洞往前挖掘，在二三尺深的地底下就可以找到鼠仓。其仓与卧室分设，卧室在上层，鼠仓在下层。鼠仓中的豆荚子一颗一颗被码放得整整齐齐，上下还铺垫着软柴防霉变。人在挖鼠洞时，耗子会首先将仓口封堵严实。所以，要真正找到鼠仓是很难的。鼠通人性，十分狡猾。倘若你将老鼠一家堵在洞中，它们会在你掘进的前方，飞快地刨土，堵塞通道，使人误判为洞已到底。

一场洪水洗涤，毙鼠无数。失去粮仓的活鼠逃往沙漠边缘，与人争夺生存空间，抢夺一切可食之物。于是乎，人的卧处、锅碗瓢盆、箱子衣物，都成了鼠害严重的地方。张毛毛家八个月大的婴儿，就是在大人不注意的时候被老鼠咬去半截耳朵的。我的小伙伴狗旦那时没有鞋穿，后脚筋差点让鼠咬断。成千上万只老鼠大白天就在你脚下游窜。老鼠都不怕人，是人怕老鼠。老鼠成为又一天灾、天敌。

人和大自然和谐相处的局面被一场突如其来的洪水破坏殆尽。人要想在这种沙欺鼠害的“不适宜人类居住的地方”站住脚，必须打败老鼠。

阿旗防疫站的“白大褂们”来了，只住了3天，投药，投药，再投药……数不清的老鼠便死于光天化日之下。

诗曰：

汛期黄水漫上来，滚滚黄沙屡战败。
可怜活人无家归，耗子反殃人无奈。

三、求学：二十里明沙三十里路

1961年秋季开学，失学近两年的我第二次步入小学一年级。学校就设在“老磴口”——巴音木仁街上。

“老磴口”得名，完全是一种习惯称谓。半个世纪过去了，如今，在宁夏，在阿拉善，我每每自我介绍时，对方总要问是哪个磴口：“老的？新的？”

巴音木仁，民国最后一个20年间，她是磴口县政府所在地。新中国成立后，就将新县府改设在北边的三盛公，但县名未变。于是就有了“老磴口”一说，以区别于新址三盛公的磴口县。本书下一章会有详细交代，此处不多说。

“磴口”名称源于何时，不得而知。遍查磴口县志和县政协文史资料，似乎也无可考证。但有一点是可信的，千百年来，这里始终是古黄河河运的一处渡口。

清乾隆五十二年（1787 年），青海西宁回民马军选在定远营（今阿左旗巴音浩特镇）谋生。当他走到离定远营东北 110 公里处时，发现在很大一片草木不生的土地上有食盐，经打问，其地名为吉兰泰。马到定远营后把自己所见情况报告给了阿拉善旗王爷。王爷闻说惊喜异常，派人即行勘察，确如所说，决定开采。王爷经过深思熟虑，首先向清政府申报了开采和运销吉盐计划。得到批准后，即勘察运销线路。经察看，认为黄河磴口口岸是理想的集散地。这里三面临河，一面靠沙，距吉兰泰盐池最近，只有 120 公里，运输条件好，可水陆并进。于是王爷派人一方面在磴口开辟码头、购木造船，一方面派人招募盐工。因当时磴口一带地处荒漠，人烟稀少，缺乏劳力，所以盐工都是从陕西、山西、宁夏、甘肃等地而来。这样从上述地方出来谋生的人纷纷涌入码头。王爷从中招选了近千名工人，同时组织骆驼千余峰，打造大船 57 只，开始了食盐的开采和运输。吉兰泰盐池当时勘察面积为东西长 70 里，南北宽 25 里，总面积 1700 多平方公里，开采面积为 300 多平方公里。同后来逐渐发现并开采的察汗布鲁克、和屯、雅布赖等盐池相比，吉兰泰盐池是阿旗最大的一个盐池。当时是属阿拉善霍硕特亲王的产业。

在古代，盐业运销极不平常，先以骆驼驮至磴口码头，再由水陆两路运往绥远、包头以及山西、河南等地销售。

骆驼驮运从吉兰泰盐池到磴口码头，往返需 7 天左右。每到运盐时，往返驼队络绎不绝，日平均出运骆驼达 500 余峰，每峰骆驼驮盐 300 斤左右。盐用毛口袋装载。每人约拉 10 峰骆驼，走在最前面的骆驼不驮盐，专供人骑，其余骆驼均驮盐，末尾的骆驼还要挂一个铁钟，边走边响，告知驼队行走正常。有的驼队还有预备驼，因驮盐路途远、风沙大，骆驼行走很吃力，有的骆驼驮不了几天就筋疲力尽了，这时即可把预备驼换上。驼队中牵驼的多为蒙民，汉民甚少，牵驼者男女皆有。驮盐尤其要避开雨季，一般驮盐从每年农历十月初五开始，至次年三月底结束。

阿拉善王爷在驼队必经之地亦即食宿之地设有两个税卡，各派 3 名武装税务人员驻卡，负责收取税银，防止有人偷税漏税和偷运吉盐。

水运沿黄河一般三四天即可到包头，如遇天气不好则需 7 至 10 天。上船的食盐均用布袋装，每袋 50 斤。一只船装 650 袋约 3.2 万斤。船运于春、夏、秋季进行，冬季停运。每到运盐季节，磴口码头木船往返，川流不息，好不热闹。

在此期间，来磴口地区做买卖的各类商贩与谋生的人与日俱增。尤其是磴口码头，运盐季节岸上人来人往、千驼齐发，河内商船往返、热闹非凡。

宁夏和平解放后，政府非常重视盐业发展。运盐冬靠骆驼夏靠船，沙里驮来水里送去，一年四季周而复始，磴口当时景象十分壮观。每年冬季，包括本县和阿左旗、阿右旗、杭锦后旗、乌拉特前旗、乌拉特中后旗、杭锦后旗和宁夏中卫、中宁、贺兰、平罗、吴忠、灵武、陶乐、盐池县等两省十几个旗县的骆驼，形成一条浩浩荡荡的驮运大军，云集到磴口县。这支大军的骆驼总数不下四五万峰，日均驮盐骆驼达 6000 峰，最多时一天上万峰。

当时，西起吉兰泰盐池，东至磴口县，在这 240 华里的风沙线上，十驼一组，八驼一链，彼来此往，驼铃叮咚。驼队昼夜兼行，每驼载运 300 斤，七八天往返一次。在沙漠各食宿点上，每逢夜间，篝火通明，人声鼎沸，充满欢乐。牵驼人与风沙共鸣，与寒冷并存。骆驼是沙漠之舟，在当时条件下，骆驼可以说是最佳运输工具了。驼民们把吉盐卖给磴口盐务局，顺便买些白面、糜米、砖茶、白糖、烟酒、胡油等生活用品，辛辛苦苦而来，高高兴兴而去。

冬去春来，黄河解冻，磴口码头的船运吉盐便开始了。随着运盐量的增加，盐船数量也逐步增加。1950 年，运盐木船仅 80 只，到 1951 年发展到 200 只，1956 年已达 600 只，增加了 6 倍多。每逢顺风，盐船齐发，千里河道上一队队、一行行，乘风破浪，向东流去，一天一夜即到包头。但若遇戗风，则需人拉船，行船艰难，三十里一停五十里一站，一二百里 20 天才能到包头。船运比起驼运，有一定的危险性，但船运数量大，每船能装 5 万斤左右，运价每斤低至 2 分。盐运到包头后，又有专卖机构销售到晋察冀绥一带。

随着船运吉盐的发展，税收也增加了，当时的磴口平均每年盐税收入约 8 万多元，占磴口财政总收入的 40%。

1954 年，随着宁夏划归甘肃省，磴口县盐务分局改称甘肃省盐务管理局蒙古自治州盐务管理分局磴口支公司三道坎转运站。1956 年，磴口县划归内蒙古自治区巴彦淖尔盟，磴口支公司三道坎转运站又改为内蒙古包头盐务公司磴口转运站。机构名称虽几经变更，但运输方法未变。直到 1958 年包兰铁路修通后才改变了运输条件，结束了磴口 170 多年驼运、水运吉盐的历史。

吉盐的开采和运销，开辟了乌兰布和沙漠深处通往黄河码头的一条商道，繁荣了磴口经济，增加了磴口人口，许多人因吉盐开采运销而流入磴口定居，为历史上冯玉祥磴口设县奠定了基础，同时也为磴口的经济发展起到了重要作用。

我们学校全名叫“阿拉善左旗巴音木仁完全小学”，单班，一至六年级，学生有 200 多人，老师约为学生的十分之一，生源主要来自学校北部沿河靠沙地的老崖子滩、中滩、傅家湾子、雷家滩、阎王鼻子、神树湾、上江等几个以回族居民为主的生产队，以及上滩农场和公社所在地的适龄儿童们。

这些地名非“滩”即“湾”，说明是靠近黄河的，由地名也可见其特殊性。

新中国成立后，磴口县第一届县委、县政府领导班子由宁夏银川出发到三盛公接管国民党磴口县政府时，走的就是这条水路。本书下章有详细交代。

由“上江”再往北去，就到了磴口县最南边的粮台公社——刘拐子沙头、二十里柳子沙拉毛道牧业队、南粮台队、下江队、旧地队。上滩农场在这里读书的共 10 名学生，分别为一至三年级，最大的 14 岁，最小的 7 岁，我 9 岁多。

那时上学不但路远，而且极不安全，于是家长为我们选择了住校——10 位全部住校。学校校址在离黄河稍远一点的西沙窝一片乱坟岗的南头，1954 年建成。教室土得掉渣——土墙，泥黑板、泥桌、泥凳，就连讲台也是泥的，满教室只有一根教鞭是木头的。宿舍更土，找不到一根木制玩意儿，一条大土炕近 6 米长，却挤满 12 个人睡。

1961 年秋收以后，饥饿仍在折磨我们。学校的饭是不要钱的，但只有两顿——中午和晚上。而且饭限量，两个标准：一至四年级的初小为一种，每顿一碗；五六年级的另一种，每顿多加半碗。学校的饭顿顿都是瞪眼稀粥，小米加黑豆黄豆，没有干饭，从没见过面条和馒头。饭碗统一使用，都是可盛 1 斤米饭的大陶瓷碗。每当开饭铃声响起，全体住校生便涌入食堂，排起两行长队，一队是低年级的，一队是高年级的。大锅直径 2 米，深达 1 米。两位大师傅分别坐在锅台两侧，吆喝着：“别挤，别挤。碗向前伸，伸入锅里。”稀汤寡水的，学生们从来没吃饱过。高年级学生可以另加半碗饭，那说辞就多了，可以从锅底舀稠的，也可以从上边撩稀的，而且有时是半碗，有时就是大半碗，这全看和大师傅的私人交情了。时年五六年级学生中不乏十七八岁的美丽大姑娘，只要抛一个媚眼过去就让年轻的大师傅失魂落魄，规定是半碗却能舀满一碗。还有，食堂的油水就是锅底的锅巴抑或洗锅的泔水，在那个年代，这都是有特殊人情的特殊照顾才能分得。

人的生命有时是极其顽强的。2015 年夏，江苏电视台有一档名曰“极限勇士”的体育节目。一位勇士出场，主持人介绍说：“他曾获吉尼斯世界纪录，连续 52 天光喝水不吃饭。”1961 年冬至 1962 年夏收的那一段日子，对于我等来说，也是一场“极限挑战”。吃饭——不，喝稀饭——一日两顿只能喝稀饭，只不过是延续生命的一种手段。

更难耐的是无法抵挡的寒冬。虽然往南 60 公里就是乌达煤矿，但是我们从没烧过煤。教室中央的土炉子里燃烧的是牛粪、驴粪、骆驼粪。冬季两个月，学校每天放学不留家庭作业，留的任务是捡干粪、交干粪，不论住校、跑校，每人每天必须一书包。烧粪取暖虽然升温快，但降温更快，交的这些干粪往往一堂课都抵挡不下来。每到课中，老师习惯性地或干咳一声或丢个眼神给班长，只听班长站起来喊道：“全体起立！跺脚开始……搓手开始……搓脸开始……”不增加如此 5 分钟的暖身活动，有些同学可能就会被冻僵手脚。

饥与寒，从来都是孪生兄弟，要不咋就有“饥寒交迫”一词呢？那时的我们就是饥寒交迫。

腊月的一天凌晨，沉睡中的我睁开双眼，但见父亲坐在我枕边掉眼泪。我睡在 12 个人的炕尾，紧贴冰窖般的北墙根。因屋内不生火炉子，只靠干粪烧炕取暖，每到下半夜土炕便没了温度，室内温度直追室外，一度一度地迅速降到零下二三十度，尿盆里的尿都能冻成冰坨子。我身下铺的是盛着树叶子的毛口袋，盖的是能灌进白毛风的两条长麻袋。逃难人家，哪有什么像样铺盖。我蜷缩成一团，浑身瑟瑟发抖。我囫囵身子跳下地，扑在父亲怀中放声大哭：“不能住校了！”回场后，父亲一家一家地劝说家长们：“把娃娃们冻坏呀，饿死呀。”

要跑校，要坚持跑校。

1962 年春季开学，我们 10 个学生不再住校，全部走读。

二人台里有唱词：

二十里明沙，
三十里那个路。
半个月跑上十五回。
大腿跑成个小腿。
小腿成了罗圈腿。
你看这营生灰不灰。

跑校——谈何容易！鸡叫三遍的五更时分，我们 10 个人集合于场部北边的一处背风河湾里，大家等齐了一块上学，路上为了有个照应。全场几十户人家没有一家有表的，掌握时间全凭雄鸡报时。15 岁的牛万玉是我们当之无愧的大哥和路队长。有同学晚到了，他会跑向其家中督促其上路。半后晌放学，我们全在校门口等着，一个不剩，再相跟上疾步回家。

沙漠，黄河，风高，雪夜……还有从黄河上游漂浮过来的泡涨着肚皮仰天搁浅在沙滩上的几具死尸，都会使幼小的我等望而却步。我们不敢贸然独行，更不敢把谁撇下不管不顾。死人固然可怕——因为他就躺在你的脚下，你绕不开，上学更加要紧，时间长走惯了，也就习以为常了。

最可怕的是遇上突然刮起的沙尘暴，我们称之为“黑旋风”。5 月的一天，我们放学回家，走到死人湾那处河头地，10 个人恰似一行大雁，在水漫小腿的沙河里顶着戗风，踩着前人的脚后跟，低头前行。忽然间，狂风大作。牛大哥惊叫起来：“你们看，西天起‘黑暴’了，快上岸！手拉手！”在他的指挥下，

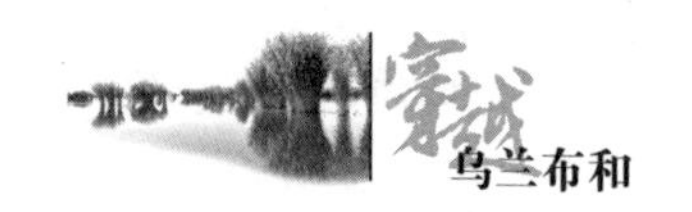

我们迅速爬上一座大沙漠并出溜在一处锅底形的我们称作“窝窝”的沙子上，趴倒，抱成一团。我仰望天空，一团团黑乎乎的东西聚成一道黑墙，像千军万马，像骑士手持利刃，排山倒海般向我们头顶劈下来。刹那间，天地黑了，沙尖尖上的明沙像瀑布，向人身上倒下来。我们弓起脊背，朝天抖动明沙，为的是不被活埋。我只觉得，黑风揪住我沙蒿般的浓发几乎就要把我提离地面，狂风似张大手就要把我抓起来……也就喝一碗滚烫稀粥的工夫，黑暴搅动黄河巨浪，卷起冲天水柱，向东而去。我们动动身子，竟都被明沙埋住了。和我同班的女同学马兰草已被沙子埋到了胸口，小脸憋得黑青紫圪蛋。我们赶快把她刨出来，她已经不会说话了。喘息片刻，牛大哥背起只有7岁骨瘦如柴的小妹妹“草草”启程回家。半途中，只见父亲及其他家长，还有场领导们等一群人，急风愣怔地向我们跑来。在亲人面前，历经劫难的我们哭得一个个昏厥过去。

诗曰：

狂风袭来沙漫天，黑沙茫茫天无边。

黄河岸边风怒吼，碎沙如石砸人头。

又一个让人瑟瑟发抖的严冬来临了。

黄河流凌，开始封河了。普天之下，最壮观、最雄浑的自然景观，莫过于黄河的二月开河和十二月封河流凌。永不平静的黄河水真刀实枪地干起来了。在放学回家的路上，我是百看不厌，但只见，一块块冰凌，大的如巨型钢板，力大无比，小的似武夫军刀，锋利而尖锐，在缓缓流淌的冰面上冲突、挤压、刺杀、打斗，发出阵阵呐喊之声。渐渐地，靠近沙漠东缘的浅水流凌，斗累了，打怂了，首先握手言和，消停下来，结成冰块。最后封冻的是主航道。

黄河完全封冻，为我们上学提供了便捷通道。我们沿着主航道取直行走，去学校可以省去一半的路程。但这中间也蕴藏着危险。黄河在流凌的十几天内，先由北方向南方、由东方向西方、由河边向河心渐渐封冻，因而，封死的河面是不平坦的。特别是主航道，在汛期的那些漩涡中很难封得住，形成大小不一、长短不一的冰溜子——流动的水面，在它的周围是托不动人体的薄冰，人一旦踩上去就会掉入冰窟窿。

上学路上，结伴而行的我们，从不敢走中心航道，尽管那样走可以近好几里路。

一个至死都难以忘却的节令——冬至——1962 年 12 月 22 日。下午放学，同学们在小镇西边的柳树林子南侧集结，下了冰河，小心翼翼地抄近路向家中归来。刚走了几里路，下起了鹅毛大雪，将我们之前踩出的路——每天走过的脚印覆盖住了。风雪肆虐，指甲盖大的雪花钻入脖颈里，令人浑身冰凉。脚下没了路，我们摸索着向前，双臂抱在胸前，个个衣正寒、肚已饥。大家排成一行鱼贯而行，牛大哥打头，年龄最小的马兰草殿后。除了牛大哥外，同学们都眼盯着前一人的脚印，顶着戗风，躲着冰眼，走在令人胆寒的冰面上。大约走了 10 里路后，我们将黄河的大湾儿切直，在离家还有三四里的地方离了黄河进入沙漠。这时候大家才稍微轻松地喘口气。

“妈妈呀！”怎么身后没有了年幼弱小的小妹妹马兰草？我们惊叫着、呼喊着、哭泣着，迅速攀上大沙漠，透过能见度不足 500 米的风雪，向来路眺望，呼叫……冰面上哪里还有人影？！所有人，一下子跌坐在白雪皑皑的沙尖上，哭成一团。

马兰草，我们的草草，我们最腼腆可爱的小妹妹，一定是滑入冰眼里了！牛大哥站起来拍去身上的雪，看着一个个上牙磕下牙的弟弟妹妹们说：“你们回吧，我去找找。”我说：“大哥，我也去。”10 位同学中，只有我和草草是同班、邻居，我怎能撇下她。我俩顺着原路走着喊着……我的绽帮的棉鞋早就冻成了冰坨，身上穿着的棉裤和棉衣根本无法御寒，全靠身体的自身温度抵挡寒冷。

雪花在不停地飞舞，之前的脚印已经被积雪覆盖。天渐渐黑下来了，太阳却突然在沙尖上放大，火红火红的。借光极目远眺，只见前方几处明晃晃的冰溜子闪烁着亮点，隐约可以看见，一双小手在那里向我俩召唤……

返回的路上，在与恐怖、黑暗和极度寒冷的挑战中，我跟在牛大哥身后，蹒跚前行。饥与寒，像两条饿狼，一齐向我袭来，我似乎觉得血液不再流淌，周身冻僵了。终于到家了，但是烂鞋牢牢地冻在脚上脱不下来。

人类不宜生存的鬼地方。

超过 10 米高的沙漠，人类是无法踏平也无法征服的。

1963 年 6 月中旬，又一场黄河水泛滥，淹没了河滩地，荡涤了脱谷场面、牲口圈棚，侵入沙滩，淹没植被，将人们的生存底线又一次降得更低更低。

父亲决定放弃这里，进行二次逃亡。

1963 年 7 月 13 日，是本学期的最后一天。我们到校的任务只有一项：领取通知书，宣布放暑假。鸡叫三遍，我们一家打点全部家当行囊，一人一件，离了农场，向学校赶来。父亲向班主任孙老师说明情况后，开具了一张转学证明。从此我告别了念了两年书的巴音木仁完小。在黄河渡口，父亲花了 5 角钱雇船把我们一家渡过黄河。

太阳懒洋洋地照在头顶上，我站在黄河东岸的鄂尔多斯高原上深情地回望汹涌澎湃的黄河和对岸空旷的小镇，还有那小镇乱坟岗南侧的小学校，眼泪夺眶而出。

别了，母校阿拉善左旗巴音木仁完小；

别了，我苦难童年时的“老磴口”；

别了，冯玉祥将军过兵时的黄河码头……

冰冷刺骨、风沙肆虐的乌兰布和沙漠，留给我的印象是那么的刻骨铭心。

从 8 岁、9 岁、10 岁到 11 岁，正是长身体最快、需要营养成分最多的年纪，我在这个年龄段却从未吃过一顿饱饭、穿过一件新衣。在这个幼年到少年的转换期，身体保暖、体格健壮是确保一生健康的大前提，而我却在可怕的沙漠中每每冻得失去知觉。饥寒交迫，极限挑战。

到了上世纪末，我患上了类风湿性关节炎；又 5 年，糖尿病缠身。这两种病都被称为终身的“不治之症”，前一种被称为“不死的癌症”，惧冷怕风；后一种被称为“富贵病”，要吃得好却饿得快。这与我小时候饥寒交迫、极限挑战都有着直接的关系。

词云：

江城子

饥肠辘辘快逃荒，全家人，一肩担，背井离乡，无处话凄凉。冰天雪地是考验，茅草屋，地当床。住校睡在冷炕上，夜漫长，晨披霜，瞪眼稀粥，天天饿断肠。少年只为读书忙，不怕苦，往高长。

小生聊发猛士狂，追黄河，爬沙山，破衣烂衫，幼年战沙岗。披星戴月斗志昂，书包空，驼粪满。三年困难寒窗忙，发洪水，无处藏，冰沙地床，耗子红眼狼。驴粪剥开找豆豆，食进肚，填饥肠。

四、冯玉祥屯军粮的地方

南粮台，隶属巴彦高勒镇，位于磴口县东南角。“南粮台”与“北粮台”相对应。北粮台也是一个村名，原本在磴口县新区的北部，进入21世纪以来，小县城向北扩张，最后完全淹没在高楼之中，故北粮台从县行政区划图上消失了。

粮台是90年前冯玉祥留下的背影，是90年前冯玉祥过境时屯军粮的地方。

据磴口县文史资料记载：1926年冯玉祥“五原誓师”后，大军沿黄河西抵银川，从1926年7月底到次年11月才过完。于是，冯玉祥在三盛公天主教堂附近设了南、北两个粮台，专门用于收购储藏军粮，以供军需。何谓“粮台”？盖因此地靠近黄河，低处潮湿，高处干燥，筑台存粮，不易霉变。军方委派兴盛扬（即现在的巴彦高勒镇南粮台村兴盛扬社）绅士李假女负总责购粮，总计收储粮食2400石（每石300斤）。冯军以粮折钱，付给李假女，让他把钱发给卖粮农户。但冯军全部过完，李假女都没把粮款付给卖主，这其中就包括三盛公天主教堂的粮款。卖主们纷纷向李假女讨要粮款，而李死不认账，硬说冯军没付款。天主教堂也挑选了15户代表找李假女要粮账。李以手枪吓唬众人，不料走火自毙，此事也就不了了之了。这就是冯玉祥的国民军建粮台的故事。

近两年，磴口县政府将原两个粮台中间的一处保存完好的粮仓，修葺一新，取名“冯玉祥西北军粮仓博物馆”，并被确定为“内蒙古文物保护单位”，作为旅游景点对外开放，很有点意思。

在冯玉祥将军告别三盛公第三十七个年头的火一般的7月，我们一家人在南粮台落了户。时年，她的全称叫巴彦淖尔盟磴口县粮台人民公社粮台生产大队林业小队。粮台公社党政机关驻在十分宽敞漂亮的三盛公天主教堂的附房里；粮台大队则无偿占用了1962年下马的磴口县砖瓦厂办公室。就办公条件的优越性来说，这在全县是绝无仅有的，令人眼馋。而社办性质的林业队，在全县只有4个，那时也是挺特殊的。

下面，详细介绍一下南粮台的经济地理、人文地理等。南粮台大队下辖5个生产队，即5个自然村，分别是南粮台、兴盛扬、南滩、下江、林业队。

从高空鸟瞰，沿黄河而下，过巴彦木仁老崖子滩村，黄河与乌兰布和沙漠像是一对夫妻，再次紧紧地相拥相抱，在刘拐沙头进入磴口县，过二十里柳子沙拉毛道牧业队，就是南粮台自然村了。在这里，黄河与乌兰布和沙漠分道扬镳，含泪阔别。沙漠向北偏西惆怅而去，与北边的阴山拉起手来，结为伉俪。而黄河则掉头东移200多公里，由下游的黄河岔河——三湖河揽回，与乌拉山结伴东行，俨然夫妻。在南粮台，乌兰布和沙漠与黄河就像分娩的孕妇，叉开大腿，生而孕育出了内蒙古河套平原。

南粮台，可谓是1.5万平方公里的河套平原的源头。著名的三盛公黄河大铁桥横跨在南滩小队的黄河处，由此再延伸至银川和兰州。直接浇灌乌兰布和沙漠腹地的乌沈干渠和滋润沙漠东缘的沈（申）家河，由南滩小队黄河大铁桥南端开口设闸引入黄河水。沿乌兰布和沙漠东缘的下江队、林业队，则抱着三盛公渠喝水喝得个沙漠变绿、蜜瓜香飞。

我所在的林业队，在新中国成立后的10年间，为治沙防沙做出了突出贡献，获得过省部级先进集体荣誉称号。20世纪50年代，中央新闻纪录电影制片厂曾从这里开始向北，拍摄过两集纪录片《向沙漠进军》。该片全面反映了乌兰布和沙漠防沙林带的绿色业绩。其中，育林基地——早期的造林工作站，人民公社化以后的林业生产队——功不可没。但是，这绿色景观，随着三年经济困难时期的到来，逐步褪色泛黄直至变红，乌兰布和沙漠再次东侵，在百米宽的绿廊中肆意冲杀扑砍，成了真正意义上“红色公牛”。

沙漠入侵，生态变坏，不完全是自然因素，人为因素才是导致恶果的直接原因，买不起煤的老百姓、填不饱肚子的壮汉们手中的砍柴刀，才是破坏和毁灭绿色的利器。

1963 年盛夏，一切有绿的地方，都充满了生机和活力。当我第一天踏进这方热土时，她已经完全变了，变得千疮百孔了。她不再“以林为主”了，不再是生产数以亿万棵计的树苗并源源不断地供给沙漠里农村牧区的苗圃。她同别的社队性质一样了，“以粮为纲”，“纲举目张”，苗圃变成了“良田”，成材林甚至不成材林在悄无声息中被“一平二调”了，林木被当作灶火柴烧掉了，变成了一缕缕青烟。

这一切又在之后的十年“文革”期间陷入极端与极限。

1972 年冬，在这里生活了 9 年的我，应征入伍。3 年后，我脱了军装，“钻”进巴盟革命委员会办公室工作。因为父母亲和妹妹还在林业队，又因为工作的关系，我得以经常回家看看。

1979 年，由联合国组织的沙漠考察团来到巴彦淖尔盟，我陪行署领导第一次深入乌兰布和沙漠腹地，领略了防沙治沙奇迹。次年，非洲撒哈拉大沙漠里的阿尔及利亚的 6 位官员来到中国“取经”，国家林科院兰州沙漠研究所所长刘恕领队，来到临河，我陪盟行署领导二次深入磴口县哈腾套海和沙金套海两苏木，向外国友人介绍乌兰布和沙漠。在磴口县四坝乡塔布村的防沙林带中，我第一次惊奇地发现，夹在新疆杨中间的黑皮柳，竟也和钻天杨一样，直入云天。专家说，那是互为争光所致。

治理沙漠是世界性的难题。

恍惚之间，我有了一种创作冲动，想把乌兰布和沙漠深处的迷人故事告诉全世界。自那以后，我开始利用工作之便，收集乌兰布和沙漠的历史资料。

机会终于来了。

2000年金秋，我举家迁回老家银川，我在新华社宁夏分社做内参记者，非常开心地工作起来。不承想，我忽然被类风湿性关节炎击倒在床，下不来楼，出不了门，一个冬天都没能走出来。寂寞难耐之余，我忍痛，鼓起勇气，开始了长篇历史纪实小说的创作，内容就以我生活过的南粮台林业队为生活原型，描写了20世纪下半叶50年间乌兰布和沙漠的历史变迁。这便是《河套沧桑》诞生的过程。此书一经出版，便一炮走红，也给了我继续创作的信心。

瞄住“真实”有味道地写下去吧。巴彦淖尔市7个旗县只写一个磴口县是说不过去的。共和国60多年间在河套发生了那么多惊天地、泣鬼神的大事件，还没有哪个作家系统地以文学长篇做出总结呢。第二部长篇历史纪实小说《河套回眸》就是在这种背景和心情下动笔的。全书33章共35万字，其中两章计2万字写了乌兰布和沙漠的治理。

为了“纪实”而又真实，我曾三度深入乌兰布和沙漠腹地进行采访，在银川市，拜访过国家“三北”林业局防沙治沙处胡处长；在国家林科院磴口沙林中心，访问了李永义副主任及3个分场的干部职工；在磴口县巴镇旧地村，两位书记和村长为我召开了座谈会……座谈中，我无意间听说新中国成立后第一任磴口县委书记杨力生就埋在该村西沙窝。在杨力生墓前墓后，我端详着县委、县政府为老人家碑刻的那一段“杨力生生平”，不禁潸然泪下；站在墓后一房多高的胡杨掩映着的沙漠顶子上，我极目远眺东方不远处的三盛公黄河大铁桥和三盛公黄河枢纽工程，心中百感交集。

我愿以残年秃笔向河套年轻人，向一切关心历史的广大读者，解读乌兰布和沙漠——“红色的公牛”的前世今生，告诉今人和后人一个个传奇的绿色故事，一段几代人为之奋斗不息的真实历史。

啊！来吧，朋友，让我们一齐穿越乌兰布和，领略大漠风光。

诗云：

大漠茫茫起苍黄，将军挥师斗沙场。

七十万斤随军粮，留名粮台也张扬。

第二章

“杨力生时代”的那些人和事儿

一、接管旧磴口

黄河流经宁夏石嘴山码头后进入鄂尔多斯高原，它再次变得烦躁、跳突、咆哮起来，在突然紧缩了的河道中，奔腾喧嚣，像一条愤怒的黄龙，浪激漩涡，漩涡腾浪，浓稠污浊的黄泥汤汤在浪涛和漩涡间急速奔流……深秋季节，河水正旺。但，河身被大山挤缩成三二百米宽的麻花形状，黄河便后浪推前浪，由南向北直扑下一个黄河码头——二百里外的老磴口。

一只独特而又沉重的羊皮筏子，载着一支神秘而又严肃谨慎的武装部队，冒着蒙蒙细雨，在浪尖上随波漂流——此时是 1949 年 10 月 30 日清早。太阳没有出来，躲在浓浓的云层里。雨浇下来，溅起河水，泼洒在人身上，冷得令人发抖。此时下河，真乃天赐良机也！机不可失，时不再来。这支队伍就是中共宁夏省委组建并派往磴口县全面接管国民党旧政权的县委、县政府领导班子成员，以及各科、局、区一把手，共 32 人。

这是一支训练有素的从炮火硝烟中走过来的革命队伍；这是一支年轻的具有一定政策水平和群众工作经验的干部队伍；这是一支在陕甘宁边区积累了相

当丰富的对敌斗争经验的共产主义战士的精英部队。虽然是刚刚拼凑起来的，但却团结一心，志在必得。

领头人名叫杨力生，他被指定为磴口县第一任县委书记。李尔直为县长。这之前的10月18日，省委书记潘自力等省委领导人召见了32人，宣布了各自的任命，交代了任务。当日，他们由银川市出发，由一个班的战士武装护送。第三日黄昏，200里黄土路绝尘身后，他们终于北抵小镇石嘴山——这是一处两山夹一河的水旱码头。往前行，平原变成了山区，地形复杂，人迹稀疏。这里的蒙匪包贵廷率残部不时袭扰路人，杀人越货，抢劫财物。为了确保同志们的生命安全，杨书记、李县长商量后，决定暂时住下来。他们一面派人侦察情况，一面组织干部学习、研究到磴口后开展工作的方法，还做好了打仗的充分准备。相对旱路来说，水路更为保险一些。他们找来了120张大皮浑筒，里面塞满羊毛，绑在木椽上，做成了漂水破浪的“土军舰”。石嘴山驻军十九兵团一九四师还支援了他们30匹战马和32件老羊皮袄。10天后，天公作美——东南风裹挟着飘落的雨水，足令对岸的土匪视线不清。在向导磴口人老郭的引领下，32人一起登上“土军舰”，顺河而下。那班解放军战士，牵引着30匹战马，在河东的纤夫踩出的羊肠小道上快速地跟进。11月1日下午，他们终于瞭见了磴口县城——这又是一处水旱码头，但是与石嘴山码头迥然不同：西岸是绵延不绝的乌兰布和沙漠，东岸是水淘不动的黄土高坡。这里河面开阔，水流减缓。远远望去，县城掩映在东西三四里长的一片河柳之后。从高空鸟瞰，这一段黄河好似丰乳肥臀美女之姿：左臂是沙漠，右臂是高原，身子是黄河，扭动着腰肢往前出溜。到了磴口，黄河被偌大一片河柳挡住去路，便由北向改为东向。

“土军舰”漂流到河柳前，大伙儿惊奇地发现，几十具死尸被夹在树间、拦在树前，有的躺在河畔的沙滩上……死尸多为年轻男子，有的腰系皮带，有的一丝不挂，横躺竖卧，搁浅在这里。听向导老郭说，这应该是8月份解放军攻打兰州时国民党士兵落入黄河顺流漂下来的死亡者。河柳远离主航道，面前形成个死水湾。“土军舰”划到这里，停留了片刻。大家面面相觑，沉默以对。每个人心中都像打翻了五味瓶，胃里一阵难受。

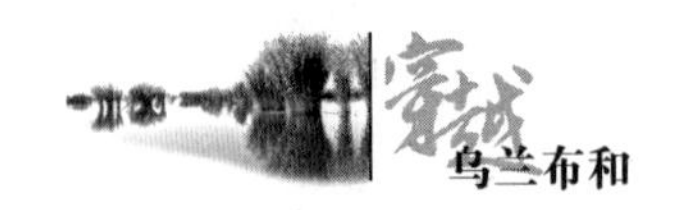

是啊，国共两党两军28年间两度交手，打得难分难解，死了多少人已数不清了。万里黄河出青海，终渤海。解放战争3年多，在兰州是打得最为惨烈的一仗。地方军阀马步青，在杨得志十九兵团3个军围城的生死关头，还在指望老蒋、指望叔伯兄弟马鸿逵出兵救援，硬是死不投降。解放军第一野战军司令员彭德怀遂下令攻城，炮轰兰州……两山夹一河的西北重镇几被血洗。有多少将士葬身黄河，喂了鱼鳖？又有多少当地富户被土匪绑架了投身鱼腹？更有多少逃亡中的无辜百姓溺入黄河丢了性命？时值汛期，黄河巨浪冲刷着亡者单薄的衣裤，立马将衣裤剥个干净，唯有军人腰间泡涨的军用皮带紧紧地勒在如鼓的肚皮上。这就是战争的残酷。

如今战争结束了，满目疮痍，收拾烂摊子的历史责任落到了共产党人的肩上，杨力生心中这样想。他脚踩柳椽站起来，脱帽鞠躬。其他31人见状，纷纷站起来向筏子中间靠拢，以保持筏子平衡，大家跟着脱帽鞠躬。杨书记在李县长耳边说："咱们安顿好以后，第一件要办的事，就是赶快把这些死人埋了，让他们入土为安。"李县长点点头："我来安排吧。"32人在河柳东端弃"舰"上岸。但只见：县城不大，没有城墙，也就几百户人家。住的房子净是土木结构的土房。在向导带领下，大家先来到县政府门口，令大家大为吃惊的是：院内纸灰乱飞，门窗烧毁，残垣断壁；进得室内，桌椅横卧，档案尽毁，破败不堪。向导说，这是因为土匪包贵廷洗劫过。

写到这里，需要把这件事情的前因后果交代清楚。国民党马鸿逵的宁夏兵团拥有4个军，约7万人。1949年9月19日，其兵团第八十一军在银川西南300里外的中宁县向我军投诚，宣布起义。当日，兵团司令马敦静秘密逃离宁夏，飞往重庆找他亲爹马鸿逵去了。9月21日，其第一二九军在银川正南100多里的金积县扒开黄河，企图阻挡人民解放军。双方激战两天，一二九军全军覆没，军长卢忠良投降。另外，其第十一军和贺兰军两个军，见大势已去，一时间群龙无首，全部溃散。溃兵加流民，使省城银川及各县大乱，民间开始哄抢，特别是各级军、政办公场所，将军府衙，逃亡者之豪宅，成了各色人等哄抢的重要目标，哄抢甚至殃及商业门脸。9月23日夜，我军先头部队一个营强渡黄河，冒雨抵达银川，才打煞住了哄抢之风。磴口是当时宁夏最北面的一个小县，距省城 400 里，天高皇帝远，这给了土匪以可乘之机。县长李开荣极为恐慌，率众向北 120 里逃到了三盛公天主教堂。民众则四散逃离。

“咱们去别处看看。”杨书记对一直守在身边的向导说，“你前边走，我们跟上。看重点，盐库、银行、商店、武器库。”出了县衙，房后就是盐库，原来是东西一长溜敞乎廊篷子。整垛的吉兰泰盐已无踪影，满地尽是盐颗子。往西走，是一条东西土路，两边有十几处商店，皆被烧毁门窗，狼藉遍地。街上竟看不到一个人。32 人禁不住潸然落泪。杨书记更是两眼模糊视线不清。从街的西头折返回来，到了河边码头，两条木制渡船拴在河边，但是不见渡工。隔河相望，只见一班护送战士及 30 匹战马早已等在河对面。向导见此情景，主动对杨书记说：“扳船的就在附近住，我去看看在家不？”“行，麻烦你跑一趟。”杨书记喊一声县委林秘书：“你也去，都请来，把那班战士和马都渡过来。”说话当间，向导领着一个 60 多岁的老汉疾步走过来，介绍双方说：“这是新来的县委杨书记。这是老田，专门摆渡的。还有一位渡工小尤，找不见了。你们的情况我已跟老田说了，小尤那条船我来摆吧。”“老田同志，你好。”杨书记同老田有力地握了一下手。他转过身，领头向渡口走来，对老田说：“情况你都知道了，就不再细说了。马匹可能难渡一些，你和老郭同志帮帮忙，都渡过来。要多少钱，你说个数数。”老田一听“钱”字，连忙摆手摇头：“不，不不不。早就听说你们要来接管这烂摊子。一家人不说两家话，怎么能要钱呢！”“那不行，真的不行，你劳动了，付出了，就应该得报酬，你痛快说，我付你银元。”“我在三边同共产党打过交道，知道你们做事痛快。天快黑了，咱们先抓紧时间往过摆，活儿做完了，你看着给吧。这样行不？”“行，就这样。”杨书记倒像个生意人，非常爽快地拍定：“要是还需要帮手，河对面那班战士由你挑。”“每条船需要俩人摇桨，不知你们中有没有懂这行的？”老田说这番话时，已经上了船，撑竿顶在右腋处，将竿另一头在浅水中一点，船便划向河对岸。

“等一等。”人伙伙里走出来县委委员、公安局长董怀月，没经杨书记同意，他已经跳到了船上，说：“我在腾格里沙漠长大，渡过黄河，也摆过船，也算个船把式吧，我来摇桨。”船是柳木做就，轻巧而迅急地向斜对岸连漂带划……一袋烟的工夫，便到了对岸。

夕阳映红了河面。诗曰：

柔情似水水似血，急流险滩河面窄。
军情不急人心急，战马踏浪小船起。

一干人散乱地站在西岸，心提到了嗓子眼，看不清对面是怎样装的船。一会儿就见两船起锚，开始往回摆渡。船在西岸下游 100 米处靠了岸。大伙儿迎过去，但见是 10 匹战马，乖乖地站在船上，头对头。老田上了岸，一连声地夸奖战马，说这群马肯定是河边喝水长大，河边吃草长肥，一点都不怕黄河，很会听人吆喝。“是吗？那好那好。”杨书记满脸堆笑，一个劲地说谢谢。他不能把这是十九兵团投诚送的战马说出来，那是军事机密。书记不说话，其他人更不便接话插言，这是军纪。10 匹战马先后从船舱里跳出来，被一人一匹牵着。人们把船逆水又拉到出发地，二次空船驶过对岸。如此往复地忙到夜深人静，总算把一班战士、30 匹战马安全地渡了过来。经不住老田的盛情邀请，40 人来到老田家中，玉米面掺和了豆面，打了一锅牙糕，糊弄饱了肚子。付过工钱和饭钱后，40 人再次来到旧县衙，分头在几个屋子里展开自带行李借宿过夜。马匹交由几位年轻干部拉到河滩吃草，大家轮流睡觉。八位战士，二人一哨，在县衙大院轮流值班，高度警惕土匪袭扰。

夜洒清辉，只听见黄河浪涛拍击岸边顽石的“哗哗”声和河水淘岸大泥块跌入河中的巨响声，整得人睡不安生。杨力生多年在战争环境中养成的习惯是，不到特别困乏很难入睡。今夜，他辗转反侧，直到后半夜都没有打个盹。一个重大决定在他头脑中来回折腾，但他就是拿不定主意。挨到鸡叫，身旁的李县长翻了个身。他将脸凑到李县长左耳旁轻轻地说：“县长啊，我怎么觉得这地方灰迷惺眼，倒塌二五，咋介建县呢？不如咱们搬到北边的三盛公去吧，你考虑拿个意见。天亮后，咱们县委开个会研究研究。”李县长闻言，仰躺变成侧身，很想听听书记的理由，不料，杨力生却扯起了呼噜。“咦，这老兄，有点功夫哩。”李县长自言自语，羡慕至极。

天刚放亮，杨力生把大家叫醒。吃了自带干粮，所有人上马，跟上书记、县长，绕城一周后，再放大一圈，由黄河岸边到乌兰布和沙漠，从那片河柳林到北边第一个村庄——老崖子，勘踏地形，熟悉环境，了解民情。日高三竿，再次回到旧县衙。杨力生便铁定了主意——北上三盛公建立政权！他同李县长碰头后，决定召开县委会议。

5 位委员在背包上坐定，围成一个圈，听杨书记陈述理由：

“第一，这地方东临黄河，西靠乌兰布和大沙漠，宽不过二三里，南北狭长十几里，今后发展空间有限；第二，往北 120 里的三盛公，是大后套平原，我听郭向导说，那里土地肥沃，渠道纵横，交通便利，比这里要强得多、好得多；第三，这里经土匪烧杀抢掠已成烂摊子，不好利用，而三盛公天主教堂房子很多，我们大概可以借用。是在这里安家落户，还是到三盛公去，请大家发表意见。”

“这里的环境这么恶劣，”抢先发言的是组织部长刘元和，“土匪没有消灭，老百姓没有回来，我们无法开展工作。不如先回银川，稳定了再来。”

有人附和说：“土匪在明处，我们在暗处，干部受损失，不好向省委交代。”

公安局长董怀月认为：“困难是暂时的。全国形势大好，我西北大军压境，十九兵团占领了宁夏，绥远起义部队遍布绥西后套。国民党大势已去，人民群众倾向我们，我们怕甚？！”

费时两小时，最终以一票弃权，一票反对，三票赞成，形成第一次县委会议决议：“选址三盛公，建立新县府。”同时责成县委秘书林生荣同志立即向省委打报告，文件加盖了出发时省委交给的“中国共产党宁夏磴口县委员会”和“宁夏磴口县人民政府”两枚大印。在旧县衙捡了一个信封，密封，交由两位战士，再渡黄河，驰马疾送宁夏省委。

秋高气爽，豪情满怀。依然是 32 人，依然是郭向导引路，依然是怀抱步枪、腰别手枪，依然是肩扛背包、乘坐“土军舰”，一干人等别了老磴口，顺流而下。

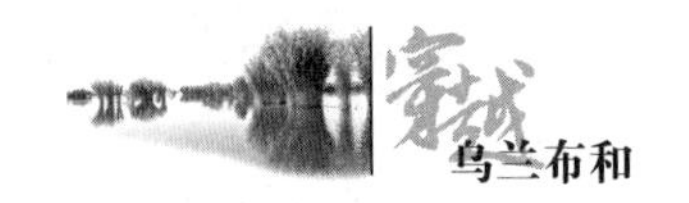

约行50里，来到一个叫“上江”的地方。天色已晚，船不宜行，只好在上江河心停泊过夜。

沙漠边上的黄河，昼夜温差20多度，寒气逼人。一干人睡在羊毛堆里，倒也聊以自慰。按照书记、县长的要求，不许高声说话，不许点灯，吸烟用手把烟头捂住，以防土匪袭击。杨书记和李县长睡在一个盖体里。“老杨，你经历过这样的生活吗？”“水中过夜这是第一次。”杨力生一面回答，一面反问，“你说这样安不安全？”“还是小心为好。”李尔直说。杨力生开玩笑：“兵法有‘背水一战’，今夜我们是韩信还是马谡？”“诸葛一生唯谨慎，只有一次用马谡不谨慎，哎，用错了人才导致兵败如山倒。我们要小心——小心不等于害怕。”俩人说到这，上了岸，巡视四周。安排6个战士持枪站岗，倒替睡觉，轮流放哨，密切注视河两岸动静。这一夜，风平浪静，睡得香甜，安全地渡过了一个难忘的夜晚。

东方破晓。“土军舰”靠岸，杨力生率众上了岸。但见一轮红日从千里山冉冉升起。霞光照射在西边无边无际的大沙丘上，金光闪闪，蔚为壮观，映入眼帘的还有两棵几丈高的胡杨。向导介绍说，因为两棵大树，那地方叫“神树湾”，还说有绥远起义部队驻扎在那里。杨力生决定派两名同志前去联系。趁这当口，大伙儿活动四肢，舒展身躯，准备大干一场。对于这群干部来说，这是一处完全陌生之所在，两岸人烟稀少，只有几间破屋点缀。最让人流连忘返的倒是昨天下午经过的河湾地，河柳十里长，宽二三百米，抵挡住了流沙，保护了黄河。于是乎，大家你一言我一语，围绕着黄河、沙漠、植树、种草等问题发表各自意见。李尔直说：“我们三边旧社会有位县长在毛乌素沙漠里栽了很多树，现在人们还在赞扬他，怀念他。”杨力生接话：“咱们有黄河水，你应该比那位县长更能施展才华，种更多的树，为子孙后代造福啊！”李尔直大笑：“这就看党委书记的领导了。”少顷，大约8点多钟，两位同志回来了。同来的还有绥远起义部队派来的接应军官。大伙儿便应邀到神树湾驻军团部。

吃过早饭。团长挂电话向驻防三盛公三二〇师师部汇报请示的间隙，杨力生等人分头走访了附近几户居民。居民们住的都是矮小的土房，进门上炕都直不起腰来，炕上也没有铺盖，只有几件破烂羊皮；地下除了锅台，没一件像样家具。在戚万银老汉家中，老汉对杨力生说：“种地无权，放牧收税，就此茅屋一间，过光景谁还做长期打算？”一番话说得县委书记心里沉甸甸的。杨力生顿时觉得肩上的千斤重担压得双脚直往沙子里陷。午饭后，由团长陪同，一行人策马往三盛公奔来。

前行不远，到了一个被称作“阎王鼻子”的地方。这里没有人迹，却见两房高的大沙漠伸到了黄河里。马蹄陷入沙子里，就像被吸住一样。穿过阎王鼻子，到了二十里柳子地，这里绿柳成荫，另是一番世界：茂盛的芨芨草、白茨、河柳、红柳随处可见，其间，野兔欢蹦，沙鸡乱飞，野鸡胡跑，真是“山重水复疑无路，柳暗花明又一村”。在二十里柳子，见到了看守电话线路的刘姓工头，他独自住在一间小茅庵里。杨力生问他：“沙漠里的电话线路好管吗？”刘工头叹口气说：“唉，很不好管啊！一刮大风就倒霉了，不是电线被吹断，就是沙子埋了电杆。”话虽少，却使杨力生进一步明白了人与环境的拼争才是日后工作的重心，这为他日后治理乌兰布和沙漠埋下了伏笔。过了二十里柳子，黄河与沙漠分道扬镳。“后套到了！”向导兴奋地高喊着。

公元五六世纪的北魏、东魏相继统治河套流域。那时，这地方不叫“河套”，统一叫敕勒川。6世纪中叶的东魏末年，当地民众流传着一首《敕勒歌》，生动地赞美了这个地方：“敕勒川，阴山下，天似穹庐，笼盖四野。天苍苍，野茫茫，风吹草低见牛羊。”古人描写的地方真是名不虚传啊！杨力生在心中大发感慨。他同李尔直说：“我念小学时，课本里就有河套，描述得非常美丽。今天亲眼所见，真是心旷神怡啊！”北行10里，到了南粮台。三盛公城，特别是城内那高大的天主教堂老远就能望见。一干人扬鞭策马，又疾行10里，不觉已到城西。起义县长李开荣率旧职人员数十人已恭候在城门外。双方坐定后，李开荣表示愿意接受共产党和人民政府的收编，并将早已准备好的财产物资清单和旧职人员名单花名册呈上。

1949年11月2日，磴口县委和磴口县人民政府，在三盛公天主教堂附房挂牌宣布成立，正式开始办公。

诗云：

城头变幻大王旗，你来我往走马灯。
国军不行看共军，建设国家有奇功。

二、向沙漠进军

1950年10月21日，磴口县委会议室正在举行会议，全县秋季植树造林誓师动员大会在这里召开，100多名县、区、社三级男女干部及特邀代表参加了会议。会议室奇大，这里原本是三盛公天主教堂的女校公共教室，现在被临时征用为中共磴口县委、县人民政府会议室。会议室内，一张张柳木条凳上黑压压地坐着一排排男女干部，他们挺胸抬头，正襟危坐，正认真聆听县委书记做报告。正前方黑板下，一张带屉的条桌后，35岁的第一任中共磴口县委书记杨力生，操着一口浓重的陕北口音在讲话。

杨力生是河套历史上一位很重要的有口皆碑的人物，他在巴彦淖尔盟做领导工作25年，其功绩是不可磨灭的。杨力生，1916年生于陕西省澄城县，16岁参加革命，1934年加入中国共产党，曾任刘志丹、习仲勋开辟的陕北红色根据地澄城县县委书记，是老红军。1949年调中共西北局。同年10月被宁夏省委派到磴口县任书记。1953—1975年，他先后担任中共宁夏省蒙古自治州州委副书记兼政府副主席、中共甘肃省蒙古自治州州委副书记兼副州长、中共内蒙古自治区巴彦淖尔盟盟委副书记兼副盟长。1976年以后，担任阿拉善盟盟委书记、内蒙古自治区顾问委员会委员。他还是十二大党代表。在1980年中国九省区沙漠会议上，杨力生被推选为中国沙漠学会副理事长。于1990年离休。

许多人是第一次到这里开会，心情好一阵子不能平静。是啊，中国近代百年以来，磴口也罢，河套也罢，基本上是蒙古贵族的地盘。外国人的势力渗透以后，政权形式与经济模式乱了套，人民遭了殃。中国人民头上有三座大山，这里的农牧民头上又加了三座小山：军阀马鸿逵、阿旗王爷府、外国天主教，他们都以武力驯服为手段，经济掠夺为目的。今天，共产党一统天下，共产党的县委书记就坐在面前，他说的不再是武装斗争，是经济建设，是关乎民生的大政方针。要认真听，要仔细看。

看吧，浓眉之上，天庭饱满，一头黑发梳理成中分，偏开向右；浓眉之下，地阁方圆，两眼炯炯有神，鼻子挺拔，颇有英气，那张嘴正滔滔不绝地向广大民众宣讲党的政策：“同志们，大家都知道，我县三面环沙、一面临河，自然环境恶劣。据调查，全县被流沙掩埋的村庄有 14 处，400 多户，沿沙边 308 华里的耕地上，种子能被风沙吹出来，庄稼亩产不到百斤；黄河无堤，封河、开河，以及大洪水时有泛滥，威胁着人民群众生命财产安全。所以，我们要全党动员，全民动手，掀起一场秋季植树造林高潮。县委、县政府提出的口号是：‘沿沙设防，植树造林，保护沙区草木，营造防沙林带；沿河筑堤，沿堤栽树’。这是我们当前的头等大事，干部、群众都要发动起来。”说到这里，杨书记忽然站立起来，提高了音量冲着台下听众喊：“佟秀珍同志，请你站起来！”

坐在第一排最右边的佟秀珍正听得入神，忽听叫她，非常吃惊地站立起来，不知书记是要抬举她还是要数落她。她只看了书记一眼，就把头低下了。杨书记从尺把高的台阶上下来，走到她左侧，说：“你掉过脸去，抬起头来，不要害怕，不要害羞。”佟秀珍 180 度转身，面向全体与会者。她垂头低眉，心中正七上八下地思忖。她是没有官衔的农家妇女，是会议的特邀代表，而且被特意安排在第一排就座，突然被叫起来，慌得两腿发抖。所有的目光都投向她。她黑里透红的脸颊，五官周正，甚是好看，身上海蓝色的市布偏襟褂子一尘不染。“同志们，我现在向你们介绍这位妇女同志。”杨书记说，“她叫佟秀珍，36 岁，是二区旧地村的。”马鸿逵在本县乡村设立乡、保、甲制度。这会儿改为区、村两级了。所以，书记介绍的是“村”。“她很了不起，她治沙有方，是县上的榜样。佟秀珍同志，你抬起头来嘛，让大家认识认识。旧地村紧靠乌兰布和沙漠，百姓深受风沙之苦。别人种粮她育苗，苗子卖钱，以苗养苗。她已经干了好几年了，打从旧社会就这么干着呢。前几天，我去看了她种的树，很有起色啊！去年秋上，她响应县委号召，育沙枣苗 10 亩，成活得非常好，现在可起挖 10 万棵苗子。我同咱们县政府林业科长说了，她育的苗子县上全买了。我县 308 华里防沙林带，就缺这种树苗子。她在她的地里，种植高杆的向日葵、高粱、玉米，只收取果实，留杆儿做挡风阻沙屏障，效果非常好。最近，她又发动 13 位姐妹们，组成妇女造林互助组，在连明昼夜地栽树。我们是不是应该向她学习啊？！”

随着一阵暴风雨般的掌声，佟秀珍成了全县的名人。

河套山曲儿：

房前的沙蒿你不要掏，这是咱二人的隐身草。

房后的沙柳你不要砍，这是咱二人的好遮拦。

1952 年，国家林业部授予磴口县“造林绿化先进县”光荣称号；1958 年，林业部又授予“治沙造林模范县”荣誉称号。之后，内蒙古电影制片厂于 1959 年摄制了纪录片《战黄龙》，歌颂了磴口县人民战胜沙漠、改造自然的伟大成就。这是中央、内蒙古自治区对磴口县在解放后短短几年内治沙又造林，保护母亲河的嘉奖，是对以杨力生为首的中共磴口县委带领全县人民与沙漠斗争的首肯。

解放前，磴口县全境除了黄河边上的三盛公、渡口堂、补隆淖有成片林木外，其他地方几乎无林业可言。据史料记载，磴口地区的乌兰布和沙漠边缘因黄河洇湿，在 100 多年前还是遍生红柳、白茨、沙蒿、冬青等灌木、杂草的。这里还有众多海子与湿地，沙漠移动缓慢。但至后来，清政府腐败无能，帝国主义以传教为名于 1875 年进入这一地区。1900 年“庚子赔款”后，清政府以地租折抵白银，将大片良田送入教会手中。

后套地方好，

吃白面，烧红柳，

芨芨草下兔子跑。

又云：

天主圣母玛丽亚，神父给我拨地吧。
黄羊木头人地生，最好捐献大顺城。

外国传教士以这种歌谣引诱农民入教包租土地，实行乱垦滥伐，严重地破坏了固沙植被。成千上万的人到沙漠内刨挖柴草、药材度日。积年累月，林地树木被砍伐一空。流沙如脱缰之马，滚滚东侵，平均每年向前移动 10 ~ 15 米，最快年份竟至 70 ~ 80 米。据 1950 年对几个地方的调查，20 世纪前半叶，流沙由西向东移动了约四五华里。

真是：

沙漠不见草木，平原不见树木。
沿河没有堤防，民房尽是茅庵。

但见一阵阵明沙黄尘，滚滚向东侵来。人民群众中流传着这样的顺口溜：“一年一场风，由春刮到冬，沙漠无阻拦。黄河水患多，生命无保证。”在解放前的 30 年间，沈家河大干渠因沙压改道 7 次，沙压的支、毛渠到处可见，公路阻塞不通，大片良田被沙漠吞食，大量流沙侵入黄河。据统计，40 年光景被流沙掩埋的农田达 4 万余亩，因沙打庄稼而年年减少收成的沙边地约 5 万余亩。到 1949 年，全县良田仅剩 9 万亩。被流沙埋没的村庄有圣田堂、大南粮台等 14 处，400 多户人家。补隆淖河壕村有居民 30 多户、房屋 50 多间，被流沙全部吞没，百姓迁移四散。杨家茅庵一仇姓人家，20 年间被流沙所逼搬家 4 次，所种的 160 亩耕地因流沙年年吞食，最后只剩下 5 亩。河壕村刘瑞栓 1944 年与别人合伙种地 170 亩，在风沙侵害下，只产粮食 3600 斤，平均亩产仅 21 斤，因产的粮食还不够交地主的租粮，只好背井离乡，逃荒在外。沿沙边的农田，遇上风多风大的年头，沙子往往把麦苗打死，或连根刮走，百姓常常是“十种九空”，几乎没有收成。即使狂风较少的年头，收成也少得可怜，亩产仅60~90斤。据有关资料记载：1947年春天的一场大风沙，使沿沙边一线种植的夏季作物全部受灾，颗粒未收。特别是老磴口到二子店一段地带，流沙侵入到黄河岸边，形成沙水互争之势，造成河水泛滥。沿河的傅家湾子、稗子地、河拐子、二子店等村庄的居民被流沙全部赶走，使这一带变成了通向银川的荒凉沙漠道路，亦成为土匪出没、抢劫行人的黑道。

诗云：

滔滔黄河水连天，冲积河套好平原。
塞外寒风萧萧烈，吹来沙漠漫漫弥。
沙漠无情压农田，逼得人们把家搬。

至于林业，更是只见流沙，不见树木。1950年，磴口县人民政府建设科统计表明：全县“现有公共树园30个，树7471株，园外散树2172株，私人树园120个，园内种树32361株，园外散树有12277株。在625万亩宜林地上，全县林木合计只有308.5亩，树木仅54295株”。难怪冯玉祥1926年五原誓师后走到磴口县夜宿天主教堂，对一路上不见树木而大发感叹。300里路呐！又难怪1871年，左宗棠麾下将军金运昌，率5000官兵从宁夏金积县一路开拔到后套狼山口子上刻石留诗：“只见蒙古包，不见村与树。”（原诗五言四十字：“总统五千兵，行程万里路，踏平金积堡，调防紫金驻。忽逢重九日，登高往远眺。只见蒙古包，不见村与树。”）在临河境内的110国道线上，有一个镇叫“黄羊木头”，蒙语“哈页勒毛都”，汉译是“两棵树”。以树起地名，其荒凉程度可见一斑。

这才是：

满目荒凉不见树，愧对黄河泪横流。

风吹沙打无人家，漫天黄沙似疯牛。

面对这恶沙富水、穷乡僻壤，中共磴口县委指点江山，激扬文字，把战胜风沙灾害、发展农牧林业生产列为首要任务，提出了“面向沙漠、面向黄河、植树造林、封沙育草、保护草原、发展农牧业生产”的奋斗方针。从1950年起，县委组织动员全县人民向沙漠大举进军。经过10年苦战，营造起一条长308华里、面积8万多亩的防沙林带和1万亩成片林。在植树造林的同时，封沙育草124万亩，制止了流沙泛滥；在流沙移动严重的地区，营造防沙屏障60余里，在防沙屏障内种草1万亩；向沙漠引水开渠43道，变沙漠为耕地十几万亩，使这里发生了翻天覆地的变化。

这真是：

东临黄河西面沙，造林育草好办法。
十年经营伏黄龙，绿树丛中有人家。

话说有一天，杨力生到四坝下乡，发现数百人在沙窝里掏柴火。现场询问后才知，不仅本县群众也有绥西百姓来掏柴。人们车载、驴驮、人背，络绎不绝。却原来，都是因为做饭无柴、取暖没炭。杨力生让人就地叫来8个佃户主，大家席地而坐，共商解决此问题的方法。带着问题与解决办法，在之后1950年1月30日召开的首届县人民代表会议上，正式提出严禁在沙漠中乱打柴草，倡导群众停止烧柴草、改烧煤炭的解决方法，开展了专题讨论。有3名县人民代表积极响应，会后自筹资金修造3只木船，开始从乌达往回贩运商品煤。追随者众，后来运船增加到8只。县里及时成立了煤炭供需合作社，沟通阿拉善旗、乌达煤矿，由黄河顺流往回运输煤炭。民运与官办相结合，鼓动与强制相结合。很快，县机关、团体、学校全部改烧煤炭，70%的城镇居民改烧煤炭。

防沙是关键，造林更重要。

为官一任，造福一方。

经过杨力生的一番努力，宁夏省委特批：在磴口县建立防沙林场。1950 年 4 月 27 日，正是植树造林的适宜季节，防沙林场在三盛公一户任姓农家的小茅庵里挂牌成立了。杨力生扛着行李卷儿，同场长马守孝等 3 名技术员，在一个炕头上睡了一周，一块儿栽树的附近百姓竟不知道他就是第一任县委书记。春季植树造林过后，杨书记带着通讯员住到了旧地村，专门研究树木适宜品种和成活问题。这就出现了前面提到的那一幕：他发现了造林模范佟秀珍，并把她推荐给“三干会”。经过一段时间的调研和人力物力上的准备，杨书记认为，全面开展植树造林工作的条件已经成熟。

1950 年 10 月 21 日，县委、县政府召开了三级干部会议，针对当年春季所栽的 4.3 万株树成活率低的情况，查原因，找症结之所在。大家一致认为，原因是宣传、发动群众保栽保活工作做得不够，县、区、乡三级干部检查不力。在吸取经验教训的基础上，会议决定健全组织领导，进行重点造林，大力宣传“谁地、谁栽、谁有”的政策，把造林的群众组织起来，分工负责，在已选好的靠近沙边的林地上，以随砍、随运、随栽的办法，保证栽一棵活一棵。同时组织群众，合作造林，发动群众有栽子出栽子，有力出力，将来林权共有，利益均沾。

在这次会议上，杨力生提议，决定搞“沿沙设防，植树造林，营造防沙林带，保护沙区草木；沿河筑堤，沿堤栽树，营造黄河护岸林带”的建设工程。为了完成这次会议提出的艰巨任务，在县委、县人民政府的领导下，从 1950 年开始，发动干部、群众以合作造林的方式植树造林，修筑防洪堤坝。一场全民总动员，向风沙灾害做斗争的治沙造林运动，从此拉开序幕。

当时，磴口县树木少，树苗不足。为了解决这个问题，一方面由县防沙林场积极育苗，另一方面派出林业干部赴外地采购树种、树苗。仅 1951 年就从外地购进各类树籽 4200 多斤，从银川、陕坝购买杨柳树苗 38.8 万余株。同时，对全县林田的分布情况做了统一调查，砍伐一律由县上控制，并没收全县所有地主的林木 463 亩作为苗田，基本上解决了苗木问题。

为实施防护林工程，宁夏省政府、磴口县政府和防沙林场联合组织了由 13 人参加的防沙林地调查队。在县长刘思孝的带领下，从 1951 年 10 月 11 日开始，历时 50 多天，用罗盘仪导线，小平板构绘，完成了由南粮台沿沙边到四坝乡西闸子与米仓县召庙乡一线，全长 312 华里，15070 亩防沙林带的勘测设计任务。对划入林带的 3570 亩农田，采取开荒、调补、协商的办法，给予了合理解决。同年 1 月 2 日，磴口县人民政府报请宁夏省人民政府批准后，发布并在城乡四处张贴《关于封沙护草办法》的公告，公告写着：凡沙漠内外野生的灌木柴草，有固沙、覆沙或阻沙作用的，一律保护，不准采伐；凡修筑柴坝、开垦、搞副业生产的，均在未妨害防风治沙和保持水土的原则下进行。一场全党动员，全民动手，有组织、有领导、有规划、有措施的群众性封沙育草，治沙造林运动在全县展开。从 1950 年开始的数年间，每逢春秋两季，全县绝大多数人员开进沙漠边缘开始植树造林。但见沿沙地带红旗招展，人山人海，一派繁忙景象。

封沙育草、植树造林一开始就遇到了重重困难，一是干部没经验，群众不习惯；二是有的群众顾虑重重，认为“风沙灾害是天意，是黄龙神沙，植树造林也白搭”；三是大多数群众怕造林影响放牧和占用农田，不愿拿出沙边好地造林；四是有的群众怕封沙育草以后没处打柴、挖甘草，怕栽树无地权，怕树权归公，等等。所有这些思想问题，也反映在党内和部分干部中。这些思想的实质是对防止风沙灾害和水患缺乏信心，怀疑党的方针、政策，怀疑全县人民的力量不能战胜自然灾害。同时也存在着一些实际问题，如烧柴问题、地权问题、树苗树种的来源问题等。摆在磴口县决策者们面前的只有两条路：一条是面向沙漠、水患，组织依靠群众，向大自然宣战；一条是向沙漠妥协，听任风沙危害人民群众生产生活。县委坚定不移地选择了前一条路。杨力生在各级干部会上多次强调：谁要忽视治沙造林工作，谁就会在政治上犯错误，谁就会获罪于子孙后辈。他要求各级干部深入到群众中去，组织群众，向群众宣传治沙造林的重大意义，解除群众的思想顾虑。县团委协助党开展了声势浩大的宣传活动，动员 314 名青年组成了 34 个宣传队、组，深入家院、田间，宣传“人定胜天”的思想，动员群众破除迷信，起来和沙漠作战。通过深入群众做耐心细致的思想工作，群众的顾虑解除了，造林积极性起来了。县委在此基础上，根据磴口县人少、居住分散、小农经济占优势的特点，因地制宜地组织了公私合营造林社、群众合作造林社和合作造林小组 48 个，并在技术上给予指导。成立了县林场和 4 个林站。每年造林季节，以区、乡、村为单位，以各级党组织为核心，以青年、妇女、民兵为骨干和主力军，分别组织造林大队、中队和小队，昼夜突击，连续作战。各级领导、林业干部都亲自动手，勘察林地，积极造林。并提出“植树造林栽富根，不让黄沙向东流，筑起沙边绿长城，发展生产有保证”等战斗口号，有力地鼓舞着群众的斗志。在造林高潮期间，群众把锅灶、帐篷、托儿所搬到工地。还组织了以英雄名字命名的黄继光、董存瑞、刘胡兰造林突击队和战斗班排。

群众形容这种场面是：

政治挂帅打先锋，男女老少齐动手。
披星戴月赶时间，精神百倍斗黄龙。

经过近 3 年的封沙育草、植树造林运动，全县共造林 3923 亩，植树 969277 株，沿沙边的杂草灌木生长面积扩大了 3~5 倍，收到了明显的防风固沙效果。

1952 年 10 月，为表彰在封沙育草、植树造林运动中涌现出的模范人物和积极分子，进一步搞好治沙造林工作，县委决定召开首届防沙造林代表会议。这次会议共有 133 名代表参加。评选出下西闸子、大胜永、坝塄等 3 个模范造林村，佟秀珍、王曰虎等封沙造林模范，孙林涛、常大拉等 16 名植树造林、封沙育草积极分子。这次会上，经过代表们反复讨论，明确了防沙造林是消灭风沙灾害和制止黄河泛滥的关键所在。会议要求把全县群众发动起来，开展造林、护林的挑战竞赛，保证完成 1952 年秋季造林任务和护林防火、封沙育草及护岸防洪等工作。决定加强对农牧民的思想教育，组织放牧小组，吸收牧工为护林员并发动牧工互相监督、保护草木，实行逐级分段负责制度，做好“护林、护草、护坝”的“三护”工作。

在这次会议上，全体代表还研究制定了 4 条工作计划，向全省提出挑战。这 4 条计划是：1952 年秋季造林面积要达到 3279 亩，成活率要达到 90% 以上。

保证在沙边五里宽的重点封沙线内不放牧。在流沙严重地点扎风墙，筑柴坝13里，采集1000亩以上的沙蒿籽种。组织群众打兔子2000只，保护幼树成活并不被祸害。

会议结束前，全体与会代表参观了二区沙边林带林业模范武成功的防沙柴坝、妇女造林模范佟秀珍的合作育苗、林场苗圃及防沙造林展。学习总结了在流沙上扎风墙、沙前种高秆作物挡沙、种沙蒿固沙、合作育苗、辛勤护林护草等治沙经验。杨力生书记在会议的总结报告中，概括总结了群众的经验，提出了流沙有“一喜三怕”的见解和“四多”、“四勤”、“四白”等治沙措施和工作方法。“一喜三怕”是：喜刮风，怕树、怕草、怕水。“四多”是：人多、树多、草多、土多，作为向风沙做斗争的力量和武器；“四勤”是：口勤、脑勤、手勤、腿勤，扎扎实实地做好护林护草工作；“四白”是：白采种、白育苗、白造林、白保护，在造林工作中贯彻自力更生精神。会议有力地推动了全县的林业建设，给全县防沙造林、封沙育草工作树立了旗帜，打下了基础。

会后，全县上下总动员，从10月20日开始，利用10天时间超额完成当年的秋季造林任务。参加造林的男女群众5000多人，共造林3276亩839349棵。在配合大规模的防沙护岸造林工作的同时，在流沙严重地区有重点地扎风墙14华里，风墙平均高4尺、宽3尺。为保护幼树生长，组织打野兔400多只。为提高林木的成活率，造林前就把林地犁好，造林后又全部及时淌水。在这次秋季造林中，林业模范和林代会代表起到了积极的带头作用。二区群众在林业模范武成功的带领下，“补旧栽新”，不但超额完成了新植任务，还补植缺株35441棵。县林代会代表、蒙古族妇女黄沙露兰也带领蒙汉妇女完成了造林任务。五区为了让广大妇女都能参加造林工作，还组织了22个临时托儿所。二区三乡妇女石巧贞一天挖了183个二尺见方的坑子，受到了表扬。林业劳模王曰虎和五区积极分子夏有贵带头连续三昼夜给林地浇水。常大拉、王曰虎、武成功、佟秀珍还经常不辞劳苦，在所在地附近的林地、沙边检查林木生长情况，并组织牧童护林。特别是常大拉，视林木如自己的生命，在林地里操劳奔波，不管天气好坏，他都要到林地里查看一遍，有倒下去的树给扶起来，有跑到林地的牲畜给赶送回家，并好意相劝注意看管。

当年，野兔成群，对幼树和庄稼的危害很大。据统计，当时被野兔啃伤而死掉的树占死树的20%多。所以，打兔子也成为护林的基本措施之一。1952年冬，县里组织干部群众及学生1000多人打兔子2000多只，其中最多的1天就打死兔子170多只。三区渡口堂学校有一位叫陈有有的小学生，机智灵活地用木棒打死了一只兔子，当人们表扬他时，他说："我们多打死一只兔子，就是多消灭一个美国鬼子。"磴口县组织群众打野兔子，还被作为一条经验在《宁夏日报》做了报道。由于磴口县各级党政领导的重视和广大群众的努力配合，到1953年，治沙造林、封沙育草工作已卓有成效。全县造林面积已达13875亩，林木本身的直接收益达190多万元。沙边天然散生的芦草、白茨、沙蒿等灌木杂草繁茂，已基本连片成网，使全县的农田基本上免除了风沙侵害，沙边地已可以种植小麦，并获得了较好的收成，由原来的亩产60~90斤，提高到200斤、300斤、400斤，有的丰产田产量更高一些。

但是，在治沙造林取得初步成效的时候，部分干部群众产生了自满情绪，对"造林容易护林难"认识不足，放松了护林工作，特别是"重栽轻管"现象十分严重。牲畜损伤林木仅二、三区一带半年就达7万多株。个别牧户屡次任其牲畜啃伤树木，经宣传解释仍然不改，甚至无理打骂护林人员。如五区二乡农民马树明在林地和农田放牲口，护林员张文明劝说时，反被马将头部打破；四区一乡任润年把已成活的20亩林拔掉，还打伤了检举人李栓狗；牧民钱达赖的骆驼损伤树苗1.8万多株，经召开牧民座谈会批评教育后，仍不思悔改，竟故意赶来骆驼又损伤树苗500多株；五区五乡祥太成合作造林社3年共造林96亩，被牲口啃伤40多亩……林业劳动模范护林员武成功、常大拉等对此十分痛心，他们多次向区、乡政府和林场反映这些情况，都未引起重视和加以处理。在这种情况下，武成功毅然决定向县人民政府直接反映。他来到县政府，找到县长刘思孝反映了林木损伤情况，指责县长官僚主义，不重视护林工作。刘思孝同志虚心地听取了武成功的意见，当即派出由副县长司乌图那顺率领的工作组赴各区乡调查处理毁林事件。随后，县政府决定召开全县三级干部会议，专门讨论护林问题。会上，县政府主要领导向大家检讨了官僚主义思想，讨论了如何健全护林制度、保护群众护林积极性和严肃处理毁林事件等问题。会议决定，根据《宁夏省林木保育暂行办法》，制定《磴口县林木保育具体实施规定》。《规定》公布以后，使保护林木工作有了章法，全县各区、乡都加强了护林工作，林木损伤现象大为减少。1953 年 10 月 12 日，磴口县第二届防沙造林会议在三盛公举行。参加会议的有造林社主任及委员、护林组长、互助组长、生产积极分子等 76 名。会议着重总结了防沙造林的成绩和经验，研究了护林工作和秋季造林的办法，评选出童兰英、武成功、佟秀珍、王曰虎、常大拉为全县林业劳动模范。四区一乡乡长马成成和五区三乡乡长多文义在会上也得到奖励，还评选出五区三乡为“全县造林护林模范乡”，四区一乡河壕村为“全县造林护林模范村”，三区三乡坝塄造林社为“全县模范社”，为开展防沙造林工作树立了典型和旗帜。

在农牧交界地区，牧民与农民之间常因造林护林和放牧问题发生矛盾，影响蒙汉民族团结。1954 年 6 月，在甘肃省蒙古自治州（此时宁夏划归甘肃省，磴口县归蒙古自治州管辖）工作组的协助下，抽调阿旗第六苏木的苏木达、磴口林场场长及磴口县各区林业干事等 9 人组成工作组，在农牧交界地区重点开展护林工作。工作组分农区、牧区两个小组，统一研究部署，农区组赴护林问题较多的公地、隆盛合、协成、补隆淖等 4 个乡进行工作；牧区组重点进驻阿旗第六苏木。农区工作组普遍发动群众，利用护林座谈会、读报会向群众进行护林宣传，在群众提高护林认识的基础上，检查了以往护林工作中存在的问题，以互助组为对象整顿了护林组织，重新组织了 73 个护林组，以村或互助组为单位，明确了分区分段护林责任，制订了村民护林公约，划定了 12 里长的重点封沙育草和护林区。并召开群众大会，经民主讨论评比，奖励了五区五乡寇尚文常年互助组及护林积极分子马纪英、王庄意、香玉莲、王林子等 12 人，对高喜子、李培海等 10 人提出口头表扬。对群众检举揭发有破坏林木行为的 22 人进行了批评。3 名严重破坏林木的犯罪分子交由司法机关处理，其中尚某某因破坏砍伐树木近千株，被判 3 年有期徒刑。牧区工作组进驻牧区后，及时召开牧民座谈会，利用幻灯、收音机等宣传工具，向牧民宣传护林与放牧的关系，宣传造林、护林对发展畜牧业的意义。经过巴格提名和牧民评比，奖励了牧民护林积极分子阿喜、藏五等16人，批评教育了一些有破坏林木行为的牧民。通过护林宣传和奖励先进，广大群众认识到，护林护草、保护庄稼，不但可以使农民丰收，把多余的粮食提供给牧民，也可以使牧民将来有更多更好的牧场；不仅可以保护牧场，发展牧业，也可以防止风沙对农田的危害，发展农业生产。广大农牧民都表示愿意做好护林工作。

工作组还组织农牧民群众成立了4个护林联组，每一个联组由5个护林组组成，负责领导牧场附近的群众护林。有些巴格达还亲自担任护林组长。工作组在牧区和农牧交界的重点护林地区沟心庙、公地湾、马福盛沟、上江、稗子地等多次召开农牧民联合座谈会，向参加座谈会的蒙、汉、回族群众宣传了增强民族团结，做好护林工作的重要意义，鼓励大家共同搞好农牧业生产。蒙、汉、回各族农牧民见了面，热情地交换了意见，消除了隔阂。牧区各巴格农牧民表示欢迎农区的牲畜迁移到沙窝内放牧，解决了农区牲畜放牧的困难。农区的群众也表示不到沙窝内割草打柴，影响放牧。阿旗第六苏木的马苏木达还主动将原来划归牧场的100多亩沙边地让给农区造林。汉族林业模范常大拉经常主动到沙窝联系牧民，商量护林工作。蒙民旦的尔、丹巴也经常和汉族群众研究造林和护林的技术，解决林牧生产间的矛盾。许多牧民在认识了林业生产的重要性后，不但踊跃护林，而且积极参加造林。阿旗沙金套海巴格、巴彦套海巴格和道劳宿亥巴格的牧民，在自愿的原则下，合作造林和个人造林4300多株。

为了充分调动群众造林护林的积极性，坚持贯彻“谁种谁有，伙种伙有，村种村有”的政策，保护农民个人的利益，根据全县群众的普遍要求，1954年9月，县人民政府决定清理解放后几年来的林权，填发股票。由于过去几年的造林抚育评分记股底册登记混乱，残缺不全，给清理林权、填发股票工作带来困难。为此，县政府专门对清理林权、填发股票问题做了几条原则性规定。而后派出工作组到各区乡进行宣传，组织区乡干部学习文件，领会精神，并对林权问题进行了一次全面的摸底排查。1955年春，政府清理林权、填发股票工作首先在四、五两个区进行，一、二、三区暂缓。派出由林业干部和区乡干部共同组成的两个工作组分赴两个区进行工作：工作组首先召集造林社、互助组长及乡村干部召开会议，了解情况，宣传政策，研究清理方法，然后召集群众民主评定林权股份，同时确定林权，发给股票。结合清理林权、填发股票工作，还进行了奖惩结合的护林宣传。奖励了常大拉、马红英等护林模范和积极分子，逮捕法办了破坏林木的犯罪分子田大、张绪文。1956 年，党中央发出绿化祖国、绿化家乡的伟大号召，广大群众生产积极性空前高涨，在全县掀起了一场轰轰烈烈的植树造林运动。干部群众总动员，男女老少齐上阵，一年完成造林面积 24975 亩 12969191 株，相当于 1951 年至 1955 年 5 年造林总面积的 1.2 倍。这一年的植树造林运动在提高造林质量，保证造林成活率，促进幼林健壮生长方面采取了一些措施。造林前，抽调农、牧、林、水部门的干部组成综合调查组，对本县的植树林地做了较为系统的实地勘察，组织造林骨干举办造林技术学习班，组织各区群众整理林地；造林中，组织青年和妇女交流造林技术；造林后，适时进行淌水、除草、整修等抚育工作。但是，就在植树造林取得巨大成绩的时候，一些有保守思想的干部群众认为：“1956 年的植树造林是冒进”，“县委是主观主义”，“农林牧互有矛盾，再造下去没有林地了，牲口也要饿死了”，“封沙育草，封得人们没柴烧”等等。在这种思想的影响下，1957 年植树造林做了大面积的压缩，全年仅造林 8729 亩。

1957 年 12 月，党中央制定“鼓足干劲，力争上游，多快好省地建设社会主义”的总路线。磴口县委组织干部群众进行学习，在学习过程中系统地总结了磴口县林业建设上的功过得失。认为磴口县要多快好省地建设社会主义，治沙造林、封沙育草仍然是主攻方向，必须继续巩固和发展磴口县的治沙造林、封沙育草事业。因此，磴口县政府于 1957 年 12 月 5 日制定并公布了《磴口县林木管护暂行办法》。它是继 1953 年《磴口县林木保育具体实施规定》后的又一个地方性林业法规，它比 1953 年的《规定》更加具体、完善、切合实际。《磴口县林木管护暂行办法》实施后，对林业生产的巩固和发展起到了十分重要的作用。

1958 年春，林业部授予磴口县“全国治沙造林模范县”的光荣称号。消息传来，干部群众无不欢欣鼓舞。立即掀起了一个比 1957 年规模更大的植树造林运动。全县组织了一个造林战斗团，由县长李辅臣任团长，县委第一书记卜云岫任政治委员，率领3个人民公社的3个战斗营和两个直属连，近万名植树大军，开赴沙漠和黄河岸上，在那里安营扎寨，展开了大规模突击造林会战。他们住在沙窝，吃在沙窝，战在沙窝。有时掌灯砍条，月下栽树。正像当时全国流行的豪言壮语一样："老年赛黄忠，壮年赛赵云，青年赛罗成，妇女赛穆桂英。"特别值得一提的是，广大妇女和青少年除在造林期间和群众一起参加植树外，还义务营造"社会主义妇女林"、"共青团林"、"红领巾林"。多造林、造好林，争当模范先进的良好风气已经在群众中形成。三盛公青年妇女王德新一天造林 7.5 亩，群众编快板表扬她：

王德新，真能干，干劲赛过男子汉。
从早到晚忘吃饭，一天造林七亩半。
临黑又到杨三店（地名），一直干到十点半。
任务完成才吃饭，人人夸她是模范。

曙光人民公社双膝残废的社员郭三元，人称"四爬子"、"爬爬"，每天戴着"护林员"袖章，骑着毛驴在林地里巡视检查，有时还爬行在沙滩上，追逐危害林木的牲畜。金堂庙青年突击队在初春寒风刺骨的日子里，打开 3 寸多厚的冻土层，赤脚下水，铲掉泥，把树栽上。河壕大队马路小队的回族青年妇女、生产队长马俊兰，带领 25 名女社员露宿沙漠腹地，苦战 5 昼夜，造林 260 多亩。三盛公镇的 583 名男女青年，在冰水中坚持造林 11 天，完成了 3531 亩的造林任务。甚至有的青年，为了防止未及栽上的树苗被风吹干，不顾自己寒冷，脱下棉衣将树苗的根部包住。这年春秋两季完成造林 101023 亩，等于前 7 年造林总和的 1.8 倍。仅春季就一举完成 37610 亩，等于解放以来造林总和的 70%。在开始秋季造林以前，已全部做到了整地、淌水。植树时要求保栽保活质量并重，成活率达 90%。并将春季造林成活不到 90% 的林地，全部补齐，连接以前营造的 308 华里防沙林带，绿化通过本县的铁路沿线，并把已建成的公路全部绿化。另外，还绿化全县的集镇、居民点、机关、学校、工厂和人民公社的四旁。在 1958 年的植树造林会战中，磴口县的群众还总结出“春季造林要早，秋季要晚，春季多植树，秋季多插条”的经验。根据不同土壤培育树种得出的主要经验有：低洼滩地插杨柳，黄土地上种榆树，沙荒微碱种沙枣，盐碱地里插红柳。利用碱地的经验是：盐碱地夏季犁，伏水泡，春季造林成活高；挖大坑，栽当中，分层踏实根摆顺。群众还总结了扎风墙的经验：“速战速决打风墙，播种草籽紧跟上，先草后木拖拉挡，强迫黄龙穿绿装。”经过 10 年苦战，深入持久地开展封沙育草，治沙造林，绿色星星点点地积累起来了，逐渐汇积成绿色的海洋。到 1959 年，磴口县人民终于初步制伏黄龙，战胜了风沙灾害，昔日狂风恶沙、沙进人退的荒凉面貌变成了绿树成荫、牛羊遍野、五谷丰登的繁荣景象。磴口县的人口由 1949 年的 17807 人，增加到 37917 人；农作物播种面积由 1949 年的 68318 亩，增加到 187133 亩；粮食亩产量由 1949 年的 70 斤左右，增加到 450 斤左右；牲畜总头数由 1949 年的 27169 头（只），增加到 54975 头（只）；林木总面积由 1949 年的 1500 亩，增加到 157373 亩，农牧民的经济收入大幅度增加。

1959 年 9 月 5—13 日，在乌鲁木齐召开了西北五省（区）加内蒙古第二次治沙会议。巴盟盟委副书记杨力生出席会议，并以书面形式发言。会议文件将发言稿收录印发全国，称“地委书记的报告就像专家的报告”。

时年，河套行政区与老巴彦淖尔盟已经合并，新的巴彦淖尔盟府就设在磴口县政府所在地——巴彦高勒，人口 70 万，面积 32 万平方公里，管辖包括 20 年后即 1979 年成立的阿拉善盟 3 旗在内的 11 个旗县市。杨力生历数巴盟三大沙漠的特殊性和复杂性，如实汇报了巴盟人民 10 年治沙的伟大成就。他说：

“回顾 10 年来，全盟人民在党的正确领导下，采取了造林种草、封沙育林育苗、筑风障、土压沙、引水灌沙等各项综合措施，向风沙展开了百折不挠的斗争。据统计，几年来全盟已营造各种防护林 120 余万亩，种草 135 万亩，封山育草、育林 340 万亩，筑风障 300 余华里，向沙漠引水开渠 3 道，灌沙 130 万亩。由磴口县二十里柳子到杭锦后旗太阳庙沿乌兰布和大沙漠边缘，已经营造成一条长 350 余华里、宽 350 ~ 400 米的防风林带，挡住流沙东侵，向沙漠夺回 10 余万亩农田，保住了百多万亩草场不再受沙的威胁。巴盟的治沙工作，虽然处于始创阶段，但由于辛勤努力，已经取得了一些成果。

“首先，广泛植树（草）造林、封山育草以后，一部分沙漠被消灭，一部分沙漠被驯服，减轻了威胁，保护了大量的田地、草原、房屋、公路，给发展农牧业和各项建设事业创造了有利条件。在畜牧业上的收效更为显著，一方面由于控制住了流沙的侵袭，原有的草场可以生长得更好；另一方面，大量植树造林、封山育草的结果，也给畜牧业提供了大量的质量良好的饲料、饲草。我们计算过，如果种沙枣，1 亩地可以种 600 株，3 年后每株产树叶 6 斤多，一只大羊一只小羊每天吃 10 斤，那就可以一大一小两只羊吃一年，如果四至五年生的沙枣，每亩就足够 3 只羊吃一年的。这不仅增加了载畜量，也增强了牧业的抗灾能力。

“1957 年，全盟遭到 60 年来最大的一次旱灾，全盟牲畜不但没有减少，反而有了增加，这和我们多年来大力治沙工作的结果是分不开的。磴口县在大旱时，除了全县牲畜在林带放牧外，还容纳了阿拉善旗、伊克昭盟和杭锦后旗的 5 万多头牲畜，使这部分牲畜基本上没有遭到损失。额济纳旗是一个纯牧区，1957 年大旱时牲畜大部分在树林里放牧，所以虽在大灾年头，牲畜的纯增率还达到了 13%

“其次，林草成长起来以后，增加了群众收入。据磴口县初步统计，1953 年全县树林本身的直接收益达 19 万元之多，而且也给副业生产开辟了广阔的门路，如利用柳条编筐子、笆子，利用树干制成锹把、镐把，可以解决一部分用材困难，此外还可以采集各种野果和各种药材等等。

“第三，由于一部分流沙被制伏，减轻了对各种工矿和铁路、公路的威胁。陕坝至三盛公一段公路，先前经常被流沙所阻而停止通行。现在再刮大风也阻止不了往来的车辆了。特别是一部分黄河护岸林成长起来以后，大大减轻了流沙入河的数量，减轻了对黄河下游的危害。

“第四，流沙被制伏以后，人民变成了沙漠的主人，而不是沙漠的奴隶，不是沙漠赶人走，而是人进沙退。在沙边建起了许多新房子，磴口县有的敬老院、幼儿所都盖到了绿树丛中。”

我以为，杨力生的这篇报告，就是早期的“沙草产业”观点。只可惜接踵而至的国家三年经济困难时期、“四清运动”、“文化大革命”，淹没了这种声音，使其不能成为正能量。

诗曰：

十年林草锁黄龙，十分干劲部颁县。
一代一代干下去，誓叫荒漠变绿地。

1997年春天，杨力生与世长辞。根据他生前遗愿，磴口县委、县政府将他安葬在巴彦高勒镇旧地村的乌兰布和沙漠东缘。

2016年春天，在旧地村党支部书记田金富的陪同下，我第二次来到杨力生墓前。这一次，与3年前我来观瞻的外景有很大的不同：由县政府出资修了一条900米长的油路，专门从穿越村中的另一条油路连接，通到坟头，修葺了墓四周环境。

坟墓是孤独一座。

墓前，是1959年内蒙古电影制片厂拍摄两集纪录片《向沙漠进军》时那绿树遮天的大柳树场景。墓后三面，是被大树阻挡住的明沙。

我攀上沙尖，极目远眺东方，黄河上的3座宏大建筑——黄河铁路大桥、三盛公黄河水利枢纽工程、京藏高速公路磴口大桥巍然屹立，贯通祖国大西北。转身往西瞭，就是我20世纪60年代生活过的林站地界。

今昔对比，我心中如黄河奔涌。我不明白，一代治沙英雄，他曾领导过浩如烟海的32万平方公里的沙漠、戈壁、河套大地，为什么选择在这里安眠？是想以万年之躯阻挡沙漠吗？是想永远守护母亲河吗？是想这里再度重现20世纪50年代沙漠绿洲中那村办幼儿园、敬老院吗？

返回的路上，我仔细询问了脚下油路的生成过程。田书记说：“是县政协主席赵淑兰去年力主操办修建的，光征地费就花了五六万元。”改天，我在县上见到了赵淑兰，我问她："那条通往杨力生墓前的900米油路有名字没？"她说没有。我给她上建议："就叫'杨力生路'，路边立个牌，让世人常念叨，如何？"赵主席表示赞同。

在磴口县街心小游园，我与几位80岁以上的老人闲聊，问起五六十年代的几位县委书记大名，对杨力生的准确记忆率最高。从杨力生开始，到本届李建军，共产党的磴口县委书记已经有15届了。

杨力生为解放初期磴口县治沙造林、农牧业生产发展立下了汗马功劳。他是磴口县治理乌兰布和沙漠的先驱者和奠基人。绿荫下的老人们如是说：提起杨力生，即使过了60多年，磴口人民也难以忘怀，他是群众公认的创县英雄。他是"植树迷"。他在洗脸间贴了许多造林知识贴，取名叫"天天见面"。他的治沙的思路是沿田和沿河各造一条林带，沿田的保护庄稼，沿河的保护黄河。政府从乌达地区拉来了煤，解决了烧柴问题。沙害的根源就是群众长时期烧柴造成的，有了替代燃料，治沙就有了保障。治沙这个功劳应归属于杨力生，他是个很有远见的干部，是308华里防护林的真正缔造者。他的办公室摆满了各种苗木的栽培试验箱，他家和宿舍的周边都是树，院里达40多个品种。每到治沙期间，他就住在沙窝里，与群众同劳同食。他善于总结群众经验，像"三喜两怕"、"因地制宜"的植树经验都取自于群众。他善于利用群众力量，磴口的治沙劳模大多数是他发现的。到1960年，308华里防护林建成，宽50~100米，面积有8万多亩，保护住了百万多亩耕地草场不受风沙威胁。磴口县人口增加到3.8万人，耕地增加到18.7万亩，林木总面积增加到15万亩，粮食亩产由70斤增加到450斤左右。人们在绿树成荫、清新优美的环境中生活。群众编了歌谣来歌颂这个变化：

东临黄河西靠沙，育草造林好办法；
苦战九年黄龙伏，绿树丛中有人家。

词曰：

减字木兰花

一代英豪，杨柳沙枣绿中笑。为官一任，造福一方忘不了。

沙边长睡，万里黄河常流泪。吹皱东风，重振山河落照红。

三、治沙站传奇

1958年，党中央、国务院决定，要对全国的沙漠进行考察、设计、规划治理。时年10月，由国务院牵头，由中国科学院、林业部、农业部、水利部组成综合考察委员会，着手对西北六省（区）沙漠地区进行考察及综合治理。

在此背景下，中国科学院治沙队，组织全国有关院校和科研单位，聘请苏联专家彼得洛夫参加，考察了我国西北地区各大沙漠，包括对乌兰布和沙漠、腾格里沙漠及河西走廊的综合考察。考察工作结束不久，国家在呼和浩特市召开了西北六省（区）治沙会议，决定在新疆、青海、甘肃、宁夏、内蒙古、陕西六省（区）各建一个治沙综合试验站，以便开展治沙研究工作。

1959年3月，在兰州会议上，就六省（区）建站一事做了具体部署。会议决定：内蒙古站在磴口县建立，其名称为“中国科学院磴口治沙综合试验站”。

开始筹建时，中国科学院治沙队，包括办公室、科研组、后勤组及车队等大部分力量设在磴口县。同时抽调内蒙古自治区有关单位的治沙专业人员参加，此外，还从中科院植物、土壤、地理、地质、气象等研究所和有关大专院校抽来专家、教授100余人。其中有中科院治沙队专业人员刘瑛心（植物学专家）、黄兆华（畜牧专家）、赵兴梁（地质学专家）、王康富（林业专家）、耿宽宏（气象学专家）、蒋瑾（地理学专家），以及南京土壤所的蔡蔚祺、动物研究所的周强、西北生物所的陈培源、东北林学院的唐樨英、南京大学的唐宁华、西安交通大学的戴枫年、北京林学院的王利贤、河北地质学院的于志忠等。内蒙古自治区的专业人员有：林业厅的敖立泉、范林新、胡克勤、吴艳萍，内蒙古林学院的徐树林、卢玫、于兆璐，内蒙古大学的李一博、曾泗弟、刘忠玲，内蒙古农牧学院的吴渠来，内蒙古林研所的张敬业、刘德安、田有昌，内蒙古土地勘测局的窦明彦、路昌林。

为了密切配合中国科学院治沙队在磴口地区的工作，经内蒙古林业厅与巴盟行署商定，由中共巴盟盟委书记处书记杨力生兼任磴口治沙综合试验站主任委员，副主任为马毅民（中科院治沙队办公室主任）、贺满堂（巴盟林业处长）、图布信（内蒙古林业厅处长），孟柏林、马维荣、高林生为专职副主任。后改派高林生（内蒙古林业厅处长）、江福利（内蒙古林学院教育长）、刘瑛心（治沙队专业人员）、康玉龙（巴盟水利处长）、贺国弼（中共磴口县委书记）、孟柏林（磴口县副县长）、马维荣（巴盟农业处副处长）等任副主任。1961 年至 1962 年，盟行署又派来林校校长杨文斌和林业处干部明永良担任专职副主任。

当年组建了林业、农业、土壤、地貌、植物、动物、生物、畜牧、水利、水文、地质、测绘、气象等 12 个专业组。全体工作人员在巴盟盟委、行署的领导下，在盟林业处及磴口县政府的大力支持下，一边筹备建站，建立观测点，一边开展工作。至 1960 年底，先后进行了巴丹吉林沙漠考察、动植物资源调查、土壤地貌水文草场勘察，对三盛公黄河铁桥至狼山的综合断面进行考察（考察结果均有详细报告），在海子沿、察汉其尔盖等地开展了定位研究工作，并对固沙造林、黏土地铺沙改良土壤、沙地育苗、防治鼠害等工作进行了一系列试验。

1959—1960 年，自治区曾连续两年在乌兰布和沙漠东部边缘 20 公里宽、50 公里长的地带进行飞机播种，播区距巴彦高勒最近 3 公里，最远 36 公里，为南北长方形，总面积为 615，755 亩，曾播下沙蒿、梭梭、沙米、棉蓬等种子。据 1959 年 10 月调查，沙蒿在风蚀洼地每平方米有苗 62 株，平茬苗高 0.98 厘米；沙蒿在半固定沙丘地区每平方米有苗 29 株，平均苗高 1.5 厘米；沙蒿在流动沙丘背风坡脚处每平方米有苗 9 株，平均苗高 38 厘米。1960 年 10 月再次调查，在流动沙丘背风坡脚处的沙蒿已平均高达 81.8 厘米，最高的达 150 厘米，有 50% 可望当年结实。此后，在乌兰布和沙漠东北部沙蒿群丛到处可见，这都是飞播沙蒿繁衍后代的结果。通过定位观测、定位研究，积累了丰富的经验，为后来开展治沙研究工作打下了良好的基础。

1960 年，磴口站还组织人员对毛乌素沙漠进行考察。

当时，磴口站受中国科学院治沙队和内蒙古林业厅双重领导，交由巴盟代管，故亦称“巴彦淖尔盟治沙综合试验站”，对外则称“磴口治沙综合试验站”，并负责指导伊盟、哲盟等地区的治沙工作。磴口站（即巴盟站）下，还设有陶升井、贝子地、拐子湖等治沙站。所以该站具有“一身兼二任”的性质。

从 1960 年 3 月开始，巴盟行署除给治沙站配备了一批行政领导干部外，还抽调有专业知识的人才参加此项工作，如胡东瑞（林业）、刘新民（畜牧）、李重光（林业）郭利选（林业）、赵坤珍（林业）、缪长希（林业）、俞志询（农业）、罗连青（气象）等，此外还抽调了宋庆龙、葛洛追、杨巴音达赖、苗瑞风、任惠丰、年青云等，以便在中科院治沙队专业人员的带领帮助下，通过对沙漠的考察、定位、试验，培养壮大本地区的治沙专业队伍。在配备大批干部的同时，积极筹建治沙研究基地和办公室及定位观察点。在这方面，粮台乡东圪堵队支援熟耕地近百亩。在油房圪旦（原县猪场所在地）建立了苗圃，修建了部分房屋，一面搞基建，一面育苗，还种植了蔬菜，以解决干部、职工的吃菜问题。以苗圃为据点，又在三盛公渠退水坑北修盖了两幢平房（400 余平方米），中科院治沙队试验人员就驻扎在该地，开展了治沙研究项目。

四、防沙林场功不可没

1963—1965 年，我在磴口县粮台社小读书。小学房后不远处，是一处四面沙枣树枝篱笆墙搞定的偌大园子。白杨参天，黑柳成材。远看沙漠绿洲，近闻桃李飘香。这里俨然是世外桃源，远近闻名，人皆呼之“县林场”。

“文革”前 17 年，在东起黄河防洪大堤内的护岸林带、西至乌兰布和沙漠绿色长城、南自刘拐沙头、北抵阴山脚下的广袤土地上，防沙林场为防沙治沙、绿化祖国立下赫赫战功。

在 1950 年 1 月 31 日召开的各界人士代表会上，磴口县委、县政府决定：设立防沙造林专业机构，并报请宁夏省委审批。时年，宁夏省委拟在中卫、磴口两县建立防沙林场。为争取省委尽快批复，在 1950 年全省春季造林汇报会上，杨力生向省委提出建议并亲自造访建设厅长郝玉山。时隔不久，建设厅决定推迟中卫县建场，首先建磴口林场。马守孝负责筹建工作，刚分配到宁夏的大学生张涛、宛若珊夫妇被分配到磴口防沙林场工作。

1950 年 4 月中旬，杨力生书记亲自带领马、张、宛 3 人借住在三盛公任根所家的小土屋里，开始了艰苦的创业。经过半月跋涉勘察、选点比较，最后确定三盛公城南 1 公里处的富泰魁为林场场址，并上报省府。此处原为一富户耕地，因多次被黄河扎冰坝淹没而弃耕。其中有一近 10 米高的大沙丘最适宜建筑场舍，这里一可防洪，二则周围可开地千亩，三距县府不远。4 月 28 日省府批文到县，宣布 5 月 1 日为建场日，从而吹响了向沙漠进军的号角。

磴口县防沙林场位于乌兰布和沙漠东部边缘。一作业区，地处粮台乡沙拉毛道嘎查境内，东连黄河，西接乌兰布和东部大流沙区。二作业区在十几年后我家落户的南粮台林站苗圃、果园及部分护岸林、防沙林区。三作业区在坝塄、补隆两乡流沙带以西的半固定沙地。全场林地处于 308 华里防沙林带和 10 里封沙育草区，南北长 50 华里。林场以防沙造林、封沙育草为主，并承担生态环境建设，对磴口县防沙造林事业的起步和发展，做出了卓有成效的贡献，起到了林业行政管理、调查设计、组织群众、提供种苗、技术指导、典型示范、培养人才等多种作用。

时年，林场采取边建设、边生产的方针，在 5 月下旬便完成榆树播种和柳树插条育苗 20 亩，受到县委和省建设厅的表扬；到秋季，建起土木结构的场舍 200 平方米。从此，磴口县有了治沙造林的专业机构。

1. 防沙林场的发展

磴口防沙林场由宁夏省建设厅和县政府双重领导，为了指导和开展防沙造林、封沙育草工作，县委确定林场面向群众，开门办场。场内生产任务以育苗为主，国营造林只是设点示范。林场于1951年在坝塄广庆元（三区），1952年初在四坝潘家茅庵（五区），11月在渡口南套子（二区）3处设立苗圃，当时均称林业工作站，简称林站。南套子林站于1956年转让给县劳改农场，又在冬青梁（四区）建一林站。1952年底，场站共建筑房屋600多平方米，苗圃地600多亩，除老磴口（一区）外，其他4个区都有了林站。林站受林场和区公所双重领导，行政领导与专业服务密切配合，培育林木种苗并进行技术指导，帮助群众造林，同时重点搞国营造林，如四坝林站在其西南的义盛宁沙边营造700亩防沙林带和封沙育草区，坝塄林站在丁家圪旦、小牛俱营造400亩防风固沙林，林场在东荒地、旧地、铁匠壕一带营造的防沙林带，都起到了典型示范作用。

1953年，宁夏省成立阿拉善蒙古自治州，磴口县划归自治州。到1954年，林场正式职工由1950年的7人增加到40多人，其中干部来自西北农学院林学系、林业部西北林业干部培训班、陕西武功农校林业班、甘肃省临洮农校森林科、宁夏省林干班、宁夏省农校林干班等大中专院校，大部分干部有文化，又经常下乡做群众工作，经过实践锻炼，成为县、区、乡三级政府驻林业工作和农林科技方面的参谋助手和业务骨干。防沙林场虽归口建设科主管，但因林场站干部以指导群众造林为主，县党政领导就将林业方面的计划安排和公文承办直接交给林场办理，林场可以向区、乡行文，场长参加县政务会议，场站的干部参加县、区召开的会议，人员统一受县区领导。林业干部下乡工作，领导支持，群众欢迎，说话有人听，工作很起劲。这个时期的林场实际起到了人民政府林业主管部门的职能作用。

2. 防沙林场的变迁

1956年，磴口县随阿拉善蒙古自治州划归内蒙古自治区管辖。内蒙古的林业机构体制与职能作用和宁夏不同，国营林场专门从事国营造林和国有林木经营，苗圃专事生产苗木，均不参与群众造林工作。所以，磴口县政府于1958年也只好单独设立林业科，从林场调孙林涛、郝英才、马正魁、马维骥等人到林业科工作，防沙林场的行政职能和群众工作到此终止。四坝、坝塄林站转为国营苗圃，由林业科管理。冬青梁林站于 1959 年划归哈腾套海综合林场。县林场设 3 个生产队，重点任务是在兴盛扬东的河滩地上造林。

1958 年 8 月，林业科请当时在磴口县搞园林化规划设计的内蒙古林业勘测设计队对防沙林场进行勘测设计，当时设计范围是东起粮台乡防沙林带，北至红房子，西到察汉其里格，向南延伸到与阿拉善旗上江交界的刘拐沙头及黄河滩宜林地，总面积 16 万余亩。1960 年，林场在金沙庙设立作业区，此后林场造林转向二十里柳子沙区及杨三店东侧的河滩地。1963 年，又在后海子北侧设立作业区开展造林育苗。1964 年，县委决定由王有位副县长负责将老柴渠西、旧地、铁匠壕、刘福元一带林场与群众插花营造的国有林和私有树木统统划归粮台乡经营管理。

1963 年 6 月，根据自治区下达的任务，巴彦高勒市（由磴口县改名）政府派孙林涛、孙平到包头市接收上山下乡知识青年，8—10 月，分两批接回初中毕业以上的 130 多名青年及个别医务、炊事人员到县林场参加林业建设。按当时政策规定，这批人员均为国家林业正式工人。根据工作需要一半分到林场，一半分到坝塄林站。因 1962 年八一农场（所在地即现在的乌兰布和农场）迁往内蒙古东部地区，原农场土地由坝塄林站搞治沙造林，需要较多的工人。1965 年春，内蒙古生产建设兵团成立，将哈腾套海林场和八一农场连同坝塄苗圃一并划归建设兵团。

1969 年初，内蒙古生产建设兵团改建为北京军区内蒙古生产建设兵团，防沙林场移交给兵团。兵团将林场场部改为一团砖厂，砖厂停办后改为果树队。金沙庙、后海子作业区撤销，土地划归一团六连；二十里柳子成立一团十连，均为农业连队。1975 年，兵团建制撤销，7 个团改为 7 个国营农场，归盟农管局领导。同年，磴口县成立乌兰布和机械化林场。1977 年，在二十里柳子进水闸成立机械化林场二分场。1978 年，乌兰布和机械化林场移交给中国林科院内蒙古磴口实验局。县治沙造林局拟文上报自治区林业厅，要求恢复磴口县防沙林场建制，并要求将 1969 年划归兵团的原林场场部和二十里柳子的十连划归防沙林场。1978 年 12 月，经自治区领导与巴盟农管局协商同意，县防沙林场于 1979 年春恢复建制，6 月，接收了一团移交的十连及果树队，场部设在二十里柳子十连连部。

经过“文革”十年，防沙林场万余亩人工林减少到 3400 亩，林场原有的西苗圃经兵团一师一团砖瓦连的 7 年揉搓，变为一片废墟。

为理顺领导关系和投资渠道，1982 年，县政府决定将坝塄苗圃于 1976 年组建的 2 万亩文冠果基地（地址在防沙林带、流沙带以西，南起金坑海子，北至乌素渠，西至建设二分干渠）移交给县防沙林场。同时，县政府决定将机关、学校、工厂义务植树营造的巴彦高勒镇西北部环城林带交由防沙林场管理保护。为便于管理，防沙林场场部由二十里柳子迁驻县一中西沙窝，并将二十里柳子至金沙庙的林地定为一作业区，果树队包括杨三店以东河滩、东荒地等地定为二作业区；文冠果基地定为三作业区，从此林场进入新的生产建设时期。

县防沙林场从 1950 年 5 月建场，到 1993 年 5 月，整整 43 个年头，始终为磴口县的林业建设、周边环境的保护和防治风沙灾害做着贡献。

据首任场长孙林涛老人（已去世）撰文回忆：

1949 年前的磴口，林木稀少。据 1949 年末县人民政府建设科统计：全县共有小片树园 150 个，林木 54295 株。其中 120 片 32368 株为地主园子，其余 30 片 21927 株为天主教堂及乡村公有树园。树木种类，解放初期只有少数箭杆杨、银白杨、臭椿、侧柏、枸杞和榆树，而且都在三盛公、渡口、补隆淖天主堂树园内。地主树园多为柳树，果树只有杏、李两种。

1950 年，决定开展防沙造林时，就遇到种苗缺乏这一难题。采种育苗成为林场的主要生产任务之一。林场在当年建场的同时，开始播种、插条育苗，引进洋槐、侧柏等树种。

1951 年，林场从宁夏省建设厅领回洋槐、紫穗槐、合欢、侧柏、臭椿、白腊等种子 2900 斤。当年秋季，林场派张永稳等干部在宁夏、陕坝等地采购柳树栽子 305134 株，杨树、沙枣苗木 8300 株，对保证全县完成造林任务、培育苗木起到积极作用。1952 年，从银川引进加拿大杨、箭杆杨苗条，从宁夏灵武县

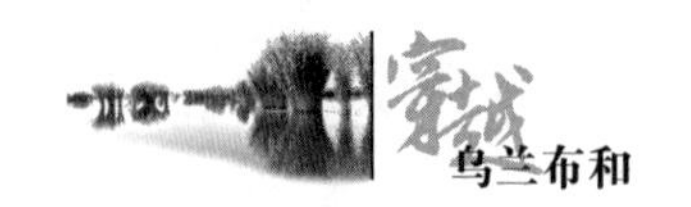

引进国光苹果、洋梨、枣树、核桃等果树苗木；1953年，从宁夏贺兰县采购沙枣种子4000多斤；1956年，从呼和浩特市采回小叶杨种子，开始播种育苗；1958年，从额济纳旗调进沙枣种籽和胡杨种籽，进行了育苗和移植造林；1959年春季，从辽宁引进苹果梨苗木，秋季从新疆引进园白、无核白葡萄苗，之后又引进薄壳核桃种和新疆大沙枣苗木，进行育苗繁殖或果树定植，大大丰富了全县造林和果树栽培树种。到20世纪90年代，全县果树已发展到近2万亩，品种繁多，花香果甜，还可见到少数洋槐、白腊正常生长。而加拿大杨、箭杆杨普遍生长良好。特别值得一提的是从宁夏调入的旱柳，栽植在渠畔和深厚红泥土地段，树干高而挺直，主枝细小，开张角度小，树冠紧凑，群众叫“钻天柳”、“黑皮柳”，是当地人民建房的主要檩条和椽材。这个优良品种成为河套地区“四旁绿化”和建造农田防护林的推广树种。

20世纪50年代，林场站除自己育苗外，还提供种籽、苗条，组织群众育苗。几十年间，林场站所培育的大量苗木，每年都无偿调拨给群众造林使用，这对全县造林事业的发展起到了物质保障作用。

1951年11月，县政府遵照省建设厅指示，组织防沙林场干部和县、区有关人员，组成13人的调查队，对全县造林防沙做过一次整体性调查和勘测。下分两个组：宣传调查组用40天时间完成4个区的工作，召开群众会、干部会64次，组成合作造林社（组）48个，为磴口县以后的“组织起来，合作造林”奠定了基础。调查期间，和群众协商解决了林带占用的农田3507亩；完成了全县树种及分布调查。经过宣传教育，群众对植树造林防风沙有了认识和信心。勘测设计组历时50天用罗盘仪导线，小平板构绘，完成南粮台沿沙边到四坝下西闸子与杭锦后旗交界处全长312华里防沙林带的造林地15070亩的勘测设计任务，为全县的防沙林带营造工程绘制出施工蓝图。

那时，林场站干部，除少数财会人员、苗圃管理人员外，从场长到技术行政干部，都被派到各区、乡指导并参加群众造林活动。对每年春秋季造林的宜林地，踏查、造林设计、造林前组织群众整地、种苗调配运输、开会动员宣传、技术传授、造林时现场指导、质量检查验收、登记造册、填发合作造林股票（收益按股分红），以及夏季的幼林抚育、除草淌水、打风墙、引水灌沙、封沙育草，冬季的组织护林等等，都分点分片负责，一抓到底。林业干部的双脚跑遍了全县区、乡、村、社，踏遍了每一块林地，为了308华里防沙林带能够早日锁住"黄龙"，镇住"恶沙"，保住农田，护住村庄，做出了自己的贡献。

土地改革时期，磴口县将地主所有的树园和林木没收归乡公有，后又归县所有，县政府将这些树木交林场代为经营管理，并在1953年制订的《磴口县林木小保育具体实施规定》第四条四款中对公有树园的管理办法做了明确规定，林场当即贯彻执行，如二区的公有树由林场管理，三、四区由坝塄林站管理，五区由四坝林站管理。一般小树园和渠道树由场站与当地群众签订合同负责管理，并做淌水、修枝、松土、围墙修理等抚育保护工作。国家需要采伐时，经县批准，林场站派干部监督采伐，木料款收入上缴财政。这些公有树木在合作化及人民公社化以后，交由集体管理。可惜的是，在十年"文革"期间，这些树木被砍伐殆尽。

五、塔布村：乌兰布和沙漠中的一颗绿宝石

上世纪的四坝乡，今天的隆盛合镇，有一个名叫"塔布苏亥"的村庄。塔布苏亥是个蒙语名字，译成汉语是"五棵红柳"。这也正是这个村1949年前现实状况的真实写照——只有五棵红柳。塔布苏亥，地处乌兰布和沙漠东部边缘，三面环沙。一遇风天，黄沙滚滚，遮天蔽日，狂獗的流沙每年以3~5米的速度东移，侵吞了大片良田。沙进人退，民宅被迫搬迁，到处是沙丘和流沙，村里的居民深受沙害之苦。

土地改革后，党和政府的第一件事就是动员广大群众摊平沙漠植树，封沙保田。村党支部书记胡生禄积极组织村里的几个党员带头植树，首先给群众做出表率。在党员的带动下，深受沙害之苦的600多口村民们一齐动手，有的挖坑，有的扛树苗，出工收工经常是两不见太阳。树苗不够时，胡生禄就领着20多名

身强力壮的后生到当时30多里外的盟治沙站去扛树苗。这一年，他们首先选择了适宜于干旱地区生长的旱柳，沿沙漠边缘种植了约2000余株大杆旱柳。胡生禄每年带领大伙造林300亩，发动群众挖渠打坝，引黄河水灌溉，保证了树木的成活率；发动青壮年挖沙头，填凹坑，逐步向沙窝深处延伸，种植了沙枣、胡杨、白杨树和旱柳等树种。深受沙害的广大群众焕发出无穷的干劲，10多年后，这个只有五棵红柳的荒凉村落，已经是绿树成荫，各种树木像一排排绿色的卫士，屹立在乌兰布和沙漠的东部边缘，从而锁住了千百年来肆虐人类的这条“黄龙”。

1976年，老支书胡生禄被调到四坝乡林站当了党支部书记，21岁就入了党的年轻后生王计福被任命为塔布苏亥村党支部的新一任书记。这位年轻的支部书记接过了老支书交给他的一份家业：一条6华里长、3华里半宽的柳、榆、沙枣混交的防护林带，村里及周围的60多万株成才树木，1000余头大小牲畜和3000多亩耕地。此时，塔布苏亥的林木覆盖率已达到13%。王计福不愧是塔布人的后代，他不忘植树，上任第一年就发动全村的共产党员、青年民兵上了风沙线。他的“军令状”比当年老支书的口气更大：1年造林1000亩！并且不用父辈们上阵，单靠全村的200多个小青年们。2年过去了，家乡的林木又新增了2000多亩，年平均造林成活率达到85%以上。

在成绩面前，王计福并没有停步，他的胆子更大了。他学习了《国外机械化造林》一书，从中受到了启发，并且算了一笔账：1台推土机1个小时可以推沙填坑200多立方米，而这200多立方米沙土让人担车拉得50多人干1天。时间就是速度。他把这个方案提到村支委会上讨论，人们一合计，要雇推土机，就得花掉3000多元钱。怎么办？为了加快造林步伐，彻底迅速改变家乡面貌，大家宁愿这辈子吃苦，也要给子孙后代造福。于是，支委们一致同意雇推土机推沙填坑。就这样，一座座沙峰被推平了，并且开出了一条水渠，把黄河水逐步引进沙漠深处。秋天每推开一片，第二年春天就全部栽满了树苗。就这样，塔布苏亥人民一年年往沙漠深处植树，迫使乌兰布和沙漠开始驯服地向后倒退了。

1979年，联合国林业组织非洲沙漠考察团的9名林业专家专门驱车来到塔布苏亥，陪同前来的还有国家林业部一位副部长。这个考察团的团长是一位个子高高的黑人专家，据翻译告诉王计福，这位团长说：“在非洲，有许多世界闻名的大沙漠，但那里寸草不生，你们能在沙漠里栽起一片森林，简直是人间奇迹！中国人了不起，王先生（指王计福）了不起！”专家们在塔布苏亥整整住了一个星期，对塔布苏亥的沙漠、土壤以及树种和整个植被，都进行了全面考察。临走时，专家们这样高度赞扬：“塔布苏亥，是乌兰布和沙漠中的一颗绿宝石！”

1980年，塔布苏亥开始实行生产责任制。为了保护过去植造的林木和鼓励广大社员在沙漠继续大面积植树，这个村因地制宜地制定出一整套改革方案：耕地全部承包到人，牲畜作价归户，现有6000多亩集体所有的林地仍归集体所有，并且推行承包管理。

十一届三中全会以后，村党支部继续坚定不移地贯彻以林为主的政策，并且明确规定：国造国有，社造社有，社员自己种的树归个人所有，还分期分批地向林木所有者颁发了“林权证”，真正保护了造林者的所有权，从而进一步调动了广大社员植树造林的积极性，使全村有林面积继续逐年扩大。

据有关部门测定：塔布的年降雨量平均只有150毫米，而蒸发量高达3000毫米，属于半荒漠干旱气候，要想提高树木成活率是相当困难的。但是，村党支部也看到了村里的不少有利条件：一是地域广阔，二是灌溉条件好，三是有塔布勤劳的人民多年来植树造林、抵抗风沙的丰富经验和决心。为了保证防沙造林效果，村党支部发动群众开挖出长达8600米的支渠1条、农渠13条，进行大面积引黄灌沙植树。此外，还修筑了一条80米长的农机路，并在渠背、路旁、地堰全部种满了树，使大片的防风林带和农田防护林纵横交错，形成了“四青”庭院绿化和片、网、带结合的高标准农田林网化。

到20世纪80年代，全村总面积为4.2万亩，耕地面积达3400亩，占总面积的8%，下属4个社，居住着202户社员。户均有林54亩，人均有林10亩，森林覆盖率达到26%，比20世纪70年代增长1倍，超过国家生态平衡标准近1倍。据有关部门测算，这个村木材积蓄量达到3万多立方米，林业固定资产价值达4000多万元。塔布林业真正成为全村人民取之不尽用之不竭的“绿色银行”。

1987年，这个村又被确定为全盟3个农业生态试点之一，将对进一步摸索全盟农业生态的合理模式起到楷模作用。林业的发展，生态环境的改善，农田防护林的构成，使塔布苏亥改变了农田小气候，防御了风、沙、干热风等自然灾害对农作物的侵袭，同时，大量的落叶归田为土地增加了良好的有机肥料，既可抑制盐碱又能增加土壤粒结构，提高了土地肥力，从而为粮食的稳产、高产奠定了坚实的基础并创造了良好的条件。1963年，这里的粮食亩产由以前的150斤提高到273斤，增长了82%；到1978年，粮食亩产又增加到470斤，较1963年又增长了72%。实行生产责任制以后，塔布苏亥村从当地实际出发，认真调整了产业结构，在保证粮食总产稳定增长的前提下，全村又种植果树280亩，种植酒花、甜菜、瓜类及其他经济作物800多亩，并逐步建立起了酒花、甜菜和蜜瓜小基地。到1985年，这个村粮食平均亩产达到570斤，向国家出售商品粮39万斤。村里还建起油坊和木材加工厂，仅木材加工厂每年出售木材和木制品收入就上万元！多种经营的扩大，又促进了商品经济的发展，提高了经济效益。到1985年，加上牧业收入，社员人均收入达到了523元。1986年，人均收入达到720元，又比上年增长了37%。进行植树种草和林草间作，扩大了饲草来源，又在群众中集资2万元，买回改良羊400余只，为发展肉毛羊产业奠定了基础。由于林业规模的进一步发展，有效地促进了农业生态的良性循环，而这种资源优势又为全村发展养殖业提供了大量的饲草料，推动了畜牧业的迅速发展。在利用林业来发展畜牧业方面，这个村采取了如下措施：一是充分利用“空中牧场”发展养羊业。这里的万亩森林有着大量的树枝树叶，村里采取夏秋放牧、冬春舍饲的方法，把这些树枝树叶利用起来，既节约了饲草料，又将这些历年来废弃的物质转化成了皮、毛、肉、乳，增加了经济效益；二是进行林草间作，走建设养畜的路子，这个村在有关部门的支持下，投资了2万元建起了网围栏，进行植树种草和林草间作，合理利用林业资源来发展畜牧业，从而使畜牧业生产有了较大的突破。到1986年底，塔布苏亥村大小牲畜总头数已由十一届三中全会以前的1200头（只）增长到2100多头（只），增长了75%左右，生猪发展到660口，畜牧业总产值达到30万元，占到农业总产值的30%以上。塔布苏亥村的林业带动了各业的发展，使这个深受过风沙灾害的贫穷村落一下子变成远近闻名的富庶之乡。1983年，塔布苏亥被国家林业部评为全国造林先进集体。1983年，《中国林业》杂志第5期分别以通讯和图片的形式，进行了系统、全面的报道；1986年，《内蒙古林业》杂志第12期又以专访的形式进行了报道；《内蒙古日报》、内蒙古广播电台、《巴彦淖尔报》等新闻单位也均对塔布苏亥植树造林的先进事迹进行了多次报道。20世纪80年代末，这个村就建起了电影院、学校、门市部、医疗点、图书阅览室、青年民兵之家、幼儿学前班等。

诗曰：

沙海无风不起尘，零星梭梭及腰身。
若非早已知时节，谁料其间亦有春？

你填沙土我扶苗，口号催人士气高。
挖好深坑犹畏浅，故叫再掘二三锹。

深挖坑洞浅栽苗，根壮身粗一样高。
若得东风吹细雨，满头都是绿枝条。

黄河岸边塔布村，年年季季植绿身。
锁定黄龙卫黄河，非欧宾客来观阵。

六、一代治沙英雄

1. 孙林涛：将毕生精力献给治沙事业

这里是乌兰布和沙漠东缘。极目望去，沙海茫茫，湖沼串串，然而却没有海的清凉，有的只是风的嘶鸣和沙的炽热；没有湖的婉丽，有的只是泥的污浊和碱的淫威。“一年一场风，从春刮到冬。”“三天不刮风，不是三盛公。”20世纪50年代前后，边陲小镇三盛公之所以出名，多半是因为沙漠的神秘和黄河古渡的荒凉。也正是这种地缘，几百年来，这里的老百姓最崇敬的是那些能“治沙患、降风魔”的人，并把这些能人视为顶礼膜拜的大英雄。磴口县第一任县委书记杨力生是“英雄”，他拿出了当年在陕北打国民党军队的胆略，敢于向桀骜不驯的黄龙叫板。将一生心血倾注在治沙造林上的孙林涛也是个英雄。他的工作经历无疑是磴口治沙造林的一部历史。而为书写这部历史，他倾尽了自己的全部汗水、心血和精力。

1952年，年仅22岁的防沙林场干部孙林涛参加了磴口县第一届群众防沙造林代表大会。县委书记杨力生关于磴口县沙情水患的报告深深地震撼了孙林涛，他感到了林业工作者肩上的重任。会后，他征得领导同意，带了些简单的行李，深入到沙害严重的民兴、西闸、公地等地搞调查研究。为了积累第一手资料，他常常夜宿沙区，凭借自制的简陋测量仪器记录风情。早春的寒风透肌彻骨，他常常在黑夜被冻醒，只好烧些树枝取暖。就这样，他硬是在沙区坚持了两个月，逐步搞清了风沙活动的特点。经过认真分析，他向县治沙造林站提出了“沿沙设点，连点成线，营造防风林带；封沙育草，保护沙区草木资源和沿河筑堤；营造防风林带”的三项建议。这三项建议被高度重视和采纳。思路有了，但封沙所需的大量树草和树种十分缺乏。为解决这个问题，孙林涛走遍了和磴口地理环境相似的陕宁甘新等省、区，采集树种约70多种800余斤。假如当年的人们能够意识到孙林涛的采种对磴口县未来的造林意义有多大，假如当时人们有现在这样的记录水平，就一定会记下这样的情景：寒风凛冽的新疆伊犁河谷间，孙林涛沿河西去，痴迷地考察胡杨在沙上的根系分布；在饱含凉意的贺兰山山脚下，他如获至宝地收集着沙枣树的种子；在秋风萧瑟的呼和浩特市，他在车水马龙的街道旁走走停停拾拣着风中飘落的小叶杨种子……很难体会这是怎样的一种幸福，当挺拔的胡杨萌动隐约绿意，成片的沙枣林舒展灰色的叶片时，孙林涛兴奋地在沙地里打滚；很容易理解这是怎样的一种痛苦，在他采种育苗最忙碌的时候，先后接到远在甘肃临洮的母亲病重和故去的家信，他默默地将一棵白杨栽到西去故乡的路口上——显然,这是他情深意切的守望。

1953 年，孙林涛被任命为防沙林场第一工作站站长，负责南套子一带的治沙工作。目睹被强劲风沙毁坏的大片禾苗，他的心在隐隐作痛。他意识到：要想改变沙化边缘耕地十年九不收的现状，必须从营造防风林入手。可是，在流动沙丘区营造防风林还没有成功的先例。尽管一些沙生树种的生命力十分顽强，但它们在幼苗期却十分脆弱，近根的树干经不起重度掩埋。孙林涛试着搞了成苗移植，但成活率低，工效缓慢，不能大规模造林。但他并不气馁，他索性吃住在造林工地，苦苦试验，力图找出一种在强风沙区幼树防侵埋的方法。设置石障挡沙，但流沙不久就越过石障向前推进；扦插干枝护苗，不久，干枝被吹得七零八落……最后，孙林涛终于找到一个最简单也最有效的办法：每隔半月清除幼苗周围的淤沙一次。这项工作的艰苦性可想而知——半个月，在超负荷的劳作中他的体重减了 10 余斤。这时的他，两腮深深地塌下去，胡子拉碴像个野人，只有那双满布血丝的眼睛一如既往地闪现着坚定而愉快的光芒。

“大部队”上来了，工、农、兵、学，一支支队伍浩浩荡荡地开进沙区。

1955 年夏天，一排排郁郁葱葱的绿色出现在乌兰布和沙区东缘。从那时起，新疆的白杨、贺兰的红柳、河北的枣树、吉林的沙棘，相继在这里安家落户。人走到哪里，林带就延伸到哪里，耕地就开垦到哪里……沙逼人退渐渐地变成了人撵沙走。

1956 年 3 月，孙林涛被指名出席团中央、林业部在延安召开的黄河中游省区绿化造林大会。在小组讨论会上，他介绍了磴口人民防沙植树营造 308 华里防沙林带的经验，引起了与会代表的极大兴趣。

1958 年，孙林涛出席全国第二次社会主义建设积极分子代表大会，其先进事迹被列入大会简报。他和其他代表一起受到周恩来总理的亲切接见。

孙林涛没有觉得自己“了不起”，面对浩瀚的乌兰布和沙漠，他总觉得自己有研究不完的课题。

1958 年，孙林涛被任命为县林业科副科长，主持全县治沙造林业务工作。他清醒地意识到，要想真正治服沙漠，关键在于封沙育草，他担心那些脆弱的防风林带抵挡不住特殊的灾变。果然，1962年和1963年，两次特大的沙尘天气不仅淤塞了黄河河道，而且一度使包兰铁路中断，人畜损伤严重。那是怎样的场面啊！刹那间飞沙走石，昏天黑地，异响四起，不辨东西。人在此刻充分地感受到了自身的渺小与无奈。风一停，心情沉重的孙林涛就出现在沙区。他诧异于自己万分熟悉的世界会顷刻间变得如此面目全非。同时，一个悲壮的声音从心底呼出：一定要将这些沙丘固定下来。

这是一个惊人的目标。在一次正式会议上，孙林涛将1964年固沙20万亩的计划提出来，令人产生“地为琵琶路为弦，哪个敢弹”之豪迈。

这是一个只有天才才会拥有的偶然发现：流动沙丘可以用青草和麦秸的腐生殖牢牢地固定下来。

这是一个奇观。千人，万人把麦秸和青草横平竖直地压进沙土，孙林涛叫它“织地毯”。压沙是“地毯”的图样，植草是地毯的着色。黄色的“底子”越盖越严，绿色的毯子越织越大，引得鸟儿争鸣、蝴蝶翩翩，沙海竟然蓄起了一泓清水，偶见驻留几只天鹅。

这大地毯一直织到1968年。这年7月，孙林涛被批斗群专。善良的老百姓并没有难为他，他也常常帮群众在渠畔栽几棵柳树，在偏僻的地方种几株枣树。

1975年秋，孙林涛受命组建县治沙造林局，他被任命为该局副局长。他主动建议县委书记巴图建立乌兰布和机械化林厂，以及在粮台、河壕、南营子、公地建立4个治沙站，由他负责各地段的治沙造林。

场站的建立，对磴口县的治沙造林起到了相当大的作用。

1975年秋，生产建设兵团撤销改建农场后，孙林涛主动代县呈文上报内蒙古林业厅，要求恢复县防沙林场建制。获准后，1979年恢复了林场。至此，“文革”期间被破坏的林业组织机构恢复健全，全县林业建设开始出现新的生机和活力。

1980—1991年，他用整整10年时间，集中精力参与乌兰布和沙区的综合治理，为沙区开发进行认真调研和积极规划，在许多建设项目的编制中起了中坚作用，受到国家农业部和林业部的嘉奖。

1958年，他获第二次全国青年社会主义建设积极分子奖。1959年，获内蒙古团委颁发的红色突击手奖章。1983年，获国家民委授予的少数民族科技工作者荣誉称号。

正如大漠的故事永远不会讲完一样，孙林涛的故事远未结束，好在剩下来的故事好多人都在讲，讲他官至林业局副局长，仍爱身着劳动布衣服种树；讲他搞飞播造林和林业规划；讲他勤奋朴实和为人谦和；讲他由于成绩卓著被推选为县政协二、三届委员……绿色一天天向大漠深处延伸，这故事便越讲越引人入胜。

2. 刘格礼：让无树沙城披绿装

几千年来，巴彦高勒始终是黄河上游的一个重要渡口，大自然在慷慨地将丰富的黄河水赋予八百里河套沃野的同时，也将北岸低洼的土地变得盐渍斑斑。细瘦的小草遮不住裸露的土地，灰白的碱蓬在串串水泡间随风抖动，高一点的植物只有红柳和沙枣树，但它们扭曲的身子和粗糙皴裂的皮肤，显示出在严酷环境中生存的不易与抗争。

1958年夏天，在这处举目荒凉、几无人家、更无绿色摇曳的名叫“马柜”的荒滩上，突然出现一个地级城镇——巴彦高勒镇。从此，少了沙鸡的啁啾和野狐的凄鸣，多了机器的轰鸣和车声驼印，街道规整而宽阔了，屋舍整洁漂亮了。唯一使人们遗憾的是，这蒙语意为“富饶河”的巴彦高勒竟然是个无树城！专家们断言，城区所在的生态环境是喜碱植物以外的绿色树木生长的禁区。

这个结论是盟府所在地官员和百姓们难以接受的。

从1959年春天起，人们在巴镇的几条主要街道两侧种下了上万株树苗，然而成活者寥寥可数，一排排死树细瘦的躯干在风中嘶鸣，东一棵、西一棵幸存的活树掩不住独处的悲凉。不信邪的绿化队一年年地重复着他们的悲壮与辛酸！

整整30年，作为盟府与县府所在地的巴彦高勒镇，绿化覆盖率始终没有突破5%。一位老林业工作者，临终前所提的唯一条件是在他的坟前栽上一棵新疆杨，直到生命的最后一刻，他还紧抓着一位小伙子的手反复地说：“找到办法……找到办法……”

这位小伙子就是刘格礼。他是内蒙古林学院沙治系毕业的高才生，他被老人的话深深地刺痛了，他含着热泪在老人的坟前默誓：我要让这座城市绿起来！

1989年，刘格礼被任命为绿化队队长。在这座充满青灰色的城市里当绿化队长，恐怕是最为尴尬的事了。

4月的乌兰布和，狂风卷着细沙，搅天动地。人们还在关门闭户酣睡之时，刘格礼已出现在沙区。此后，大约有两个月的时间，他盯着那一排排在沙地生长的杨树发呆。他在想：既然新疆杨能在同一地域的沙土中生长，那么唯一抑制树木生长的因素就是碱了，因此必须在改良土壤上做文章。确定了这个思路后，他才从沙区"撒网"回来。这时的他，皮肤被沙区强烈的日光晒得黝黑，皲裂的脸上长着蓬乱的胡子，一如在其上生长的碱蓬。于是，自家那片不大的院子成了他的试验场，表面的砖被揭掉了，他挖了一个大坑，坑中还有积水。下班回来的妻子被眼前的景象惊呆了，当看到满脸泥水的丈夫对她古怪地微笑，她明白了，这是"疯子"的杰作。之后的工作更是辛苦，刘格礼租了一辆四轮车从乌兰布和长树的地方拉回满满一车沙土将院里的坑填起来，然后压了肥，种下一株新疆杨。等待杨树长出大片叶子的生命月，这对心急如焚的刘格礼来说是一个极其漫长的过程。他常常搬个小凳子坐在树旁，听小树在风中轻轻颤动的声音，看它淡灰的树色在春风中一天天变得青绿，如同一位慈祥的母亲等待襁褓中的婴儿长大一样。

第一棵嫩芽长出来了，他笑得像个孩子。

第一片树叶舒展了，他兴奋得在地上打滚。

当树荫能遮住沙地的时候，经验告诉他，他成功了。

但是，只有一棵。

他无法肯定地判断，这属于5%成活率中的幸运者，是不是可以照搬此法在马路边上种100棵、200棵、500棵……然而种植的最佳时间已过，只能为下一年做准备了。

第二年，刘格礼动员全体干部、居民在街道两旁开沟换沙。有人反对：黑油油的碱土挖出去，换上明溜溜的沙土，树苗不会被风吹死，被太阳晒死？有人迟疑，不同意大范围搞试验，认为那样会影响市容和交通。原谅他们吧，30年中，他们经历了太多的失败，品尝了太多轰轰烈烈后的冷落与艰辛。

刘格礼带领他的绿化队匆匆动工了。人手少，工具简陋，要在最佳的植树季节完成栽种500株的任务，他们只得拼命赶时间。每天天不亮，刘格礼他们就开始工作了。路面的土硬得像块铁，镐头砸下去，只留下一个浅浅的白印。然而，绿化队员们并不气馁，一镐镐狠命地砸下去……早晚的风还是很冷，可他们身上个个热气腾腾。队员们收工后，刘格礼还在坚持挖，手磨破了贴些胶布继续干，实在太累时就倚在土堆上躺一躺。有人认出这个浑身泥土的人是刘格礼,就主动帮他干……更多的人被他们感动了,纷纷加入到挖沟换沙的行列中。

树沟挖好了，细沙填上了，树苗栽下了。

人们惊异地发现，那些新植的树，青绿的颜色在一天天浓重。不久，500棵白杨同时抽芽出叶，长长的翠带驻留在马路两侧——试种成功了！业内，人们奔走相告，干旱、重碱区的绿化方法找到了，那就是挖沟换沙，改良土壤。

这一年，磴口县植树的成活率达到85%，“巴彦高勒种不活树”的说法成了历史。

对于城市绿化来说，能种活树仅仅是个开始。更艰苦的工作还在等待着刘格礼，他面临着一系列实际困难。绿化队当时只有29人、水车1辆，力量十分单薄；城市下水设施不完善，居民们还改变不了将污水倾倒在路旁的习惯，而客土生长的小树苗经不起任何污染；第一年栽植的幼苗需用草绳捆扎才能过冬，这种技术活又需要专业人员亲自动手，而这样的人手实在太少了。他每天都是早出晚归,吃了晚饭后第一件事就是步行到巴镇的几条主要街道上转一圈，仔细观察新植的小树有无异变。人们常常见到这样的情景：他给摇晃小树的小孩讲故事，把他们哄得一本正经地跟他拉钩，保证以后不再摇小树；他给向树沟倾倒污水的居民讲磴口植树的历史和城市绿化的艰难，多数居民折服了，请他到家里做客，和他成了朋友。也常有这样的尴尬，往树沟倒污水的人怒气冲冲地将他关在门外，从门缝里甩出几句硬邦邦的话：“关你什么事，又不是你们家的！”他无奈地笑笑，默默地记下门牌号码，找合适的机会再找人家谈，

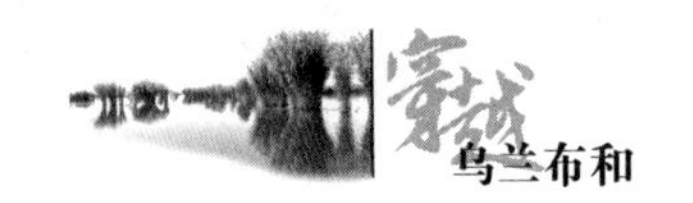

一次不行两次，两次不行三次……直到思想工作做通了为止。有一次，一位妇女正要将污水往树坑里倒，他急了，抱着那树喊“住手”。那妇女当场就奚落他：“臭看树的，瞧瞧你这副德行，整天像看贼似的盯着众人，给你挣几个臭钱？”木讷的刘格礼半天泛不上话来。正巧他妻子路过，看着他被污水浇湿的鞋裤，忍不住流出泪来。她几乎是喊着说：“没错，他是个贱骨头、大疯子，不在家好好呆着出来看树，每天好几个钟头，他一分钱也不多拿，他只是要在这路上多种活几棵树，要让这座小城有点看头，这也错了吗？”围观的人被感动了，“闯了祸”的妇女傻了眼。之后，更多的人理解了“刘疯子”，了解了磴口县悲壮的绿化史，门前绿化“三包”渐渐成了人人都能遵守的公共规范。

1995 年 10 月，刘格礼以自己出色的工作业绩被提拔为县城建局副局长兼绿化队队长。他雄心勃勃地提出了自己的城市绿化计划——试种观赏价值更高的垂柳、松树和翠柏，他在给自己加担子，他依旧是早出晚归，身上也少不了泥浆草叶。有人说：“你这个人让人一点儿也看不出是个官儿。”刘格礼笑笑：“作为一个国家干部，就得要放下官架子，伏下身子，敢挑重担子。行动才是最有权力的语言。”

1990—1998 年，在刘格礼的带领下，全县在城区共植树 2.1 万株，树木成活率在 95% 以上，绿化带长度达到 32 公里，林木覆盖率由 1985 年的 5% 提高到了 20%。

巴彦高勒美了，一排排挺拔的白杨装点着环城公路；一行行垂柳勾勒出居民小区的祥和；一株株青松掩映在公园、机关院内……这满眼的绿色，是巴彦高勒人对美的期盼。

党和政府给了绿色使者们极高的评价。刘格礼连年被评为优秀共产党员和先进工作者，并被推举为县政协委员。

3. 牛二旦：世界知名的农民治沙专家

1978 年，对牛二旦来说是极不平凡的一年，这一年是他人生旅程中最为辉煌的一年。这年 3 月，他到北京参加了全国科学大会，亲耳聆听了邓小平关于“科学技术是生产力”的论断，并被大会授予“治沙专家”的光荣称号。此前，他曾经接到过联合国治沙研究机构的邀请，去参加联合国的治沙会议。因当时他正患病，失去了登上国际讲坛的机会。碰巧，正当他在北京参加全国科学大会时，参加联合国治沙会议的代表回来了，他们在会上代牛二旦介绍了他在乌兰布和沙漠边缘治沙的经验并博得了与会专家们的极高评价，撒哈拉大沙漠周边许多国家的代表都对这位中国农民治沙专家充满敬意，并要中国代表向他转达问候。

牛二旦家住在属于乌兰布和沙漠东缘的杭锦后旗头道桥乡一个名叫史家沙湾的地方。那里常常受到风沙的袭击，有大片的农田和房屋被沙带吞没。因此，河套解放以前，曾住在这里的一些人家被风沙撵走了，只有牛二旦家靠着在房子周围栽种的百十棵树阻挡着风沙，顽强地在这里居住下来。

1952 年，河套地区各级新政权建立后，米仓县委庞书记来头道桥开会号召治沙造林，也许就是因为看见牛二旦家房前屋后那百十苗树，县林业局叫他当了造林委员。从此，牛二旦就一门心思在沙漠里植树造林。

1958 年，在沙漠边缘生活了半辈子、饱尝风沙危害的牛二旦，受命在沙窝子里创办民建林场。这个立志要制伏沙漠、建设美好家园的老农民，带着几个社员起早贪黑地干，当年秋天就在沙漠周边的一些平地上栽上了树，在近千亩的沙丘上插上了苗条。牛二旦和他的创业者们多么希望来年在茫茫沙海中看到一片片绿色啊!

但是，栽的树、插的栽子不是被风沙连根刮起就是被埋没，第一年成活率是零，第二年成活率仍是零。有人被“零纪录”吓跑了。大队领导对牛二旦说：“实在太难就回大队吧。”牛二旦摇了摇头：“不！3年内一定要让沙窝子见绿。3年见不了绿，我就把自己埋在沙丘上，让我的身体当养料叫树成活。”牛二旦天天往沙窝子里钻，下雨天种草固沙，刮风时观察风沙的规律，适宜季节就栽树插苗。艰辛的努力终于有了回报，沙窝的洼地里见绿了。牛二旦发现这些树成活的主要原因为洼地能避开风沙，而且水分条件好。他带领社员继续在沙丘洼地里栽树，同时想办法解决水的问题。

20 世纪 60 年代初，每年他都要带着人挖渠引水灌苗，有时一干就是几天几夜。曾随牛二旦挖过渠的王献民说：“当时我只有十几岁，累得直掉眼泪，往沙子上一躺就打呼噜。老汉（林场的人都把牛二旦称呼为“老汉”）50多岁了，跟我们一样摽着劲干。到底上了年纪，他开始站着挖，累了就跪着掏，后来实在支持不住了，就干脆坐着用手刨。几个人一昼夜挖沙600多方，现在真想都不敢想。”洼地栽的树活了，如何在雨存不住、水浇不上的沙丘上种活树又成了牛二旦攻克的难题。

1978年，新华社记者田聪明采访牛二旦后在一篇报道中写道：“牛二旦整天滚在沙窝里，观察风是怎样把沙揭起来，又怎样堆在一块。天不亮，他就到了沙窝，站在这里看看树，蹲在那里刨刨沙。老伴让人带点干粮给他，他吃上几口便和社员一起又干活了。”经过长期观察，牛二旦发现，沙丘在随风流动，风将沙赶入成林的洼地后被树干固住成为沙丘，不仅不影响被埋住树干的树生长，而且原来沙丘的位置成了洼地。牛二旦产生了一个大胆设想：要固沙，就得先撵沙，腾出地来再种树。此后，牛二旦带着社员在洼地植树，将流沙引入林内，然后再在新腾出的洼地造林。就这样，他们以愚公“挖山不止”的精神，一个沙丘一个沙丘地往前撵，腾一块地造一块林，经过多年的不懈努力，树木覆盖面积不断扩大，沙丘逐渐被固定，昔日的沙窝子被改造成为一个林茂果香的好地方。牛二旦创造的“撵沙腾地，腾地造林，引沙入林，以林固沙”的方法，得到农林和治沙科研部门的重视，并被推广运用。

20世纪60年代初，是林场最困难的时期。由于生活太艰苦，随同牛二旦创办林场的人基本上跑了。这时，几户由甘肃民勤县逃荒来的人家找到了牛二旦，请求把他们收留下来。牛二旦说：“咱们这儿只有20亩沙滩地，风沙大，缺水，虽然打不了多少粮，但从大队争取点补贴，杂粮土豆野菜什么的，可能饿不死人。要想过好日子，就得跟着我吃苦，也许得10年、20年。吃得了苦的留下，吃不了苦的现在就走。”有了治沙种草种树的人，但又带来新的难题。不仅是口粮，这几户人家都没户口，领不上布票、棉花票，穿衣过冬咋办？有眼光的牛二旦决定：种草植树，移沙开地，以沙养人，以人治沙，3年内实现自给自足。

说起往事，林场的一位老人至今心都在打颤：“那不是受苦，是在受罪。

为了开巴掌大块地，得移走一个沙丘，真是没日没夜地干，我每年都得报废一把锹。最累的就是挖渠了。为引水浇海子边的那点地，别看就几百米，可中间有几个沙丘。好不容易搬走了沙丘挖成渠，一场风就全填平了。挖了填，填了再掏，这个渠就整了3年。苦啊累的，大伙都没啥说的。老汉把道理都讲明白了，这么干不是为了别人是为了咱们自己，为了子孙后代。”开出点地后，牛二旦琢磨种点什么。民勤来的人家中有会织布的，不是没有布票买布吗？老汉在沙地里就种起了棉花。那年从春入秋，牛二旦就差点把被窝搬到地里。棉花没种成功，到夏天他又开始试种小麦玉米什么的。有人说：“这么大年纪还辛苦啥。种些草和树，能把沙固住不要给大队带害就是功劳。”牛二旦说：“治沙不是一天两天的事，可能得几代人去干。要留住治沙人，就得有吃有穿，还得想法让他们过上好日子，这样大家才能安心干。”在沙窝里试着种树不说，林场还办起了豆腐房，请了个河北人教着编制柳条笸箩、苇把子等销售，到1965年，林场人基本能吃穿自给了。

曾当过林场记工员的焦焕军说：“林场的农民要比村里的农民苦得多。村里的农民刮风下雨不用下地，我们可不行。蒿子见水易活，下雨我们端着柳条笸箩去沙窝子里撒沙蒿籽；刮风扛着锹去扬沙，把沙窝的沙子扬起来让风吹进树林里，扬走沙的洼地再栽树。每天早上4点钟，老汉就叫我们起床。那时年轻贪睡，晚点老汉就拎着拐杖敲窗户，嘴里还在喊‘头睡扁了让狗咬呀’。我住的屋子玻璃让他敲碎了好几块。”

1969年，移沙造地见了成效，再加上养了些牲畜，林场的日子逐渐好过了，到年底一个工能分7角来钱。可连续两年牛二旦都没让分红。有人说：“咱们这10来年尽受苦了，好不容易能见点钱还不给。多少也得分点吧，让我们尝尝甜日子是啥样。”牛二旦发了脾气：“想拿钱可以，但拿了钱走人。林场的人谁不苦，谁不想有几个钱？吃光分光用什么去改造沙漠？我们留给后代的就是沙窝子里孤零零的几棵树吗！钱攒起来是为了买拖拉机、推土机。我去外地的农场看过，没有机械想彻底改变咱这儿的面貌难。”1970年，林场买了拖拉机。1974年又买了推土机。现代化的劳动工具提高了劳动效率，整治沙丘的速度加快。

林场创办后，牛二旦每年领着人春季在沙丘边栽大杆（大树），腾出的地方插小苗，5月份雨水好了搞绿树插浇，秋天再补栽一部分树苗。一年四季周而复始，陆续种了沙蒿、红柳、沙枣、杨树、钻天柳等，到20世纪70年代中期，沙窝子已到处见绿，沙丘基本被固住。

“我要把林场建成颐和园。”牛二旦曾信誓旦旦地如是说。林场的树多了、草多了，陆续开发的100多亩地收成挺好。有人说：“老场长，咱们苦了这么多年，该松口气了。种点地，养点羊，再卖些树，日子会过得很滋润。”牛二旦把林场的人召集起来开会说：“咱们栽的树、种的草覆盖率不够，斗不过风沙，它会卷土重来的。古人说，前人栽树，后人乘凉。林场这点树荫凉让后代怎么乘？”时任民建村党支部书记的王献民曾当过林场的会计。王献民说：“老汉就是有眼光。他说：‘吃饱穿暖算什么！咱们几十口人有4000多亩土地，只要全利用上，叫你想象不出是啥光景。你们不是看见人家的小汽车眼红吗？到时候，一人去买一辆。北京的颐和园我也去过，只要好好干，咱们也能把林场建成颐和园。’说实话，当时没几个人真相信老汉的话。这沙窝子就算长些树草，开点地，日子好过些，能富到哪里去？其实想想，老汉当时所做的就是现在提倡的发展沙产业。”

1969年，牛二旦打听到吉林省延边的苹果梨树耐寒、挂果快、产量高，当年春季便引种了20亩。经过精心呵护，树挂了果，而且因沙窝里日照时间长，昼夜温差大，苹果梨个大香甜，销路非常好。苹果梨种植业迅速发展起来。到20世纪80年代，林场共500多亩地，苹果梨树就种了300多亩，年产鲜果100余万斤，仅此项收入就达50多万元。

沙漠变绿洲，不毛之地粮丰果香。当初全镇甚至全旗最穷的地方，成为让人眼红的“宝地”。林场的农户在全镇最早实现家“养”一群机：电视机、洗衣机、四轮拖拉机、电话机，种地不用畜，人人争相学科技，户户出门把摩托骑。过去林场的小伙子穷，娶不上媳妇，闺女争着抢着往外嫁；现在是外村的争着抢着往林场嫁，闺女则不愿嫁出去。有人说：“真是先苦后甜。看看现在吃的、用的、穿的、住的，跟过去比，真是在天堂。吃水不忘挖井人，这些都得益于老汉啊！”

牛二旦引种果树成功后，旗里将他的经验推广到全旗。几年间，全旗果树种植面积达到5000多亩，仅头道桥镇就1500亩，林果业成为该镇具有特色的四大支柱产业之一。旗里的领导至今还说：没有牛二旦，就没有杭锦后旗的苹果梨树，很多农民就缺一块稳定的收入。

随着年龄的增长，牛二旦已干不了体力活了，但他每天起床后就拄着拐杖往沙丘里钻，看到哪块地少草缺树，就画个圈让人去补种，有时在路上捡根树枝，回家截成节，然后再插进沙地里。有人劝他，这么大年纪了，苦了一辈子，该好好享享清福吧。牛二旦说：“咱们地有了，沙绿了，可是比我想的还差得远。在我的手里，起码要把它建成现代化的林场——建成颐和园是没有机会了。你们多苦点，我老了后把我埋在这沙丘上，让我看看咱们这儿以后是啥样子。”

1997年，经诊断牛二旦得了喉癌。他已无力再踏上他为之奋斗了一辈子的沙丘。但是，只要有力气张口，他就忘不了治沙：“千万要记住，沙窝子里的树一棵也不能动，就是死了也让它立着固沙。咱这儿地处沙漠边缘，风沙只要有空就会作乱，再治理起来就难了。”牛二旦的病到晚期后，每天要输液，家里无经济力量承担医药费，有人建议把成材的树木伐几棵卖了治病，牛二旦知道了大怒：“不能砍树！砍树卖的钱就算能治好我的病，但会要了我的命。”

1998年，90高龄的牛二旦去世了，林场的人们遵照他的意愿，将他葬在离海子不远的沙丘上。他的坟里没有什么陪葬。他生前喜欢喝酒，人们给他放了一箱子好酒。老汉静静地躺在那里，看着他的树，看着他的草，看着不断发展的林场……

长眠于沙丘间的牛二旦，虽然没有实现把林场建成颐和园的理想，但他给后人留下了许多宝贵财富：在治沙实践中创造的“撵沙腾地，腾地造林，引沙入林，以林固沙”的十六字方针，引起世界瞩目，并被载入国家治沙书库；在全旗首开沙产业，引进并成功栽培苹果梨树，现已发展到5万多亩，富了一方百姓；在沙丘地创造了森林覆盖面积达80%以上的富裕林场……但最最宝贵的是他留下的精神——那种建设美好家园，为了后人的幸福无私奉献，勇往直前的精神。

到20世纪70年代，他已把那片原来叫史家沙湾的地方变成了林木葱郁的绿色世界，有力地挡住了乌兰布和沙漠边缘那条流动了多少年的巨大的沙带。这里吸引来了国内外众多的治沙专家，他们通过调查研究，帮助牛二旦把他的治沙模式总结为“撵沙腾地，腾地造林，引沙入林，以林固沙”。就是这十六字治沙模式传播到联合国的治沙会议上，连同牛二旦的名字，引起了国内外众多治沙专家的关注。

牛二旦的头道桥民建林场和他的治沙模式，有力地带动了巴彦淖尔林业生态建设。在20世纪70年代初，人工林面积不足1万亩、森林覆盖率不足3%的巴彦淖尔盟，在1979年，内蒙古自治区将磴口、杭后、前旗定为“三北”防护林建设重点旗县，并于1985年完成了自治区下达的第一期工程任务。

在“三北”防护林建设的带动下，巴彦淖尔的农田防护林建设也取得了明显成效。农田防护林工程的实施，让过去受风沙影响歉收的农田有了极大的改观。数据显示，在20世纪80年代初期，杭后沿沙漠乡的田地，由于风沙打死青苗，农民每年要补植二三次，直接经济损失每亩近百元。开展农田防护工程建设后，这些地方依托各级渠道，选用优质杨柳树种，建成了高标准农田防护林网；临河、杭后、磴口率先实现了农田林网化；临河、杭后还实现了平原绿化，林网控制农田面积达到80%以上。据统计，1979—2000年这20多年中，巴彦淖尔市累计完成人工造林420万亩，人工林保存面积达到269万亩，共完成治沙120多万亩。乌兰布和沙漠东缘防风固沙林带的逐步完善，有效地控制了沙漠的东侵，保卫了河套农业生产，保障了110国道、包兰铁路的安全运行。可以说，“三北”防护林工程实施，不仅给巴彦淖尔市人民创造了良好的生产生活环境，还把一个生机勃勃、绿意盎然的巴彦淖尔呈现在了人们眼前。

总结回顾这些成果的取得，牛二旦的治沙经验和模式功不可没。

今天的林场，遍地青草随风摇曳，绿树成荫，灌木郁郁葱葱，500亩水面的海子（湖）碧波荡漾、水鸟飞翔，度假村游客欢声笑语乐融融。林场不但成为风景优美、林茂果香、畜旺粮丰的好地方，同时也是杭锦后旗防沙治沙、发展沙产业成功的典型，是一面飘扬的旗帜。

第三章

农垦、兵团——沙漠上空的几片火烧云

一、科学家垦区考古

1961 年 5 月，黄河三盛公水利枢纽工程建成，在此大型引水工程上游 2.8 公里的黄河大铁桥南端，开挖了直通乌兰布和沙漠的乌沈干渠。从此，揭开了大规模引水治沙的序幕。在群众开挖干、支、斗、农、毛渠系中，发现了为数众多的汉代古墓群，此事引起中央及考古界的重视。

1963 年六七月间，北京大学教授侯仁之等 4 位专家组成历史地理考古专业组，参加了中国科学院地理研究所乌兰布和沙漠工作队。在巴彦淖尔盟盟委副书记杨力生的大力支持和帮助下，对磴口县乌兰布和沙漠汉代垦区做了考察。回京后，由侯仁之执笔、3 位专家署名的科考论文《乌兰布和沙漠北部的汉代垦区》发表在《治沙研究》第 7 期杂志上。

历史过去半个世纪了，这篇万字论文仍具有很高的学术价值，它对于我们今天研究和了解神秘的乌兰布和沙漠，改造和利用这块风水宝地，不失为难得的科普读本。它对于本书本章将要描述的农垦与兵团的故事，也具有一定的历史意义和参考价值。

文章原文摘引如下：

在乌兰布和沙漠的北部，自磴口巴彦高勒西北一直到阴山山麓，已经揭开了社会主义改造自然的伟大序幕。黄河的流水通过南北两大干渠，已被引入沙区，部分干旱的土地开始得到了灌溉，长期以来荒凉寂寞的沙漠里传出了拖拉机的隆隆巨响。在这里，农、林、牧各个战线上有组织的劳动者，已经建立起向沙漠进军的若干据点，其中最重要的是哈腾套海综合林场、包尔套勒盖农场和太阳庙农牧场。

哈腾套海综合林场总部在磴口正北约35公里处。包尔套勒盖农场总部则在磴口西北约60公里处，其地名为陶升井。至于太阳庙农牧场总部，更在包尔套勒盖农场总部正北偏东约80公里处。3场总部，鼎足而立。其间距离最远的虽然不过40公里（鸟道），但是彼此间的交通，由于大沙的阻隔却是相当困难的。

值得注意的是：在这3场之间及其附近地区，保留有大量古代人类活动的遗迹，其中虽然有一部分已被流沙掩埋，但仍有一部分暴露于地表，明显可见。遗迹中最突出的是已经发现的3座古城废墟和数以千计、成群分布的古墓。这些古城和古墓的存在，突出地说明了这一地区今昔之间所经历的巨大变化。这些遗迹究竟是什么时代的？那时候的人为什么来到这里？他们在这里有些什么重要的活动？以后又为什么撤退了？当他们在这里活动的时候，这里显然还没有形成沙漠，那么这里的沙漠是什么时候形成的？那时候的居民是不是因为流沙的侵袭才终于放弃了这块地方？如果他们在这里被迫撤退了，我们今后在这里能够站得住脚吗？这一系列的问题，首先被投身在改造沙漠最前线的人们提了出来。作为历史地理工作者，责无旁贷地要对这些问题就自己专业的范围做出答复。

首先应该讨论的是古城废墟。

这里已被发现的3座古城废墟，其地理分布正好也是鼎足而立。

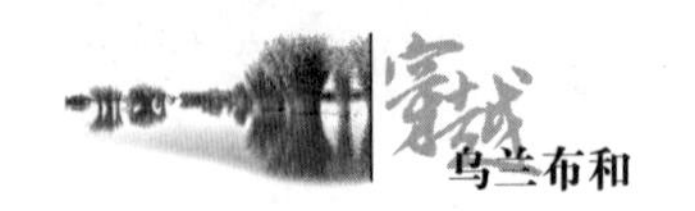

一在补隆淖村西南约 2 公里半处，一在陶升井西南约 4 公里处，一在沙金套海牧业公社西南约 3 公里处。

补隆淖附近的古城废墟之内，有古代冶炼场的遗址一处，遗址上有大量铁块铁屑的散布，地方人给它起名叫“铁城”。补隆淖正处于磴口与后套之间的公路上，南距磴口 20 公里，西北到哈腾套海综合林场总部也只有 15 公里，交通方便，四通八达。

陶升井（包尔套勒盖农场总部所在地）附近的古城废墟上，有后人修建的一座喇嘛庙，名叫麻弥图庙（已废），因此有人把这里的古城也就叫作“麻弥图土城”。

至于沙金套海牧业公社附近的古城废墟，不知从何时起就获得了一个蒙语名称，叫作“包尔浩特”，也就是“灰城”的意思。包尔浩特正北 10 公里处，便是太阳庙农牧场总部，但其间有高达 50 米左右的“沙山”分布，不能直接通行。

我请读者注意，当时专家眼中是“其间有高达 50 米左右的‘沙山’分布”。

根据实地踏勘所见，在这 3 座古城废墟上，除去被流沙以及固定与半固定沙丘所掩埋的部分外，都布满了典型的汉代砖瓦碎块和陶片，并且从每一处废墟上也都捡起了汉代的一些五铢钱和铜箭镞。这些遗物无可争辩地说明了这 3 座古城都是汉城。至于汉代以后的遗迹遗物，除补隆淖古城中有极少量隋唐以后的陶片外，在 3 处废墟中竟无所见。

3 座古城废墟的时代既已确定，重要的问题就在于是否可以查明这 3 座古城究竟是汉代的什么城。很可惜，在现场踏勘中未能发现任何直接证据确定 3 座汉城的名称。因此，还必须从历史文献中去寻找线索。

比较详细地记述了这一地区的汉城位置而又流传至今的古代文献，当以北魏郦道元的《水经注》为最重要。《水经注》在叙述自今巴音木仁以下的黄河河道时，曾有如下的记载："河水又东北历石崖山西，去北地五百里……河水东北迳三封县故城东，汉武帝元狩三年置。《十三州志》曰：临戎县440里。……河水又北迳临戎县故城西，元朔五年立，旧朔方郡治。……河水又北有支渠东出，谓之铜口，东迳沃野县故城南，汉武帝元狩三年立……支渠东注以溉田，所谓智通在我矣。……河水又北屈而为南河出焉。河水又北迳西溢于窳浑县故城东，汉武帝元朔二年开朔方郡县，即西部都尉治。……其水积而为屠申泽，泽东西120里。故《地理志》曰：屠申泽在县东，即是泽也。……河水又屈而东流为北河。"

在这一段引文里，一共提到了4座汉城，并且讲到了每一座汉城的建制年代以及与当时河流、湖泊的相对位置，对个别地方还记录了方位和距离。由此向西推求黄河东岸古代的位置，应在今磴口迤南约20公里之处。但是磴口迤南，黄河东岸地形陡峻，由假定的铜口所在地（海拔约1100米）向东直到鄂尔吉湖北岸，相去不过70公里，而地形陡升约700米，因此，沿这一线开渠，引黄河水东注以溉田，是完全不可能的。按照现在的地形推测，古代自铜口向东所开渠道，只有在今磴口迤北至少20公里以外的地区才有可能。换言之，也就是古代渠口的位置应远在磴口迤北，而绝不在其南，以清代这一地区的黄河河道，去当汉代的黄河故道，这是完全错误的。汉迄清，在磴口附近及其迤北地区，黄河河道已经向东迁移，这在历代文献中虽然缺少记录，但是从实地考察的结果来看却是毋庸置疑的。

现在根据在乌兰布和沙漠北部的实地考察，3座汉代古城的废墟已经确定，以其地理分布与《水经注》相印证，所谓包尔浩特土城应该就是汉代的窳浑城，麻弥图庙土城应该就是汉代的三封城，这是比较容易确定的。至于补隆淖附近土城，究竟是汉代临戎城抑或汉代沃野城，却难于骤下定论。经反复比较，认为补隆淖附近土城正是汉代临戎城。

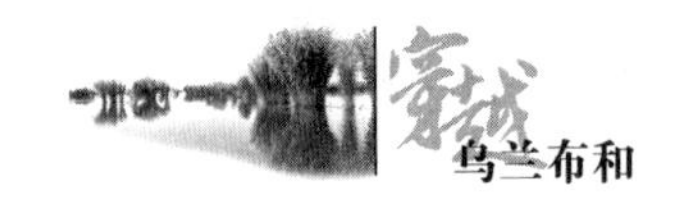

这次在野外考察中，曾从补隆淖以北，黄河东西两岸以及巴拉亥地区多方探询汉代沃野故城的遗址而一无所得，很可能这座古城遗址在后来黄河改道的过程中已经被狂涛怒浪吞噬了。

在论证现在补隆淖附近的土城即是汉代临戎城的时候，不难看到《水经注》的记载与现今情况有一个明显的矛盾，即《水经注》谓黄河流经临戎故城西，而现在的黄河却流经补隆淖附近土城之东约 5 公里。这一事实恰好说明两千年来临戎故址虽未变动，而黄河故道则已经向东改道迁移。现在自补隆淖迤西一直到陶升井之间，至少有 3 道古代河床的遗迹，在未被沙淹没的地段，依然明显可见。自东而西，第一道在补隆淖以西约 5 公里处，自此以西及 15 公里处为第二道，再西又 10 公里处为第三道。尤其值得注意的是，补隆淖以东现在的黄河河道仍在继续向东移动中，每年洪水季节，黄河东岸不断崩塌，而西岸河滩则不断伸展。其间必有一道是《水经注》中所叙述的黄河故道。明确了这一情况，则关于今日之补隆淖附近土城即是汉代临戎城故址的论断就又增加了一个佐证。

现在应该进一步探讨的是《水经注》所记临戎故城迤西的黄河故道究竟是上述 3 道古代河床中的哪一道。关于这一点，目前尚缺乏直接证据来论定，但是《水经注》在叙述这一带黄河河道的时候，照例是明确地记注了它的流向的。“河水又东北历石崖山西，去北地五百里。河水东北迳三封县东……河水又北迳临戎县故城西……河水又北屈而为南河出焉，河水又北迳西于窳浑县故城。”

这里所谓石崖山，以所记道里推测，应即现在之桌子山，细读以上引文，可以知道黄河自今桌子山迤西，一直保持着向东北流的方向，但是当流过三封故城迤东之后，是开始转向北流，经过临戎故城之西，继续北流，遂又分出所谓“南河”一支，转向东流，主流则仍继续向北，西岸决口积成一片大湖——屠申泽。自此迤北，河道转而东流，因此又有“北河”的名称。如果把这里所记述的黄河流向和今天同一段黄河河道的情况相比较，其间的差异是十分明显的，因为现在的这一段黄河河道始终保持着向东北流的方向，中间并没有转而北流的情况。根据这一差异，可以推断《水经注》中所记述黄河故道，大约从今磴口迤南不远，即开始与今道分歧，应是傍今道迤西向东北流，然后又转而北流。现在补隆淖土城西北约 4 公里处，有略呈南北向的古代河床一道，其北端一直伸展到哈腾套海综合林场总部向西；南端迤南的地区，则尽为流沙所掩，在这里纵使有河床遗迹现在亦不得见，这一段古代河床，很可能就是北魏之时的黄河古道。沿着这条古道一直向北，可以直达乌拉河。可以设想，古代的屠申泽就是在这一带由于黄河向西决口而形成的。

《汉书・地理志》称屠申泽在窳浑县东，根据现在十万分之一地形图所见，自窳浑城故址迤东，沿北干渠一带，地形向西北逐渐倾斜，东南之乌拉河沿岸海拔在 1040 米以上，西北至太阳庙农牧场附近则下降至 1035 米以下。其间虽然有近代流沙的堆积，但其地形则是一片由东南伸向西北的低洼地带，这里应该就是古代屠申泽的遗址所在。现太阳庙农牧场总部的西北一带，地形特别低洼，土壤含盐度也较周围地区为高，很显然这是一个自古以来的集盐区。据传，1950 年以前这里还有湖泊存在，其后便逐渐干涸了。

根据以上两节的讨论，可以大体复原乌兰布和沙漠北部汉代城池与河道湖泊的分布。

窳浑城故址的确定，不但有助于复原古代屠申泽的位置，而且还提供了重要的线索，导致了汉代鸡鹿塞石筑亭障等一系列汉代烽燧遗迹的发现，这对研究乌兰布和沙漠北部的汉代垦区，是大有帮助的。

《汉书・地理志》在朔方郡窳浑城下有注文曰："有道西北出鸡鹿塞。"今自窳浑城故址向西北遥望，高山峻岭，平地崛起，势如列屏。这就是阴山山脉转向西南的延续。这道山岭从我国古代以来就是南北交通的巨大障碍，在历史上，特别是在汉代，它还是南方农业民族（汉族）与北方游牧民族（匈奴）之间的争夺地带。自公元前2世纪初期，汉武帝连年用兵，把匈奴拒于阴山以北之后，不但在今河套西北部跨黄河两岸之地建立了朔方郡，而且还利用阴山天险，沿边设防，特别是在足以作为南北交通道路的天然山峡之间，设置了军事要塞，加以防范。其中最有名的首推高阙。高阙在今临河县北约60公里——远在战国时代，赵武灵王就已经把它的势力沿阴山向西推进到这里，并且傍山修筑了长城。到了汉武帝时期，更是多次在这里用兵抵御来犯匈奴。《水经注》关于高阙有如下一段描写：“《史记》‘赵武灵王既袭胡服，自代并阴山下至高阙为塞’。山下有长城，长城之际连山刺天，其山中断，两岸双阙，善能云举，望若阙焉，即状表目，故有高阙之地名。自阙北出荒中，阙口有城，跨山结局谓之高阙塞。自古迄今，常置重捍，以防塞道。汉元朔四年，卫青将10万人败右贤王于高阙塞，即此处也。”

从这段绘形绘色的描述里，可以知道“塞道”通过两壁耸立如双阙的天然山峡，在山峡的开口上，利用天然地形，傍山筑城，置兵戍守，形成了一个有名的军事要塞——高阙塞。

在阴山西部最有名的古代戍口中，高阙塞以外就是鸡鹿塞了。很可惜在《水经注》中找不到任何关于鸡鹿塞的描写，其他地理古籍中偶有提到鸡鹿塞的，也只是重复一下《汉书·地理志》中的一句记载，更无其他详细描述。

现在根据《汉书·地理志》所提供的线索，经过多次访问，知道在窳浑城故址西北沿山一带，有一处最大的山峡，名叫哈隆格乃口子，是从乌兰布和沙漠北部通向山后地区最易通行的一条天然谷道。山峡的南口，在窳浑城故址迤西偏北约20公里处，是从沿山一带到窳浑城的最近距离。经过实地勘察，这一处山峡的最高一段长约10公里，形势最为险要，两壁山崖陡峻，而谷底则颇为平坦，汽车可以畅行无阻。谷底宽达百余米，窄处亦有五六十米，中间一溪流泉，顺谷而下，估计流量接近每秒一立方，向南流出谷口后，即没入沙砾层中。毫无疑问，古代这是一条理想的行军大道，在阴山西部的南北交通之间，理应占有重要地位。

正是在这段峡谷之内东西两壁的不同高度上，分别发现了10余处汉代石筑烽燧的废墟，而最重要的则是控制峡谷南口的石城遗址。这座石城建筑在峡口西侧的一级阶地上，阶地自底耸起，壁立如墙，高达18米，石城东墙更傍阶地边缘修筑，形势愈加险峻。自谷底而上，绝难攀登。《水经注》有描写高阙“阙口有城，跨山结局”的字句，其实用在这里，也是很恰当的。

这座石城呈正方形，全部用石块修葺，每边68.5米（外宽）。残墙高一般7米左右，最高处约8米，城四角各有加固工事。城门南向，门内有石砌磴道直达城上。门外有类似后代瓮城状的建筑，为同样石块修葺，其门东向。现在石城虽有部分倾圮，但整个形制、立体尚属完好。城内有汉代绳纹瓦及绳纹砖的残块分布，此外还有一些灰陶残片，与窳浑城废墟中所见者相同，也都是汉代遗物。

根据《汉书·地理志》所提供的线索，以及上述实地考察中的发现，可以相信现在的哈隆格乃口子，就是汉代的鸡鹿塞所在。确定这一点，对于研究汉代在这一地区的开发，是有一定帮助的。

在乌兰布和沙漠北部，除去汉代废墟以及汉代烽燧的遗址以外，还有数以千计的汉代墓葬成群分布。由于这一带的风蚀强烈，所见汉墓保留有封土成堆的已是少数，绝大部分是墓室顶券暴露于地表，修葺成排的墓砖历历可数。

这些汉墓群主要分布在临戎、三封和窳浑3座古城的附近以及3城之间的广大地区之内。其中以三封周围最为密集，窳浑附近比较稀少。此外，磴口西北郊外也有古墓发现，但为数不多。估计在上述范围内还有一部分古墓，已被流沙掩埋。至于本地区以南，则尚未闻有汉墓的发现。

三封城址附近不但墓群分布最为密集，而且在城东地区还发现好几处汉代村落的遗址。遗址上有大量汉代陶片的散布，而建筑物痕迹则一无所见。在陶升井东南约4公里的一处汉代村落遗址上，偶然发现有古井一口，已被流沙填塞，但井口仍然明显可见，砌井之砖与此前所见汉砖无异。

值得注意的是，墓群分布的北界，从哈腾套海综合林场总部所在地，一直到窳浑城故址附近，差不多是一条从东南斜向西北的直线，长近30公里。此线迤南，汉墓分布成群；此线迤北，迄今所知还没有发现汉墓。其次，从窳浑城故址向西北直抵阴山山麓，也始终不见汉墓的踪迹。这一情况，显然是和《汉书·地理志》所载窳浑城东有屠申泽存在直接有关。根据《水经注》所记屠申泽的广袤，东西120里。纵使古里小于今里，屠申泽的西北部也一定要伸展到窳浑城西北一带，然而其长度才能与《水经注》所记数字相符合，而且从地形低洼的情况来看，窳浑城西北一带为古代湖泊也是无可怀疑的。

以上的讨论，为进一步确定古代屠申泽的位置，提供了重要的参考。

更重要的是，如果能对这一带汉墓进行有计划的发掘，其结果对于探讨两千年前这一地区的人类活动情况，将会提供更加丰富的资料。很可惜，在这次野外考察中，由于时间和人力的限制，未能这样做，只是在三封城下进行了一个汉墓的发掘，又在三封城东南约8公里处和窳浑城东南约10公里的尔登图囵地方，分别在两个残破的汉墓中找到了一些遗物。这三个墓都是小型的。这种小型的墓，在这一带分布最广，为数也最多，因此可以说是有一定代表性的。

曾有人怀疑：在这边远而又荒无人烟的地区，有如此众多的汉墓分布成群，可能这并不是普通人的坟墓，而是古代出师远征的战士们的葬身之所。但是从发掘和清理的三个汉墓来看，墓主人还是普通的居民。上述三墓中的两个，一座葬为一男一女，另外一座则是一男两女，三墓附近的两墓中，共出土前汉后期五铢钱数枚，标志着墓葬的年代。特别值得注意的是，三墓中各有出土的明器若干件，其形制与同时代黄河中下游的发现十分接近。墓葬出土的陶仓、陶囤中还发现了人体尚可辨识的农作物品种如高粱、荞麦、糜子（或小米）、小麦等，而在其中一墓出土的一只陶罐中，还发现有类似莲子的种子3颗。这一切都说明，墓中所埋葬的都是汉代当地的一般居民。

此外，在三封故址附近的一些较大的古墓中，据说还曾有若干铜器如铜镜、铜剑和铜印等的出土，可惜多已散失。只有1963年春出土的一部分，收藏在呼和浩特市内蒙古文物工作队，其中有铜灶台一具，是比较贵重的随葬品，当出于火型的汉墓中。这些东西说明，在这一带除去为数众多的一般居民墓葬外，还有一些官僚地主的墓葬。只有在窳浑故址附近，传说有一个被偶然发现的大墓坑，墓中头骨累累。如果所传属实，那么这座大墓可能是真正的远征战士的所谓“万人冢”了。根据野外考察的结果，结合历史文献的记载，经进一步探讨论证汉代在本地区的农垦情况，是有可能的。

汉王朝建立之初，曾屡败于匈奴。至汉武帝，国力富强，因而开始了对匈奴一系列的军事行动。公元前129年，汉兵4万骑分出上谷（今河北省怀来县）、代郡（今河北省蔚县）、云中（今内蒙古自治区托克托县北）、雁门（今山西省代县），这是汉王朝与匈奴连年大战的开始。两年以后，即公元前127年，汉将卫青等攻下了河套地区，恢复了赵武灵王以及秦始皇曾统治过的地方，并在阴山迤南包括今黄河南北两岸一带，分别设置了五原郡和朔方郡。此后几年间，卫青、霍去病等又屡屡越过阴山，侵袭匈奴，从此以后一直到前汉末年，阴山以南再不见匈奴势力。

朔方郡的设置，使汉族的势力沿阴山南麓向西推行到今乌兰布和沙漠北部，这是过去还从来未有郡县设置的地区。前汉一代朔方郡下先后设立了10个县，其中在乌兰布和沙漠北部尚有遗址可见的就是上

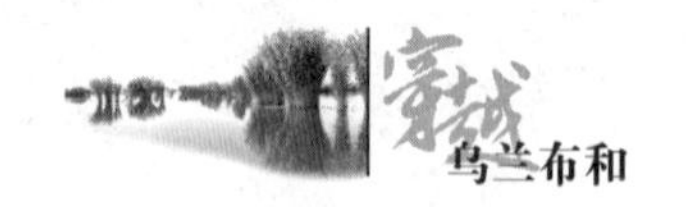

述的窳浑、临戎和三封，这也正是朔方郡中最靠西部的3个县。随着朔方郡的设置，不但要屯兵守卫，而且还开始了大规模的移民实边。《史记》称，元朔二年（公元前127年）“卫青取河南地……兴十万人筑卫朔方”。《汉书·匈奴传》记载，元狩元年（公元前122年）“徙关东贫民处所夺匈奴河南地新察中以实”。《史记·平准书》又载，元鼎（公元前116—前111年）年间“上郡、朔方、西河、河西开田官，斥塞卒，60万人戍田之”。实际上屯兵守卫边郡和出内地移民实边，两者之间是有着十分密切的联系的。一方面为了保卫新置的郡县不得不屯守重兵，以备不时之警，另一方面为了避免远道运输的劳费，又不得不移民开垦，以求军粮之就地自给。正是在这一情况下，现今乌兰布和沙漠北部第一次出现了大规模的农业垦殖。不过当时这一地方——至少是它的绝大部分，还没有经受流沙的侵袭，今日所见汉城遗址以及分布甚广的汉墓群，就是最好的说明。可以设想，2000多年以前汉代最初的移民正是在一片原始大草原上把一望无际的处女地开垦了起来，但是为了保证收成，还必须进入人工灌溉。可惜的是，历史上关于当时灌溉工事的记载很少，偶有记述，也很简略。如《汉书·匈奴传》记，元狩二年（公元前121年）卫青、霍去病等越过阴山侵袭匈奴的结果说“是后，匈奴远遁，而幕（漠）南无王庭。汉渡河，自朔方以西至令居，往往通渠，置田官吏卒五六万人”。又如《史记·河渠书》记元封二年（公元前109年）塞瓠子决河一事的影响说：“自是之后，用事者争言水利，朔方、西河、河西，酒泉，皆引河及川谷以溉田。”

根据以上史文，只能说明汉代朔方郡确曾有引水灌溉的事，至于具体到窳浑等3县地区的灌溉情况，那就很难稽考了。

在野外考察中，曾经注意寻访汉代渠道的遗迹而一无所得。这或者是由于后来流沙的侵袭，故道已被掩埋，或者是由于强烈的风蚀作用，致使遗迹泯灭，不可复见。将来如果能够进一步详细考察，或许仍有可能发现一些汉代水利设施的旧迹。至于引山泉灌溉，今在乌兰布和沙漠的北部尚不乏其例。古代阴山林木丛茂，水土保持条件远较今日为好，估计当时山泉流亦较今日为大，因此引“山泉以溉田”也是完全可能的。

综上所述，可以推断乌兰布和沙漠北部前汉时期已被开辟为农垦区，而窳浑、临戎、三封等城也正是这一农垦区的中心。根据已经发现的居民点以及墓群分布的密集程度来看，三封附近地方在这一农垦区中占有首要地位，而现在包尔套勒盖农场第一期计划开垦的地区，也正好选定在这里。经过初步考察知道，现在南干渠西部包尔套勒盖农场总部所在地区，从第三支渠到第六支渠之间，土层较厚，地下水位也较深，是最宜首先着手开垦的地方。所不同于汉代的是，现在这里的耕作面平均大约下降了一米左右，这主要是由于强烈的风蚀作用所造成的。

朔方郡西部3县垦区开辟的初期，由于沿边一带还不断有军事冲突，人民的生活尚不十分安定，这对地方农业生产是有一定影响的。但是从汉宣帝即位之后，边事情况发生了很大变化，这主要是由于匈奴内部分裂，呼韩邪单于于甘露二年（公元前52年）款塞称臣，汉王朝采取了怀柔的政策，终于使长期纷争的局面转而为和平安定的生活。《后汉书·匈奴传》论，“宣帝值虏庭纷争，呼韩邪来臣，乃权纳柔，因为边卫，罢关徼之儆，息兵民之劳，南面面朝单于，朔方无复兵马之踪”，60余年的和平安定生活，促进了这一地区人工的繁盛和农业生产的发达。《汉书·匈奴传》记道：“北边自宣帝以来，数世不见烟火之警，人民炽盛，牛马布野。”《匈奴传赞》也有类似的记载说：“至孝宣之世……单于稽首臣服，遣子入侍，三世称藩，宾于汉庭。是时，边城宴闭，牛马布野，三世无犬吠之警、黎庶亡干戈之役。”

总之，西汉最后的半个世纪，是汉王朝北边诸郡自开辟以来人口最为繁盛、农业最为发达的时期，窳浑、临戎和三封等县的农垦区自

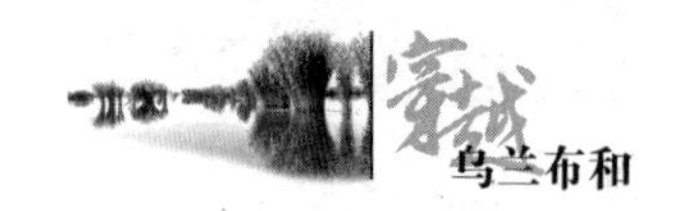

然是包括在内的。不过沿边诸郡的农垦数量，由于缺乏记载，很难估计。下述事实，可以间接反映当时边郡的农产是颇有余裕的。汉宣帝甘露二年（公元前52年）呼韩邪单于驻五原塞，三年至长安，汉王朝“宠以殊礼”，并厚加赏赐。《汉书·匈奴传》称：“单于就邸月余，遣归国……汉遣长乐尉高昌杰董忠、车骑都尉韩昌，将骑万六千，又发边郡士马以千数，送单于出朔方鸡鹿塞。诏忠等留卫单于，助诛不服。又转边谷米前后三万四千斛，给赡其食。”

这次遣返呼韩邪单于出鸡鹿塞，不但派兵护行，而且转送“边谷米槽”前后达三万四千斛之多。既称“边谷米槽”自然都是沿边各地的出产。又由于这次遣返呼韩邪单于，道出鸡鹿塞，而窳浑、临戎与三封诸县垦区又恰当鸡鹿塞的腹地，因此可以设想从这一地区征集的所谓“边谷米槽”至少也是应该占了相当大的数量的。

新莽以后，朔方郡西部的垦区开始进入衰落时期，这主要是由于沿边诸郡安定局势被破坏。史称：“莽扰乱匈奴，与之构难，边民死亡系获。又十二部兵久屯而不出，吏士罢弊，数年之间，北边虚空，野有暴骨矣。”

后汉建武之初，匈奴继续南下，边郡人民颇多内徙。其后匈奴内讧，南北分裂，南匈奴结好后汉。后汉王朝亦利用南匈奴为屏藩，升北边诸郡“择肥美之地，量水草以处之”。同时由于北边渐趋安定，又鼓励当初内移的人民，重返边郡。史文有记载说：建武二十六年（公元50年）秋，南单于遣子入侍……于是云中、五原、朔方、北地、定襄、雁门、上谷、代八郡民归于本土。

从此以后，北边诸郡地区就出现了匈奴族与汉族错居的现象。单就朔方郡来说，既有迁徙的汉族“归于本土”，又有南单于部下右贤王的驻牧。这时朔方郡西部的垦区也当有所恢复。但窳浑县不知从何时起被撤销了，这或许是汉族人口在这里已经大为减少的缘故。

这时值得注意的一件事是，永元元年（公元89年）窦宪出兵朔方郡鸡鹿塞，在南匈奴的配合下，大破北匈奴，史称“窦宪遂登燕然山，刻石勒功而返”。窦宪远侵漠北，勒铭燕然，这是后汉王朝在北边一带最大也是最后一次的“武功”。此后国势日蹙，再加上鲜卑诸族的继起，边塞诸郡又出现了新的危机，后汉王朝被迫不得不重整边备。《后汉书·南匈奴传》于顺帝永建元年（公元126年）有记事曰：“先是朔方以西，障塞多不修复，鲜卑因此数寇南部，杀斩将士。单于忧怨，上言求复障塞，顺帝从之。……增置缘边诸郡兵，列屯塞下，教习战射。”但是此后不久，由于地区变乱，朔方长史被杀，随后南匈奴又引乌桓、羌、胡南下，于是朔方郡治被迫从临戎向东撤退到五原郡，而临戎、三封一带长期经营的垦区也就最后被放弃了。

以上的讨论说明，朔方郡西部汉代垦区在长期经营之后，终于被迫放弃，其原因既不是由于流沙的侵袭，也不是由于任何其他自然因素的威胁，主要的还是由于汉族人口的退却。汉以后，这一地方始终为游牧民族所占有，汉族势力即使在盛唐时期也未能越过河套达到这里。因此，现在所见这一地区的人类活动遗址上，除大量汉代陶片和汉代器物的散布外，极少发现后代文物的遗存。

现在这一带地方，已经完全是一片荒漠景象，绝大部分地区已被流动的以及固定或半固定沙丘所覆盖。流动沙丘的主要类型是新月形沙丘链和大沙丘垄，个别地方则形成了复合型沙山，如在太阳庙农牧场总部迤南，沙山之高竟达50米左右。现在的问题是：到底从什么时候起以及由于什么原因，沙漠在这里开始形成。

要彻底答复这个问题，还必须进行一系列更加深入的调查研究，现在只能提出一些初步意见，作为进一步探讨参考。

根据野外观察可以断定，现在乌兰布和沙漠北部地区原是古黄河的冲积平原，平原上有些地方还有沙碛分布，后来在上面又覆盖了厚度不等的一层类似湖相沉积的黏土，这在太阳庙农牧场总部附近的天然剖面中所见最为明显。这一层覆盖的黏土层，厚可能有数米，浅则不过数十厘米。在太阳庙农牧场附近，已开垦的处女地上，发现有下覆沙碛已被翻上地表。实际上这些被覆盖着的古老沙碛，乃是形成现在这一地区表面流沙的主要来源，因为当表面一层黏土一旦被强烈的风蚀剥开之后，下覆沙碛随风吹扬，很快就会被搬运到地表上来，这一作用在没有植被保护的情况下是非常容易发生的。现在可以看到，在这一地区广泛分布着大小不一的“风蚀坑”，其形状有如干枯的池塘或湖泊，周边陡峭，而底部甚平，可能这就是表土剥蚀、覆沙飞扬后的结果。

如上所述，在汉代开垦之前，这一地区原是一望无际的干草原，北面阴山上则为林木所覆盖。根据在陶升井附近偶然发现的几件约属于新石器时代的石器来推测，这里早已有人居住过。在历史的进程中，整个地区的气候可能逐渐变得干旱起来，不过其变化速度是非常缓慢的。到了汉代，移民在这里着手垦荒的时候，水源也还比较丰沛，因此在比较安定的社会条件下，汉代垦区也就稳定地发展起来。

但是随着社会秩序的破坏，汉族人口终于全部退却了，广大地区之内，田野荒芜，这就造成了非常严重的后果，因为这时地表已无任何作物的覆盖，从而大大助长了强烈的风蚀作用，终于使大面积表土破坏，覆沙飞扬，逐渐导致了这一地区沙漠的形成。

根据北宋初年旅行者的记录，可以知道北部的乌兰布和沙漠在1000年前已经形成。按宋太宗太平兴国六年（公元981年）五月宋太宗遣王延德等出使高昌（今吐鲁番），道出今陕北地方，经夏州（即赫连勃勃之统万城，今遗址尚存，俗称“白城子”），斜穿鄂尔多斯高原，大约在今磴口以北渡过黄河，然后横贯今乌兰布和沙漠北部，越过以西山区，直抵高昌。雍熙元年（公元984年）归。

出陕北向西至黄河，必须绕过桌子山及其向北方延续的山岭，这样就自然到达了现今磴口以北地区。磴口北渡口附近是越渡黄河最方便的地方，从这里渡黄河向西偏北前进，是横越乌兰布和沙漠的最短路线，也是有天然山口可以比较容易地穿过西部山岭直趋吐鲁番的路线。当初王延德等应即由此西行，恰好穿过汉代垦区所在之地。

根据其经行路线与方向判断，这里所谓六窠沙，正是现在乌兰布和沙漠的北部。值得注意的是，当时通过这一沙区“须收登相以为食”。按“登相”一名，今尚通用，这是一种沙生植物，属藜科，俗科沙米。登相的特点是生长在沙上，在强烈生草化的、生有沙蒿和禾本科草类的沙地上，则不能生长，它被称作是“流沙上的先锋植物”。王延德等在穿行这一地区的时候，既然依靠采收登相为食，则当时登相的繁茂是可以想见的。但是现在这里登相已很稀少，而固定沙丘与半固定沙丘则已经占了主要地位。由此推想，1000年前这一地区的沙漠还是在形成中的。

必须指出的是，20世纪以来，特别是近几十年来，这一地区沙漠的发展好像是在加速进行着。1697年春，清康熙帝亲征噶尔丹，得胜回朝，自今宁夏沿黄河西岸北行直抵今磴口以北，3万兵马所过，畅行无阻……当时沿路不但可以通行，而且植被还是相当茂盛的。就是晚至20世纪20年代，冯玉祥“五原誓师”的时候，还曾沿此线修筑公路，汽车运输也是畅行无阻的。但是，现在从磴口以南经巴音木仁一直到内蒙古与宁夏交界处，沿黄河西岸已有7片大沙涌入河中，南北陆路交通因此完全阻绝，这一段的包兰铁路也不得不绕道在黄河东岸修建。流沙扩展的这一速度，确实是十分惊人的。

总之，北部乌兰布和沙漠，主要是近两千年来所逐渐形成的，而且近几十年来其发展还有加速进行的趋势。在这一变化过程中，人类活动的影响是十分显著的，这一点必须引起重视。

侯仁之、俞伟超、李宝田3位科学家的著名论文，使我们搞清了许多历史真相，其史料价值弥足珍贵。

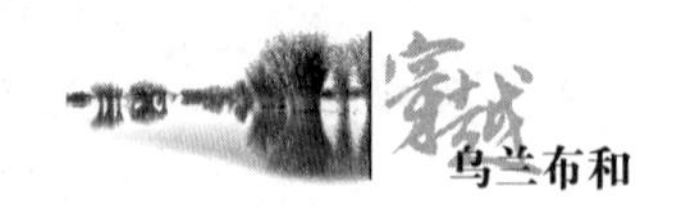

二、场、站机构：天女散花

解放初期，国家在乌兰布和沙漠垦区范围内相继建立了巴盟哈腾套海综合机械化林场、包尔套勒盖林场、太阳庙林场、磴口县防沙林场、巴盟治沙综合试验站等单位。仅上述四场一站，截至1965年，共在沙漠中植树造林115809亩，奠定了垦区治理、开发、利用沙漠的基础。

1. 巴盟哈腾套海综合林场

1958年，磴口县在冬青梁建巴音锡勒机耕队。1960年，改建为巴盟哈腾套海综合机械化林场。林场隶属巴盟林业处管理，设计面积为160万亩。自1960年至1965年共完成造林100562亩，经1965年秋季检查验收，成活率达93.2%。1966年初，综合林场被组建为“内蒙古军区生产建设兵团”（通称“老兵团”）。1969年3月，“老兵团”又被组建为北京军区内蒙古生产建设兵团一师，并被划分为一团、三团两部分。1975年10月，兵团被撤销，一团更名为乌兰布和农场，三团更名为哈腾套海农场，名字沿用至今。

2. 磴口县包尔套勒盖林场

1960年，建立包尔套勒盖农场。1964年底，改为包尔套勒盖机械化林场，其设计面积为180万亩。1965年当年造林5000亩。1966年初，组建入“老兵团”，被称为“二团”。1969年3月，组建入“一师”，被称为“五团”。1975年10月，兵团撤销时恢复了包尔套勒盖农场，名字沿用至今。

3. 巴盟治沙综合试验站

1959年，全国第一次治沙会议在呼和浩特市召开。在会议精神的指导下，巴盟治沙综合试验站（简称治沙站）于3月份在巴彦高勒西郊的砖瓦窑建立，其任务是以开展治沙造林科学试验为主，经营面积为20万亩，1963年底曾改名为巴盟林业治沙科学研究所。截至 1969 年初，该单位实有林面积为 2210 亩，建立果园 10 亩。1969 年 3 月，组建入兵团一师一团，被相继称为“六连”、“七连”。后转入中国林科院磴口实验局。

盟林业处为保留盟治沙站机构，于 1977 年在现乌兰布和农场南侧建立新试点，经营面积 24400 亩。

4. 杭锦后旗太阳庙林场

1952 年，在现二分场处曾成立过“乌盟狼山护林站”；1956 年，改为“狼山森林经营所”；1958 年，改为“乌拉特中后联合旗太阳庙林场”；1959 年，又变为“杭锦后旗林业综合场”；1961 年 7 月，改为“太阳庙农场”；1965 年，改为“太阳庙牧场”，复改为“太阳庙机械化林场”。该林场设计面积为 30 万亩，当年造林 4345 亩。1966 年 9 月，被组建入“老兵团”，包括原包尔套勒盖农场的第五作业区，统称为“直属一营”。1969 年 3 月，又组建入兵团一师，被称为“四团”。1975 年 10 月，恢复“太阳庙农场”名称至今。

5. 磴口县防沙林场

1950 年 5 月建场，经营范围 60 万亩，历年累计造林 3692 亩，其中建果园 62 亩。1969 年 3 月，被组建入兵团一师一团，被称为“十连”，兵团撤销后复归磴口县管辖。

6. “老兵团”

1966年7月，中国人民解放军内蒙古军区生产建设兵团成立，又称“老兵团”。变哈腾套海综合林场为“一团”，变包尔套勒盖林场为“二团”，变太阳庙林场为“直属一营”，变磴口牧草种子繁殖场为“直属二营”，同时将沙金套海，哈腾套海两个牧业公社也并入兵团管理。

“老兵团”诞生在“文革”初期，各项生产指数无据可查。

1969 年 3 月，“老兵团”被编入中国人民解放军北京军区内蒙古生产建

设兵团（又称“新兵团”）第一师。当时，移交给一师的林地面积账面数字是121462亩，一师接管后复查实有林地面积是106933亩，其中，一团（含盟治沙站和磴口防沙林场的林地）59424亩；三团31669亩；四团4287亩；五团11553亩；二、六、七团属新建单位，当时无林。可见，“老兵团”历时3年，林业面积反而比过去减少14524亩，说明当时林业生产受到的损失较大。

1975年，乌兰布和沙漠北部垦区，在管理体制上经历了从林场到农场，在经营方式上经历了从民垦到军屯的反复实验。其中，艰辛与苦难，真是一言难尽。

为了梳理这段激情岁月，我们还是从20世纪50年代的老一辈开始说起吧。

1957年底，巴盟盟委、盟公署决定，在磴口县东部与杭锦后旗毗邻的冬青梁子建一个国营现代化农场。由时任巴彦高勒市（由磴口县更名）的市委书记锡林兼任农场书记，巴音浩特市委副书记李志远任场长，着手筹建工作。

30年后，官居内蒙古自治区老干局副局长的锡林这样写道：

接受任务后，我和李志远、盟农业处副处长马维荣同乘公共汽车经银川、西安到呼和浩特，又去北京向农业部汇报了情况，解决了投资、订货等问题，返回了呼和浩特。内蒙古农业厅很重视这一工作。农牧场管理局沙格德尔局长带一名技术员和我们一道去现场调查，定点。因当时交通不便，到达包头后改乘汽车到磴口县补隆淖乡，租用骆驼，由牧民普日布同志做向导，驮上粮食、帐篷、锅碗瓢盆进入乌兰布和沙漠的哈腾套海、沙金套海二苏木。我们一行6人走了20多天，迂回上千华里，一路风餐露宿，艰难前行。沙格德尔和李志远年龄稍大，有野外生活经验，遇到风沙，他们让大伙把骆驼前腿绑住，卧于上风头，抵挡迎面刮来的风沙，人蒙着头睡在骆驼旁。等第二天早上醒来，身上一层黄沙，人沙难分。就这样晓行夜宿，顶着风沙，考察了许多地方。我们确定：东起冬青梁、徐家圪旦，西到磴口河壕大队以北莫日根台吉，南接磴口县补隆淖乡，北至召滩、海子沿，划为建场范围。

后经盟委批准，定名为哈腾套海农场。那时的工作真可谓雷厉风行，说干就干。从决定建场，上级批准投资，实地考察定场址，前后仅用 4 个月的时间一气呵成，这为以后建场树立了一个好的作风。

建场初期确实是白手起家，艰苦创业。我们先从阿拉善旗以及磴口县抽调了十几名干部、20 匹耕马。从北部骑马走了十几天到冬青梁，从六苏木借了十几个蒙古包做办公室，又从陕西、甘肃外流人员中招收了 300 多名临时工。在固定沙丘中挖坑盖顶作为工人宿舍，这就是建场初期的全部家当和有生力量。

接着进行开荒，平田耕地和开渠，从沈家河、麻迷图两条干渠引水进场。书记、场长带头，全体干部职工都参加劳动。现场规划指挥生产，抢时间，抢进度，不违农时。在全场干部和工人的共同努力下，我们在当年修支渠 6 条，春播各种作物 3000 多亩，春季植树 3 万余株，用辛勤的汗水改变了从前一望无际荒滩明沙的面貌。

春耕结束后，我们狠抓了多种经营。因为农场离城镇远，交通不便，必须走自力更生、自给自足的路子。为做到少花钱、多办事，我们发动群众种菜、养猪、养鸡、养兔、养羊，栽种果树。到秋季，农场又自办粉房、豆腐房、油房，自己加工醋、酱油。我们还有自己的铁匠、木匠以及拖拉机修理厂。

同志们在艰苦创业中很少考虑个人的利益。大家苦干了两年后，才盖上了穿靴戴帽的房子作为办公室和少量家属宿舍。农场逐步购置了 20 多台各种型号的拖拉机、2 台大型收割机、2 辆汽车，以及播种机、圆盘耙等农用机械工具。为了适应机械化生产的需要，我们在哲里木盟钱家店等地培训了一批机务人员。外地又支援了我们一批技术骨干，这才建立了机耕队。在建场的第三年，农场便实现了粮、菜、副食的自给有余，同时还为牧区提供了一批饲草、饲料。

1958 年，锡林调到乌达煤矿工作。农场第一任场长李志远继任党委书记。诚然，这又是一位不要命的“老革命”。

李志远，抗日战争时期参加革命，担任过中共河套特委的地下交通员，负责从伊克昭盟乌素加汗到绥西河套一线的情报联络传递，其路程 1000 多里，中间要穿越 800 多里的沙漠。他常常在炎炎烈日和凛凛寒风中往来穿梭。他是新中国成立后县处级领导干部中既懂农业又熟悉河套地区情况的代表人物之一。

1958 年初春，锡林、李志远几人来到哈腾套海，在一个叫三棵红柳的地方，插上手中的木棍，扔下行李卷，用铁锹挖了个地窝子，就算“安营扎寨”了。白天，李志远和同伴们一起掏沙坑；夜晚，他给同伴们讲他当地下交通员时发生的一个个生动的故事。同年 3 月，林场正式建立，上来七八十个工人。书记、场长制定了治沙方针：“由近及远，先易后难，由点到面，步步深入，面向沙漠。”就是按照这样的方针，无数治沙英雄们经历了令人难以想象的种种艰难，克服了重重困难，终于使哈腾套海变成了绿洲。

在建场初期的困难阶段，李志远身先士卒，吃苦耐劳，想了很多既实用又省钱的土办法，如在劳力紧张的情况下，利用黄河水在沙地开渠（水力拉沙），引水灌溉造林，从黄河上游放入各样树种，有红柳、河柳、胡杨、桑树、榆树、枸杞等，随水而下，在沙漠中自然生长。用李志远的话来说，叫作：“鸟话花香，不造林而戏林。”老李和群众还积累了不少治沙经验，想了不少土办法，如在场周围固沙造林，掺沙改造僵板地，利用土窖青储饲草和冬菜，效果都很好；利用风力铺草障、筑渠畔，省工省钱。在建场中期，他积极提倡种植牧草（苜蓿）以做到农牧结合。他以身作则，艰苦奋斗，坚持同群众一起劳动，曾制定了每天晚上劳动两小时、每天早上劳动两小时的特殊制度。他又创造用人力揭开沙包盖，利用冬春风力拉平沙包的办法，平了大量土地，这样既省劳力又省资金。他提出“水流到哪里，树就栽到哪里”的口号，要求种树方法须“三埋，两踏，一提苗”，保证成活率达到 85% 以上。随着林场的不断发展，划分了 4 个作业区，大多离厂部几十里路。开始时他经常步行检查工作，后来改骑毛驴到各处去踏查土地、检查工作、验收造林情况。他一向认真负责，从不许打折扣，不合规定的决不放过。

1958 年，原巴彦淖尔盟与河套行政区合并之初，自治区党委副书记杨植霖前来视察时，以其诗人的气质说："新的巴彦淖尔盟盟府设在巴彦高勒这个面水背沙的地方，就向巴盟人民提出了一个问题：不光要重视水利，还要承担起治理和改造沙漠的艰巨任务。"

新组建的中共巴彦淖尔盟盟委、盟公署对治沙工作十分重视，不久就成立了巴彦淖尔盟林业局和治沙综合试验站，并很快投入运营，调用飞机向60多万亩的沙漠播撒沙蒿、柠条、花棒、梭梭等沙生植物种子，由此拉开了巴彦淖尔盟大规模治理沙漠的序幕。

1963年11月25日，新华社发布消息："巴彦淖尔盟境内总面积达2.7亿亩，乌兰布和、腾格里、巴丹吉林三大沙漠区各族人民以愚公移山精神，用10年多时间营造起一条长350公里、宽300~400米的防沙林带，把靠近林区的沙漠固定住，8万多亩被沙埋没的农田恢复耕作，保护了黄河和京兰铁路免遭沙侵。"

2016年早春，我在乌兰布和沙漠垦区采访时，老年人们向我讲述了一位英年早逝的老红军累死在乌兰布和沙漠的故事，那就是乌兰布和"焦裕禄"式的干部——袁成忠的故事。

1965年3月12日，包尔盖农场党委书记袁成忠，因病医治无效，永远离开了人世，年仅49岁。全场，乃至全县、全盟上下为之悲痛，职工干部和知青们都说："老书记是为我们农场熬干了心血啊！"

袁成忠，1916年出生于陕北靖边县；1935年参加刘志丹指挥的陕北红军，同年加入中国共产党；1954年从部队转业任磴口县县长；1957年调任巴彦淖尔盟中级人民法院院长；1962年，他主动申请到包尔盖农场工作。

这年冬天，盟委和公署组织开挖包尔盖干渠，袁成忠任总指挥。他每天带领工程技术人员，冒着风沙严寒，凭两条腿跑路，在50多公里的工地上日夜奔波。1963年，包尔盖干渠开通后，袁成忠带领场部一班人，为包尔盖农场制定了"水利先行，林业紧跟，农林并举"的发展方针。他亲自跑各地联系树苗，带领职工和知青们植树，在包尔盖农场建起了网状农田防护林和一片片用材林，为巴彦淖尔建起了一道防止风沙入侵的绿色屏障。

初建的包尔盖农场，没有一条像样的路。袁成忠为了实地考察每一块土地，为了到各作业区了解情况指挥生产，终日拖着他二级残废军人的身子，在沙窝子里深一脚浅一脚地奔跑。盟委考虑到工作需要，要给他配一辆小汽车，他在党委会上说："小汽车先不要，现在最需要的是拖拉机。"于是，他就用购买小汽车的钱买了台拖拉机。

为带动职工在包尔盖扎根，他带头把家搬到农场，一家老小住在两间土坯房里。场里其他领导看他家人口多，住得太挤，提出要给他盖一处稍大的房子。他坚决不同意，说："我们共产党人，只能和群众同甘共苦，努力工作，回报党和人民，不能有任何特殊！"

他跑作业区无论到了哪里，都是和职工及知青们一样住地窝子，一样吃玉米面窝头就老咸菜，和职工及知青们一起挖渠、修闸、打地堰、平沙丘……有一天，一位炊事员见他终日辛劳又身体不好，就煮了碗热汤面给他送去。他硬是不吃，说："我不能开小灶。今天一碗，明天一顿，久而久之就要脱离群众。"最后，叫炊事员把这碗面送给了病号。

他对自己这样"苛刻"，却十分关心职工们的生活，常常倾听职工们的意见要求，努力改善他们的生活条件。只要听说哪个职工有了特殊困难，他都要伸出援助之手，献上自己的一份爱心。对知青们，他更是关怀备至，鼓励他们树立革命理想，多为农场做贡献。

由于袁成忠带领党委和场部一班人干得起劲，带领广大职工和知青们共同努力，包尔盖农场自 1962 年秋天以来，先后建起了一些土坯房，职工和知青们的住宿条件不断改善，他们又陆续建起了学校、医院，还开设了粮站及供销门市部，成立了电影队、派出所……一些有利于社会和民生的机构设施日益完善。在生产方面，除营造了一条防沙林带和种植了大片树木外，1963 年收获了 210 万斤粮食，除自给外，向国家上交了 40 万斤，实现了 1962 年场党委提出的"奋战两年，实现粮食、饲料、蔬菜三自给"的目标。1964 年，包尔盖农场的农业和林业生产又上了一个新台阶，这让全场领导、职工和知青们都欢欣鼓舞，大家对农场的前景更加有信心了。但袁成忠却积劳成疾，于 1965 年初春住进了医院。在病危之际，在生命的尽头，袁成忠嘴里念叨的依然是农场的事：

“农场建设要稳扎稳打……不要增加国家负担，要稳步发展……一定要把春耕抓好……”

袁成忠去了，人们都说，袁书记是个好干部、好党员，是乌兰布和的“焦裕禄”。1975年，中共巴彦淖尔盟盟委为其立碑。碑身正面镌刻着“袁成忠同志鞠躬尽瘁，死而后已”13个红色大字，背面刻有纪念碑文，对其一生给予了很高的评价。

诗曰：

黄河远上白云间，数万青年齐赴边。
雄心勃勃意报国，敢叫日月换新天。

1956年7月，河套青年垦荒队接收自山西省来的青年793人，分配到五原县、安北县、狼山县、达拉特旗垦荒，这是原河套行政区接收落户的最早的一批知青。由此拉开了知青“上山下乡”的序幕。

1958年，内蒙古自治区政府向河套移民2000户，近万名中青年被安置在河套农村。“文革”结束后，这部分人要求享受知青待遇，返回原籍，可惜当时却没有相应的政策，他们最终没能如愿。

1962年12月，中共中央批转劳动部《关于加强城市闲散劳动力安置和管理工作意见》指出：今后15年，每年动员和组织百万青壮年下乡，以控制城镇人口增加。

从1963年开始，知识青年上山下乡政策开始具体实施。最明显的一条是，将年满18岁放宽到年满16岁。

1962年，也就成为是否为知识青年的年代界限。

1964年年初，中共中央、国务院《关于动员和组织知识青年参加社会主义建设的决定》一文出台，并印发各省、自治区、直辖市。

有据可查的是，1964年3月11日，为响应并落实中央精神，盟委成立了18人组成的“城镇人口安置委员会”，3个月后，接收了来自呼和浩特市、包头市的579名知识青年，并将他们匆匆忙忙地安置在五原县、临河县、中后旗、杭锦后旗4个旗县的17个人民公社里。一竿子插到底，使他们由城市待业青年变身为农民。盟安置委员会上下动员，媒体呼应。盟内各旗县初、高中毕业生看着眼热，积极报名，于是又有1000多人奔赴农村牧区。

1965年7月30日，天津首批760名知识青年到五原县插队落户，受到8000多人的热烈欢迎。欢迎场面盛况空前。

紧接着，8月中旬来自北京皇城根的数量远远超过天津的1150名知青，受到临河县、杭锦后旗党政领导和各界群众的盛大欢迎。

到1967年末，巴盟接收上山下乡知识青年5850人，其中北京1269人、天津1420人、呼和浩特市855人、包头1241人、本盟297人。

到1968年、1969年，知识青年上山下乡运动更似排山倒海般席卷华夏大地。

河套，素有“塞外江南”、“天下粮仓”之称，是安置知青的首选之地。两年间，全盟共接收北京知青997人、天津知青5089人、呼和浩特市知青981人、包头知青4659人、本盟知青425人。

到1974年，知青人数达到高峰。

“文革”期间，全盟共接收外地知青20397人、本地3141人。这些知青分布在全盟7个旗县91个农区人民公社和牧区苏木，共组成1625个知青小组，“插”在了1671个生产小队中，分布比例分别是现有公社的90%和小队的43%。

1969年初，中央决定，组建北京军区内蒙古生产建设兵团，巴盟境内3个师25个团124个连队，安置了来自北京、天津、河北、山东、浙江等地的4.6万知青。

在巴盟6.4万平方公里的大地上，地方与兵团共接收安置了6.6万知青，平均每平方公里1个人。

1972年11月29日至12月3日，全盟首届上山下乡知识青年代表会在临河召开，出席代表159人。会议确认：“文革”以来，全盟接收外地与当地知识青年2万人，其中，3100人担任了民办教师、赤脚医生、拖拉机手和基干民兵，有163人入党，92人参军，2000人被推荐为工农兵大中专院校当学员，871人成为盟、县、社、队领导人。

1973年10月23日，盟委再次发出《关于动员城镇知识青年上山下乡的决定》。又一批2000名16岁以上的城里的“嫩苗苗”被“移植”到了农村牧区，希望扎根边疆并能开花结果。

到1976年年底，全盟在乡知青实有人数7875人，其中外地知青与本地知青各占一半。两年后的1978年底，这个数字只减少了422人，总数为7453人，绝大多数知青仍然在农业第一线。

对于地大物博的农村劳动力严重不足的巴彦淖尔来说，知识青年来得多，稳得住，是群众的愿望，也是各级领导之喜功。

1977年9月20—26日，盟委召开全盟上山下乡知识青年先进集体、先进个人代表大会。会议再次肯定了全盟知识青年工作，强调今后对知青的生产生活、工作的问题给予重视和关心。会间，381名代表“激动的心情像草原的骏马、黄河的巨浪奔腾翻卷”，“黄河做墨”，“蓝天当纸”，遂以“巴彦淖尔盟第二届上山下乡知识青年先进会全体代表”名义给“敬爱的英明领袖华主席、党中央”发出致敬信，表示要“扎根农村牧区，扎根边疆干革命”。会后，通过《巴彦淖尔报》向全盟知识青年发出倡议书。

1978年10月31日至12月10日，长达40天的全国知识青年上山下乡工作会议在京召开。冰封了10年的知青政策开始松动，《会议纪要》针对知青中存在的问题提出了6条统筹解决办法。紧跟着，《国务院关于知识青年上山下乡若干问题的试行规定》将《纪要》精神具体化了，出台了40条细则。

随即，知青返城之风在全国刮起。

两年以后，到1980年底，全盟在乡知青锐减，只有1156人了。去者中，病退1113人，调离2125人。1671个知青插队点亦不复存在。

万里东风扫残云，知青大戏终落幕。

1979年，盟委、盟行署将剩余滞留在农村牧区的千名老知青“插场”于由生产建设兵团改制后的巴盟各国营农牧场工作。

至此，10年间，来自北京、天津、河北、山东、浙江的数万名知青已陆续离开了巴盟农村牧区。各级“上山下乡知识青年工作办公室”摘掉牌子，并入劳动局。

进入21世纪，有人调查统计过，6.6万外地知青，在巴盟落户的只有150人了，这些人多为官员、学者、有突出贡献者，还有的是被深为所爱的巴盟爱人“套”住走不了的。北京老知青、原巴彦淖尔市政协副主席郑宝青在《巴彦淖尔文史资料》上撰文回忆：“1988年9月23日，为庆祝在磴口县下乡20周年，北京、天津、呼和浩特市34名仍然滞留在巴盟的老知青举行过一次联谊会。时为磴口县委办公室主任的郑宝青是组织者之一。”

我查阅《磴口县文史资料》第11期，载老知青葛澄明回忆文章，称：“那次联谊会聚者34人中，北京知青只剩12人，其中11名为女性。到了1994年，只有官至盟委副秘书长的郑宝青1名男性留在巴盟，其余33人全部离开。”

历史是揪人心碎的魔爪。

带着这个疑惑，2010年，我曾当面问过郑宝青。宝青老兄的回答是，磴口县的结发妻子让他把根扎深了。我又问：“现在退休了，终于可以回北京养老了吧？”得到的回答同样令我又疑惑又佩服：“巴盟好，巴盟人好。家乡北京，常回去走走就够了。”

与外地知青到巴盟不同，巴盟当地知青下乡插队主要有三类人，表现出三种形式：第一类是家在城里而在农村有亲戚的人。父母为了让孩子有人照应，就把子女“插队”的地点申请到亲戚所在的生产队，而这些生产队的自然条件、生活环境相对要好一些。第二类是家在城里且父母属于“黑五类”或者“走资派”的人。政府就以“加强战备，准备打仗，疏散居民”为由，让一家人全部迁移到农村居住。第三类是到了“上山下乡”的年龄按规定来到农村插队的人。这类人占绝大多数，往往一批下乡“知青”中就有几十个甚至上百个这类型的人。他们在城里上学时一般同属一个学校或者一个班级，插队落户时便被安置在一个知青点。

前两类知青的日子要好过一些，最苦的要算第三类人了，这些稚气未脱的知识青年，在城里是衣来伸手饭来张口，过惯了无忧无虑的生活，到了知青点，很多人生活都不能“自理”，馒头不会蒸，面条不会煮，连吃饭都成问题。在家里，他们在饭桌上能见到鸡、鸭、鱼、肉，到了村里几个月都闻不到一点儿荤腥。这些嘴馋得发慌的知青们就趁着天黑去农户家偷鸡摸狗，然后宰杀了吃；等庄稼熟了的时候，他们偷偷到地里掰玉茭棒子、摘豆角回来煮着吃。时间长了，他们的行为引起了社员们的不满。知青们不会洗衣服，也懒得洗衣服，更没有条件洗澡，身上长满了虱子和虮子，一个个叫苦连天。他们对农活儿一窍不通，也吃不下苦、受不得罪。犁、耧、耙、耱，除草锄地，割麦种瓜，赶车扬场，一年四季的春种秋收，知青们连见都没有见过，怎么谈得上去干活？队长把农活儿一布置，好多人便到地里乱哄哄地干上一气，不到收工的钟点便回来在一起玩。有的人干脆早上不起床，蒙上被子装病睡大觉，队干部也奈何不了他们。

一场轰轰烈烈的知青下乡运动就像一场闹剧草草收场了。

词曰：

当年慷慨赴边陲，梦醒豪情已成灰。
改天换地谈何易，自然规律岂能违？
青春一去不复返，往事如昨犹可追。
非论青春功与过，留给后人断是非。

三、兵团：沙漠夜空的七颗流星

顺口溜：

永远忘不了，
黄河在内蒙扭了一扭，扭下个地方叫磴口。
天下黄河几道道弯，我就在那黄河边。
不见那草原只见沙，推平了沙丘种庄稼。

冬季里刮的是西北风，备耕会战搞得凶。
挖不完的渠来打不完的埝，为争个先进咱玩儿命干。
一碗糜子饭半两沙，土豆白菜常当家。
全班人围着饭桶吃，没有板凳圪蹴下。
最苦莫过挖大渠，最累要数地掺沙。
最爽累了沙丘上躺，最甜不过华莱士瓜。
最怕的就是吃不饱，最想的是能评“五好”。
沙蒿子结籽数不清，班长待咱像亲弟兄。
屋里点灯一屋子明，患难时更感战友情。
大姐们帮忙拆被褥，女娃子省粮济后生。
半夜里来黑咕隆咚，紧急集合响号声。
塞外北风刺骨寒，一支队伍出营盘。
沙岗子走路一溜溜坑，反帝反修练硬功。
七六二步枪刺刀长，练好本领保国防。
四好连队五好班，评功摆好闹得欢。
一封封喜报往家传，评上五好笑开颜。
高粱叶子黄了又青，新兵慢慢变老兵。
沙枣子开花喷喷香，咱牵着马儿播种忙。
白刺结果一点点红，春种秋收咱样样行。
不怕吃苦不怕累，吃不饱肚子太遭罪。
肚里无食身子虚，病魔偏偏找上你。
团医院治不了师医院治，没奈何病魔太放肆。
南飞的大雁一行行，儿在病中想爹娘。
寒冬腊月朔风吹，治不好病来心里灰。

1969年，在“屯垦戍边”使命的驱使下，在知识青年上山下乡运动的大潮中，数以千计的现役军人、复员转业军人和数以万计的城市知识青年，浩浩荡荡地开进了内蒙古草原荒漠深处，组成了一支庞大的垦荒队伍。

特殊的时代，特殊的地方，造就了一支特殊的部队——中国人民解放军北京军区内蒙古生产建设兵团。身穿绿军装，却没有鲜红的领章和帽徽；吃国家供应粮，拿津贴费，都是知识青年，却又不同于插队知识青年。紧急集合，野营拉练，虽然没有达到“一人一支枪，飒爽英姿保边疆”的水平，但已使人置身于紧张的军事节奏之中。脱坯盖房，开渠垦荒，酷暑中割麦子，严寒中保牲畜，大搞生产建设，心甘情愿地“出大力，流大汗，活着干，死了算”。铺天盖地的黄沙，席卷而来的白毛风，恶劣的住房条件，粗糙的食物，使“艰苦”有了更真切的含义。

“天天读”，“评四好”，“大批判”，“搞运动”……不断为“再教育”增添新的内容。

谁承料到，这一切的努力，换来的却是经营亏损的苦果。

终于有人提出了质疑：有必要用这样一个庞大的准军事组织来进行边疆生产建设吗?

纠正谬误，并不是一件轻而易举的事情，特别是在那个特殊的年代。

1975年，北京军区内蒙古生产建设兵团终于走完了它的生命之旅！来得快，去得也急。兵团战士最集中、人数最多的巴盟3个师星落云散，各寻归宿；师属团、连建制最多的企图征服沙漠的一师7个团惊涛拍岸，灰飞烟灭。

一个令人扼腕叹息的结局，往往能够带来启迪睿智的思路。

生产建设兵团如何转型是当务之急，人员如何安置是头等大事，新的组织模式也可以说是现成的——那就是农垦农场。

成立于1956年6月的农垦部，领导的农垦、军垦系统，到“文革”前已经拥有包括2062个农场、146个工厂、28个建筑企业、26个运输企业、48个商业企业在内的庞大机构，拥有职工共260余万人，隶属于本系统的人口达660余万人。

军垦农场、企业多由解放军生产部队或复员、转业官兵创建，接下来便是吸收了大量支援边疆建设的内地青年和城市知识青年。

农垦农场可分为三种类型：一是复员、转业或残废军人建立的农场，组织形式已采取地方编制，下辖分场、生产队；二是知识青年垦荒队和支边青年、归国华侨开辟的农场；三是国家建立的劳改农场，安排犯人劳动和刑满释放人员就业。

1954年12月5日成立的新疆军区生产建设兵团，已经为发展军垦提供了完整的组织模式。1965年，新疆兵团的组织形式被推广，中共中央、国务院批准建立甘肃、青海、宁夏和陕西农业建制师，由新疆兵团抽调干部帮助组建。20世纪50年代，内蒙古曾因背接苏联而被作为中国的战略“大后方”。中苏关系恶化之后，“大后方”变成“反修前线”，战备成了内蒙古自治区的一项重要工作。到“文革”前，内蒙古已建立了具有军垦性质的79个农牧场。随着中苏关系的进一步恶化，具有军事化性质的内蒙古生产建设兵团便应运而生。

1966年2月，华北局和内蒙古自治区党委决定，由内蒙古军区负责组建中国人民解放军内蒙古生产建设兵团，并组成了领导小组。

同时，由北京军区负责在山西雁北地区建立华北农垦兵团，将山阴、阳高、天镇农场，朔县马场四分场，及朔县马邑滩5000亩荒地，共计21万亩土地，划给华北兵团。农场原有职工、家属都转入兵团，现役干部由北京军区调出。9月，在内蒙古又设立了西北林业建设兵团第四师筹备处，下辖2个团。

“文化大革命”的爆发，使内蒙古军区生产建设兵团的扩建工作搁浅。内蒙古的农牧场究竟由谁来接管？大批上山下乡知识青年由谁来安置？在知识青年上山下乡大潮兴起之后，中央很快做出了决断。

1968年下半年，北京军区、内蒙古革命委员会、山西省革委会协商，决定撤销华北农垦兵团，正式组建北京军区内蒙古生产建设兵团。

1968年11月27日，在向北京军区党委汇报组建内蒙古生产建设兵团情况时提出：内蒙古生产建设兵团计划建立6个师，每师10个团，每团10个连；1969年先组建一、二、六师，设置20个团，其中一师5个团，二师10个团，六师3个团；另从四、五师地区各建1个团，暂归六师领导。

内蒙古生产建设兵团的初期组建计划很快得到了北京军区和内蒙古革委会

的同意，并上报中共中央、国务院和中央军委。

1969 年 1 月 24 日，中共中央、国务院、中央军委批准建立内蒙古生产建设兵团。

1969 年 5 月 7 日，内蒙古生产建设兵团在呼和浩特市举行成立大会。

根据中央的精神，内蒙古生产建设兵团开始实施农场接收、物资调配及人员编配等具体工作。

关于接收城市知识青年的条件，总的原则是以工人子女为主体，年满 16 周岁，身体健康，作风正派，家庭和本人历史清楚，达到以上要求的知识青年均可报名参加生产建设兵团。

为了保证生产建设兵团人员在政治上、思想上、组织上的纯洁，凡有下列情况之一者均不接收：

其一，出身于剥削阶级家庭的子女，本人表现不好者。

其二，叛徒、特务、死不改悔的走资派以及现行反革命分子的子女；没有改造好的地、富、反、坏、右的子女；直系亲属被镇压者；有海外关系或社会关系复杂而不清楚者。

其三，本人身体健康条件不适合参加农业生产或有严重慢性疾病和传染病者。

其四，本人道德品质败坏或思想反动者。

如本人隐瞒上述问题而被接收者，在 3 个月内被发现时，退回原单位。

接收精减下放劳动干部的条件是：男在 45 岁、女在 40 岁以下身体健康，能够参加农业生产劳动者；在政治上问题已弄清楚，而不属于敌我矛盾者可以接收，但正在揪斗或问题尚未有结论，或问题介乎两类矛盾之间者，则不予接收。

原场职工，在“挖肃”运动和清理阶级队伍的基础上，凡符合兵团接收人员条件者一律编为兵团战士。政治条件较好但年老病残者可编为兵团职工。发现有重大政治历史问题和现行反革命活动又不够判刑条件者，家在农村的可退职返乡交当地群众监督劳动；家在城市的可留在兵团，分散监督劳动。

为做好内蒙古生产建设兵团的组建工作，北京军区迅速在所属各部队中展开动员，调集现役干部3266人到兵团任职，并将5354名复员、转业军人派往兵团。各师、团的基层组织很快搭建起来。

当时受命前往内蒙古生产建设兵团的现役干部崔书贵的回忆，有助于我们了解兵团初建时的情况："那是1969年初春，在全国知青上山下乡的高潮中，中国人民解放军北京军区内蒙古生产建设兵团正式成立了，由各驻军抽调各级现役干部，组成内蒙古兵团、师、团、连的建制。正、副连长，指导员，军医，以及团以上机关的干部，都由现役军人干部担任。当时给我的任命是兵团一师五团后勤处物资助理员。接到命令第七天，也就是1969年2月18日，就从河北省会石家庄发专列到内蒙古。河北省革命委员会主任刘子厚、石家庄驻军首长徐信、阎同茂及有关处长一行，登上列车与我们一一握手送行。站台上有很多人敲锣打鼓送行，车厢上贴有'屯垦戍边'、'建设边疆、保卫边疆、扎根边疆干革命'等标语。当时我们的心情都很激动，不知是留恋战友还是留恋家乡，很多人流下了泪水。车到丰台站，北京卫戍区也有很多去兵团的干部上车。火车还挂了几节软卧车厢，兵团的师首长大部分都乘软卧。第二天途经呼和浩特、乌拉特前旗、临河等站，下去了很多兵团干部。第三天清早，我们到了磴口县下车，全团官兵又转乘3辆汽车经过几十公里的沙漠地带，到了驻地包尔盖。我们五团驻地是原兵团司令部所在地，虽是一片土坯房子，但基本设施如医院、邮电所、门市部、粮食加工厂、酱油醋作坊、办公室、居民宿舍等都有。下属8个连队是原兵团作业区，最远的离团部8公里，大都在方圆4公里范围内。每个连队都有100多名职工，加上家属全团大约3000多人。"

现役军人的工作效率是值得称赞的。1969年初，根据当时的形势和条件，能够在很短的时间里组建起一个兵团，这本身就是一件了不起的事情。1969年2月，北京军区召开了干部会议，下达了给兵团调配干部的任务。3月初，几千名现役干部就到达了各自的工作岗位。他们一切行动听指挥，接到命令就行动，打起背包就出发。有的在支左岗位上，有的在南方接兵，在接到通知赶回部队后，领导一谈话，有家的不回家，生病的不治病，第二天就出发了。就在这样很短的时间里，迅速组建起了4个师、几十个团和几百个连队，又很快接来了3万多名城市知青和5000多名复员战士。这种革命化的战斗作风是值得赞扬和学习的。

按照预定部署，内蒙古生产建设兵团首先完成了接收原华北农垦兵团人员的工作。华北农垦兵团自1966年2月组建，兵团机关驻地在山西省大同市花园屯，兵团先后设置了12个团，分建在山西省山阴、阳高、天镇、朔县、大同、应县等县市境内；十一团建在河北省境内；另在晋南地区设立了1个团。1967年12月，撤销了六、九、十团。1968年10月，北京军区把十一团移交给了天津市。1969年1月，根据北京军区的决定，山西省革命委员会接收华北农垦兵团一团、七团，其他各团的人员由内蒙古生产建设兵团接收。1月21—23日，在北京举行了有关单位领导参加的交接工作会议，华北兵团的全部现役干部和大部分复员军人、知识青年均被调往内蒙古生产建设兵团。实际调往内蒙古的人数共计3053人，其中有现役干部339人，复员军人407人，知识青年1823人，地方干部38人，老工人446人。

驻扎在巴彦淖尔大地上的北京军区内蒙古生产建设兵团，分别是第一师、第二师、第三师。3个师共接收来自北京、天津、上海、浙江、江苏、山东、四川、山西、陕西、河北以及内蒙古呼和浩特市、包头市、集宁市、锡林浩特市等地的城市知识青年，还有巴彦淖尔盟各旗县的部分知识青年。到1970年8月，一、二、三师共接收知识青年达74046名，其中一师21657名，二师37794名，三师14595名。到了1970年年底，3个师在编人数达到了80557名，其中，一师为23032名，二师39002名，三师为17623名。二师当时在整个内蒙古生产建设兵团各师中人数最多，而人数最多的十一团和十四团也都在二师。

一师驻磴口县。师机关驻巴彦高勒镇一度停办的原巴盟师范学校大院内。在原内蒙古生产建设兵团农场的基础上先组建了一至六团，后来又增建了七团与八团。各团驻地分别是：

一团，朝阳镇（原乌兰布和农场）；

二团，红卫镇（原巴彦套海农场）；

三团，卫国镇（原哈腾套海农场）；

四团，戍边镇（原太阳庙林场）；

五团，建国镇（原包尔套勒盖农场）；

六团，反修镇（包尔套勒盖农场西部的巴音毛道）；

七团，红旗镇（原纳林套海农场）；

八团，乌达市（原乌达市农场、林场等）。

二师驻乌拉特前旗，师机关驻乌拉山镇。共有 11 个团，分别驻扎在巴彦淖尔盟、包头市和伊克昭盟的大地上。在巴彦淖尔盟大地上的分别是：

十一团，西山咀镇（原乌海劳改农场）；

十二团，新安镇（原乌海劳改农场）；

十四团，苏独仑（原苏独仑国营农场）；

十五团，五原县建丰（原建丰劳改农场）；

十六团，乌拉特中后联合旗牧羊海（原东方红种羊场）；

十七团，中滩（原中滩劳改农场）；

十九团，乌梁素海坝头（原乌梁素海水产局、乌拉特农场）；

六十二团，大佘太（原苏独仑国营农场牧业队）镇。

在包头市境内的团、厂分别是：

十三团，包头郊区的四水泉（原包头新生石厂、包头新生阀门厂等）；

十八团，万水泉（原包头共青农场）。

在伊克昭盟的是二十团，杭锦旗独贵特拉（原独贵特拉公社、杭锦淖公社）。

三师驻巴彦淖尔盟临河县，师部机关在临河解放镇。三师共建有 6 个团，分别驻巴盟和伊盟。

驻在巴彦淖尔盟的分别是：

二十一团，临河县军垦镇（原临河劳改农场）；

二十二团，临河县屯垦镇（原狼山劳改农场）；

二十六团，乌拉特中后联合旗的石兰计（原石兰计公社）；

二十四团，海勃湾市原海勃湾农场，后划归兵团四师管辖。

驻在伊克昭盟的分别是：

二十三团，杭锦旗巴拉亥公社杨朝圪旦（原巴拉亥林场）；

二十五团，杭锦旗吉尔格郎图（原改改召林场等）。

在巴盟大地上，除了上述这些师、团之外，还有直属兵团和一、二、三师的工业企业：

一八〇电厂，位于乌拉特前旗乌拉山镇，设计能力为年发电 5 万千瓦。全厂 1211 人。电厂从 1971 年开始兴建，1974 年建成发电；

乌拉山化肥厂，在乌拉特前旗乌拉山镇，设计能力为年产合成氨 6 万吨、硝酸铵 13 万吨，全厂 2240 人。从 1970 年开始兴建，1974 年建成投产。

这两个工厂是直属兵团管理的团级，是两个建设周期长、工程浩大的难点工业项目。

一师下属 4 个营级工厂，都建在巴彦高勒镇，共有 822 人。其中：

一师糖厂设计能力为日处理甜菜 200 吨，全厂 209 人；

一师修配厂，年修理机械 150 台，全厂 181 人；

一师地毯厂，原为部队战士生产服装的被服厂，后改为地毯厂，设计能力为年产地毯 1200 平方米，全厂 146 人；

一师水泵厂，1973 年兴建，1974 年大体上建成，全厂 286 人。

二师下属工厂只有两个，即二师浆粕厂和二师被服厂。

二师浆粕厂建在乌拉特前旗，日处理芦苇 7 吨，全厂 618 人；

二师被服厂，位于乌拉特前旗乌拉山镇，设计能力为年产 10 万套（件）服装，1970 年建成投产，全厂 170 人。

二师还有的工厂诸如十三团下属的无线电元件厂、农药厂、阀门厂、修配厂、化工厂、风机厂、造纸厂、采石厂等，均在包头市的土地上。当时二师的部分团还建有连级工厂，如十四团元钉厂，十五团炮厂，十七团凡士林厂、糖厂、云母矿，六十二团锰矿等。

三师有团级工厂 1 个、营级工厂 2 个，都建在临河县城，即糖厂、修配厂、地毯厂。

糖厂，团级，设计能力为日处理甜菜 500 吨，1973 年建成投产，全厂 617 人；

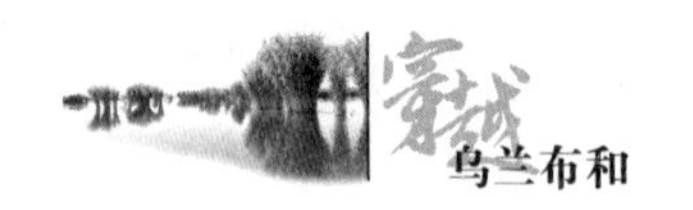

修配厂，营级，主要负责三师的机械维修，全厂 231 人；

地毯厂，由原来的被服厂改建，设计能力为年产 1200 平方米地毯，全厂 138 人。

一、二、三师除了上述的工业企业外，都分别有自己的医院、教导队、通讯队和规划队。

北京军区内蒙古生产建设兵团的建制系统和组织机构是：兵团（军级）—师—团—连建制，没有把营一级单位作为常规建制。

兵团直属机构分别是司令部、政治部、后勤部。司令部下辖作训处、军务处、生产处、基建处、管理处及直属警卫排。政治部下辖组织处、干部处、秘书处、保卫处、宣传处。后勤部下辖卫生处、机运处、财务处、军械处、供销处。

师的直属机构分别与兵团对应，也分为司、政、后三大部门。内设科室略有不同。师部下辖作训科、军务科、生产科、基建科、管理科和直属武装连。政治部下辖组织科、干部科、秘书科、保卫科、宣传科、政工科。后勤部下辖卫生科、机运科、财务科、军械科、供销科，还负责管理修配厂、被服厂、物资供应站。

团机关与师直机关相应的职能部门是司令部、政治处、后勤处。司、政、后内设为股，后勤处领有卫生队、军人服务社、运输队、兽医站、仓库等。

连队下设排、班，组织机构如下。连部：连长、副连长、指导员、副指导员、军医、卫生员、司务长、炊事班长、文书、通讯员、保管（统计）员。排：排长、副排长。班：班长、副班长、战士。

第一、二、三师的人员构成主要有如下几部分：

一是现役军人。来自北京军区卫戍区等各部队，分别担任师、团、连领导。

二是地方干部。大多是原地方国营农牧林渔场和劳改农场的管理干部。有少数人员在兵团建立之后为支援兵团建设从地方单位调入兵团或是兵团接收的内蒙古区直属机关毛泽东思想大学校的部分干部。这些来自地方的干部为副职，其政治地位一般低于现役干部。有的虽然参与领导，但多在“协助”的地位。

三是复员军人。3 个师的复员军人全是来自北京军区各部队的战士，以工程兵部队居多，大多数是党员。在兵团内部，人们习惯地将他们称之为“老兵”，这些人进入兵团后成为国家的正式职工。他们的原籍多数在农村，生活比较艰苦，所以他们也都愿意到兵团。这些“老兵”来兵团不久，便把自己在原籍老家农村的家属接过来，参与兵团的临时工作。到后来，这部分人逐渐实现了“农转非”，同时也解决了工作问题，就了业，成了兵团的正式职工。

四是原劳改和国营农牧林渔场、原华北农垦兵团、原内蒙古军区生产建设兵团、原内蒙古区直属机关毛泽东思想大学校的部分职工。此外还有两个集体所有制的人民公社的部分社员，即一师的沙金套海公社和哈腾套海公社。这两个人民公社虽然加入兵团，但依然按集体所有制经济进行管理和参加分配。他们主要是从事畜牧业生产，兼营部分种植业。

五是知识青年。主要是来自北京、天津、上海、浙江、江苏、山东、河北、山西、陕西、四川等省市以及内蒙古呼和浩特市、包头市、赤峰市、集宁市、锡林浩特市以及巴彦淖尔盟的1966届至1969届的初、高中毕业生，年龄一般在15~22岁之间。

六是中等专业学校毕业分配来的学生，主要来自内蒙古财贸学校、粮食学校、农业学校等。1968年底，他们被分别分配到原劳改农场、原内蒙古军区生产建设兵团、原内蒙古区直属机关毛泽东思想大学校等，后被兵团接收。

为保证知识青年上山下乡后有基本的生活条件，政府特别拨出一大笔费用作为知识青年的“安置费”，并对经费的使用做出了一系列明确的规定。

兵团战士的生活虽实行供给制，有一定的保障，但生活仍旧比较艰苦。接管原劳改农场的，在居住和伙食等方面相对要好一些。新建的团、连实属白手起家，不但没有房子住，连一日三餐的基本蔬菜等副食都没有。比如在乌兰布和沙区深处的一师的部分团、连和在黄河南岸、库布其沙漠边缘的三师二十三团、二十五团的部分连队，不得不靠打地窨子做宿舍。有的寄宿在附近农村社员的闲置空房或凉房里、棚圈里。有的连队连这些条件都没有，不得不住在用柳笆搭建的泥巴棚子里。每年3—5月，大风黄沙乱刮乱飞，晚上睡觉时还是好好的，第二天起来已是黄沙满脸、满被。不仅呼吸的是泥沙，就连每顿饭的碗底、杯底都沉有厚厚的泥沙。“蓝天做帐地做床，黄沙拌饭可口香。狂风为我送歌声，千里戈壁好战场。”吃的是窝头、馒头就盐汤。个别战士到野外捕猎刺猬等野生动物解馋，还有的去挖泥鳅吃。

兵团是以农业生产为主的部队。各师、团都把主要精力放到了垦荒开发和水利工程建设上。开垦荒地，对刚出校门的知识青年是件十分艰苦的体力活儿。到 1975 年，内蒙古生产建设兵团的耕地面积由接管时的 64 万亩扩大到了 147 万亩。开垦荒地的重点在沙漠地区、盐碱荒滩上。

一师四团所在地的太阳庙，地处乌兰布和沙漠最北端，太阳庙南边就是高低起伏、连绵不断的沙丘，北边是干涸的著名的屠申泽的盐碱斑斑的西大滩，面积数万亩。“改造大沙漠，开发西大滩”自然就成了他们生产建设的主要任务。来自各大城市的兵团战士硬是靠着自己稚嫩的肩膀和纤细的双手，用镐刨、用锹铲、用柳筐担、用脸盆端，铲平一个个沙包，搬走了一片片碱土，造田 2.5 万亩，试种水稻成功；培育成功了第一代棉花；在寸草不长的盐碱地上种出了玉米……

地处库布其沙漠北部边缘的巴拉亥的三师二十三团在流沙上造田，更是前无古人后无来者。1971 年 2 月 3 日《人民日报》发表了《战斗在黄河湾》的文章报道：

> 1969 年，一支军垦健儿，履冰踏雪开进茫茫戈壁……面对几千个封冻如铁的沙包，一些当地人说，在这样的沙包地里还能打粮？除非去北大荒取土。而我们的战士却说：这里的每一寸土地都渗透着烈士的鲜血，为了解放这块土地而壮烈牺牲的先烈们，并没有因为它穷而放弃它，今天，我们没有半点理由不把它建设好。沙丘虽多，搬一点就会少一点。我们军垦战士，一定要征服沙漠，开出万亩良田。一份份决心书、请战书像雪片一样送到连部。于是他们以蓝天做帐地做床，开始了移沙造田的战斗。
>
> 沙包冻得坚硬，一镐下去，手震得生疼，才显出一个白点。许多战士的手磨起了血泡，震裂了虎口，挥肿了胳膊，但谁也不甘示弱，

个个汗流浃背，在呼啸的寒风中身穿一件单衣还热气腾腾……大家脸冻肿了，手冻裂了，右肩压肿了就用左肩挑，每人的双肩上压出了血印，可没人放下担子歇歇脚。有位女战士一天压断了3根扁担。那个季节，狂风一起，天昏地暗，人都站不稳，不少人适应不了变化无常的气候，口干唇焦鼻流血，脸脱了一层又一层皮。就这样，在自然条件极其艰苦的情况下赶在春播前开出了一片土地。

春回大地，战士们见到了自己开垦的土地上长出幼苗，别提多高兴了。可苗出土不久，碰上一场雨，牛皮碱一起来，把苗全部盖住了。指战员们没有被吓倒，白天，天不亮就下地；中午，在地头吃过午饭，就顶着烈日接着干；晚上，踏着月色归来。硬是用锹铲铲、用脸盆端、用柳筐抬，把几百亩碱地剥了一层皮，枯黄的苗又变得绿油油了……

秋天，终于收获了几十万斤粮食和蔬菜。驻地附近一位年近八旬的老人听说兵团把沙丘改造成良田，还收获了粮、菜，非要她的小孙女领她亲眼看看不可。

1972年1月4日的《人民日报》，对一师、二师、三师兵团指战员团结战斗的事迹以《沙海新歌》的长篇通讯做了全面报道，展示了兵团指战员战天斗地、艰苦创业的精神风貌。

同年1月24日的《人民日报》，以“风华正茂”为题，热情讴歌了这些从首都北京、黄浦江畔、东海之滨、长城内外汇集到北京军区内蒙古生产建设兵团的城市知识青年，在人民解放军的带领下，在边疆的土地上，开荒种地，创办工厂，放牧牛羊，靠勤劳的双手描绘时代壮丽图画，用火红青春谱写青年运动光辉篇章的感人事迹。

1971年4月18日的《解放军报》，又以“踏遍青山人未老”的醒目标题报道了内蒙古生产建设兵团一、三师的几位老同志的感人事迹。文中这样写道：“这些老同志，当年，在战火纷飞的岁月里，他们跟随伟大领袖毛主席，跋山涉水，转战南北，为了人民的解放事业，出生入死，屡建战功；如今，他们有功不自恃，在继续革命的征途上，忠实地贯彻执行毛主席的无产阶级革命路线，朝气蓬勃，勇往直前，为党、为人民做出了新贡献。”

1975年1月5日，邓小平被任命为中央军委副主席兼总参谋长。1月8—10日，中国共产党十届二中全会在北京召开，邓小平被选为党中央副主席、中央政治局常委。时隔10年后，重新提出了实现农业、工业、国防和科学技术四个现代化的目标。邓小平等中央领导同志抓住时机，毅然着手对各方面工作进行全面整顿。2—5月，工交战线的整顿颇见成效：6—10月，整顿工作全面铺开。生产建设兵团自然也成了整顿的对象。军委指示各大军区、省军分区，就生产建设兵团的归属问题与地方政府商讨，尽快拿出改变体制的方案。之前的1974年，广州、云南生产建设兵团撤销，兰州生产建设兵团改变体制，宁夏农垦五师建制撤销，江苏、浙江、安徽生产建设兵团体制改变，划归所在省领导，福建生产建设兵团和江西、广西农建师被撤销。到1975年初，只留下了7个生产建设兵团和6个农建师，其中包括新疆生产建设兵团、内蒙古生产建设兵团和山东生产建设兵团。

1974年10月，北京军区和内蒙古自治区党委开始调查研究体制改变问题。1975年2月，内蒙古成立了改变兵团体制领导小组和办公室，派工作组协助工作。1975年4月20日，内蒙古自治区革委会、内蒙古军区正式向国务院、中央军委提交了《关于改变内蒙古生产建设兵团体制问题的请示》。1975年6月24日，国务院、中央军委以国发［1975］95号文件批复：同意改变内蒙古生产建设兵团的体制，撤销兵团、师两级机构，把农牧业团改为国营农牧场。1975年7月16—21日，农林部在北京召开了改变兵团体制做好交接工作座谈会。时任农林部部长沙风和副部长肖鹏分别讲了话。

内蒙古生产建设兵团体制改变的消息迅速传到兵团的各个角落，大家顿时议论纷纷。1975年7月1—9日，内蒙古自治区革命委员会和内蒙古生产建设兵团联合派出工作组，分别到兵团二师、三师师部，十二团、二十六团、巴盟革命委员会等单位和部门召开了8次座谈会，倾听各方面人员对兵团体改的意见和建议后，于7月14日上报了《关于改变兵团体制问题的简要汇报材料》。

8月3日，内蒙古自治区党委正式通知成立“改变内蒙古生产建设兵团体制领导小组”。领导小组下设办公室，负责处理移交工作中的具体事务。1975年8月5日，内蒙古自治区党委召开了改变兵团体制的盟市委书记和兵团师以上干部会议。会议针对内蒙古生产建设兵团的干部构成特点，要求各级党委务必于9月初最晚9月中旬，选配好场一级的领导班子，在9月底前整顿好连队的领导班子。1975年8月16日，内蒙古生产建设兵团党委举行党委扩大会议，讨论兵团体制改变问题。倪子文政委代表党委，对内蒙古生产建设兵团的成绩和缺点做了总结讲话，并提出了8条具体要求。定交接工作的时间为：10月初正式动员，团一级10月底交接完，师一级11月底交接完，兵团年底交接完。根据会议精神，兵团将三师二十一团作为兵团体改试点，兵团、三师、巴盟盟委分别派人组成工作组进驻二十一团进行试点，并将取得的经验进行全面推广。1975年9月2日，改变兵团体制领导小组拟定了《改变内蒙古生产建设兵团体制问题的实施方案》，对交接时间和步骤做了如下安排：改变兵团体制拟分两步进行：第一步，8—9月份为准备阶段；第二步，10月起为交接阶段，年末完成交接任务。为了做好交接准备，抓3件工作：一是8月5日召开一次盟市委书记和兵团各师师长、政委参加的兵团改体会议，学习国务院、中央军委关于改变内蒙古生产建设兵团体制的批复和农林部召开的改变兵团体制座谈会精神，自治区党委和北京军区领导同志讲话，讨论研究体改方案；二是8月底9月初，最晚9月中旬，自治区和各盟市一定要把自治区、盟市管理局（科）和农牧场（厂）的干部和工作人员基本配齐，上岗工作，特别强调务必按时把农牧场的领导班子建立起来；三是9月份，各盟市、师召开旗县委书记和兵团团长、政委会议（包括新派到兵团的地方领导干部），具体研究部署交接工作。另外要注意以下4点：一是正式交接工作从10月份开始，自治区和各盟市的农牧场管理局（科）要在10月初相继正式成立，同时启用印章，开始履行职责。二是交接工作开始前，要先动员、后交接，交接工作自下而上进行，成熟时再办理交接手续，分期分批完成，不一刀齐。三是兵团各单位要将移交的人员和财产分别造册，一式5份，交给接收单位；接收单位应组织接收小组核对验收，并由交接双方共同签字盖章上报有关单位。四是交接工作要善始善终，不留尾巴。交接工作完成后，由各盟市写出交接工作总结，上报自治区党委和革委会。实施方案对兵团的干部、战士的工作安排以及相应的待遇也做了明确的规定和要求，并对内蒙古生产建设兵团撤销以后成立的国营农牧场管理机构和编制都进行了明确规定。巴彦淖尔盟农牧场管理局行政编制 80 人。

按照改变兵团体制领导小组的安排和实施方案，兵团一、二、三师的一到七、十一、十二、十四到十七、十九、二十一、二十二、二十六、六十二团归属于巴盟农牧场管理局。二十、二十三、二十五团归属伊盟农牧场管理局。十八团归属包头市农林局农牧场管理科。二师十三团浆粕厂、化工厂、造纸厂属于自治区轻工局。十三团无线电厂归属自治区电子局。十三团农药厂归属自治区农管局。十三团阀门厂、修配厂、风机厂归属包头市重工业局。十三团采石厂归属于包头市建工局。一师水泵厂、二师被服厂归属于巴盟工业局。一师糖厂、修配厂、地毯厂，三师糖厂、修配厂、地毯厂，归属于巴盟农牧场管理局。乌拉特前旗境内的一八〇电厂、乌拉山化肥厂分别归属于自治区电管局和燃化局。1975 年 10 月 22 日，自治区党委通知：内蒙古生产建设兵团自 1975 年 11 月 1 日起停止对外办公，内蒙古革命委员会农牧场管理局于同日开始办公。

至此，从 1969 年 1 月 24 日经毛主席同意组建的活跃在巴彦淖尔大地上的北京军区内蒙古生产建设兵团，历经 6 年多，完成了它的历史使命。继续它的事业的是不同于其管理体制的巴盟农牧场管理局及其所属的各国营农牧渔场。原来的兵团战士的身份也变了，变成了国营农牧场的职工。人数也减少了，按照统计，一师共接收城市知识青年 19540 名，到 1975 年 6 月，7099 名离开兵团，实有人数为 12441 名；二师到 1975 年 6 月，实有知识青年人数为 27054 名；三师共接收城市知识青年 19325 名，到 1975 年 6 月，实有知识青年为 15325 名。曾经战斗在巴彦淖尔大地上的北京军区内蒙古生产建设兵团 3 个师的 5 万多名知识青年，兵团转交给地方后，到 1978 年底，留在国营农牧渔场系统内的已不足千人了。几个月后，中央出台政策，允许知青回城。枪声惊吓了鸽群，霎时间，几近飞光，余者寥寥，从黄河两岸到阴山脚下，从佘太川到乌兰布和沙漠深处，在各农牧渔场最基层，已经看不到老知青的影子了。

诗曰：

仿佛已经很遥远了

再也看不见兵团战士

那不戴三面红的军服

那匆忙的身影

那青春的笑脸

那闪亮的锹头

那僵硬的土地

那红柳窝棚

四、千秋功过，后人评说

兵团一师7个团84个连队2万多名军垦战士，进驻乌兰布和沙漠垦区7年，执行的是“屯垦戍边，寓兵于农”，“以粮为纲”，“向沙漠要粮”，“一切为粮食生产让路”等的任务，其指导思想违背了沙漠地区的自然发展规律，大肆开荒造田，破坏了地区的生态平衡。

千秋功过，后人评说。

有资料显示：到1969年末，乌兰布和沙漠垦区的“老兵团”就发展耕地面积达118900亩，而交给北京军区生产建设兵团管理，当年实际播种仅为61000亩；1970年末已具有耕地面积199100亩，当年实际播种仅97400亩，其开垦的耕地一部分是破坏沙漠植被而成，一部分是属毁林种地。沙漠地区的生态平衡破坏容易，恢复则很难。自然生态平衡一旦遭到破坏，也必然给人们以无情的惩罚。一师种田平均单产最高的年份是1972年，平均亩产是90.1斤，而当时的六团（现阿盟巴音毛道农场）1973年的亩产平均仅为28斤，连种子也收不回来。截至

1975 年，兵团一师累计亏损为 5158 万元。

而林业方面呢？1969—1974 年，一师累计新造林面积为 69515 亩，但是，1974 年内蒙古林业厅勘察设计院派员协助一师清查林业资源，清查结果表明：其国有林面积为 64422 亩。可见兵团一师历年造林并未使绿化成果有所增加，相反原有的绿化成果却减少了 4093 亩。

林木病虫害大大发生，使林木处于死亡的边缘。一师幸存的林木自称为10万亩，历经“文革”十年，失去了起码的管理，甚至多年得不到应有的灌溉，多数树木感染了腐烂病。1973年，在一、三、五团突然暴发了杨尺蠖、吹绵介壳虫、沙枣木虱、吉丁虫的危害。虫口密度惊人，一株杨树上就有尺蠖3000多条，患介壳虫危害的杨树一株树上就有介壳虫4160个，虫害率达75%。当时在三团境内的树木，在一周时间内杨尺蠖能将7600亩的杨树叶全部吃光。一师曾被迫拿出8万元的防虫经费，专门布置林业防虫工作，历经两年的药物防治，最后食叶害虫被消灭了，但蛀杆害虫并未得到根除，林木遭受的损失已无法挽回。凡遭多食叶害虫危害的树木，多年来活而不长，成为“小老头树”；遭受吹绵介壳虫危害的树木出现大量枯梢死亡；遭受吉丁虫危害的树木则腐烂变质，一遇刮风，树木折毁相当严重。从此，在垦区范围内再也看不见真正像样的成片用材林了。

在当时那个疯狂的年代，呼和浩特火车站墙上刷写着大标语：“大干三年，扭亏为盈。”铁老大单位都亏损，兵团的工农业又能怎样呢？兵团糖厂管理无章程，生产力低下，知青们探亲往家带糖，生产的那点儿糖很多都被送了人情，最后一核算，市场上零售的糖7毛钱一斤，兵团自己生产的糖成本几块钱一斤。只有兵团办的乌拉山电厂亏损少一些，可能是电不能被装在提包里拿回家送人的缘故。

1972 年春播前的一天，二团各连汇集在团部大操场上，各连干部就像是喝多了酒似的依次上台表态，要完成几百万斤的粮食任务。团长讲话，让各连增产节约，控制亏损，并给各连下达了允许亏损指标——各连允许亏损大概在 60 万斤之内。

麦收季节到了，团里机关干部们都下到各连去视察麦收。二团某连种的麦子，撒下的种子1500斤，收上来麦子1800斤。撒下的种子颗粒饱满，而收获的麦子瘦小干瘪，最后扣除种子款、机耕费、化肥钱、田间管理人工费、灌溉的水费、收获的人工费、镰刀等工具费，折合一斤小麦72元。

再看九连，环境比七连还恶劣，种了几十亩麦子，收获的时候一个人用小毛驴车就拉回来了，麦场就设在礼堂舞台上。后来，九连实在无法生存，就解散了。

诗曰：

战士少闲月，八月人更忙。夜来南风起，小麦复垄黄。

右手拿扁担，左臂挂水缸。列队晌田去，麦地在西方。

足蒸暑土气，背灼炎天光。弯腰用手拔，撅臀时太长。

一垄又一垄，一行复一行。胜利终有时，都似武大郎。

五、难忘的记忆碎片

中国人民解放军北京军区内蒙古生产建设兵团——一个诱人的牌子，摘去整整40年了，7个准军备建制团永不复返了。与我同龄的一代热血青年，而今已是白发苍苍、儿孙绕膝了。

1972年12月19日，告别磴口县巴彦高勒火车站，与我同一趟火车拉到驻防呼和浩特市和林格尔县城的内蒙古军区独立师二团新兵连集训的39位知青，就分别来自一师的7个团。我与他们中的几位至今保持着联系。

1999年，几千名老知青云集临河，庆祝兵团成立30周年。在巴彦淖尔影剧院，我与兵团战友相拥而泣。

四十五年，似水年华。

人生苦短，患难难忘。

下面摘取5篇兵团知青回忆文章，以飨读者。

1. 一师五团八连简史

中国人民解放军北京军区内蒙古生产建设兵团一师五团八连成立于 1969 年 3 月。驻地位于巴彦淖尔盟磴口县包尔陶勒盖（陶升井）地区，五团八连以西的六支渠附近现在归属于阿拉善盟阿拉善左旗巴音毛道农场。

1969 年 7 月，五团八连奉命划归兵团新组建的一师六团。五团筹划组建新八连。

五团新八连于 1969 年 8 月重新成立，是团的战备值班分队，同时担任生产建设任务。

连队新驻地建在团部（如今包尔陶勒盖农场）以北 2 公里远的莽莽沙丘上。所辖范围：南至八斗渠，北至现今哈腾套海苏木巴彦布拉饲料地，东至五支渠，西至哈腾套海苏木，面积大约 10 平方千米。

新八连编制 5 个排，一、二、四排为步兵排，三排为机枪火力排。一、二、三排由男战士组成，四排由女战士组成。以上每排设 3 个班，每班一般由 12 人组成。五排是战勤排，也是 3 个班，其中十三、十四班为女战士班，十五班为男战士班。不久十五班改编成马车班，归连部直接管理。另外设立连部、炊事班、机务班。

新八连组建之初，有5名来自北京军区的现役军人，他们是：连长谢明德（来自六十三军，现已去世）、指导员李松发（来自内蒙古军区，现已去世）、副连长张增瑞（来自六十三军）、副指导员杨正品（来自六十三军）、军医马国臣（来自六十三军）。有8名退役复员军人，分别担任司务长、排长、副排长等职，其中一人担任木工。

1969 年 8 月初，由团部直属排和老八连转来的北京知青组成连队基本队伍。又从全团其他连队调进一批知青，其中主要来自浙江台州（原临海）地区。8 月 22 日连队接收了河北石家庄、保定的 37 名知青。8 月 28 日和 9 月 4 日，又接收了两批来自北京的 91 名知青。

这时，连队战士主要来自北京、包头、保定、浙江台州等地区。截至 1969

年年底，连队共有现役军人、兵团战士、职工 189 人。

1970 年 5 月 28 日，又接收了 48 名天津知青。9 月 26 日又接收了 10 名呼和浩特知青。以后又有少量人员调入、调出。

装备武器：五四式手枪 2 支，五三（仿苏转盘）式轻机枪 4 挺，五四（仿苏四三）式冲锋枪 28 支、五三（仿苏）式步骑枪 72 支。

1971 年 8 月，连队又从巴彦淖尔军分区接收 72 支五六式半自动步枪，同时将全部五三式步骑枪调配给五团各兄弟连的武装战备执勤班。

连队有马车 5 辆，骡马 23 匹。配备东方红 –54 型和东方红 –75 型拖拉机各 1 台，德特牌小马力拖拉机 1 台，以及其他配套农机具。

新八连全体指战员，在那个特殊的时代，发扬“一不怕苦，二不怕死”的大无畏革命精神，一手持枪，一手拿镐，在恶劣的边疆沙漠自然环境中，克服难以想象的诸多困难，战天斗地，为保卫北疆、建设北疆奉献出了青春年华，有的甚至献出年轻的生命！

（作者：张玉润，一师五团八连班长，五团学校教师，北京市建材局职工，已退休）

诗曰：

巨人挥手我前进，广阔天地炼红心。
但使黄沙别埋人，挖渠盖房不要命。

不是军人乃士兵，屯垦戍边防敌人。
十年青春不长技，七十白发难忘记。

2. 在一团四连和八连的那几年

1969 年 1 月 24 日，中共中央、国务院、中央军委批准成立中国人民解放军北京军区内蒙古生产建设兵团，列入中国人民解放军序列。2 月 21 日，调集到内蒙古生产建设兵团一师一团的现役军人干部抵达磴口县巴彦高勒镇。4月18日，一团四连迎来了首批从北京及河北省来的知识青年。6月21日，迎来了从浙江省慈溪县来的知识青年……仅一年时间，就有来自北京、浙江、天津、山东、上海、河北和内蒙古包头等地的知识青年近500人到达一团四连，成为兵团战士。其时，一团四连兵团战士大部分年龄在16~18岁，最小的14岁；文化程度以1966届至1969届的初中毕业生为主，少数是高中生。

一团四连驻地是乌兰布和沙漠中一个在地图上也找不到的地方。这里到处是一望无际的半流动沙丘，天空是碧蓝碧蓝的，一条坑坑洼洼的土公路，沿着一条水渠，通向远处光秃秃的狼山下。公路两边，沙丘起伏绵延，之间是白花花的盐碱地。这里数十里不见人烟。在一个海子的西面，一小片树林中，散落着几栋简陋的土平房，这就是四连的连部。

先到的北京籍兵团战士及后来陆续加入的浙江慈溪、天津、上海、山东等地区来的兵团战士一起，组成了这个特殊的大家庭。大家亲如兄弟姐妹，情同手足，同甘共苦，在极其艰苦的生活条件和非常恶劣的自然环境中，开始了常规军事训练和常人难以想象的轰轰烈烈的超强体力劳动，也结下了人世间最真诚的战友情谊。

“天天读”、“评四好”、“评五好”、“大批判”，是兵团战士接受“再教育”的必修课；军事训练、紧急集合、野营拉练、“敌情通报”，使兵团战士每天置身于高度紧张的军事节奏中；脱坯、烧窑、盖房、开渠、垦荒、种树、种麦，使兵团的生活单调而枯燥，身边除了“红宝书”《毛主席语录》和“老三篇”，再也没有可以看的书籍了。全连有《解放军报》和《兵团战友》报各一份，但是没有收音机。小说、教科书是不准许看的，扑克牌、中国象棋是不允许玩的。连部买了一台电影放映机，八部“革命样板戏”反反复复看了许多年。

唯一的一次例外是，为了看团部放映的电影《卖花姑娘》，全连几百人在零下二三十度的寒夜来回步行五六十里路，忙乱了一个整夜。而团部放映队为了让全团各连陆续来的战士们都能看上电影，也不顾片子的放映顺序，一部电影颠三倒四地放了一整夜。

兵团战士每天的伙食也非常单调。一年之中，只有元旦、建军节、国庆节、春节能吃上一顿像样的大米饭，平时多数是玉米面和白薯面，而且大半时间要啃窝头。余下的90号面粉，是留给军医、卫生员做特需的“病号饭”用的。蔬菜一年到头是没有油水的“老三样”：土豆、白菜、萝卜。

诗曰：

蓝天做帐地做床，风沙拌饭可口香。

狂风为我送歌声，广阔天地好战场。

四连战士先后参加了一团的大闸、大闸一队、七间房、窑洞等无人地区的开发建设。

初到无人地区，战士们的生活是极其艰苦的。头几天是露天宿营，隔几天住的是匆匆忙忙用干枯树枝抹上黄土泥搭起来的高不足一米的三角窝棚。吃的是玉米面、白薯面、窝头和土豆，喝的是沉淀下小半桶泥浆的盐碱泥浆水。

风起沙飞，铺天盖地，蚊子、“小咬”成雾状袭来，“小咬”、蚊子和牛虻围绕着人满天飞舞，声音似闷雷声。在夏日高温烈日下和冬季严寒风沙中，在空旷的沙地里，从睡大地、挑大渠、脱土坯开始，战士们忍受了极度劳累和吃不饱的艰辛，在“守卫祖国北大门”高涨士气的鼓舞下，克服了重重困难，在很短的时间内，战天斗地，靠自己的双手，盖起了一排排平房，挖出了一条条水渠，移走了一座座沙丘，植下了一片片树林，建成了一块块农田……亘古荒原上从此有了人烟。

多少个春夏秋冬，多少个日日夜夜，经历了艰难困苦的磨炼，战士们皮肤晒黑了，个子长高了。尽管寒风冻裂了手脚，但是铸就了兵团战士特别能吃苦耐劳的精神和坚忍不拔的意志。

1970—1973年间，四连战士参加了由师部组织的乌兰布和引水干渠会战，参加了后河套西排水干渠会战，以及千里山钢铁厂、桌子山煤矿开发会战等工程。

在会战中，四连战士们同时用三四根扁担，肩负千斤冻土方，走上十几米高的河岸，是很平常的事。在西排水总干渠会战中，由于严重缺水，饮用水需要从百里外用汽车送来，所以战士们常常是十几天才洗一次饭碗，根本不洗脸洗脚，汗水湿透了衣服再温干，干了又湿，战士们自嘲为“一三五不洗，二四六干擦”。

1975 年 6 月 24 日，国务院、中央军委以国发［1975］95 号文件，批准撤销内蒙古生产建设兵团的兵团和师二级建制，现役军人全部撤离农牧业团，改为“国营农牧场”。

1975 年 11 月 1 日，一师一团改为“乌兰布和农场”，团部驻地命名为朝阳镇，原连队编制不变，农场隶属于巴彦淖尔盟农牧业管理局领导。

至此，内蒙古生产建设兵团终于走完了它的生命之旅。

1975 年冬，巴彦淖尔盟组织了声势浩大的黄河排水工程大会战，包括四连在内的数万战士像以前一样，热情地投入了这项造福后人的水利工程。在泼水成冰的寒冬，大家一天二十四小时住在工地、吃在工地，白天红旗招展，晚上点起火把，挑灯夜战……那时候的人们困累不堪，有的战士抬着筐就倒在地上睡着了。

1977 年 6 月，内蒙古生产建设兵团解散后，正式实行改制，开始进入“后兵团时代”。大部分战士被定为农工二级，同时也改变了知青的身份。因此，战士们整体人心浮动，渴望回乡。

1978 年至 1979 年初，绝大部分战士在知青返城大潮中，以病退、困退、转插队和上学等多种因由，先后离开了原内蒙古生产建设兵团。几万人四下分散，各寻归宿，原四连仅留下两名知青。

大部分战士在乌兰布和沙漠经历了近十年的艰苦磨炼，带着一身伤痛，返回原籍时已年近三十。岁月如水，青春已逝，学业荒废，技无所长，大家又面临重新就业、结婚安家、父母养老等巨大压力。各地政府十分体谅知青的困境，尽快、尽好地安排了战士们的工作，大部分人进入工商等国营企事业单位，度过了几年稳定而清淡的生活。

20 世纪 90 年代，计划经济向市场经济过渡，企业重组、破产、倒闭，原战士因年龄偏大、学历偏低、技能单薄等种种原因，成了社会最底层的弱势群体，大部分下岗、内退、失业。但凭着在兵团岁月练就的坚忍不拔的意志，他们自强不息，开始了新的再创业时代。

兵团战士离开后，仍然十分关心乌兰布和农场的发展，他们怀着一颗真挚的心，为农场的孩子们捐书、捐物、助学，为第二故乡做着力所能及的微薄贡献。

（作者：张敏华，浙江省慈溪县人，兵团一师一团四连战士，毕业于国防科技大学，中国空间技术专家；刘国庆，北京知青，兵团一师一团四连、八连战士，北京电视台儿童台副台长，已退休）

诗曰：

春夏秋冬不眠夜，眼望星空空思切。

纵使囚徒亦有期，我等不知何时节？

3. 哈腾套海抒情

每当夜深人静，每当月洒清辉，每当聚会融融，每当堕入回忆深渊，每当电视镜头里沙海出现，我都会想起你——哈腾套海！

你是我心底沙漠里的一块绿洲，你是我梦想天堂里那温暖奇特的轻云，你是我心灵神殿里的一抹奇异光辉。

你见证了我们逝去的青春岁月，甜美单纯而含有几多苦涩；你见证了我们百折不挠的奋斗经历，虽然有太多磨难，有太多辛酸，更有太多遗憾，但我依然念着你、想着你，愈久愈爱你！

那年，迎着鄂尔多斯高原六月的金色阳光，我贸然闯入你那宽阔的胸怀。

你是那样的神秘，那样的粗犷。连绵起伏的沙海闪着孩童般羞怯的眼光，像粗枝大叶的手熨烫着我们那激动的心。骄阳下，你扬起阵阵风沙和尘土，企图遮挡我们好奇的目光。卡车颠簸着，沙土像面粉一样洒满了我们全身，脸、鼻子、耳朵里全是沙子，我们一个个都成了白发魔女。哈腾套海，头一回见面，

你就给了我们一个下马威，让我们见识了你的大气、任性和调皮。

透过漫漫的飞扬的尘土，我还是看到了你的精彩：沙漠里有成片的沙枣林、杨树林，叶片在六月的阳光下闪亮。通向连队的除了沙土路，还有两边长着钻天杨的长长公路，蜿蜒着，让我这个从江南来的小女生感叹不已——那不是华北平原上的像哨兵一样威严的白杨吗？！那不是象征中华民族不屈性格的白杨吗？！

卡车带着我们掠过那一个个村庄，泥坯房、土围墙、小院落、清渠、毛驴车……悠闲的农家生活无处不在！灰白色的盐碱地上长着暗红色的不知名的草，沙包上长着一簇簇沙蒿、红柳、白刺，还有一种名叫酸溜溜的红色小果。

在昔日林场、现在的连队驻地里，我们看到了那一片片郁郁葱葱的树林。在四周连绵起伏的沙海里，灌渠纵横交错，密如蛛网。清澈的黄河水沿着渠道欢快地流着，田野里禾苗绿油油，大片金色向日葵耀眼夺目。那一刻，我们仿佛仍在清秀的江南。

哈腾套海——从史书上我们知道，你曾是“人民炽盛，牛马布野”、“将军塞外游，杏花撒满头”的绿荫茸茸的富庶草原。战国初年，赵武灵王学胡服骑射，开地拓边，屯兵建城，直抵阴山西脉，河套属赵国云中郡。秦皇一统，直道北上，驻军九原，河套地区又属秦九原郡。汉武大帝，北击匈奴在此设五原郡、朔方郡。两郡人口为西汉鼎盛时期全国人口的6%左右。近代，你贫瘠但慷慨的土地，曾在最困难的时期接纳了无数从山东、陕西、甘肃逃难而来的难民，给了他们一个新生的家。

我们用探询的目光找寻着，感觉是那么的新奇，也有一丝迷茫。汉时的古长城今何在？唐时的水草丰满，牛羊满坡，渠成行，田成片，今又何在？西伯利亚的寒风带来了滚滚黄沙，树被伐，人被逐，断垣残壁，黄沙冷月，难道盐碱荒滩就是你今日的真容？我们读不懂你厚重的历史和现实的反差。

让沉睡千年的荒沙滩改变模样！让哈腾套海变成塞外米粮川！扎根边疆，保卫边疆，建设边疆！当我们踏上这片土地，我们曾发出了年轻气盛的铮铮誓言！

我们的热血和青春洒在了这片土地上。我们用文明的生活方式，积极的生活心态，年轻人的朝气与勇气，努力改变着你的容颜。尽管很艰难，尽管效果不理想，但在你每一寸土地上，几万兵团人留下了奋斗的痕迹、生命的轨迹、青春的印记！

春天的哈腾套海，风沙醒了，像群蛇扭动着身躯。漫天满地的黄沙是你金色的丝质长袍，舞动的风是你飘逸的长袖。你不知道，当清晨的阳光洒向你的健壮雄浑身躯时，你又是多么的温情脉脉，像多情的少女一般。

漫天的黄沙帐里，人影憧憧，风沙挡不住春天的脚步。

春天的哈腾套海色彩虽然单调，但水晶般的纯净正是你最美的色彩。清晨，金色的阳光柔和地照射着沙海、营房、炊烟缭绕的村庄。空气出奇地清新，远处传来布谷鸟“布谷、布谷”的叫声，渠边的柳树正露出嫩芽，北归的天鹅声声叫着，漂亮优雅的身姿掠过像水洗过一样的碧空。黄河水开闸了，裹挟着枯枝、稗子草、羊粪蛋浩荡而来，渠水汩汩地流进干涸了一冬的土地，散发出阵阵泥土的香味。

春天里，沙漠里唯一的花——沙枣花迎着塞外的春风竞相绽放，那浓烈的像酣畅的陈年老酒样的香味弥漫在连队营房上空，花不醉人人自醉！沙枣花的枝干茁壮，质地坚硬；根系发达，不畏盐碱；花型细小不惹人注意，其坚强谦逊的性格令人赞叹！沙枣花叶片呈青灰色，边缘是银色的，远望银色一片，树枝干有小刺，我想这大概是沙枣花为躲避沙漠动物的侵犯而具备的一种植物自卫本能吧！到秋天，她结满了串串红色的樱桃般大小的沙枣，酸甜酸甜的，有点面，也有点涩。虽然如此，劳动间隙我们常去林中采食，照样开心快乐。夏日是哈腾套海的黄金季节。绿树掩映了村庄和营房，渠沟里黄河水清清地流淌着，渠边是柳枝垂挂，林中小鸟歌唱，一派塞外江南风光。

雨后，雪白的小蘑菇探头探脑地出现在沙包边、树林里。田野里充满绿色诗意，小麦熟了，谷子、高粱、玉米拔节吐穗了，瓜果飘香了。

河套的原野有着成片的瓜地。那华莱士、白兰瓜、哈密瓜，散发着诱人的瓜香，黄皮绿瓤，咬一口，甜掉牙。那些日子，男生们赶着驴车四处寻瓜，买来一车瓜，堆在床底下、屋角落。瓜就馒头当菜下，瓜当水喝，瓜当饭吃。吃得那个呀，嘴唇裂开（因为糖分太多）也不舍放手。瓜香季节，连空气里飘逸的也是甜丝丝的瓜滋味。

记得那年瓜熟季节，我带上一纸箱的河套蜜瓜回家探亲。火车上，一整节车厢都弥漫着那浓烈的香甜味，引得周围乘客四下搜寻；当得知香味来自我的纸箱时，纷纷要向我购买。我哪儿舍得啊！千里万里，是想带回家给亲人尝的呀！无奈，切开一个分给了邻座的旅伴。

夏日的海子也是美丽的一景。海子碧波荡漾，婆娑的芦苇迎风起舞，像波浪起伏，不知名的野鸭水鸟，或者戏水觅食在海子里，或者展翅翱翔在碧空上。

我们在地里劳作，休息时坐在渠边树荫里，把脚伸进汩汩流动的清渠里，流水惬意地淌过脚面。初夏，星期天，我们躺在沙包上小歇，看蓝天白云悠然飘过。长满灌木丛的沙丘间，野兔、野鸡、刺猬以及许多不知名的动物时隐时现。阳光、沙子温暖地包裹着我们。头上罩一顶草帽，草帽下的我，做着色彩斑斓的美梦。

秋天里，是收获的季节，我们收割白菜和甜菜，收割玉米、高粱、土豆、谷子和胡麻，田野里一派繁忙。拖拉机"突突"来回奔忙，拉收成、翻地、平地。我们淌水灌溉，我们挖菜窖储藏越冬的蔬菜。9月初，天渐渐凉了，树叶开始变黄凋零。当9月中旬淌完秋水，早晨出工，我们就该看见那渠底的丝丝冰碴儿了。霜降了，沙地上一层薄薄的白色。野地里该有野兔子出没了。金黄色的树，稀疏的枝干，干涸的蜿蜒的渠，像极了油画里俄罗斯的原野。

冬天的哈腾套海是寒风凛冽的世界。屋外，是冰冷萧瑟的天地；屋里，是暖烘烘的热炕、炉子和烤馒头香。闲暇时，我们会炒上一大锅河套葵花子，饱满的籽粒，吃在嘴里是又香又脆，就着那聊不完的话题，磕的那瓜子皮扔在地下，走起来咯吱咯吱地响。附近的老乡家、职工家有那么多好吃的：烙油饼、摊鸡蛋，土豆、豆腐、粉条、酸菜炖猪肉，手把羊肉，还有黄米面炸糕热乎乎、油汪汪。记得一次同伴的职工子女小卢家杀猪，非拉我们去她家吃肉。一进门，她妈妈就端来一大盆煮得酥烂的猪肉骨头，蘸着雪白的盐，手抓着大口猛嚼，那叫一个原汁原味的香！牛肉、羊肉、马肉、驴肉、骆驼肉，还有刺猬肉、野兔肉、野鸡肉，甚至天鹅肉，曾经轮番享用过。现在想起来，有的是好吃得让你流哈喇，有的却难吃得让你反胃，比如那“癞蛤蟆”想吃的天鹅肉就是又粗又糙地难吃。把美丽洁白的天鹅变成盘中餐，现在想起来真是作孽！

哈腾套海，在你的晨光里，我们出操、列队、跑步，整齐划一的军队生活锻造了我们军人般的性格。在你的广阔天地里，我们唱着革命歌曲出工、收工。风沙里我们修路、挖渠、背柴火；烈日下种地、翻地、打埂、脱坯、盖房；滂沱大雨中我们蜷缩在漏雨的窝棚，无望等待；严冬里，我们守在冰冷的土炕前等着粮食的到来。挖排干渠，超强度的体力劳动差点使我们晕倒在工地上。夏日的夜晚，我们放水，扛着铁锹巡回在地头田间，天上明月，地下虫鸣，啃着冰凉的窝窝头，唱着“南渡江啊水流长”。

哈腾套海，你的容颜已深刻印记在我们心中，你的名字已超越了简单符号的含义。对我们来说，虽然你不是最美丽的，但你是最特殊的。你是我们曾经的唯一，你也是我们永远不能忘怀的，所以我们永远念着你！

“地处磴口县境内总面积达2846平方公里、全国八大沙漠之一的乌兰布和沙漠腹地的哈腾套海自然保护区跻身国家级自然保护区。该保护区内野生动植物资源丰富，目前已经查明植物资源302种，其中有沙冬青、肉苁蓉、蒙古扁桃、梭梭、胡杨等国家级重点保护野生植物；动物资源有96种，其中有黑鹤、大鸨、金雕、大天鹅、黄羊、蓑羽鹤等22种国家级重点保护野生动物。沿乌兰布和沙漠东部、北部穿行，只见良田遍布，绿树成行，茂盛的围封草场和各类灌木绿锁沙丘，野兔、野鸡、獾子、狐狸以及许多不知名的动物时隐时现，星罗棋布的大小湖泊清波粼粼，成百上千的大小水鸟，或者戏水觅食，或者展翅翱翔。人在沙漠中穿行，仿佛在绿洲中荡漾。”

看到以上报道，不由使我想起我在那曾经生活过10年的内蒙古巴盟哈腾套海。哈腾套海并不富有，也不是风景美丽的地方，但犹如流放者对自己流放地的感情一样，我也牢牢地记得它的不一般，它于我是深刻和特殊的。据此，写下这篇不能称之为抒情的“抒情”。

（作者：陈小莺）

词曰：

定风波

莫管风雨拍海声，何妨仰笑湖中行。水下杂草绕你脚，怕谁？一腔热血叙生平。

破衣烂衫肉发抖，很冷。大漠夕照却相迎。回首再望刀割处，哈哈。芦苇肩扛不觉轻。

4. 从江南水乡到沙漠深处

曾经的内蒙古兵团一师二团团部那熟悉的“U”字形营房，依然用昔年的姿势拥抱我。

门前，通往沙漠的道路拓宽许多，但路址没有变，记录着四十一年前初夏的那次6000里征途的终点。

江南水乡，塞北戈壁——一个生命空间的大迁徙。

乌兰布和大沙漠，230名绍兴知青的第二家乡。

走进乌兰布和，走进荒凉：沙丘连绵，风沙弥漫。新建的二团，没有房屋，没有水源，没有树木，没有庄稼，连鸟儿也不飞。用黄泥糊成的红柳条“窝棚”，地上铺上干草，那就是兵团战士的“家”。

浩瀚大漠，太阳归巢的地方。黄沙穿越耳边，像千只琵琶在弹响：乌兰布和，用十分原始的语言向一群年轻的生命逼问：该如何对待生活的荒漠？

拓荒！用劳动的汗水，打井、筑路、脱坯、盖房、养鸟、运输、挖渠、种粮……“蓝天做帐地做床，黄沙拌饭可口香”，“狂风为我送歌声，广阔沙漠好战场”。兵团战士的豪言壮语震撼着塞北的黄土地。

不惜用成千上万只“泥碗”去盖住麦苗，盖住瓜秧，抵御沙暴的袭击，保护荒漠绿色的生命。于是，有了亩产820斤的“晋杂五号”高粱，有了12斤半一颗的甜菜，有了《亘古荒漠蜜瓜甜》的人民日报新闻。为保护集体的财产，勇敢的绍兴知青李芝祥，不顾个人安危，在茫茫沙漠中跋涉数十里，寻找走失的怀着马驹的枣红马。《兵团战友报》一则报道掀起的“学习找马英雄”的热潮，驱散了戈壁滩上的寒气。

兵团战士对共和国的无限忠诚，将脚下的沙漠热爱成绿洲。

命运，让一群大禹的后代，挥洒青春的笔墨，在乌兰布和这张巨大的空白宣纸上写下了八字狂草——“艰苦奋斗，自力更生”，并将它们牢牢镌刻在心里，成为恪守不渝的信条。

我们站立的地方是那条乌沈干渠，宽30米，坡高15米。它的身后，大片的玉米、麦田和一排排树林，在沙漠里唱着革命的赞歌。

捧一把清澈的渠水，就捧起了庄稼在沙漠里活着的理由。这里的每一滴水都值得膜拜。水渠，让大漠有了生存的命脉。

战士们把这条渠叫作“知青渠”。走在渠坡上，渠的名字让人回想起挖渠工地上飘扬的彩旗、标语，飞舞的铁锹、铁镐，穿梭的土筐、泥篮。还有1971年深秋水渠决口，战士们跳入刺骨的渠水，用胸膛组成“人墙”，去堵那十余米宽的缺口的情景……人工挖渠、人墙堵渠的原始，在航天飞船遨游太空的今天是不可思议的。

战友们说，那次堵渠留下的关节炎，至今时常隐隐作痛。这种隐痛，也蔓延在一代人的心头：在那个文化荒芜的年代，这些正值豆蔻年华的青年，能去挖掘知识甘泉的水渠、去堵科学技术的缺口该多好啊！

围坐炕头，捧出圆圆的甜蜜，高举62度酒的热情，和着《祝酒歌》的旋律唱着，心灵在戈壁风情中沦陷……

营房的炉火正红，映照着军垦人沧桑的脸。马头琴低鸣着，释放出珍藏已久的心声，重唱兵团战友之歌。

这歌，是鲜血凝成的深情。复退军人张排长说，当年家属产后失血，战友们输给她4000CC鲜血的往事，他不禁语声哽咽：“是兵团战友给了我家属第二次生命！”

这歌，是军民鱼水之和谐。一场电影，一车绵羊，互赠的礼物，讲述着军垦人与牧民们的深情厚谊。

这歌，是生死与共的相依。十连的3个战士在观摩师部军事演习的归途中迷了路。初冬的沙漠寒夜，零下一二十度。没有火，没有水，没有粮，他们互不放弃，紧紧拥抱，用自己的体温去温暖对方，战胜了死神的威胁。那3个人中，有一个便是我……

乌兰布和，魂牵梦绕的乌兰布和。

摘了又摘的哈密瓜，还是当年那样甜。

酿了又酿的草原酒，让我醉在不眠中。

不起风的沙漠之夜，没有城市酒吧的霓虹，没有舞厅摇滚乐的节奏，没有汽车的士鸣叫的喇叭。

熟悉的场景，激活我的脑细胞。很多很多关于沙漠的镜头，从过去走来，在眼前跑片……

有溜进马棚偷烤豆料，与骡马共进夜宵的插曲；也有麦田放水打盹，被沙土掩埋变成“出土文物”的笑话；有凌晨紧急集合，忙乱中找不到棉鞋，被严寒冻得锯掉脚的警示；也有半夜看电影，看完《海霞》看朝霞的美谈；甚至有沙漠里设置“机关”、“陷阱”，偷猎猪畜的丑闻……

沙漠的夜幕里，隐匿着太多太多的故事。

这些五花八门的故事，生动而又多彩，有的让人叹息；有的让人回味；而有的不如让它衰老吧，尘化于那茫茫的风沙之中。

倚着返程列车的窗口，沉思——

西风、烈马、大漠、夕阳……41年，梦里依旧。乌兰布和，绍兴知青成长的地方。他们将人生最美好的时光，留在了塞北戈壁。在沙漠的胸怀里，读懂了红柳顽强、胡杨正直、骆驼刺的坚定和执着。把热情投入兵团的熔炉，将梦想融进大漠的阳光，让思想催动马蹄，踏响时代定格的音符。

曾经的眼泪与无眠，痛苦与欢乐，慢慢地凝成岁月泛着馨香的沧桑，在心中沉淀为成色十足的金子：

失落的，让它失落。

收获的，留芳永远。

（作者：陆钰馨，浙江绍兴人，二团十连战士）

诗曰：

巾帼女将不甘后，苦作乐，沙梳妆。战士聊发猛士狂，手握锹，肩担筐，破衣烂衫。千人战沙岗。为赶进度，斗志昂，担上肩，筐装满。

挥汗如雨弓开张，口号喊，个个忙，上蹿下跳，看似红眼狼。任务完成心欢喜，酒进肚，肉穿肠。

5. 纪念绍兴籍知青赴沙漠兵团 40 年

1969 年 6 月，我们浙江绍兴地区 230 余名知青加入了原北京军区内蒙古生产建设兵团，来到了乌兰布和。

40 度春秋轮回，40 度芳草枯荣。那场席卷全国城乡的知识青年上山下乡运动，如今已经成为过去，兵团也早已撤编改制，完成了它的历史使命。青春虽已逝去，但乌兰布和却和我们结下了一生的情缘。

1968 年，毛泽东主席发出了“农村是一个广阔的天地，知识青年到农村去，接受贫下中农再教育”的号召，广阔的神州大地掀起了一场轰轰烈烈的上山下乡运动，这场运动改变了一代人的人生轨迹、家庭命运和社会结构。为了加入内蒙古兵团，绍兴学生踊跃报名。有的同学瞒着家人，偷偷拿着户口本去街道报名；有的热血青年，甚至割破手指，写下血书，坚决要求加入到建设边疆、保卫边疆的行列。

1969 年 6 月 15 日，我们这批绍兴兵怀着青春的理想与热情和对军营生活的向往与憧憬，充满着“蓝蓝的天上白云飘，白云下面马儿跑”的浪漫情思和无限遐想，告别父母亲友，远离富饶的江南水乡，奔向了千里之外的内蒙古，来到位于阴山脚下、黄河岸边的“第二故乡”——乌兰布和大沙漠。那一年，我才 17 岁，并在那里整整工作、生活了 10 年。

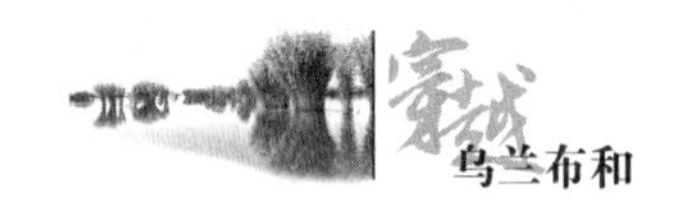

经过4天3夜的长途奔波，6月18日深夜，浙江知青专列停在了包兰线上的巴彦高勒这个三等小站。出了车站，冷清寂寞的街道上，除了几盏昏黄的路灯外，几乎是漆黑一片。解放牌军用卡车载着来自浙江各地的知青，沿着起伏不平的沙漠土路，向分布在乌兰布和大漠深处的各团驻地驶去，绍兴籍的知青全部被安排在二团。

二团是个新组建的农业团，位于乌兰布和沙漠中心的金牙滩上。组建初期，驻地附近荒无人烟，各连都是白手起家。“营房”是用树枝做架，红柳条编墙，再用黄泥糊上的“窝棚”，里面既没有床也没有窗，地上铺的是麦秸。创业初期，很多兵团战士都有过住窝棚、地窨子，睡马厩、羊圈的经历。喝的开水是从几里外用毛驴驮来的又苦又咸的“海子”水，喝完后，杯子底下还留着一层黄黄的细沙。连队打的抽水井，压出来的水又咸又苦，用这种水洗衣服，晒干后常常泛着一层白花花的盐碱。眼前的一切，对于我们从小生活在山清水秀、美丽富饶的江南水乡的绍兴知青来说，无疑是个严峻的考验。

由于地处沙漠腹地，四周是一望无际的大沙漠和连绵起伏的大小沙丘。除了零零星星撒落在沙丘、盐碱地上的白刺、沙蒿、芨芨草和骆驼刺外，再也见不到别的绿色生命。大漠戈壁，干旱少雨，人烟稀少，气候变化很大。有时晴空万里、烈日当头，有时狂风肆虐、飞沙走石，打得人睁不开眼。风沙吹过，满头满脸都是沙尘。当地人戏说：“内蒙古，内蒙古，一天三两土，白天不够晚上补。”夏天，沙漠中白天的温度高达40多度；冬天，气温往往在零下二三十度。每年9、10月份，内地还是绿意盎然，而在内蒙古的水渠中、“海子”里早已结上厚厚的冰。

面对亘古荒漠、艰苦的生活环境，来自全国各地的广大知青，胸怀“屯垦戍边，亦兵亦农”的雄心壮志，默诵着“苦不苦，想想红军二万五；累不累，想想革命老前辈”的豪言壮语，在茫茫戈壁中，描绘起向沙漠进军、建设新边疆的宏伟蓝图。孤寂的大漠深处从此充满生机和活力……

内蒙古生产建设兵团自组建，到1975年10月改制农场，短短的6年时间，写下了辉煌的篇章。据有关资料介绍，仅我们二团，就在乌兰布和沙漠上开垦荒地 10.4 万余亩，植树造林 3000 余亩，挖沟修渠 80 多公里，修建水闸 64 座，筑路 80 多公里，盖房近 4 万平方米。

在大漠戈壁，为了改变生存状态，改善生产、生活环境。我们自己挖土和泥、脱坯盖房、烧窑背砖。脱坯是一项累活、脏活，大的土坯重达二三十斤，小的砖坯每人每天按规定得脱三五百块。一天下来，许多战士常常累得直不起腰、吃不下饭。出窑背砖更是一项苦累而危险的体力活，背一趟砖就重达三四十斤。进窑时，被窑内余热烤得满头大汗；出窑时，又被外面风沙一吹，汗水沾上泥沙，一个个是活脱脱的“出土文物”。“火烤胸前暖，风吹背后寒”就是我们那时的真实写照。

在外地民工的帮助指导下，我们垒地基、砌山墙、上屋架，木工、泥工、瓦工样样在行。不少人还练就了飞锹上泥、双手抛砖等盖房绝活。当我们亲手盖成的一排排新营房矗立在沙漠深处时，大家都感到无比的自豪。冬季，为了解决烤火取暖问题，以抵御严冬，战士们拉着板车，带着干粮，冒着寒风，披星戴月到几十公里外的磴口县城火车站去装煤。渴了喝口黄河水，累了就在沙包上歇一会儿。为了早日实现树成林、渠成网、沙漠变绿洲的美好愿望。我们在盐碱荒漠地里，挖沙填土，开渠引水。大家肩挑车拉甚至用脸盆端，从远处运来泥土，种植庄稼。在播种的第一年，尽管收获的麦子还没有播下去的种子多。但亲眼看到千年荒漠里冒出一片绿油油的麦苗时，我们都欣喜若狂。为保护亲手种植的玉米苗，防止被风沙刮跑，二连的战士还“发明”了用黏土制泥碗的技术，将成千上万只泥碗扣在玉米苗上。由于精心培育，当年取得了玉米亩产 600 多斤的好收成。每年夏天麦收大战，我们早上 4 点多钟起床劳动，一直干到晚上八九点钟才收工。长长的麦垄，一眼望不到边。许多力气小的女战士有时只能跪在地里割，裤子磨破了，手上打起了血泡，还是咬着牙干。

艰苦的生活环境、繁重的体力劳动没有浇灭广大兵团战士理想的火焰，没有压垮战士的决心和意志。记得有一年的初秋，团部的一条引黄灌渠突然决口，许多男战士奋不顾身跳进渠道筑成人墙。10 月的河套水冷刺骨，热汗让冷水一激，人发抖，牙打颤。尽管湿透的衣服还紧裹在身上，但大家感到心里热乎乎的，觉得我们很崇高、很自豪。

1975年冬季，驻扎在河套地区3个师的几万名兵团战士响应盟委号召，参加开挖被列为河套地区的“十大”排干之一的东排干渠。因缺乏大规模机械化设施的条件，挖渠劳动主要还是以人工作业为主。冬季施工，土地冻得比石头还硬，有时一镐下去，只有几个白点。为了尽快完成任务，战士们不顾天寒地冻，日夜奋战在工地上。女战士负责铲土装筐，男战士挑筐倒土。有的土块大，柳条筐装不下，战士们就抱着或背着大土块往堤上跑，谁也不甘落后。四连的一位天津籍的女副指导员，带病带领战士们挑土上堤，因体力不支，从十多米高的堤顶上滚下来，落下了病根，1979年病退返城时，因身体原因迟迟没能找到工作。

那时，我在工地上负责宣传工作。每天天未亮，就不顾天寒地冻带着电影组的同志，抬着自备的柴油发电机到工地现场，架线发电、采编稿件、开展现场宣传，晚上组织放映电影，激发和鼓舞大家的斗志和情绪。我们简陋的播音室，也被战士们亲切地称为“战地播音室”。

兵团的生活是艰苦的，但知青们都能苦中找乐，顽强地生活着。当年，我们正处在十七八岁的生长发育期，且干活累、消耗大。为了节约粮食，兵团流行的是“忙时吃干，闲时喝稀，不忙不闲半干半稀”。星期天一天只吃两顿，逢年过节，才能尝到一点荤腥。为了解决饥饿问题，晚上睡觉前，各班纷纷举行“精神会餐”——各地的知青相互介绍家乡的精美菜肴和风味小吃，以丰富的想象力来满足自己的食欲。有的悄悄跑到大车班或马厩里，把喂马用的黑豆或油饼拿来填肚子。至于从家乡寄来的食品邮包，更是自觉奉献、人人有份，谁也不会更不敢独自享用。

兵团撤编前实行的是准军事化制度，亦兵亦农；无论春夏秋冬，清晨列队操练，夜间巡逻站岗是雷打不动的。地处中蒙边境线上的我们，常常组织开展夜间紧急集合、长途野营拉练、打坦克训练和战备值勤。“敌情通报”更是接连不断，特别是沙漠的夜空，常常会升起来路不明的信号弹，更使大家处于高度的战备状态。

夜间紧急集合时常会闹出许多笑话。过去在部队有一种说法，叫“新兵怕号、老兵怕哨”。因为夜间紧急集合往往是突然袭击、摸黑进行，各班睡的又都是大通铺，所以互相乱穿衣裤或者不穿外衣和袜子的事时有发生。有的战士背包打得松松垮垮，一走就散；还有的战士来不及打背包，只好夹着被子去集合；甚至有的战士为此付出了伤身残体的代价。六连的一位女战士，在冬季一次夜间拉练时没穿袜子，当时气温又在零下30多度，结果一只脚被冻伤，后来病退回到北京不得不锯掉了一条腿。

（作者：顾强建）

郑宝青，挚友，仁兄。他是至今留在河套大地上的6万多名外地“上山下乡”知识青年中的我所认识的“唯一”。他是北大附中的老三届高中生，1968年9月到磴口县协城公社下乡，9年后，就地提干，从磴口县委办公室到巴盟盟委办公室，再到盟政协，从政协副主席的位子上退休。退休后，仍保留内蒙古河套文化研究会副会长职务。他何以留恋河套？我在本书本章前面有交代。下面这段话出自宝青仁兄手笔：

我1968年从北京到磴口县乌兰布和沙漠边缘的农村插队落户。我插队9年，对知青生活感触颇深。知识青年上山下乡的目的，和结束“红卫兵运动”、解决城镇毕业生就业不无关系，但却冠以“接受贫下中农再教育”的政治光环。我们的生活、劳动、感情、思想等都如实被记录了下来，而且反映出知识青年的苦难与蹉跎、感慨与兴奋、激情与悲悯。20世纪70年代末落实知识青年政策，知识青年大部分回城当了市民，参加了工作。我是唯一留在这里的男生。

诗曰：

大漠茫茫起尘烟，屯垦戍边沙漠间。

热血男儿风里行，当年奉命来边疆。
俊年荡舟西南海，南湾精神照阴山。
野鸟鸭蛋尽情拿，捉鱼撒网自力篇。
塞外深秋草木衰，倩女孤身到边关。
报国无门心欲死，为国争光奈何天。
羊倌任上无美酒，喂猪读书两者兼；
空怀绝技肠欲断，不堪仰面望蓝天。
蹉跎岁月如梭日，有志青年怒问天；
求知方悟无知苦，今呈美酒忆师颜。

2016年1月，为了写好这部书，我两度搭车驶入乌兰布和沙漠北部垦区，从东到西，从北到南，奔跑在当年的一至七团之间，感受和回味21657名一师兵团战友那激情岁月和苦难历史。在三团现哈腾套海农场，在五团现包尔盖农场，我瞻仰了老一辈治沙英雄李志远、袁成忠墓地。原巴彦淖尔盟盟委为俩人立碑纪念。在一团现乌兰布和农场场部，我参观了“兵团战士博物馆”、“内蒙古兵团文化红色旅游景区”。这是由磴口县委、县政府投资2000多万元兴建的，2014年，由内蒙古自治区文化厅批准设立。2014年夏天开馆接待参观者。2014年8月，来自全国各地的原兵团一、二、三师700多名战士齐聚磴口，共庆兵团成立45周年。

博物馆是将原一师一团团首长办公室，司、政、后机关，卫生所，大礼堂等原建筑物装修一新，供人参观。

历史印记是最有说服力的语言。正是北京军区内蒙古生产建设兵团这支英雄的部队，凭着崇高的理想、燃烧的青春、铁的纪律、钢的意志，创造了西部大开发最早的奇迹。他们保卫了祖国安宁，撵走了漫漫黄沙，开拓建设了河套商品粮基地，为本地区农牧业基础条件的改善，为内蒙古西部人口的集聚和城乡的繁荣，做出了巨大的贡献。兵团故事值得我们铭记和回忆，兵团历史值得我们珍藏和记忆，兵团精神值得我们传承并发扬光大。

第四章

生态建设，绿色文明

新中国成立60多年来，党和国家领导人高度重视生态问题，指出生态是国土安全的保障，是提高人民生活质量的重要措施，是实现可持续发展的先决条件。以生态理念引领经济社会发展，是新中国领导人富有远见的决策，是他们宏伟的夙愿。体现了中国实现全面、协调、可持续发展的既定国策，是中国政府在经济社会发展中的战略思考和现实选择，对于加快社会主义建设，推进生态文明具有重要意义。作为生态建设的主体，林业的发展凝结着共和国领袖的心血和嘱托。

1950年4月14日，周恩来总理在政务院第二十八次会议上指出，“林业工作为百年工作”。之后，周总理指示，当前林业工作的方针，应以普遍护林为主，严格禁止一切破坏森林的行为，要发动群众，有计划地植树造林。

1955年，毛泽东向全国人民发出了“绿化祖国”、“实行大地园林化”的号召。1958年，毛泽东进一步指出，“林业、造林是我们将来的根本问题之一”，“要使我们祖国的河山全部绿化起来，要达到园林化”。这一时期，中国政府确定了“普遍护林、重点造林”的方针，有力推动了森林资源发展。

1956年，毛泽东在听取了林业部的工作汇报后说：“林业真是一个大事业，每年为国家创造这么多的财富，你们可得好好办哪！”从号召每人植 10 株树，到号召每户种活 100 株树，毛泽东的“大地园林化”发展理念进一步提高了全国人民的生态意识和爱国意识，对加快新中国经济建设起到了战略性指导作用。

在邓小平的倡导下，1992 年 12 月，第五届全国人民代表大会第四次会议通过了《关于开展全民义务植树运动的决议》，使植树造林、绿化祖国成为法定的公民义务。

1991 年后，以江泽民为核心的第三代中央领导集体发出了“全党动员、全民动手、植树造林、绿化祖国”，“再造祖国秀美山川”的号召。

2003 年，以胡锦涛为总书记的新一届中央领导集体明确提出：“确立以生态建设为主的林业可持续发展道路，建立以森林植被为主体、林草结合的国土生态安全体系，建设山川秀美的生态文明社会。”2007 年，胡锦涛向世界庄严承诺：到 2010 年，中国森林覆盖率将提高到 20%。在深刻总结人类历史发展规律和世界各国发展规律的基础上，中国政府以对民族和人类高度负责的精神，提出了建设生态文明等重大战略思想，并将“建设生态文明”、“成为生态环境良好国家”确定为全面建设小康社会的重要目标，描绘了新世纪中国生态建设的宏伟蓝图。

“生态文明”的推进，也表达了以习近平为首的新一届中央领导集体的殷切希望。林业的功能被不断拓展，效用不断延伸，内涵不断丰富，在经济社会发展全局中的地位越来越重要，已经成为国民经济的重要基础保障。

一、“治沙精神”代代相传

乌兰布和沙漠是我国八大沙漠之一，位于内蒙古自治区西部，面积 1500 万亩。巴彦淖尔市乌兰布和沙区，东西长 92 公里，南北宽 61 公里，总土地面积 506 万亩，占巴彦淖尔市总面积的 5%。乌兰布和沙漠东缘紧邻黄河，京兰铁路、京藏高速公路、110 国道等途经沙漠。沙害问题不仅直接威胁到河套平原、黄

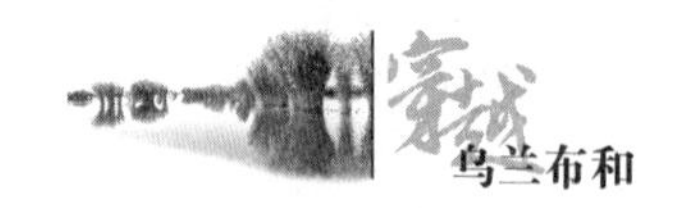

河水资源安全及国家重要基础设施安全，而且对沙区人民生产生活产生严重影响，成为制约和阻碍沙区经济社会发展的主要因素。

乌兰布和沙漠治理工作始于20世纪50年代。1979年“三北”防护林工程启动以来，乌兰布和沙漠治理被列入工程范围，治理速度有所加快。从2000年开始，随着林业重点工程的启动，乌兰布和沙区先后实施了国家重点生态县、天然林保护、退耕还林、“三北”防护林及日本海外协力贷款造林等一系列重点生态建设工程，累计完成治沙面积290余万亩，完成投资近2亿元。修建了乌兰布和沙区穿沙公路，启动了三盛公防凌防汛应急分洪生态补水工程。在重点工程的带动下，对乌兰布和沙漠东缘原有林带进行了更新改造，进一步加宽加密林带，使林带总长度达到207公里，形成了纵深推进、前挡后拉、全面保护的立体防沙体系，阻止了沙漠的东侵，保障了黄河、包兰铁路、京藏高速公路、110国道、三盛公水利枢纽工程的安全运行和套区农田的稳产增收。

随着乌兰布和沙漠治理的不断推进，一些矛盾和问题逐渐突显：治理区域向纵深推进的同时治理难度不断加大；沙区土地权属分散，不利于规模化治沙工程的实施；治沙资金不足，国家工程造林投入单一且投资额十分有限；沙区造林树种单一，后续管护困难，病虫害与火灾隐患并存；沙区资源利用率不高，等等。实践证明，治理沙漠只有大规模、大投入，才能实现整体的生态效应。这些矛盾和问题，无疑成为乌兰布和沙漠治理的瓶颈。

如何破解难题，加快乌兰布和沙漠综合治理步伐，巴彦淖尔市乌兰布和防沙治沙局进行了积极的探索，提出了“产业治沙”的理念。具体思路就是：遵循钱学森院士提出的“多采光、少用水、新科技、高效益”的沙产业理论，紧紧围绕《乌兰布和沙漠综合治理规划》，依托企业和民间公益组织两方面社会力量，将生态建设项目与沙产业发展紧密结合，为发展沙产业做好统筹规划、政策扶持、项目配套、资金补贴、科技支撑5项服务，促进防沙治沙工作实现3个转变，即治沙方式由单一生态保护为主向保护、开发、利用综合治理转变，治沙投入由单一政府投入为主向全社会参与、多元化投入转变，治沙效益由单纯注重生态效益向生态效益、经济效益、社会效益并重转变，从而形成以生态项目扶持产业发展、以产业发展带动生态建设，政府政策性引导、企业产业化经营、农牧民市场化参与的防沙治沙新格局，达到生态与生计兼顾，“绿起来”与“富起来”结合，治沙与致富双赢的目的，全面促进乌兰布和沙区建设持续健康发展。

过去，在国家生态工程的全面推动下，乌兰布和沙区造林成果和森林资源存量不断增加，生态环境有了很大的改善。但是，由于受到资金、道路、造林难度等因素的限制，沙区的生态建设偏重于治理，造林成果的后续管护和开发利用效果不明显。产业治沙的理念就是要转变这一局面，以国家投入为基础，充分引进企业及民间力量共同参与乌兰布和沙区的治理与利用，凝聚各方面的力量推进沙区的建设步伐，提高沙区资源的利用率。据调查，到 2014 年底，乌兰布和沙区沙产业企业通过承包、租赁、合作等方式流转沙区土地 173 万亩。而企业作为土地的责任者，在生产经营过程中必然要实行精细化管理，梭梭、葡萄、枣树、中草药等造林形式多样，滴灌、微喷、管道灌溉及日光温室等节水技术普遍应用于林业生产中，肉苁蓉接种与产品开发、葡萄酒生产、沙区小杂果深加工等沙产业项目也稳步推进，既提高了造林的成活率和保存率，实现了治沙主体的多元化、治沙投入的多渠道，也为大规模治沙造林创造了条件。同时，这些造林主体的改变，使沙区农牧民闲置土地得到有效利用，农牧民除了有土地租金的收入，同时在企业治沙中参与劳作外，还可以有另一份收入；而造林模式的转变使乌兰布和沙区生态建设实现了多样化，使沙区其他资源得到了更加充分有效的利用，不仅加快了生态建设的进程，而且形成了以产业带动治沙、以治沙促进产业的良性互动发展机制，达到了“沙漠增绿、企业增效、农牧民增收”的目的。据统计，目前沙区企业的技术工人、长期工人、临时工人用工总量每年达到 32 万人次，沙区企业每年的利税达到 5000 万元，这些沙产业企业对带动沙区农牧民就业，调整沙区经济结构，推动地方经济发展，起到了巨大的作用，逐步形成农、林、草、药资源转换增值和产业联动机制，为改善沙区生态、推动企业发展、增加农牧民收入找到了结合点。

产业治沙的主要方式就是将生态建设项目与沙产业发展紧密结合。沙区造林由过去的国家投入转变为与企业合作造林，既解决了造林资金投入不足的问题，还解决了造林后续的抚育管护问题，保证了造林成活率和保存率。据统计，从 2000 年至 2014 年，乌兰布和沙区生态治理资金国家投入近 2 亿元，而企业累计投入近 16 亿元，其中用于生态建设的资金达到 4 亿多元。广泛的合作使沙区生态环境得到了改善，生态资金得到了有效利用，治沙企业得到了资金扶持，形成了沙区生态恢复与资源利用的良性循环。近年来，巴彦淖尔市各级政府逐步重视沙产业发展，并将沙产业理论广泛推广实践，寓沙产业开发于防沙治沙中，坚持生态建设产业化、产业发展生态化的方针，不断加大沙漠生态保护和沙区资源开发利用力度。在政府重视和政策保障下，乌兰布和沙区生态保护建设成效显著，沙产业发展迅速，涌现出一批以民营企业为代表、以技术创新为特点的沙产业龙头企业。截至 2015 年底，乌兰布和沙区境内沙产业企业达到 132 家，其中，王爷地、游牧一族、北京金沙等从事肉苁蓉产业企业及个人 50 多家，拥有 18.8 万亩梭梭林资源，已发展成为集生态治理、苁蓉原料生产、技术研发和产品加工销售为一体的产业链条。研发的苁蓉系列饮品、苁蓉茶、苁蓉酒等作为地方特色产品远销区内外，出口到日本、德国等国家，年产值过亿元。新兴的酿酒葡萄产业从 2011 年起飞速发展，现有酿酒葡萄种植企业 19 家，专业合作社 2 家，葡萄种植面积达到 1.5 万亩，投资过亿元。依托沙漠丰富的风能、太阳能等清洁能源发展生物质能源产业也是今后沙产业发展的巨大潜力和动力，这使得沙产业具有更加广阔的发展前景，不仅会给企业带来效益，也为沙漠的后续治理增添了无限生机和活力。

产业治沙的最终效果就是生态效益、社会效益、经济效益同时显现。以梭梭接种肉苁蓉为例，从生态建设方面，据统计，乌兰布和沙区共有天然梭梭林 64 万亩，人工梭梭林 35 万多亩，沙区企业历年梭梭种植面积平均不低于 3 万亩，成活率和保存率在 90% 以上，是沙区生态建设重要的组成部分；从社会效益方面，沙区人工接种肉苁蓉面积累计达到 9 万余亩，接种成功率在 80% 左右，每年参与劳作的务工人员近 5 万人，再加上机械、仓储等配套的工作，极大地提高了周边农牧民的收入；从企业经济收入方面，人工接种的肉苁蓉盛产期亩产鲜货可达到150公斤，按照目前市场价格20元/公斤计算，每亩产值可达3000元，再加上肉苁蓉产品的深加工，都可以带来可观的经济收益。同时，作为快速发展的酿酒葡萄产业也向规模化、品牌化发展，仅沿穿沙公路两侧分布的从事葡萄产业的企业就拥有土地近20万亩，其中帝泰、尧舜、诺民等公司已初步建成了自己的葡萄种植基地，另外，黄河工贸、西部瀚漠，朔方郡、佳欣和沙金绿源等公司也完成了前期的准备工作。帝泰、尧舜两家公司的酒庄在2014年开工建设，沙区葡萄产业链条的逐步形成将和肉苁蓉一起成为沙区重要的支柱产业。实践证明，实施产业治沙，加快发展沙产业，对于防治沙漠化，有效利用沙区自然资源，缓解人地矛盾，培育沙区经济新增长点，推动西部大开发，具有重要的战略意义。

产业治沙的关键问题在于政府搞好统筹规划、政策扶持、项目配套、资金补贴、科技支撑五项服务。沙产业具有周期长、投入大、风险多等特点，除此之外，产业治沙的理念刚刚形成，整个乌兰布和沙区产业发展仍处于起步阶段，增长方式粗放，技术相对落后，尚未形成规模效益，抗击风险和参与市场竞争能力仍然较弱；沙产业产品的科技含量还比较低，拳头产品和知名品牌不多；政策扶持力度还不足，社会各界力量参与沙产业开发的积极性尚未得到充分调动，龙头企业的带动作用远未得到发挥。特别是目前在沙区重点发展的酿酒葡萄和肉苁蓉产业基础薄弱、规模不足、市场发育不全、技术标准不统一等问题还相对突出。面对这些问题，巴彦淖尔市政府在2014年先后印发了《关于推进乌兰布和沙区产业治沙工作的意见》和《加快乌兰布和沙区酿酒葡萄产业发展实施方案》两个文件，从加强沙产业的组织领导，出台优惠扶持政策，整合配套项目，落实金融、税收、保险政策等方面，切实保障沙产业健康快速发展。作为市政府职能部门的乌兰布和防沙治沙局，采取制作专题片、建立展厅等形式加大宣传力度，采取引进专业人才、与科研院所和院校合作等方式强化科技支撑，为重点企业挂牌服务等不同形式，为沙产业发展保驾护航。通过政府推动、政策驱动、项目带动、科技促动、宣传发动等举措，在“十三五”规划期间及更长发展时期内，沙产业必将成为拉动经济发展新的动力和经济增长点而造福于民。

产业治沙的前景广阔，效益显著。乌兰布和沙区土地资源丰富，光、热、水等资源优势明显，是八大沙漠中最具治理与利用条件的地区。按照主体功能区划，巴彦淖尔市将乌兰布和沙区土地划分为优化开发区、限制开发区和禁止开发区3种模式。在禁止开发区，绝对不允许开发利用，重点实施生态保护，恢复生态功能。沙产业发展的重点地区在限制开发区和优化开发区内。按照《巴彦淖尔市乌兰布和沙漠综合治理规划》的内容，在限制开发区和优化开发区内，利用5年的时间使肉苁蓉接种面积达到30万亩，建成苁蓉特色农产品交易市场和养生食材电子商务交易平台，成为西部最大的苁蓉集散地，最终达到肉苁蓉基地50万亩、年总产量5000万公斤、新增产值5亿元的目标，同时对肉苁蓉的药用、保健和食用产品进行深度开发，年加工肉苁蓉能力达到4000万公斤，实现加工产值25亿元，累计新增产值30亿元。在优化开发区内，依靠光、热、水、土等优势资源，到2018年，完成"一区三路"10万亩酿酒葡萄种植。"一区"即优化开发区。"三路"即京藏高速、巴哈公路、穿沙公路。建成10个精品葡萄酒庄，最终实现葡萄种植面积达到50万亩，葡萄及葡萄酒产业实现总量扩大、质量提高、效益翻番、品牌聚集，成为巴彦淖尔市支柱产业之一的目标。

2015年11月的一天，在巴彦淖尔市乌兰布和防沙治沙局，我拜访了第二任局长闫军。他在这个位子上已经工作了5年，期间正好是国民经济"十二五"。他向我大体描述了过去的66年，特别是"十二五"期间，乌兰布和沙漠发生的巨大变化。几乎是一个下午，在他的办公室，我在静静地听他讲述。

闫军将66年分作4个段落加以总结，他说：

20世纪50年代，沙区人民为生存而战，掀起"两沿两营造"防沙治沙攻坚战。这一时期的代表人物是杨力生。针对磴口风沙肆虐、侵蚀家园、河水泛滥、掩埋农田的严重态势，果断坚决地提出了"沿沙设防，植树造林，保护沙区草木，营造防沙林带；沿河设防，筑堤开渠，扼制水患，营造黄河护岸林带"的建设方针。当时，磴口县的总人口1.75万，财政收入不足万元。人力、财力、物力都和这巨大的工程不相称。但是，磴口县党政领导和全县人民没有被困难吓倒，顽强地向沙漠进军，以大无畏的精神向沙害和水患展开了艰苦卓绝的斗争。到 1959 年，磴口人终于沿乌兰布和沙漠东缘，营造起 308 华里防风固沙林带。林带的宽度平均为 50 ~ 100 米，沿黄河西岸筑起了 20 公里防洪堤，基本上根治了流沙和水患对农田和家园的侵袭和破坏。

此为第一个时期——治理阶段，历经 10 年。

第二个时期——开发阶段，是在 20 世纪六七十年代。

20 世纪 60 年代，这里的人民为生活而战，初步建立起磴口经济社会新格局。50 年代末至 60 年代初、中期，磴口人奋发图强的治沙精神得到了更深的推进和质的升华，赢得了加快发展的良好机遇。首先是治沙造林工作得到了延伸与推进。在中央的嘉奖面前，磴口人没有骄傲，而是想得远、谋得大、做得实。在组织结构上，这一时期是治沙造林的黄金时期，新巴彦淖尔盟的成立，并将盟所在地选到磴口，这是磴口发展史上最难得的一次机遇，治沙造林的组织领导显然从县级提升到盟级水平。在财力上，争取到了国家投资 600 万元。在科技和人力上，磴口境内设置了 3 个林场和 1 个科研所。磴口县人口 10 年增加了 6 倍，达到了 7.2 万人。同时，参与建设者也由过去单一的磴口县人转变成磴口与盟直单位干部职工共同建设。同时，先后组建了 3 个机械化林场和 1 个治沙站，1965 年组建了内蒙古军区生产建设兵团，百万亩乌兰布和沙漠在大兵团作战下开始变绿。期间，治河疏浚工作得到了历史性的巨大突破。1959 年正式开工，国家投资 4273 万元，历时一年半，建成亚洲最大的首制自流灌溉工程——三盛公黄河水利枢纽工程。开挖了浩大的河套总干渠和配套渠系。磴口县作为工程建设所在地，首当其冲，组织干部群众参加了艰苦卓绝的劳动。同时自己动手开挖了一干渠、沈家河渠系，为全县的平原灌溉和乌兰布和沙漠引水治理发挥了极其重要的作用。

治沙治水的巨大成果极大地激活了磴口人的创业思维和工作思

路。他们把工作的视线从农业拓展到了工业及商贸等领域。在新的经济领域，磴口人继续发扬治沙精神，工交财贸工作取得了新突破和新跨越。在辖区黄河西岸乌达兴办煤矿。1958年冬，巴盟盟委、盟行署组建了县一级的乌达煤矿，同年11月，该矿产量就达到了1.4万吨。在巴彦高勒镇，先后新上红矾厂、巴彦高勒发电厂、巴盟汽修厂、皮革厂、农机厂和诸多领军企业。这种结构上的多元化给磴口地区的经济带来了新的巨大的动力。社会经济同步发展，兴办了一批中等职业技术学校和中小学校、医院，文化体育设施基本完善。当时的巴彦高勒已经成为河套平原、乌拉特草原和阿拉善地区的政治经济文化中心。1960—1964年，经国务院批准，磴口县曾经一度改名巴彦高勒市。

“文革”十年动乱期间，磴口地区为此付出了沉重的代价。磴口有了三方面的变化：一是盟府所在地的迁徙，1970年盟委、盟行署迁往临河，中心下移；二是1969年阿拉善地区划出内蒙古，1975年将乌达市与海勃湾市合并升格为乌海市，地缘上的资源优势被削弱；三是人才流失，随着盟府搬迁，大批优秀人才向临河乃至呼和浩特市流动，损失巨大。

1969年，组建北京军区内蒙古生产建设兵团，一师7个团在乌兰布和沙漠大面积开垦荒地，“以粮为纲”的直接后果是自然生态遭到破坏，前20年辛辛苦苦营造起来的防沙林带变成了用材林、薪炭林被肆意砍伐。教训极为沉痛。

“文革”时期，团结一致、共同战胜困难的治沙精神被文斗和武斗搞得荡然无存，政治生活和社会环境陷入了浑浑噩噩的时代。20世纪70年代初期，人们开始从狂热的冲动中冷静下来，开始谋划经济发展，先后兴建了糖厂、棉织厂、水泵厂和木工机械厂。十年“文革”结束，大家团结一致向前看，先后组织拓宽挖深东风渠，到乌拉特后旗东升庙兴办硫铁矿。不仅和自然灾害做斗争，而且是走出去发展经济。

第三个时期，20世纪80年代到21世纪初年，时为保护阶段。

改革开放初期，磴口在农业生产和农场的发展上得到了较快的推进。特别是治理乌兰布和沙漠的热情，得到了较好的延续。这一时期，磴口县的干部群众充分解放思想，真抓实干，农牧业生产年年跃一级新台阶。农业产值从1980年的3076万元上升到1990年的1.6亿元，城乡居民的温饱问题基本得到解决。积极争取国家投资，兴办速生丰产林基地，基地治理开发面积近4万亩。这是从林业部到自治区治理和利用乌兰布和沙漠资源的一次大胆的尝试。

20世纪90年代，市场经济体制的建立和推进，对磴口县的经济结构冲击十分猛烈。由于处在相对保守和封闭的偏远地区，思维模式仍然停留在计划经济的格局中，应对能力差，许多计划经济时期的企业失去了产品市场，经营步入十分窘迫的境地。国有企业纷纷下马倒闭，磴口30年积累的企业几乎全军覆没，化工、机械、制糖、轻纺和玻纤等诸多企业全部倒闭破产。困境艰难又一次摆在磴口人面前，二次创业已经成为磴口人重新面对的重大课题。反思这一时期走过的路，其步入困境的原因：一是安于现状，没有深刻认识到环境发生变化带来的机遇和挑战，创业热情和迎难而上的认识准备不足。二是束手无策，面对困难没有冷静地思考，一哄而起，一哄而散，与困难做斗争的方法不多，思路不活，致使在经济转型中丧失机遇，沉寂下来。

新世纪初年，磴口人吸取了经验和教训，大胆地做了三件事：一是解放思想，组织干部群众到先进发达地区学习，充分认识自己的不足，寻找自己落后的思想根源；二是走出去招商引资，净化自身的发展环境。为此，磴口人再一次发扬治沙精神，进行二次创业，终于引进了蒙牛、华润金牛、佳格、泰顺、中粮、华油、西部天然气等一大批知名企业，入驻曾经的荒漠沙地，工业经济呈现出新的活力。生态建设也得到前所未有的大发展，紧抓国家西部大开发的历史机遇，大搞生态建设。连续四期生态工程，以及国家在这里的退耕还林、退牧还草及其他工程的相继实施，使乌兰布和沙漠得到了大范围的治理。

第四个时期是最近七八年，叫作“综合治理阶段”。

内蒙古巴彦淖尔市乌兰布和防沙治沙局自2009年成立以来，遵循钱学森院士“多采光、少用水、新科技、高效率”的沙产业理论，在“产业治沙”思路的指导下，以乌兰布和沙漠治理、保护与利用为目的，全力推进乌兰布和沙漠的综合治理工作。近年来，以《乌兰布和沙漠综合治理规划（2008—2015年）》为蓝本，从摸清沙区的“家底”着手，绘制完成了《乌兰布和沙产业企业土地利用现状图》。根据沙区现状，结合当前沙区治理的现实，研究分析沙区优势所在，提出了“以生态项目扶持产业发展，以产业发展带动生态建设”的思路，出台了一系列配套政策，积极引导企业、社会力量参与沙区治理，特别是梭梭嫁接肉苁蓉技术的推广和有机酿酒葡萄的引种成功，吸引了一大批企业参与到乌兰布和沙漠的治理和开发当中，有力地推进了酿酒葡萄和梭梭种植，也激发了企业参与治沙造林的热情，沙区治理面积逐年扩大，沙区环境得到了极大的改善。

经过这四个不同时期的发展，磴口治沙精神基本形成：一是大公无私，有为事业而舍弃个人得失的大家之气；二是创业热情，有胜于老愚公的顽强，有不达目的绝不罢休的执着，有为党的事业不息战斗的恒心；三是安定团结，环境造就事业，只有环境好了才能干大事业。治沙精神的本质也得到了基本体现：不畏艰难，负重前行；团结拼搏，敢于胜利；继往开来，永不止步。

治沙精神是贯穿于磴口县60余年的发展精髓，是统领全县工作实践的总结。认真分析和充分发扬这种精神，对于全县各项工作都具有十分重要的历史意义和现实意义。从历史的角度看，治沙精神给磴口人的启迪有三：一是前几代人，在历史的发展过程中能够紧扣发展的脉搏，紧抓面临的主要矛盾，将时代发展的主动权牢牢地掌握在自己的手中；二是继承发扬和放大了治沙精神，将全县形成的这种优秀思想延伸到经济社会领域，各项事业欣欣向荣；三是得到了时代的认同、社会的认同。磴口在整个区域发展中凸现了地位，充分发挥了磴口的资源优势。这是历史赋予的精神财富，也是今后继续发扬的精神所在。

治沙精神集中体现了党领导一切的重要性，在任何时候任何情况下，只有在中国共产党的坚强领导下，我们的事业才会无往而不胜。磴口县的历史发展充分表明，无论是治沙、护堤、大兴水利工程，还是发展工业和奠基磴口的经济结构，只有在中国共产党坚强的领导下才能实现。离开这样一个前提，什么事都会出现反复。

治沙精神集中体现了抢抓机遇、与时俱进的精神，是党的事业继往开来的真实写照。什么时候，什么地方，体现什么样的主要矛盾和矛盾的重要方面，这是做好工作的重要抓手，抓住了主要矛盾和矛盾的主要方面，就把握了时代的主动权。磴口县的治沙精神的每个纵面都是在历史发展的长河中狠抓机遇的结果，这也是人们聪明才智的具体体现，更是领导集体智慧的结晶。

治沙精神集中体现了他们干事创业的优秀品质和大公无私的合作情怀。无论是治沙也罢，治水也罢，还是发展工业，兴办社会事业，这些事情都需要一个干事创业的氛围，更需要敢闯敢干、敢于奉献的人承担起历史的重任。这些人在困难面前不低头，在曲折面前不让步，在金钱面前不掉队，一如既往，大公无私，忘我工作，任劳任怨，无私奉献。只有这样才能干成大事业，才能稳操起治沙精神这块光荣的牌匾。

新中国建立60多年来，沙区人民面对“沙进人退”的困境，一直持续进行着艰苦卓绝的抗沙治沙斗争，谱写出一部战天斗地的治沙诗史。

60多年来，磴口沙区人民“不畏艰辛，不屈不挠，迎难而上，以人为本，科学发展，追求和谐”的治沙精神，铸造了河套人极其坚韧的个性，也铸就了治沙人智慧的灵魂。治沙精神与“总干”精神有着同样的内涵，它们都凝聚了广大劳动人民的智慧和汗水！

纵观磴口县60多年发展过程，值得认真总结和回顾。

20世纪，50年代风吹草低见牛羊，60年代滥垦乱牧闹开荒，70年代沙逼人退无处藏，80年代人沙对峙互不相让，90年代人进沙退变模样，新世纪生态产业链上做文章。

闫军说："经过60多年治沙经历后，磴口生态建设取得累累硕果，在乌兰布和沙漠里共营造了100多万亩的生态林。全县已走出一条科学治沙之路。研究出包括从水栽、生根粉、保水剂、开沟造林、冷藏苗等20多项造林新技术。其中，冷藏苗造林技术荣获自治区科技进步二等奖，它让沙区造林时间从春季延长到夏季，而且不用网格压沙就可以直接植树，成本大大降低，成活率显著提高。找到了梭梭等一批治沙优良树种，沙区植树成活率目前已高达80%以上。"

他接着分析道：

我们将乌兰布和沙区的土地功能划分为优化开发区、限制开发区和禁止开发区3种，说得具体一点就是：

优化开发区面积164万亩，沿乌兰布和东缘及腹地灌溉渠系分布，磴口县面积91万亩，分布在巴彦高勒镇、补隆淖尔办事处、隆胜合镇、沙金套海苏木。农垦局面积60万亩，分布在乌兰布和农场、哈腾套海农场、巴彦套海农场、太阳庙农场、包尔盖农场、纳林套海农场。杭锦后旗面积10万亩，位于双庙镇。乌拉特后旗面积3万亩，位于呼和温都尔镇。该区具有较长的开发历史，土地条件好，人口相对集中，交通、通讯、灌溉便利。按照"立足现状，满足生存，兼顾长远，科学发展"的原则，发展的重点是调整种植业结构，将传统的粮、经二元结构逐步调整为草、经、粮三元结构，促进传统农业向节水、高效的现代农业转变。调整产业结构，发展沙产业、草产业、舍饲畜牧业、林产业、水产业、旅游业，大力引进有实力的企业发展加工业。在绿洲内部建设和完善防护林体系，以农田林网、庭园经济林和通道绿化建设为主实施“网络工程”，“渠、路、林、田、宅”五配套，改善农牧业生产条件和农村人居环境，加快社会主义新农村建设。重点建设沙漠绿洲农田林网化工程、农业节水工程、生态补水工程、湿地保护工程、高效生态农牧业基地建设工程、高效水产种养业工程、肉苁蓉产业化工程、生态旅游工程。

限制开发分布在沙漠东南缘和绿洲外围的沙荒地240万亩。磴口县面积155.1万亩，分布在巴彦高勒镇、补隆淖尔办事处、隆胜合镇、沙金套海苏木。农垦局面积46.4万亩，分布在乌兰布和农场、哈腾套海农场、巴彦套海农场、太阳庙农场、包尔盖农场、纳林套海农场。杭锦后旗面积29.5万亩，位于双庙镇。乌拉特后旗面积9万亩，位于呼和温都尔镇。该区以流动和半固定沙丘为主，生产经营以传统牧业为主，沙丘集中，危害较大，威胁黄河、包（头）兰（州）铁路、京（北京）藏（西藏）高速公路、110国道。该区发展的重点是林业生态建设，加宽沙漠东缘锁边林带，建设沙漠腹地骨干林带和绿洲外围的防护林体系。在有条件的地区建立肉苁蓉种植基地。重点建设湿地保护工程、生态补水工程、沙漠东缘锁边林带工程、沙漠腹地骨干林带工程、沙漠绿洲防护林体系工程、生态移民工程、生态旅游工程。

禁止开发区面积102万亩，分布在磴口县的沙金套海苏木和巴彦高勒镇。巴彦高勒镇的50万亩禁开地区，沙丘高大，人烟稀少，临近黄河，危害严重，暂不具备治理条件。沙金套海苏木的52万亩禁开地区，天然植被较好，生物多样，已建立哈腾套海国家级自然保护区，是保护区的缓冲区、核心区。发展的重点是以保护为主，完善和提高自然保护区的功能，建立沙化土地封禁保护区，实施生态移民，促进荒漠生态系统的自然恢复。重点建设封禁保护区工程、生态移民工程。

闫局长就2015年总体工作谈了6点感受。一是“产业治沙思路”切合乌兰布和沙区的实际，逐步深入人心。通过宣传和实践，这一思路首先得到了巴彦淖尔市领导的肯定，并且予以大力支持，从市里出台的两个文件充分说明了巴彦淖尔市领导对产业治沙的重视。同时，沙区企业也逐渐予以认可，并按照这一思路安排投资和建设。二是治沙工作的全局性和协调性更加明显。谋划的诸如森林防火、森林病虫害防治、水权置换、沙漠公园等项目表现出了防沙治沙工作的全局性。同时，从国家林业局到自治区、市、县各部门及林业系统内部，协调性明显增强，只要有适合沙区产业发展的项目，均能得到很好的沟通协调，储备了更多符合防沙治沙和产业发展的项目，为2016年和今后的发展确立了工作重点。三是工作的主动性和积极性不断增强，全体干部职工越来越会工作，工作中敢想敢干会干，借助外力防沙治沙发展沙产业，发改、财政、交通、气象、科技等有利于沙产业发展的部门积极配合，整体协调，作战能力不断增强。四是内部管理越来越规范有序。不论是制度的修订、完善和执行，还是党建、精神文明建设，逐步步入程序化、规范化运行轨道。五是基本建设不断完善。机关基础建设基本完成，办公设备设施满足了我们工作需要；治沙站房屋、院落维修改造等基础设施建设已全部完成，呈现一个全新的面貌。六是治沙局在社会上的影响力不断扩大，关注沙产业特别是葡萄产业发展的越来越多，为沙区企业的发展不断注入活力。

对于2016年的工作，闫局长这样谋划：要在坚持产业治沙这一基本思路不变的前提下，重点把项目建设和沙产业结合起来，继续做好统筹规划、政策扶持、项目配套、资金补贴和科技支撑，坚持工作第一，团结至上，按规矩办事。在此基础上要做好三个方面的工作。一是做好沙区的综合治理，这是立足之基。首先要完成《巴彦淖尔市乌兰布和沙漠综合治理规划（2016—2020年）》的编制，并努力争取在国家层面上单独立项，同时争取一些常规性林业生态建设项目，并储备一些短平快的项目。二是努力抓好沙产业，把葡萄产业作为立足之本认真抓好，特别是酿酒葡萄的深加工应当作为2016年工作的重点。三是抓好治沙站的开发利用，在基本建设完成的情况下要不断强化内部管理，依法依规清理违法占用土地积案，开发利用好治沙站的土地资源。

二、水克沙，沙生金

内蒙古河套灌域管理局，沿套内黄河流域5个旗县，依次设置了5个二级管理局，其中在磴口县设置了乌兰布和灌溉管理局。几十年来，该局对治理乌兰布和沙漠做出了巨大贡献，很值得一说。

“水利是农业的命脉。”

“气候和土条件，特别是从撒哈拉经过阿拉伯、波斯、印度和鞑靼区直至最高的亚洲高原的一大片广大的沙漠地带，使利用渠道和水利工程的人工灌溉设施成了东方农业的基础。”

先哲们的这些话，梳理我们的脑神经非常有效。

乌兰布和沙漠，在中国，在世界，无论其大还是其高，都数不上个儿，可它却有着得天独厚的条件：依附黄河，既少洪灾，又有少量充沛水流，黄河水为它带来的红胶泥可肥田压沙。特别是控制灌区的三盛公黄河枢纽拦河大闸，从建闸到现在始终稳定地保证着各引黄灌区的顺利运行。

乌兰布和实为开发灌溉农、林、牧业的理想区域。

乌兰布和沙漠的沙害给河套灌区的农业造成很大的损失：一是流沙边缘的农田，凡无林草结合的防风固沙林保护的，每年流沙压田和打死青苗的现象多有发生；二是流沙浸入黄河和各级渠道，增加了渠道清淤的用工和开支；三是凡在小麦灌浆时出现降雨少、气温高的年份，乌兰布和沙漠区的气温就会急剧增高，形成干热风，蔓延整个灌区，造成小麦减产；四是在沙漠小区域气候影响下，河套灌区受旱、霜冻害；五是沙子吞没土地；六是沙漠威胁包兰公路和总干渠，以及黄河枢纽拦河大闸、黄河大铁桥等交通设施安全。

1958年，经自治区人民政府报请水利、电力部黄河水利委员会批准，巴盟公署决定，开发乌兰布和沙漠地区，使其成为巴盟西部一个灌区。这个灌区的骨干渠道定名为“包尔盖灌渠”，并成立了巴盟包尔盖灌渠筹备委员会，主任

委员由盟长肇和斯图兼任。在北京军区和内蒙古水利厅的支持下，巴盟水利处承担了勘察设计任务，由郭景太、陈金邦、骆宝林、王维舟负责组织了一个勘察设计组，这个设计组中除盟处的工程技术人员外，还有一部分刚从部队转业下来的军人。他们在乌兰布和沙漠中，从春天到冬天，从黄河拦河大闸上游的4公里处到阴山脚下的巴音毛道山口，在长达100多公里的战线上，往返多次，进行社会调查、技术资料的验证以及地形地貌的勘察测量。

勘测过程表明：乌兰布和沙漠原系黄河冲积平原，在两千多年前的西汉开垦后又弃耕，破坏了生物植被和表土层，使冲积平原下的沙层暴露于地表，由于干旱少雨，经风力的剥蚀，就地起沙，形成了风蚀坑沟，堆集成沙丘。

现在，乌兰布和沙漠在地表的分布是：流动沙丘集中分布在南部、东部和东北的边缘，沙丘密集高大；西部、中部、北部、西北部是条带状的流动沙丘，为固定沙丘、半固定沙丘及平缓沙地交错分布，在固定沙丘、半固定沙丘和流动沙丘之间，呈现着很多平坦的大面积的滩地，有的面积达几万亩或十几万亩。

乌兰布和沙漠地形复杂，测量工作十分困难，仅就引流高程一项，反复进行多次。从勘测渠线的地形地势看，这个沙漠灌域呈南高北低、东高西低的缓慢倾斜面，有利于引黄河自流灌溉，能自流灌溉的面积大约150万亩。海拔高度自二十里柳子以西流动沙丘群的最高点1094米起，向东北到太阳庙农场五分场西南为1028米止，它的落差为66米，灌渠口定位处的高程为1054米，向西北延伸到巴音毛道农场七分场两侧，高程为1030米，落差为24米。通过对比和计算选择，这条渠线较为合理。

通过一年时间的勘测设计，制成渠系规划蓝图，设计为干渠1条长18公里，引水量为70立方米/秒，在18公里建一分水闸。设分干渠3条：建设一分干渠长54.4公里，建设二分干渠长9.7公里，原沈家河定为建设三分干渠。由干渠16公里分水闸处开口，到坝塄公社的北坝塄村外归入原沈家河（上游作为支渠），长61公里，设计支渠14条（不包括原沈家河）。控制灌溉面积为110多万亩。按照干、分干、支、斗、农、毛渠系的规划以及桥、闸、涵洞的配套，是年，大约需要投资454万元。

这一规划设计任务书最终得到上级批准，获得财政支持。

1960年4月，将原定名的包尔盖渠改名为沈乌第一干渠（原意是沈家河和乌拉河合并而定名，但后来未实现），在筹委员的领导下，组织了施工指挥部，按照营、连、排的建制，组织民工500余人，骨干由磴口县派出，工人大部分招收外流人员，正式开挖沈乌干渠。

按照设计标准，沈乌干渠长18公里以上，渠道宽25米，水深2.5米，渠道坡降万分之一，渠堤内坡1.25米，旱台宽4米，堤顶宽3.5米，超高1.2米。但实际完整的标准渠道只有口闸到一海子，共8公里多。以下便进入一、二、三海子。在一、二、三海子间大约开挖整形渠道3公里左右。在3公里、8公里处做木桥两座，在1.3公里、18公里处做柴草节制闸两座。在开挖干渠的同时，对3个海子的边缘缺口处进行柴草围堤，重点是东堤缺口外做工程，长度9823米，用柴草10多万斤，做土方56175立方米。以上共投资126.8万元，总用工142万个，不到一年的时间，沈乌干渠第一期工程基本结束。接着开挖建设一、二分干渠，劳力、资金全部由包尔盖农场和其他受益单位筹集，又用半年的时间开挖渠道54.4公里。当时正值三年经济困难时期，物力、财力都不充足，工程进度缓慢。

1961年5月23日，沈乌干渠正式起闸输水，先是以小流量试渠，后逐渐加大，由于输水通过3个海子，流水7天时间（输水20立方米/秒），灌满整个海子后才能将水输送到建设一、二分干渠。渠道初具规模以后，主要灌溉八一农场和包尔盖农场。

1964年，分干渠的支、斗、农、毛渠初步形成，受益单位有磴口县防沙林场、巴盟林业治沙综合试验站、包尔盖农场和哈腾套海农场以及太阳庙农场的部分土地，初步形成了一个独立的灌区。

1964年底，将包尔盖农场和太阳庙农场均改建为机械化林场，包尔盖机械化林场设计总面积180万亩，太阳庙机械化林场设计总面积30万亩。哈腾套海农场早在1960年就已改建为机械化林场，设计总面积为160万亩。还有巴盟林业治沙综合试验站，设计总面积20万亩。以上共计390万亩。生产方针是“以林为主，多种经营，口粮由国家供给”。

1965年初，将哈腾套海、包尔盖两个农场移交内蒙古军区生产建设兵团。1969年，将上述两场和磴口县防沙林场、太阳庙林场、巴盟治沙站，组建为北京军区内蒙古生产建设兵团一师，设立7个团。

从1965年兵团组建开始，沈乌第一干渠灌域的渠系配套和桥闸涵洞的建设有一个新的发展期。各团有1名水利参谋专管水利工作。从渠系管理上，组建了兵团一师水利工作队。各闸点修建管理房屋，指派了水利工人2~3人，大大加强了水利事业的建设。1967年，建成干渠18公里，分水大闸共计3个，通过流量63.5立方米/秒，投资70万元，并开始扩建一、二分干渠，建分水闸5座、农机桥7座。同时新建和扩建支渠14道，全长23.37公里，支渠配套工程53项。

时年，3个海子汪洋一片，根本没有渠形。从1967年起，对3个海子进行渠道整形工程。到冬季停水结冰以后，兵团战士采取人工背柴挡土、机械推土筑坝的办法，先从一头起慢慢往前推移，但水深两米此法便不能用了。到了严寒节令，冰已结厚，就在冰面上堆沙土按线路整成渠形，待明春冰化时将沙土沉在海子底，再用柴草木桩护坡，继续加固成渠。在一、二海子的进水口处，由于流水带进了大量的泥沙，淤澄较快，每年4月份，兵团战士还要在冰冷的泥浆中捞沙筑堤，经过1971和1972两年的艰苦劳动，终于筑左右渠畔6000多米，做土方大约35万立方米，用沙蒿白茨大约20万斤。渠堤筑成以后，结束了一干渠先灌海子后输水的10年历史，大大减少了水量的浪费，每年大约节约灌海子的水量900多万立方米。输水时间：从渠口到一分干渠尾全程72公里，由原来的168小时缩短为20小时，效率提高8.4倍，输水能力达到40立方米/秒（指东风渠口分水闸以下）。而且一、二海子还淤澄出大量的肥沃土地，如二海子就有好地3000多亩，成为兵团一师的一个种子繁殖连队。

到1975年，灌区较大的骨干工程设施按原规划设计基本完成。从1961年至1980年的20年中，一干渠18公里以上，做土方281万立方米，石方5500立方米，混凝土5430立方米，柴草240万公斤，用工193万工日，投资404万元，每亩平均5.47元。建设一分和二分干渠系统配套建设，兵团和农管局投资近 4000 万元。灌溉面积在不断地扩大。

灌溉工程初具规模以后，马上显示出它强大的生命力，西汉时期的“山上林茂，平原农丰，人民炽盛，牛马布野”的富饶景象，再次逐步显现。在这个灌区开展经济活动的国营单位有中国林科院磴口实验局，磴口防沙林场，巴盟治沙站，乌兰布和、巴彦套海、哈腾套海、沙金套海、太阳庙、包尔盖、巴音毛道、纳林套海等 7 个农场，共计 11 个单位，3964 户 16560 人，职工 8066 人。灌区范围内有沙金套海和哈腾套海 2 个牧业公社（后改为苏木）、8 个大队（改为嘎查）、20 个小队（改为社），计 681 户 3108 人，劳力 1254 个。

据 1984 年 10 月统计，灌区的灌溉面积已达到 63.6 万亩，其中粮食面积 16 万亩，林地面积 31 万亩，木材储积量 29 万立方米，养鱼水面 6.4 万亩。有饲料地 6990 亩，每年产饲料 200 多万斤；草库伦 5 处，33000 多亩；天然打草场 33 万亩，每年储草量 300 多万斤。

沙区领导和群众长期坚持“先治沙，后致富”，不断总结经验教训，探索出各种治理流沙渠道的办法：黏土网格压沙、人工育草、造林固沙、封沙育草等综合措施。

黏土网格压沙：将近在渠道咫尺的高大流动沙丘取黏土覆盖。网格规格：迎风坡 1×1 米，背风坡 1.5×1.5 米，沙障与主风向夹角 90° 或 >100° 效果最好。压沙面积 10.5 万平方米。设置了这种低立式沙障，增加了地表粗糙度，削弱了地面风力强度，制止了流沙移动，保护了植物生长。

人工育草：在黏土覆盖的流动沙丘上，采取营养杯育苗方法种植梭梭、花棒、杨柴等 7.6 万株。幼苗采用喷灌的措施，成活率达到 80% ~ 90%，起到固沙作用。在 37 万平方米的沙包上种植沙蒿、白茨，生长茂盛。野生旱芦苇、沙竹，经补给水分并加以保护，在 8 ~ 10 米高的沙丘上得以生存。这些沙生植物固沙价值很高，均有极强的抗旱、抗热、耐盐碱性能，具有惊人的繁殖能力。枝条和根系被沙埋或吹露后，会迅速生出不定芽或不定根以维持生存。如沙竹，它是根茎繁殖，根茎长达 1 ~ 4 米，接近地表部位根的外围有钙质胶结根套，以防被高温灼伤；油蒿籽表面上有一层胶质，一遇水即与沙丘结成球，利于发芽。

白茨则可随着沙丘的隆起，生长愈渐繁茂，防风治沙效果显著。

造林固沙：在风障之间的风蚀壕以及7公里、10公里的低洼地共开渠道700米，营造防护渠道林350多亩，其中乔木林150多亩，灌木林200多亩（主要是红柳）。3年生的沙枣林枝杈搭结成网，人畜不能涉足其间。

封沙育草：将距离500～800米内的半固定沙丘和风蚀平地划定为封沙育草带，严禁砍柴割草、挖药材和过度放牧。实行了封闭管理后，植被覆盖度自然提高5%～10%。

且看这些宝贵经验是怎样运用于生产实践中的——

北二支渠外围治沙经验：

盟农管局水利队，在治理北二支沙害中取得了很好的效果。北二支渠全长50公里，通过30多公里的流沙群，沙埋渠道十分严重，特别是渠口闸下9～21公里渠段西岸是茫茫沙原，几无植被。具体治沙措施是：削平沙丘，整地开渠、引水造林，成活率90%。植物生长茂盛，整齐壮观。尤其是旱柳，不怕沙埋，随沙的堆积而升高，经过实验，是适宜于沙滩生长的优良树种。

北二支渠口闸至5公里西岸，以平坦沙地为主，沙林覆盖率极低，沙害十分严重。经勘测，可自流灌溉。随即开挖了6公里渠道，平整土地500多亩，渠侧地畔造林16000株，安排职工3户，全部落实了联产计酬浮动工资制度，建成为治沙与生产基地。北二支渠5～9公里渠段西岸是低缓流动沙丘，建成扬水站1座，组装16寸泵2台／110瓦，开挖渠道4公里，控制灌沙造林改造耕地面积1000亩。

团结支渠的治沙经验：

哈腾套海农场三分场与六分场之间有一道横贯数十里的沙漠地带，因为缺少植被，年年渠道淤塞、良田被毁、公路阻断，每年团结支渠进沙2万多立方米，其他农毛渠被沙埋没，浇水时须重新开挖。1984年春，农场开始治理，扎风障640米，开挖斗渠600米，打地堰4000米，造防沙林708.5亩，栽枸杞147.3亩，育苗10万株，建起一条长3000米、宽300米、占地1350亩的护渠防沙林带，大见效益。

1985年9月10日，水利电力部《水利动态》第25期中，一篇以“内蒙古河套一干渠绿化固沙成效显著”为题的文章，赞扬了一干渠治理沙漠危害渠道的成就。

1985年11月5日，内蒙古水利局以［85］内水农牧字第47号文件形式给国家水电部写报告《请将河套一干渠固沙、护渠试验列入部1986年科研计划的报告》，说明一干渠需要治沙的重大意义，并呈报了10年治理的重点项目申请书。

词曰：

西风阵阵催人老，黄沙无情，栽树不停，泪滴汗衫酒易醒。

干渠昨夜黄水急，淡月胧明，好梦频惊，沙丘低处渗渗声。

三、速生丰产林：既赚钱又防沙

三盛公黄河水利枢纽工程的建成和沈乌干渠的开挖，揭开了现代大规模开发利用乌兰布和沙漠腹地的历史。除了国家在这里设立的治沙综合试验站、综合林场、包尔陶勒盖农场外，盟、县两级为了治理开发利用乌兰布和沙区土地资源，也曾先后设立了县防沙林场、冬青梁苗圃、机械化林场等单位，先后配备了袁成忠、李建章、李志远等6位县处级领导和广大干部，从事开发建设事业，并进行了多次规划设计，请专家学者论证，向上级呈报建设项目，争取国家和各级政府给予支持，充分利用自然资源，发展全县经济建设。这些工作都为速生丰产用材林基地的立项建设，奠定了思想基础，积累了经验。

1984年8月，国家林业部“三北”防护林建设局通知磴口县，要求提报治理开发乌兰布和沙漠的建设项目。在草拟报告的基础上，巴彦淖尔盟公署李福庆副秘书长、磴口县汪世清县长带领盟林业处常振武副处长、盟林研所胡东瑞所长、县林业局侯登云局长和孙林涛工程师，前往宁夏银川市三北局驻地，呈报项目申请书。9月，常振武、孙林涛及内蒙古林业厅林文栋工程师在三北局刘文仕、朱文祥副局长带领下，向国家林业部汇报了建设项目。10 月，由巴盟行政公署编制的《“三北”防护林体系乌兰布和沙漠防风固沙林工程引进外资建设项目申请书》，逐级上报林业部。12 月 4 日，国家林业部以林款造字［1984］624 号文件《关于申请利用世界银行贷款加速“三北”防护林建设的报告》向国务院呈报。该报告分两个项目：一是滦潮河上游水源涵养林、经济林项目，一是乌兰布和沙漠固沙林用材项目。

报告中这样陈述：“乌兰布和这一项目的建设，能减轻项目区风沙危害，保护河套商品粮基地，保障包兰铁路、包银公路的交通安全，并充分利用这里得天独厚的黄河自流灌溉条件，为项目区群众尽快治穷致富开创门路。项目建设任务：5 年造林 100 万亩，其中，经济林 10 万亩，用材林 50 万亩。需投资 1.35 亿元。其中，申请世界银行贷款 1950 万元。项目区地势平坦，适宜发展机械化造林。”

该报告同时抄送国家计委、经委、财政部以及河北省和内蒙古自治区林业厅。

1985 年 1 月，国家计委一副主任批示：“经济困难，缓办。”原林业部部长、时任“三北”防护林建设领导小组成员马玉槐知道后，建议国家计委主任、“三北”防护林建设领导小组组长宋平下达缓办的批文，1 月 23—24 日，马玉槐在三北局书记兼局长陈光武陪同下，到乌兰布和沙漠区视察了乌审闸引水口、干渠和实验局二实验场等地，在座谈会上提出追报一个 30 万亩用材林建设的方案，并将 30 万亩简要草案带回林业部。2 月 24 日，三北局召开 1985 年第五次局务会议，专题讨论了关于利用外资建设乌兰布和沙漠防风固沙林及滦潮河上游水源涵养林的问题。

会议认为，乌兰布和沙漠东侧有约 300 万亩的土地可以发展林牧业，其中在磴口县境内有约 100 万亩已实现了通水、通电、通路，引进外资在这里建设一个速生丰产的用材林基地，条件是具备的。

有人担心在这里建设大面积用材林基地水资源是个问题。经座谈了解，按照黄河的分水计划，实行农林调剂用水，基本上可以解决水资源问题。如果黄河水不足，这里有丰富的地下水，也可以用井水补充。

第二个问题是还款能力问题。据了解，这里盛产蜜瓜、红黑瓜子，还有苹果梨。现在中国林科院磴口实验局实行林地间种籽瓜，每亩可产瓜子百斤左右，蜜瓜的价值比西瓜高，苹果梨3年即可见果，六七年进入盛果期，实行长、中、短结合，以短养长，还款是不成问题的。

第三个是年生长量的问题。据磴口实验局观测站观测，这里种杨树、榆树，其生长量是高的，15 ～ 20年可以成材。

根据以上几点，大家倾向于先按30万亩规划，经过试行，取得成功经验后再行扩大。会议决定，进行项目可行性研究，请内蒙古林业厅负责，组织力量进行勘察和编写，争取在5月份内拿出报告，同时给内蒙古拨款4万元，作为勘察编写可行性报告的经费。内蒙古林业厅委托内蒙古林业勘察设计院承担可行性勘察编写任务。3月21日，内蒙古林勘院派梁效忠、张云阁工程师来磴口了解有关乌兰布和用材林基地的有关问题。4月6日，内蒙古林业厅总工程师张承彬主持，林勘院、巴盟林业处、磴口县三方出席，在内蒙古林勘院召开“磴口县乌兰布和沙区用材林基地可行性研究工作协调会议”，就有关勘察编写可行性报告的工作达成协议。4月8日，在汪世清县长主持下，成立“磴口县用材林基地建设项目可行性研究工作领导小组”，汪世清任组长，下设办公室。4月11日，由内蒙古林勘院总工程师祁振邦带队，盟、县两级共35人，正式组成规划队，开始外业工作。4月25日，外业调查结束，回县搞业内分析整理。4月27日，何俊士副盟长来磴口看望规划队，听取了规划队汇报后，对规划队工作表示满意。他说：“在乌兰布和搞用材林调查和1200亩科研、试验（指内蒙古林科院在磴口防沙林场二作业区的杨树速生丰产用材林科研项目）是十分必要的，具有战略性意义。这是一项巨大的系统工程，搞林业商品性生产基地，独此一家。要有直接效益，搞成后有举足轻重的作用，希望把工作完成好。主要靠林勘院、林科院努力，我们寄予很大希望。同时，盟、县、农管局要给予积极协助，这是义不容辞、责无旁贷的事，要为他们提供一切方便，工作上协助、配合、支持，生活上给予关心。”

关于建设项目的土地落实、林牧矛盾、用水、用电等重大问题，均形成文体作为可行性报告的附件。主要内容如下：

一是关于落实乌兰布和速生丰产用材林基地营林土地的问题。磴口县人民政府以磴政字［1985］第 65 号文件决定：落实土地的原则，在不侵占基地范围内国营农场现有耕地、林地，有利于当地农牧民生产和生活的前提下，把乌兰布和沙漠中可开发利用的沙地、荒滩作为基地的营林土地。基地范围：位于磴口县哈腾套海苏木、沙金套海苏木境内，从北二支渠以西，建设一干渠以北，巴音毛道嘎查以东，山前洪积扇流沙带以南，为基地的营林土地，总面积为 28809 亩。为了保证基地安全生产，基地外缘流沙地区必需的 5 万亩左右防风固沙工程同时作为林业用地。基地范围内现有耕地 8814 亩。为保障农牧民利益，这部分土地仍由当地社员经营，作为饲草饲料基地。

二是关于解决乌兰布和速生丰产用材林基地建设中林牧矛盾的问题。磴口县人民政府以磴政字［1986］第64号文件规定，具体解决办法：在营林地段暂时倒场移牧，造林与种草同步进行，为每只小畜间种1～2亩、大畜至10亩牧草，为就地安置牲畜提供饲草料来源；承包给牧民一定数量林地，便于营林种草养畜，解决生活来源问题；采取优惠政策，帮助牧民种草，发展畜牧业，基地建设有明显经济效益后，国家从利润中拿出适当部分帮助牧区搞建设，使当地牧民得到经济实惠；改良畜种，逐步将土种羊改成细毛羊，将不适于水地放牧的骆驼逐步更替成乳肉兼用牛或其他畜种。

三是关于解决乌兰布和用材林基地灌溉供水问题。巴盟行政公署水利处以文件答复：磴口县乌兰布和沙区属内蒙古黄灌区 1964 年规划的沈保灌区部分，可以发展引黄灌溉；规划用材林基地面积 21.7 万亩，总需水量 2.17 亿立方米，可在基地面积发展的过程中逐步解决。

四是关于乌兰布和用材林基地用电问题，磴口供电局批复同意给予安排。

同年 5 月 24 日，林勘院同志在内蒙古林业局局务会议上汇报并讨论了乌兰布和速生丰产林基地建设项目可行性研究报告，那木局长表态同意。6 月 4 日，向三北局汇报。6 月 24 日，三北局局长朱文祥带领 4 位处长、工程师，内蒙古林业局那木带领多人，以及盟公署副盟长何俊士等，来磴口参加乌兰布和用材林基地建设项目论证会，基本通过可行性研究报告。1985 年 6 月，将可行性研究报告逐级上报三北局、林业部。8 月初，王盛华副县长赴京向林业部计划司长远规划处、造林司国营林场处汇报，11 日向马玉槐汇报。马表示：“项目不要大了，扎扎实实地把工作做好再扩大。打算 10 月上旬组织 10 人左右，包括国家计委有关部门到磴口考察一两天。”10 月 8 日，召开了研讨会，会上内蒙古林业局那木及三北局朱文祥等人向林业部做了汇报，马玉槐参加会议。马玉槐在总结发言中指出：“听了汇报，认为自治区很重视，使项目大大地进了一步。首先要有决心。听了你们的表态意见我很高兴，这个项目的名称叫乌兰布和速生丰产林，实际上是个试验林场。方针是‘以林为主，多种经营，以短养长，长短结合’。”并就有关问题做了明确表态。10 月 11 日，那木、朱文祥陪同国家计委农林局王振亚处长到磴口实地考察。王振亚看后认为，这一地区造林很重要，离黄河很近，土质好，条件具备，同意工程建设。那木讲：“按基建工程编报项目建议书。”据此，10 月 15 日，县委成立磴口县乌兰布和速生丰产林林场筹备小组，组长是周维新副书记。11 月 4 日，开始编写项目建议书。11 月 30 日，编制工作结束，和嘎查牧民代表签订公证合同 5 份作为附件。12 月 6 日，内蒙古林业局审查研究项目建议书。12 月 11 日，赴三北局做汇报。18 日，那木赴京向林业部汇报项目建议书，刘光运副部长主持会议，马玉槐参加。马表示：“这个项目成熟了，可以定了。”会议决定，为 1986 年贷款 100 万元做准备工作。1986 年 1 月 27 日，由内蒙古农委以内农林发［1986］21 号文件，以《关于磴口县乌兰布和速生丰产用材林基地建设项目建议书的报告》上报林业部，抄送国家计委农林局、三北局、内蒙古计委、内蒙古农行等单位。这个项目建议书有大小两个方案。大方案规划开发用林地 22 万亩，其中营造速生丰产用材林 12 万亩、防护林 1 万亩、种籽瓜等多种经营 7.6 万亩、果园 0.6 万亩；建设期 10 年；概算投资 3800 万元，其中需要向国家贷款 3200 万元，最高年贷款额 600 万元；林木生长 15 年轮伐，到 32 年第一个轮伐期结束，生产木材 130 万立方米，果品 4.1 亿斤，以及蜜瓜、甜菜、籽瓜、牧草等总收入 4.2 亿元，税后利润 3.25 亿元，是投资额的 8.5 倍。小方案规划“七五”期间开发用林地 4 万亩（只开发该基地沟心庙作业区），其中营造速生丰产林 2 万亩、果园 0.6 万亩；建设期 5 年，经营周期 20 年；概算投资 890 万元，其中需要国家贷款 678 万元，最高年贷款额为 190 万元；预计 20 年可生产木材 20 万立方米，加上多种经营等收入为 9200 万元，税后利润 6100 万元，为贷款额的 9 倍。农委意见是：如贷款落实，可按大方案建设；如贷款有困难，则按小方案建设。

乌兰布和速生丰产用材林基地建设项目，从 1984 年 11 月，国家林业部“三北”防护林建设局通知提报建设项目开始，经过一年半的前期准备工作，包括编报项目申请书，进行可行性调查研究，编报项目建议书，林业部、国家计委及三北局、内蒙古林业局领导、专家多次深入实地考察、论证，在党中央、国务院［1986］1 号文件精神指引下，经林业部 1986 年 2 月全国速生丰产用材林座谈会决定：磴口县乌兰布和速生丰产用材林基地建设项目按小方案上马建设。至此，本项目的前期准备工作遂告完成。

随后，有关技术人员共同组成 40 人的规划队，从 5 月份开始工作，9 月 24 日提出初稿，10 月份组织 16 位专家技术咨询小组对小方案总体设计进行了论证，10 月 15 日完成复制任务，11 月上旬报自治区林业局。1987 年 2 月 10 日，在呼和浩特市召开了“磴口县乌兰布和速生丰产用材林基地总体设计”审查会议。经过认真审议，原则上通过了“总体设计”。2 月 19 日，内蒙古林业厅下达会议纪要，对基地的生产方针、任务、经济体制和经营方式等做了明确规定：“以营造速生丰产用材林为主，用材林和经济林结合，积极开展多种经营，以短养长，长短结合，合理利用土地资源，力求发挥最大的经济效益、生态效益和社会效益。”基地的经济体制和经营方式是“由国家统一进行规划设计，在国家管理机构的领导管理下，国营单位、集体组织和个体承包同时进行开发性的生产。土地权属不变，林权和产品归承包单位或个人所有，或承包者与基地管理站共有”，“基地管理站的机构人员力求精简”。规划指标、林种比例：“在建设期内造林 3 万亩，其中营造速生丰产用材林 2 万亩，经济林 5000 亩（如技术、种苗不足，可以减少营造面积，增加速生丰产用材林面积），营造防护林 5000 亩。”建设年限确定为 7 年。从 1986 年开始，头两年主要做施工前准备工作，后 5 年完成造林。有关技术问题，纪要指出：一是防止发生次生盐渍化和土地沙化，在造林施工和管理过程中，注意合理灌溉，提高输水有效系数，解决好林牧矛盾，保护好沙区植被；二是在生产商品材方面，以生产中径级材为主，根据市场需求，大、中、小材相结合；三是为了达到最大的经济效益，对速生丰产用材林和经济林的营造及管理，必须采取最佳的技术措施，如选用良种，深翻改土，积极种植绿肥，增加有机肥，改造原有的土壤理化性质，防治林木病虫害等。“原总体设计投资概算过大，效益估算也偏高，要求盟林业处与磴口县人民政府搞一个‘总体设计补充件’附在总体设计后，报内蒙古林业局备案。”

1987 年 7 月 29 日，巴盟盟长杜风华主持召开了盟长办公会。何俊士、刘峥、孟和副盟长，以及盟财政处、农行、林业处、磴口县委县政府负责同志参加了会议。会议听取了磴口县关于乌兰布和速生丰产用材林基地建设的汇报，并就资金来源中地方财政自筹配套资金问题做了专门研究，并以盟公署会议纪要下达：“在乌兰布和速生丰产用材林基地建设投资中，地方配套资金共 190 万元。磴口县财政去年已拨 10 万元，从今年开始连续 6 年，每年由磴口县财政安排 15 万元，共 100 万元；盟林业处从盟财政安排的种草种树资金中，从 1988 年开始连续 5 年，每年拿出 7 万元，共计 35 万元；盟财政今年拨给 15 万元，从 1988 年开始连续 5 年，每年划拨 8 万元，共计 55 万元。基地配套资金已全部落实。关于这个项目中的 5000 亩防护林营造投资，由盟林业处向自治区林业部门和三北林业局请示安排。盟里筹集的配套资金 90 万元，基地要有偿使用，待基地建设有了经济效益后，按比例逐年偿还完。”

为了把基地建设好、管理好，管理站具体拟定了“乌兰布和速生丰产用材林基地经营方案”，先以讨论稿形式印发县委、县政府、县人大、县政协以及有关科局及基地领导小组成员，广泛征求修改意见，在此基础上集中大家提出的意见进行修改后，上报县委、县政府审批。县委、县政府批复：“原则上同意乌兰布和速生丰产用材林基地经营方案，应在执行中不断完善。”执行情况是：土地开发工程，由管理站利用土地开发资金，先后购置了东方红 60 型推土机 7 台组成机耕队，按照作业设计和各类土地工程苗制定生产定额，由机耕队承包，统一施工。对于当地牧民和苏木嘎查先期开发的5000亩土地，每亩支付65元工本费，转让管理站按统一规划经营。水利建设工程由农管局水利队承包施工完成，斗、农渠土方工程由机耕队承包施工，桥涵闸建筑物工程由管理站组建的水利工程队承包完成，农渠口闸在管理站水利技术员监督指导下由私人承包完成。上述工程费用均由管理站统一借贷支付，按土地面积分摊给土地承包户。贷款本息由承包户从生产收入中分年度缴还。

土地生产的承包形式按生产性质分以下几种：

第一种：以户定片，一包到底。承包期按速生丰产林一个生产周期（栽植到采伐）15年，果树经济林30年，根据承包户的志愿、经营能力、自有资金、劳力、耕畜、机具等条件，每户承包60~80亩。在承包期内按基地统一设计完成速生林栽植任务并负责进行抚育管护，空带内种植口粮、经济作物和少量定植果树，生产收益归承包户所有。在15年承包期内，承包户应缴的承包费，包括土地开发、水利工程、电力工程，给牧民种草费、苗木费、管理费等，合计每亩510元，按生产14年计算，加上当年水费和贷款利息，每亩每年平均缴收约35元。贷款本金从承包的第三年开始偿还，12年内还清，每年还款不少于70%。管理费用每亩89元，前5年每亩每年收5元，后8年每亩每年收8元。为了按时回收贷款水费等，管理站从1989年开始，统一收购承包地上生产的葵花籽、黑瓜子等商品，推销后扣除应收的款项。

根据前3年执行的经验，1989年承包的土地合同内容有下列改进：一是土地承包按管理站评定的类别收款，承包期一类土地每亩承包费306.17元，二类土地承包费276.17元，三类土地承包费231.17元，四类土地承包费201.17元；二是承包户在承包时每亩缴押金20元，由管理站存至承包合同款，全部缴清后返还承包户，押金由甲方按林业专项贷款利率付给承包户；三是承包人的户口必须迁入基地户口管理单位。凡规划营造速生丰产用材林的土地全都采用本承包形式。

成片果树经济林阶段承包。从定植果树到开花结果，承包期为7年。在承包期内，管理站按设计供给承包人苗木、肥料，果树产权归管理站所有，间种收入归承包人所有。为了信守合同，承包人工资由管理站扣发保存，承包期满，验收合格，一次发给承包人。

对当地牧民在规划区内开发的现有成种地，按谁的地谁经营的原则，根据统一设计营造速生丰产用材林，造林用苗由管理站计价收费供给经营者，林权归土地经营者所有。如本人无力经营，可议定开发土地工本费，转让给管理站另行承包。

基地生产的配置方式，本着速生丰产用材林的生产特点，兼顾承包人经济收入、贷款资金的偿还等因素，采取带状造林，林带间种植农经作物，即以斗、农渠为框架，设计 32 米宽的林带，每带配置 4 米 ×4 米株行距的 8 行林木，两林带之间留 36 米空带种植粮食经济作物。为了林木充分采光，减少歇地，林带一律设计为南北走向，林木行间可间种矮秆农作物，加上造林前两年的熟化土壤种植，就有 5~7 年全面种植农经作物的时间，增加近期经济效益，提前回收贷款。这种配置方式有利于林木全面生长成材，形成以速生丰产用材林为主、农林结合的规范化生产模式，达到以短养长、长短结合、合理利用土地资源的目的，力求发挥最大的经济效益、生态效益和社会效益。

果树经济林按照其生产特点，采取果园式成片栽植规模、大行距定植果树、行间种植农经作物的生产模式，以便幼树期充分利用土地资源种植农经作物，增加经济收入，达到长短结合、以短养长的目的。

另外，沿支斗农渠设计防风林网，沿流沙地段设计防沙林带，造林完成后形成防护林体系，免除风沙灾害对基地生产的威胁。

乌兰布和速生丰产用材林基地建设，从 1986 年 3 月份成立机构开始筹备，7 月份开始使用贷款资金开发土地，到 1989 年底，历时 3 年半的时间，已开发利用的土地面积为 3.9 万亩，其中管理站开发 2.2 万亩，管理站补偿开发工本费收回沙金网围栏等成种地 5000 亩，接收哈腾苏木两个饲料地 2000 亩、沙金苏木 3 个社 1 万亩。已开发土地占规划应开发土地 52800 亩的 74%。农田水利骨架配套工程基本形成。其中扩建支渠 1 条，新建分支渠 1 条、斗渠 6 条、农渠 35 条，总计完成土方量 168 万立方米，扩建支渠口闸节制闸 5 座，新建斗农渠桥闸 112 座，新打机灌井 1 眼。

结合渠道建设，扩建北三支渠简易公路 1 条，长 14.6 公里，斗农渠机耕路 39.4 公里，完成土方 9.8 万方。房建工程：完成办公室、生产生活用房共 1605 平方米，另外资助职工建家属房 228 平方米。生产设备购置推土机 7 台，轮式拖拉机 1 台，载重汽车、两用汽车各 1 辆，吉普车 2 辆，以及相应配套的犁、耙、拉坑机、油罐等大型农机具多件。

生产成就：共营造杨树速生丰产用材林 1898 亩、防护林 1034 亩、果树经济林 465 亩，共计有林面积 3397 亩，占设计任务 3 万亩的 11%。3 年来前后共完成育苗 868 亩，提供造林用苗 36.57 万株。

多种经营种植，从 1987 年开始定植啤酒花 131 亩。经济作物种植以 1989 年为例，承包户种植籽瓜 5530 亩，葵花 7265 亩，粮食作物 965 亩，合计 13750 亩。据不完全统计，共生产黑瓜子 9.7 万公斤、葵花籽 33 万公斤、粮食 11 万公斤，总产值 100 万元。

初期的乌兰布和速生丰产用材林基地建设，在县委、县政府和开发建设乌兰布和沙漠指挥部的直接领导下，在上级党政、业务部门的重视关怀下，在银行、财政、物资、水利部门和两个苏木的大力配合下，全站职工团结奋斗，艰苦创业，利用 3 年半的时间，边建设，边生产，取得了土地开发工程任务完成过半、水利工程建设配套、年生产值达百万元的成就，基地建设初具规模。

乌兰布和速生丰产用材林基地建设，是在国家改革开放新形势下出现的新事物，不仅是磴口县治理开发利用乌兰布和沙漠区土地资源的前哨战场，也是综合工程试验场，其成败与否意义重大。而且从组织管理、建设资金筹措、经济体制、生产模式、经营方式等诸多方面，均采取与传统方式不同的崭新的办法。从理论的高度讲，不仅具有自然科学的研究价值，而且具有社会科学的研究价值。

据巴彦淖尔市林业局防沙造林科提供的历史资料表明，20 世纪 80 年代，在经济十分困难的条件下，以速生杨树丰产林为先导的经济林建设，可谓是又防沙又挣钱，使国家、集体、农户都受益。这项防沙治沙重大科技成果，对增进社会效益、经济效益和生态效益方面成效显著。

一是生态效益。依托科技项目的实施，林业建设取得长足的发展，巴彦淖尔市的生态环境得到明显改善，为农牧业发展创造了有利条件。首先，沙区抗旱系列造林技术的广泛运用，在乌兰布和沙漠东缘营造了大型防风固沙林带，形成了纵深推进、前挡后拉、全面保护的立体防沙体系，有效阻止了沙漠东移，保护了河套灌区、110国道、包兰铁路，减少沙漠向黄河的输沙量，为改善地区生态环境、促进农牧民增收、推动经济社会可持续发展发挥了重要作用。通过封育、飞播和封禁保护、自然保护区建设等综合措施，巴音温都尔沙漠和草场沙化、退化的势头得到初步遏制。与此同时，河套地区零星沙丘全部达到治理，保护了周边农田稳产、高产。其次，冬贮苗等水造林、冬季造林技术的推广应用，使各地依托各级渠道，选用适生优质杨柳树种，完成高标准的农田防护林81万亩。临河区、杭锦后旗、磴口县率先实现了农田林网化。在此基础上，临河区、杭锦后旗实现了平原绿化，林网控制农田面积达到80%以上，河套灌区地下水位下降，盐渍化程度降低，受干热风的影响明显减少，农业生产得到了有效保护。第三，新产品、新技术的大面积应用，以京藏高速公路和黄河防洪堤为主的绿色通道工程得到了进一步改善，标准不断提高，完成各级通道绿化4369公里，过境110国道、京藏高速公路实现了全线贯通。第四，近年来，全市各级党委、政府围绕“生产发展、生活宽裕、乡风文明、村容整洁、管理民主”的要求，从提升城市品位，改善城乡人居环境，实现可持续发展的高度来认识和推进新农村建设，切实加大了投资力度，推行了环城、环镇、环村、环路的“四环”绿化模式，完成集镇园区绿化93个、村庄绿化1388个，有效地改善了农村牧区的村容村貌和农牧民的人居环境。

二是社会效益。森林资源总量增加，森林覆盖率明显提高。通过大工程、大项目的带动，自2000年以来，全市林业建设每年以100万亩以上的速度推进。全市有林面积由上世纪末的469万亩增加到2011年底的1074万亩，森林覆盖率由上世纪末的4.76%提高到2011年底的10.86%。目前，全市各地的生态状况得到了明显的改善，局部地区实现了人与自然的和谐发展。

三是经济效益。林业产业得到快速发展，农民来自林业的收入明显增加。

近年来，巴彦淖尔市不断加快林业产业体系建设，大力营建速生丰产林、经济林、药材林和生物质能源林基地，着力发展林产品精深加工业和森林旅游业，不断提高规模化、集约化经营水平。同时采取“公司＋基地＋农户”的发展模式，扶持并发展了以河套木业、王爷地苁蓉生物、游牧一族有限责任公司和盘古集团等一批林产业知名企业。山西华通菊芋、圣牧高科有机奶基地建设等大型项目落地实施，有力地推动了林业产业快速发展。截至目前，全市建设速生丰产林基地 70 万亩，枸杞经济林基地 15 万亩，肉苁蓉等药材林基地 28.2 万亩，柠条饲料林基地 150 万亩，种苗基地 18.9 万亩，生物质能源林基地 3 万多亩。各类林业企业发展到 300 多家，总资产达到 25.4 亿元，年销售收入 5.8 亿元，形成了年加工木材 10.2 万立方米，年产苦参碱 500 吨、甘草 200 吨、枸杞 300 吨、苁蓉酒 30 吨的生产规模。全市林业产值由 1998 年以前的不足 2 亿元增加到 2011 年底的 13 亿多元。通过实施人工商品林采伐试点，农民木材销售收入明显增加。山旱区实施退耕还林工程以来，积极发展后续产业，项目区农牧民人均增收 1080 元。农牧民从林业上得到的实惠越多，造林积极性越高，森林资源才能稳步增长，为林业产业发展奠定资源基础。

四、生态治沙：绿色事业在腾飞

近年来，磴口县委、县政府带领全县各族人民大搞生态建设，取得了令人瞩目的成绩，森林面积突破了 100 万亩大关，森林覆盖率达到 12.26%，生态环境得到初步改善，连续 4 年荣获内蒙古自治区林业厅授予的林业生产建设“绿化杯”奖，连续 5 年荣获全盟林业生态建设第一名的好成绩。为了实现“创建黄河中上游生态建设第一县”的奋斗目标，出台了《关于加快林业生态建设步伐的决定》和《磴口县生态建设总体规划》。按照“两区三线”（即沙区、套区，沿山一线、沿沙一线、沿河一线）的总体布局，每年以人工造林 23 万亩、飞播造林 5 万亩的速度推进。在沙区按照“围一片沙、打一眼井、造一片林、种一片草、养一群羊、富一家人”的模式，大力发展生态经济户，建成150多户生态经济户；在农区按照林随地走、地随林走，积极发展造林大户，造林面积达5万余亩，基本实现了农田林网化。在沿山一线建成了一处面积达186万亩的自治区级自然保护区；沿沙一线，在乌兰布和沙漠边缘完成了防沙林带更新改造工程，在原有林带前建起宽30~50米的前挡乔木林带，在后缘建起了宽500~1000米的后缘固沙灌木林带，完成造林面积达25万亩；在县城周围建起了长30公里、宽50 ~ 100米的乔灌草、带网片、多林种、多树种、集休闲娱乐于一体的环城林带；沿黄河一线建起了宽50 ~ 100米的护岸林带，完成了全县205公里的国道、县道、乡道绿化。全面实施了退耕还林工程、国家生态建设重点工程、“三北”防护林建设工程、天然林保护工程，利用日本海外协力贷款建设黄河上中游防护林建设工程，以大工程带动全县林业大发展。立足于资源优势，围绕六大龙头企业，构建林业六大产业基地建设，以龙头带基地，以基地促龙头，为生态体系建设增加后劲。

这“六大龙头与六大基地”为：

以盘古杨木纸浆厂为龙头，推行条条毛渠上有树，大力营造杨树速生丰产林原料基地，发展造纸原料；

以日健公司、宏开甘草开发公司为龙头，大力营造梭梭林基地，形成加工肉苁蓉、甘草为主的药材业；

以包头维信酒业集团为龙头，积极培育以葡萄、枸杞和早熟小杂果为主的经济林基地，发展酿酒业；

以蒙牛和乌兰布和乳业食品公司为龙头，积极营造柠条、紫穗槐为主的饲草料基地，发展舍饲畜牧业；

以哈腾套海自然保护区建设为中心，恢复和保护沙漠植被、湿地及野生动植物发展生态旅游业；

通过招商引资的方式兴建高密度纤维板企业，发展以黄柳、沙柳生物再生网障为主的沙生灌木林基地，搞沙产业。

通过龙头企业与基地的建设与带头作用，以期逐步把磴口县建成以国家重点工程为骨架，以一般工程为内容的具有磴口特色的比较完备的林业生态体系和比较发达的林业产业体系。

五、国家级风景线："三北"防护林建设

"三北"防护林工程是指在中国"三北"（西北、华北和东北）地区建设的大型人工林业生态工程。我国政府为改善生态环境，于1979年决定把这项工程列为国家经济建设的重要项目。工程规划期限为70年。

"三北"防护林体系东起黑龙江宾县，西至新疆的乌孜别里山口，北抵北部边境，南沿海河、永定河、汾河、渭河、洮河下游、喀喇昆仑山，包括新疆、青海、甘肃、宁夏、内蒙古、陕西、山西、河北、辽宁、吉林、黑龙江、北京、天津等13个省、市、自治区的559个县（旗、区、市），总面积406.9万平方公里，占我国陆地面积的42.4%。从1979—2050年，分3个阶段、7期工程进行，规划造林5.35亿亩。到2050年，"三北"地区的森林覆盖率将由1977年的5.05%提高到15.95%。

在总体规划中的"三北"地区，有八大沙漠、四大沙地，面积为133万平方公里，大于全国耕地面积的总和。这里曾经是水草肥美的农牧区，现如今却是遍地黄沙，年风沙日达30～100天，黄河下游河床已高出地面10米以上。

干旱、风沙和水土流失，带来了严重的生态危机，"十年九旱，不旱则涝"制约着这一带地区的经济发展。建设防护林工程对"三北"地区生态平衡的重建、恢复和改善生态环境起着决定性的作用。

总体规划要求：在保护好现有森林草原植被基础上，采取人工造林、飞机播种造林、封山封沙育林育草等方法，营造防风固沙林、水土保持林、农田防护林、牧场防护林以及薪炭林和经济林等，形成乔、灌、草植物相结合，林带、林网、片林相结合，多种林、多种树合理配置，农、林、牧协调发展的防护林体系。

这项工程，根据我国国情，采取"民办国助"形式，实行"群众投工，多

方集资，自力更生”为主，国家扶持为辅的建设方针，走一条生态效益和经济效益并重的具有中国特色的防护林建设之路。在严酷的自然条件下，造林中重视依靠科学技术。我国在“流动沙地飞机播种造林”、“旱作林业丰产”、“窄林带、小网格式农田防护林网”、“宽林网、大网格式的草牧场防护林网”和“干旱地带封山育林育草”五大难题的研究及其有关新技术大面积推广方面，都处于世界领先地位，并取得很大的经济效益。

我于2001年冬、2012年秋和2016年初，曾三次采访过位于宁夏银川市南熏路上的国家三北林业局。对国家在华北乌兰布和沙漠的营林工程有一个大体的了解。早在2001年冬，我曾以记者身份访问过这个局，一篇以“跨世纪工程：铸造绿色新长城——国家‘三北’防护林工程掠影”为题的整版通讯发表在时年12月12日的陕、甘、宁三省区团委联办的《青年生活导报》上，对该局“三北”防护林工程做过一次总结性的报道。

1978年之前，巴彦淖尔人工林面积不足1万亩，森林覆盖率不足3%。“三北”工程第一阶段结束后，到2000年底，巴彦淖尔累计完成人工造林420万亩，人工林保存面积达到269万亩，森林覆盖率提高到了2004年的9.83%。2001年，“三北”四期工程启动实施，全市重点开展了农田防护林改造，几年间完成新造林10多万亩，封山育林20多万亩，局部地区生态环境明显改善。主要表现在两个方面：一方面，乌兰布和沙漠东缘防风固沙林带逐步完善，有效地控制了沙漠的东侵，保卫了河套农业生产，保证了110国道、包兰铁路的安全运行。据记载，在20世纪80年代初期，杭锦后旗沿沙乡镇的农民由于风沙打死青苗，每年要补植2 ~ 3次，直接经济损失每亩近百元。防护林带建成后，避免了重复劳动，而且粮食产量实现了增收。与此同时，地区内沙丘绿化速度明显加快，到2000年底，共完成治沙120多万亩。另一方面，灌区农田防护林建设明显加快。各地依托各级渠道，开展了农田防护林工程建设，选用适生优质杨柳树种，建成了高标准的农田防护林网。临河、杭锦后旗、磴口县率先实现了农田林网化。在此基础上，临河、杭锦后旗实现了平原绿化，林网控制农田面积达到80%以上，使河套灌区地下水位下降，盐碱化程度降低，受干热风的影响明显减少。据杭锦后旗和五原县定点观测，林网密集的地区冬季平均气温提高 1.4~2℃，无霜期也较林网稀疏地区延长 15 天左右，农业生产受到了有效保护。此外，以 110 国道、县乡道路为主的绿色通道工程得到了进一步完善，全市县级以上公路绿化率达到了 70% 以上。

20 多年来，巴彦淖尔人民在全力开展各种防护林建设的同时，积极开展了渠道速生丰产林、苹果梨、枸杞等经济林建设，在加大了森林资源培育力度的同时，为农民增收创造了新的经济增长点。一是生产了大量木材，满足了农民生产生活需要。渠道速生丰产用材林是名副其实的“绿色银行”。在 20 世纪 90 年代，全市每年生产杨柳木 5 万多立方米，价值达 1500 多万元。到 2000 年底，全市用材林面积达 28.5 万亩，活立木总蓄积量达 165.4 万立方米，按当时价格计算，价值达 4.95 亿元。与此同时，速生丰产林、防护林建设也带动了以新疆杨为主的种苗产业的发展，20 世纪 90 年代，年均出圃苗木 1200 万株，每株平均 4 元，每亩收入近 5000 元，成为农民增收的新亮点。二是经济林的发展大大增加了农牧民的收入。自“三北”防护林工程实施以来，巴彦淖尔地区大力推广的移沙栽果、果树绿色长廊、盐碱地种植枸杞等经济林发展模式，到目前，全市以苹果梨为主的果树经济林达到了 50 多万亩，年产各种果品 2 亿斤，销售收入达到 2 亿元。以杭锦后旗沙海乡、五原县美林乡、乌前旗先锋乡为辐射中心的枸杞经济林达到 20 万亩，年产优质枸杞干果达 1000 万斤，销售收入达到 2 亿元。随着速生丰产林和经济林基地的逐步形成，涌现出了一批像尹少华的果树经济林种植大户，像王憨的枸杞种植、加工、营销大户，以及像杨栓、任凤鸣等一批造林治沙专业户。特别是近几年来，各地政府采取积极的扶持政策，广大农民群众造林绿化的积极性高涨，林业的经济效益更加明显。

在“三北”防护林工程实施过程中，巴彦淖尔市各级林业科技工作者总结探索出了一系列林业科学适用技术，为加快林业建设步伐，提高工程建设质量起到了积极的推动作用。在多项科研成果中，有 1 项获得了国家级奖励，有 5 项获得了自治区级奖励，有 10 项获得了市级奖励，“防止牲畜啃食树木制剂”获得了国家级发明专利。其中苹果梨丰产栽培技术、枸杞丰产栽培技术、渠道速生丰产林栽培技术、新疆杨覆膜育苗技术的推广应用，有力地促进了巴彦淖尔林业事业的发展。特别是冬贮苗等水造林技术的推广应用，使杨柳树大杆造林成活率由不足 70% 提高到了 95% 以上。林业科技的发展，为新世纪巴彦淖尔林业的跨越式发展奠定了坚实的基础。

可以肯定地说，“三北”防护林工程实施以来，不仅给巴彦淖尔人民创造了良好的生产生活环境，把一个绿色的瓜果飘香的河套呈现在了人们的眼前，更主要的是推动了巴彦淖尔地区经济的发展，为兴农富民做出了巨大的贡献。

按照规划，2005 年河套内沙丘得到全面治理。到 2015 年，河套灌区以现有农田防护林为基本框架，以适生、优质树种为主，建成高标准农田防护林体系，林网覆盖率达到 95%；水土流失区域 50% 以上的水土流失面积得到基本治理，全面建成乌北（乌加河北流域）防护林带。在乌兰布和沙区，50% 的沙化土地得到初步治理，全面遏制住了沙漠的东侵和扩展，使风沙危害程度明显降低，流入黄河泥沙量明显减少，为实现秀美巴彦淖尔打下坚实基础，全面实现生产发展、生活富裕、生态良好的奋斗目标。

预计到 2050 年，“三北”防护林工程结束，巴彦淖尔将成为一个生态环境优美、人民生活富足的美丽家园。

“三北”五期工程期间建设完成情况，以及所取得的成就和经验，科学分析工程建设面临的形势与问题，全力配合自治区开展评估工作，研究制定推进工程科学发展的思路和举措，为工程决策管理提供科学依据。

巴彦淖尔市评估工作由市林业局负责组织实施，按照各旗县区上报和市林业局组织开展调研相结合的方式，对“三北”五期工程在实施过程中的做法、遇到的问题、解决办法、获得的成绩、取得的经验，通过座谈、走访等形式，采集工程相关材料和信息，从决策、过程、目标、可持续性、效益与影响等方面进行了科学、客观的分析与评估。

据巴彦淖尔市林业局防沙造林科汇总各地情况：“三北”五期工程在巴彦淖尔市已实施了两个年度，即 2011 年和 2012 年，涉及临河区、磴口县、五原县、杭锦后旗、乌拉特前旗、乌拉特中旗、乌拉特后旗等全市的 7 个旗县区以及乌兰布和防沙治沙局、农垦局、各灌域管理局、乌拉山林场、市局混交林基地和其他部门（农业局三场、党员基地、呼铁局等）。共实施营林面积36.9万亩，其中人工造林28万亩，封育2.3万亩，飞播5万亩；按公顷共计实施营林面积2.46万公顷，其中人工造林1733公顷，封育1533公顷，飞播3333公顷。主要对工程实施过程中工程建设管理，包括组织、计划、过程、质量、资金等管理情况；任务完成情况，包括建设任务和建设投资完成情况、国家和地方配套政策的执行情况；林业新技术及主要造林模式应用情况及工程建设规划确定目标和工程实施产生的效益等方面，进行详细的分析和评估。

五期工程启动之前，特别是2000年左右，随着天然林保护工程、退耕还林工程以及"三北"防护林工程实施，全市林业生态建设工程进入了大发展的时期，全市生态状况得到了明显好转，局部地区生态恶化趋势有所缓解，林业在改善人居环境，促进地区经济社会发展，增加农民经济收入等方面发挥了重要的作用。

其中，"三北"防护林工程建设不仅使农业生产环境得到了极大改善，而且使全市的区域性生态环境得到了较好治理。通过治沙造林为主攻方向的骨干工程建设，已基本形成了带、网、片、乔、灌、草相结合的多功能防护体系，重点生态区位，流动、半流动沙丘得到基本治理，全市生态呈现良好的发展态势。1978—2012年底，全市累计完成"三北"防护林663.8万亩，其中人工造林530万亩，封育128.8万亩，飞播造林5万亩；全市森林面积由1978年前的225万亩（人工造林面积不足1万亩）增加到目前的1175.7万亩，森林覆盖率由1978年前的2.28%增加到目前的11.89%，森林蓄积量达到1236万立方米；林业总产值达12.65亿元，农牧民人均林业收入671元。

巴彦淖尔市林业局党组成员、总工程师崔振荣说："根据前4期工程的建设经验，巴彦淖尔市制定的"三北"五期的总体建设方针与思路：一是继续加大"三北"防护林建设力度，以建设大网格、宽林带农田防护林为主要内容，以护路林、护岸林、防风固沙林为辅助，营造强大的防护林体系；二是以生态效益为中心，兼顾经济、社会两大效益，科学规划，重点布局，把工程建设与全局的经济发展有机结合起来，构建生态建设主框架；三是以科技为依托，造、管并举，大力保护和培育森林资源，充分发挥工程建设的整体效益，为林业的可持续发展创造条件。”

2011—2015 年，“三北”防护林工程全市投资 9602 万元。其中 2011 年投资 4602 万元，全部为中央投资，完成资金 5513.48 万元。按造林类别划分全部为人工造林；按资金来源划分为中央投资 4602 万元，地方配套 636 万元，群众投工投劳 275.48 万元。2012 年投资 5000 万元（中央投资 4000 万元，地方配套 1000 万元），完成资金 4823.30 万元，按造林类别划分完成人工造林投资 4044.80 万元，完成封育投资 178.5 万元，完成飞播投资 600 万元，按资金来源划分为中央投资 4074 万元，地方配套 448 万元，群众投工投劳 301.3 万元。

通过“三北”防护林五期工程建设，全市有林地资源增加 2.46 万公顷，“三北”工程区通过实施绿色通道、农田林网、成片林地和防沙治沙工程等，已基本建成网、带、片、点相互交融的生态经济型林业体系，“三北”工程的建设在有效地增加了全市林木资源总量的同时，在减少风沙危害、优化环境质量、改善人居环境、增加农民收入等方面也起到了很大作用。

经济效益。“三北”防护林体系建设工程是以生态效益和社会效益为主的公益性事业，项目的经济效益不能直接体现，主要是木材贮备效益。同时“三北”防护林工程区生态旅游业和相应产业的兴起，解决了农村剩余劳动力的出路问题，为农民群众创造了新的就业渠道，有力地促进了农村经济的发展和人民生活水平的提高。

社会效益。工程实施期间，巴彦淖尔市“三北”工程与社会主义新农村建设紧密结合，特别是自治区农村“十个全覆盖”工程全面推进 3 年来，开展了以绿化、美化为主要内容的文明生态村建设。建设的文明生态村已初具环村林、街道树、庭院花（果）的绿化格局，实现了“村在林中、院在绿中、街清院净”的目标，创建了洁、亮、绿、美的人居生活环境，促进了人与自然的和谐发展，为社会主义新农村建设增添了新的光彩。

主要经验和做法大致分以下五部分。

其一，领导重视，强力推进。“三北”防护林工程启动实施以来，全市各级党委、政府高度重视，将其作为最大的基础建设和民生工程来抓，实行领导任期绿化目标责任制，把林业工作作为考核领导班子政绩的一项主要内容，2013 年，市政府又把人工造林、乌兰布和沙漠综合治理和通道绿化作为全市重点工作来抓，同时把通道绿化确定为“为民办的 15 件实事”之一。2014 年，则把这件事纳入“十个全覆盖”工程。

其二，准确定位，推动林业建设快速发展。长期的林业建设实践，确立科学的发展战略，对林业进行准确定位，是推动林业建设快速发展的关键所在。“十二五”以来，巴彦淖尔市出台了一系列强生态、惠民生的政策。一是制定出台了《巴彦淖尔市关于加快林业生态建设的意见》，市级财政每年安排 500 万元以上的专项资金用于各地造林，以奖代补，逐年增加，到“十二五”末以奖代补资金每年增加到 1000 万元。二是市政府将森林覆盖率和活立木蓄积量两项指标纳入对各旗县区人民政府实绩考核内容。三是将绿色通道和农田防护林建设工程进行单项考核。四是出台了《巴彦淖尔市义务植树管理办法》，鼓励多种形式植树尽责，义务植树实行基地化。五是制定出台了《巴彦淖尔市河套灌区毛渠林带采伐管理暂行办法》，下放毛渠林带采伐管理权限，简化采伐手续，毛渠林带采伐年限由农民自行决定，调动农民在农毛渠上更新造林的积极性。六是下发了《关于加快林木种苗生产的通知》，到 2016 年，计划全市育苗面积达到 6 万亩以上，夯实种苗基础。七是实行“以育代造”和“订单林业”。旗县区林业局和农民签订合同，农民出地、出力，林业局负责提供种苗和技术指导，苗木达到出圃规格时，农民可以进入市场出售，也可以由林业局按合同价格回收，给农民吃了定心丸。八是制定出台了《巴彦淖尔市重点区域绿化方案》，确定了全市 2013—2020 年期间通道、城镇、村屯、规模化养殖及农畜产品加工企业、工业园区及工矿企业、黄河北岸绿化的任务和标准，实行部门联动，归口管理，明确了各级政府和部门责任。九是开展“巴彦淖尔市十大绿化模范人物”和“巴彦淖尔市十大绿化优质工程”评选工作，充分调动社会各界参与生态建设的积极性。

其三，强化服务，确保质量。一是建立技术承包责任制。市林业局一直推行领导包片、二级单位承包旗县区的技术承包责任制，实行行政、技术双线负责制，市旗县区林业部门每年都安排 85% 以上的技术人员深入到造林一线，积极开展技术指导服务。二是采取市场化运作模式，重点绿化工程全部采取了市场化运作模式，专业化造林方式，引入招标制、合同制、监理制等现代工程管理手段。通过市场化运作，保证了造林质量。三是严格督促检查。每年将年度任务分解落实到各旗县区人民政府，并列入市政府与各旗县区政府签订的年度目标管理责任状之中。市委、市政府督察室和市林业局进行全程督察，考评验收。成立专项推进工作组，实行专项督察，专项指导，专项考核。四是加强科技支撑。近年来，巴彦淖尔市研究、推广了 100 多项先进适用技术，如防止牲畜啃食树皮制剂的研制与应用、冬贮苗等水造林技术、冬季造林技术等的推广应用，使造林成活率由原来的 70% 提高到了 95% 以上，由原来的一季造林变为多季造林，“渠道杨树速生丰产林栽培技术”和“枸杞丰产栽培技术”的推广应用，使农民增加了收入。从 2012 年开始，全市又启动实施了盐碱地造林、造林地化学除草剂应用等 6 个重点科研项目和冬季造林、盐碱地起垄造林、林木良种育苗等 10 个重点技术推广项目。科学技术在林业生产中的广泛应用，为近年来的林业建设提供了保障。

其四，优化布局，改善环境。巴彦淖尔市一直把“三北”防护林工程放到乌兰布和沙漠，河套灌区，各级通道，城镇、村屯规模化养殖及农畜产品加工企业，工业园区及工矿企业，黄河北岸这些影响民生的重点区域来搞，这些区域的生态环境得到了明显改善。

其五，生态产业结合，兴林富民并举。在全力开展防护林建设过程中，巴彦淖尔市大力发展速生丰产林；优化林木种苗生产，建以新疆杨、小美旱为主的优质种苗繁育基地；以枸杞为主的经济林种植面积近 10 万亩，产值达 8.94 亿元；盘活沙漠资源，变沙害为沙利。近年来，巴彦淖尔市为了加快乌兰布和沙漠建设步伐，政府成立了乌兰布和防沙治沙局，使生态与产业得到了快速发展。主要产业有人工接种肉苁蓉产业、酿酒葡萄种植业、畜牧业和饲草料基地建设的草产业、沙漠生态旅游业及太阳能发电绿色能源产业，经营主体达 64 家，年产值达 2.4 亿元。

巴彦淖尔市高举生态民生林业大旗，以“三北”防护林等国家重点林业生态建设工程为依托，特别是“十二五”以来，把生态建设当作最大的民生工程来做，坚持生态与产业结合、兴林与富民并举，实现了美丽与发展双赢。正是在这样好的社会背景下，在吸纳“三北”四期工程成功经验的基础上，实施五期工程，并得以较好完成建设目标。

总之，“三北”防护林五期工程的实施，推动了巴彦淖尔市生态环境建设步伐，增强全市生态防护林网体系，使生态环境面貌得到进一步改善，为接下来开展的重点区域绿化打下坚实的基础。

巴彦淖尔市林业局建议以下几点。国家对河套地区“三北”防护林建设，一是应该提高投资标准。因为，河套地区防护林工程人工造林主要集中在立地条件较差的盐碱地、沙荒地、丘陵坡地，造林难度大、成本较高，立地条件较好的地区造林成本每亩也在千元以上。目前国家补助标准为每亩200元，距离造林成本相差较大。建议适当提高人工造林补助标准。另外，建议安排足够的前期费，后期管理资金纳入财政预算，建立长期稳定的投入机制，当地政府应出台相应政策进行后期管理，切实保护建设成果。二是加大低产低效林改造的力度。受自然条件的制约，低产低效林所占比重较大，在一定程度上影响了森林三大效益的发挥，今后的防护林工程建设中要重视和加强低产低效林分的改造，通过优化树种结构，不断提高林分质量和效益。三是要建立运行创新机制，对于先进典型经验就要大力推广，就要在资金上予以倾斜，任务上扩大，以点带面，推动“三北”防护林工程进一步有序、规模发展，鼓励广大科技工作者投身工程建设中开展技术创新，解决工程实施中的技术难题，为顺利实施项目提供技术支持和保障。

六、退耕还林，造福于民

2000年，杭锦后旗和乌拉特中旗率先启动实施了退耕还林试点工程。2002

年，工程在乌拉特后旗之外的旗县区铺开。2003年，全面启动实施。第一个五年期，累计完成造林221.4万亩，其中退耕还林61.4万亩，荒地造林157万亩，以封代造3万亩。由于国家对退耕还林工程制定了一系列扶持政策，并且利用其来促进农村产业结构调整和增加农民收入，因此这项工程影响极其广泛而深远。

国家规定，黄河上中游退耕还林区农民，每完成1亩退耕地造林任务，国家补助50元种苗费，每年补助100公斤粮食（每斤粮食按0.70元计算）和20元现金，补助期限为5～8年，其中生态林为8年，经济林为5年（生态林和经济林要求面积比例达到8：2）。这样，每亩生态林和经济林累计分别得到国家补助1280和800元。而完成1亩荒地造林也将得到国家给予的50元的种苗补助。

根据巴彦淖尔市林业局防沙造林科提供的数据，按照这一规定，头4年，国家累积安排巴彦淖尔退耕还林补助资金17580万元。其中种苗补助8460万元，种苗补助1140万元，粮食补助7980万元。这4年的计划所涉及的政策全部落实后，国家将累计投入资金67488万元。按照国家投资政策计算，2003年当年退耕还林总投资11670万元（包括2000—2002年完成的退耕还林任务继续补助的资金）。此外，根据国家退耕还林规划和巴彦淖尔市的实际，在2000—2009年的10年时间里，巴彦淖尔退耕还林500万亩，其中退耕地还林200万亩，荒地造林300万亩，整个工程完成后，国家给巴彦淖尔总投资达23.68亿元，平均每年2.368亿元。可以说，退耕还林工程带给巴彦淖尔这个西部欠发达地区的不仅是绿色，还有更多的财富。退耕还林工程的最终目的是“以粮食换生态”。在工程实施过程中，全市广大群众对生态环境建设重要性和紧迫性的认识逐渐深入，社会各界参与生态环境建设的积极性日渐提高。

退耕还林工程的实施，加快了巴彦淖尔地区造林绿化步伐。1999年，巴彦淖尔造林飞机播种总任务32万亩；2000年，仅退耕还林一项就达到了31.5万亩，2002年达到了61.5万亩，占到了年生态建设任务的一半。由于退耕还林工程规定的严格检查验收和政策兑现制度，退耕还林和荒山造林100%地明确了权属，造林成活率、保存率与粮食、现金补助和农民利益三者有机挂钩，责任明确，极大地调动了退耕还林户的造林积极性，提高了造林成活率和保存率。同时，各地依托退耕还林工程，对一些生态环境恶劣地区进行了绿化。如杭锦后旗，自2000年实施退耕还林工程以来，先后退出了乌兰布和沙漠东缘受风沙危害严重、产量低而不稳的沙化土地8.4万亩。乌兰布和沙漠深入杭锦后旗境内部分和境内的盐碱荒地在过去是无人问津的，退耕还林工程实施后，由附近的村集体和农户个人承包进行了造林绿化。截至目前，境内宜林荒沙荒地绿化率达到了70%。杭锦后旗人民在乌兰布和沙漠东缘筑起一道乔灌草结合的绿色屏障，周边乡镇的农民不再遭受风沙的危害，农牧业生产得到了发展，经济收入也明显提高。从全市来看，4年已累计完成退耕还林169.2万亩，如果按85%的保存率计算，仅这一项工程，已使全市的森林覆盖率在现有的基础上提高了近两个百分点；整个工程结束，有望新增林地面积430万亩，森林覆盖率增加4.5个百分点。可以肯定地说，退耕还林工程的实施，加快了巴彦淖尔地区的造林绿化步伐，提高了造林绿化的标准和质量，有效地改善了生态环境恶劣地区的生产生活条件。

退耕还林工程加快了农牧民群众脱贫致富步伐。退耕还林工程带来的国家巨额资金投入，对巴彦淖尔地区经济发展起到巨大的拉动作用。退耕还林工程的实施带动了巴彦淖尔林木种苗产业的发展，促进了农村产业结构的调整，也带动了林果业、畜牧业、林产加工业、森林旅游业的发展。另一方面，国家对退耕还林工程给予的钱粮补助政策，对于广大农民来说，也是一笔重要的经济收入。

为确保退耕还林“退得下，还得上，能致富，不反弹”，各旗县区在坚持生态优先的前提下，因地制宜，建立了多种模式、效益显著的林业基地，实行立体开发，多种经营，不仅获得长期的生态效益，而且也获得可观的经济效益。如乌兰布和沙漠最北端的杭锦后旗沙海乡推行的林套草的种植模式，在林带间套种紫花苜蓿，每亩年产干草近2000公斤，按每公斤0.5元的价格计算，每亩仅草一项就可收入1000元，农民以草养畜，实行草畜转化，延长了产业链，增加了收入。

据巴彦淖尔市林业局防沙造林科副科长陈星明介绍：

从 2000 年起，巴彦淖尔市开始实施退耕还林工程，截至 2013 年底，共完成退耕还林造林 325.7 万亩，其中，退耕地造林 72.5 万亩，荒山荒地造林 222.2 万亩，封山育林 31 万亩。工程涉及全市 7 个旗县区和原农垦系统的农户共 66189 户，累计参加农民人数达 210382 人；国家累计投资钱粮 10.96 亿元，退耕农户人均受益近 4500 元。10 多年来，通过全体务林人和全社会的共同努力，全市的生态建设取得了显著的成就。退耕还林工程也成为发展地方经济、调整地方产业结构、促进农牧民增收的德政工程、民心工程。尤其是山旱区的退耕还林工程，更是深得民心，受到山旱区广大农民的积极响应和拥护，退耕还林工程成为当地农民脱贫致富的重要途径。2007 年，国务院决定将退耕还林工程转入巩固成果阶段，为了确保退耕还林成果得到巩固，退耕农户长远生计得到解决，提出了延长和调整对退耕农户的直接补助，即第一轮每年每亩 160 元的补助到期后，又延长 8 年补助，补助标准是每年每亩 90 元，剩余的 70 元作为成果巩固资金，主要用于退耕农户的基本口粮田建设、农村能源建设、生态移民、补植补造以及后续产业培植等。从 2008 年开始到 2012 年底，全市巩固退耕还林成果专项投资达 2.5 亿元。

通过实施退耕还林工程，使全市森林覆盖率比以前有所提高，沙区的风沙危害、山旱区的水土流失和套区次生盐渍化等问题得到了有效治理，工程区农牧民的生活得到了很大的改善，退耕还林工程取得明显的阶段性成果。

退耕还林项目区农牧民收入有了明显增加。受益比较明显的主要是山旱区，退耕还林工程退下来的坡耕地、中低产田在过去粮食亩产不足百斤，退耕还林后，每年每亩可以得到国家补贴 160 元，生活补助 20 元现金，还可以通过间作每亩收获 80 ~ 160 元的饲草用来发展养殖业，经济收入是退耕前的两倍多。如山旱区乌拉特中旗石哈河镇地区，在过去，土地贫瘠、十年九旱、广种薄收，最好年景亩产粮食不足百斤，实施退耕还林工程后，全镇的农民生活生存条件有了巨大的变化。几年来，全镇的退耕还林面积共 53.44 万亩，其中退耕地还林15.94万亩，宜林荒山荒地造林37.5万亩，共360个项目区，工程涉及全镇6409户24960农民，人均退耕6亩，人均每年享受退耕还林政策兑现钱粮款960元。退耕前全旗的人均收入为3710元，退耕后人均收入达到4300元，增加了590元，增幅为16%，经济效益增加较明显。

项目区产业结构调整明显加快，种植业结构得到优化。在退耕地上大力发展"两行一带""林草间作"模式，使各地的种植业结构逐步趋于多元化、合理化。"林草间作"模式，为农区畜牧业推行种养结合和舍饲圈养，实行集约化经营，创造了有利条件。

全民生态意识明显增强。通过广泛宣传和工程的实施，广大农牧民切实从中得到了实惠，逐步认识到实施退耕还林的重要性，参与林业生态工程建设的积极性越来越高，加强生态环境建设和保护已成为全社会的共识。

七、天然林资源尤须保护

2000年，国家正式启动实施了黄河上中游天然林资源保护工程，巴彦淖尔作为西部地区生态环境脆弱地区之一，被列入了工程实施的范围。按照巴彦淖尔天然林保护工程实施方案，从2000年到2010年的工程建设期内，巴彦淖尔490万亩森林植被得到有力的保护，并加快了森林资源培育力度，新增森林资源面积150多万亩。天然林资源保护工程为巴彦淖尔市带来了巨额的投资，拉动了巴彦淖尔地区经济和社会的快速发展，加快了巴彦淖尔地区生态建设步伐。

据巴彦淖尔市林业局防沙造林科人员介绍：天然保护林工程和森林生态效益补偿覆盖全市7个旗县区、乌拉山林场和乌拉特国家级自然保护区9个实施单位。"十二五"以来，依托国家项目投资，坚持因地制宜、分区施策、以人为本、保障民生、政策引导、促进改革以及生态、经济和社会效益相结合的原则，通过公益林建设、森林资源管护等措施进行保护和培育森林资源，取得了一定的成绩。

1. 天保工程

其一，公益林建设。5年来，巴彦淖尔市共承担公益林建设任务170.7万亩，其中人工造林47.2万亩，封山育林59.5万亩，飞播造林64万亩，全部按计划完成。在实施过程中：一是严把造林作业设计关，确保造林作业科学化、规范化；二是狠抓施工质量，注重造林成效，本着“因地制宜、突出重点、集中连片、分区治理”的原则，将飞播造林工程建设重点安排在乌兰布和沙区、苏集沙地、巴音温都尔沙漠和河套地区零星沙地，将封育工程重点安排在乌拉特高平原区、沿黄河湿地和中蒙边境一线等生态区位重要、生态环境脆弱的地区；三是加强技术指导服务，在造林期间，市、旗县区两级林业部门技术人员始终坚持在造林第一线，推广应用了生根保水剂造林技术、盐碱地改造技术、冷藏苗沙区避风造林技术、高平原区节水抗旱造林技术、飞播造林GPS导航技术、种子丸粒化处理技术等林业先进科学技术，严格按照技术规程操作，全面落实“五不造林”制度，即没有规划设计不造林，不落实责任单位和责任人不造林，树种结构不合理不造林，种苗不符合要求不造林，不落实管护措施不造林，以确保造林质量；四是实行招投标制，根据项目建设要求，工程全部实行招投标制，并与施工单位签订施工合同，使各项建设任务顺利完成。通过公益林建设，森林面积在不断扩大，绿地面积不断增加。

其二，森林资源保护。天保工程二期，全市每年落实地方公益林管护面积1745.46 万亩，其中：国有林 166.38 万亩，集体林 1579.08 万亩。按任务每年全部落实，配备管护人员 3458 人，其中：国有职工 458 人，聘用林农 3000 人。在森林管护上，一是实行森林管护目标责任制，将森林管护任务全部分解落实到了乡镇、苏木、国有场圃和自然保护区等工程实施单位，确保工程顺利实施。二是各地根据国家林业局出台的《天然林资源保护工程森林管护管理办法》和《巴彦淖尔市天然林资源保护工程森林管护管理办法》，结合自己的实际情况，各实施单位都出台了《森林资源管护和管理实施办法》，进一步规范和加强了森林资源保护和管理工作。三是合理划分了管护责任区，按要求聘用管护人员。

根据工程区森林资源的分布特点、所有权不同、管护难易程度、经济发展和嘎查村行政区域等因素划定管护责任区；明确管护责任，分别采取相应措施，对森林资源实施有效管护。护林员都按要求履行管护职责，并填写了管护日志。为了更好地保护森林资源，充分发挥护林员的作用，护林员被聘用后，必须参加由各地乡镇苏木林工站组织，林业局集中开展的法律、法规、执法能力和业务知识等内容的培训，培训合格者，颁发统一印制的《护林员证》，持证上岗。四是管护责任单位和管护人员签订了管护合同书，明确了管护人员的管护面积、责任和奖惩办法。通过森林管护基础设施建设和制度的逐步完善，管护责任制的全面落实，全市森林管护能力不断加强，能够及时制止和严厉打击破坏森林资源的违法行为。及时查处了乱砍滥伐、乱捕滥猎、乱占林地等破坏森林资源的行为，并积极预防和消除了森林病虫害、森林火灾等影响森林资源正常生长的不利因素，森林资源得到有效保护。

其三，国有场圃职工就业和“五险”落实。天保工程二期，全市共有1834人纳入社会保险范畴，涉及全市14个国有林场、9个苗圃、1个自然保护区和1个沙林中心。5年来，在国家政策的扶持下，坚持以人为本，积极拓宽就业渠道，优先安置国有职工到森林管护、公益林建设等岗位就业，提高职工生活水平；向困难职工宣传参险政策，解决在岗职工社会保险问题，实现应保尽保，使职工老有所养、病有所医。

其四，资金使用管理。2011—2015年国家共投入巴彦淖尔市57788万元，其中：基本建设资金22404万元，主要用于人工造林、飞播造林、封山育林，到目前，实际使用资金17923.2万元；财政专项资金35384万元，用于地方公益林管护、职工“五险”、标准化派出所建设及国有中幼林抚育，实际使用资金28307万元，资金到位率100%，完成率80%。未完成资金正在陆续支出。在资金的使用管理上：一是按照批准的实施方案执行；二是坚持专款专用制度；三是实行报账制度；四是严格执行审计制度。

其五，工程管理方面。为了进一步加强全市天保工程二期建设与管理，巴彦淖尔市成立了天然林保护和公益林管理中心，负责全市天保工程的组织实施和日常管理工作。各实施单位也相应成立天保办和天然林保护工程领导小组，并设专人从事此项工作，建立了比较完善的工作制度，自上而下形成了天保工程组织网络。各级领导经常深入基层检查，调研天保工程的进展情况，实地解决工程建设中存在的问题。为了确保工程任务的落实，市政府与各旗县区政府签订天保工程建设目标责任状，将天保工程任务纳入林业建设内容进行考核，旗县政府与旗县林业局层层签订责任状；将天保工程的建设目标、任务、资金、责任"四到省"延伸到"四到旗县"、到各实施单位，确保工程顺利开展。

其六，林木采伐管理方面。全市各地都严格执行国家限额采伐和采伐证、运输证发放管理制度，做到采伐手续齐全，凭证采伐。采伐证、运输证、检疫证齐全，方可采伐和运输，进一步强化执法力度，对木材运输证的使用、去向进行跟踪调查，对违反木材运输管理规定的，严肃追究直接责任人的责任；对乱砍滥伐、违法经营加工、违法运输木材和非法侵占林地的予以严厉惩处。森林资源管理严格执行项目申请、申报材料、审批程序、承诺期限、收费标准、规范合法的工作流程。

其七，工程档案信息管理方面。为加强和规范天然林资源保护工程和森林生态效益补偿档案的管理，提高档案利用水平，更好地为工程建设服务。依据国家林业局《天然林资源保护工程档案管理办法》的有关规定和要求，结合巴彦淖尔市天然林资源保护工程和森林生态效益补偿档案管理中存在的问题，2013年，市天然林保护和公益林管理中心与市档案局联合起草并出台了《巴彦淖尔市天然林资源保护工程和森林生态效益补偿档案管理实施意见》，统一了全市各地工程实施单位档案建设标准，形成了一套比较规范的档案收集、立卷、归档、查阅等制度。初次实现了全市天然林资源保护和森林生态效益补偿档案电子化、科学化、规范化、统一化。

其八，政策宣传方面。天保工程是一项得民心、顺民意的生态建设工程，也是一项涉及面广、政策性强、能够切实解决国有场圃困难的系统工程。为了使工程顺利实施，各实施单位根据自己的实际情况制定了适合工程实施的各项管理办法和制度，指导工程的顺利实施。为了得到社会各界的广泛支持，为了加强森林资源管护工作，市、旗县区两级政府和林业部门非常重视对天保工程政策措施的宣传，采取集中培训、发放宣传画册和充分利用电视、报纸、电台、网络等多种媒体，大力宣传天保工程各项政策措施，取得了成效，使国家政策深入人心，得到全市人民的广泛共识和大力支持，为工程实施创造了良好的社会氛围。

2. 森林生态效益补偿

其一，补偿情况。中央财政森林生态效益补偿制度于 2009 年在巴彦淖尔市启动实施。当时，全市纳入补偿范围的国家级公益林面积为 545.1 万亩，中央财政补偿标准为每年每亩 4.75 元，年补偿资金为 2589 万元。到 2015 年，全市纳入中央财政森林生态效益补偿范围的国家级公益林面积为 1123.95 万亩，占全市国家级公益林总面积的 95%。全市中央财政年森林生态效益补偿资金为 1.5024 亿元。截至目前，全市补偿资金全部采取“一卡通”的方式将补偿资金发放到农牧民手中，兑现率达 96% 以上。森林生态效益补偿制度的实施，使巴彦淖尔市纳入补偿范围的 1000 多万亩公益林得到有效保护。

其二，建立健全工程管理的各项制度。制定了《巴彦淖尔市天然林保护工程和森林生态效益补偿检查验收办法》和《巴彦淖尔市森林生态效益补偿管理办法》。各实施单位、政府部门结合实际情况也制定了相应项目实施管理办法和相关规定，为工程建设提供了必要的政策保障，使工程管理趋于科学化、规范化、制度化。

其三，落实任务，从严管理。一是落实任务，实施单位将上级部门下达的补偿面积全部落实到小段地块，并合理划定国家级公益林管护责任区，把管护任务落实到各实施单位和具体管护人员；二是建立国家级公益林管护责任制。实施单位与管护责任单位签订管护合同，管护责任单位与管护人员签订管护合同，制定了奖罚机制，严格考核；三是进一步加强森林防火和林业有害生物防治工作，加大对乱砍滥伐林木、乱捕乱猎野生动物等违法行为的打击力度，千方百计保护森林资源。

紧紧围绕《乌兰布和沙漠综合治理规划》，大力发展人工接种肉苁蓉、酿酒葡萄、菊芋、饲草料、沙漠生态旅游及太阳能发电绿色能源等沙产业。截至2015年末，已有132家企业入驻乌兰布和沙漠，呈现出“百花齐放”之势。王爷地、游牧一族、北京金沙等50多家民营企业及个人参与肉苁蓉产业发展，拥有18.8万亩梭梭林资源，人工接种肉苁蓉9万亩，已发展成为集生态治理、苁蓉原料生产、技术研发和产品加工销售为一体的产业链条。研发的苁蓉系列饮品、苁蓉茶、苁蓉酒等作为地方特色产品远销区内外，出口到日本、德国等国家，年产值过亿元。帝泰、诺民、尧舜、兴套川等19家公司进驻乌兰布和沙区发展酿酒葡萄产业，葡萄种植面积达1.4万亩，投资过亿元。另外，以内蒙古圣牧高科草业有限公司为首的年产有机苜蓿17.5万吨饲草料基地建设已经初具规模。电投、神舟、国电、山路等多家企业进驻沙区，规划建设10万亩清洁能源输出基地，形成集工业硅、多晶硅、单晶硅切片和电池组件制造、应用、销售于一体的光伏产业链。以纳林湖、万泉湖、奈伦湖、沙漠风情、黄河三盛公水利枢纽工程、阴山岩画、阿贵庙等自然景观和人文景观为代表的生态旅游业日渐兴隆，“十二五”期间旅游人数达到51.5万人次。饮料、制药、中药材、沙制建材、种植养殖等产业也正在兴起。

巴彦淖尔市政府出台了《加快乌兰布和沙区酿酒葡萄产业发展实施方案》，对酿酒葡萄种植面积达到200亩以上、成活率达到90%以上的企业，并完成架杆设置以及建成良种繁育基地的种植单位，经市财政局、林业局和治沙局等部门验收合格后，每亩一次性补贴500 ~ 1000元。

2016年开春的一天，在巴彦高勒纪检书记周红权和该镇沙拉毛道嘎查书记刘庆林的陪同下，我们在巴彦淖尔市与阿拉善盟结合部位的黄河护岸大堤18公里处的滞洪闸，向北驶向奈伦湖东岸。这条黑色的油路飘向西北46公里与东西向的另一条穿沙公路——“黄阿线”形成“丁”字形，沿途可见一大片葡萄基地。刘庆林书记告诉我，该基地是北京太阳公司投资建设的。

两条公路交汇处，是在远离磴口县城将近30公里的地方。这一带，我是很熟悉的，少年时，我曾因生计多次涉足这里。那时的沙漠都在十几米、几十米高，

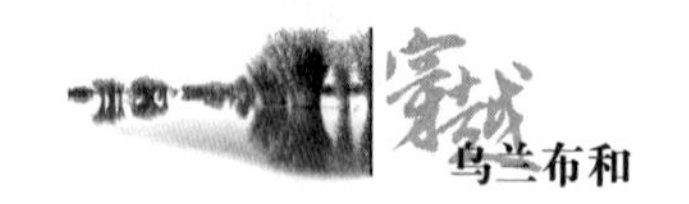

如今，10米以上的沙丘已经看不到了。公路两边已经绿化，由近而远，尽眼瞭望，各种植物鳞次栉比：梭梭、花棒、沙竹、柠条、沙蒿……看得人心中特别舒服。刘书记介绍：这些植物与生俱来分3种形式——天然的、人工的、飞机播种的。

人进沙退，随意流动的沙丘渐渐安静下来。

伊诗兰雅公司与巴彦淖尔市林业局进行股份合作，在乌兰布和沙漠腹地建起占地3500平方米的自动控温、无土栽培、年产优质苗木300万株的高智能温室大棚一座。

磴口县个体户杨林承担县林业局两项科研试验示范项目，即1500亩的黄柳、沙柳生物再生网障造林和450亩的新树种引进和新优品种经济林培育，减少了林业主管部门科研试验土地、人工方面的投入，扩大了造林育苗试验面积。非公有制经济介入营造林事业，拓宽了林业科技研究应用新空间，引入了私营企业市场化经营、公司制管理的先进管理经验，从根本上弥补了单一国有林业计划经营管理模式的不足，加速了巴彦淖尔林业科技的发展和经营管理方式由低层次向高层次的转变。

杭后旗供销社下岗职工郝文忠则与北京市晓勤苗木有限公司合作，筹资100万元在乌兰布和东缘磴口公地、杭后召庙培育城市街道绿化树种大叶金丝垂柳1100亩。在拉动地区造林绿化事业快速发展的同时，又给当地闲散人员提供了就业机会，吸引、转化了农村牧区相当数量的剩余劳动力，增加了农牧民收入。

第五章

中国林科院：48 万亩沙漠实验基地

要全面反映乌兰布和沙漠今昔巨变，有一个单位，不得不多加着墨，从头道来。

这个单位是副司局级的“中国林科院磴口沙林中心”。

2012年秋和2013年春，为了准确地描述乌兰布和沙漠的历史变迁，我曾两度从银川市到磴口县，在时任沙林中心副主任李永义先生的陪同下，一竿子插到底，访问了分布于乌兰布和沙漠中的4个分场中的3个。

李永义，1977年从呼和浩特市消防队退伍，是组建中国林科院磴口实验局的第一批“治沙勇士”，是将青春热血、毕生精力献给防沙治沙事业的专家、学者和领导。

据李永义介绍：“中国林科院磴口沙林中心”的前称为“中国林科院磴口沙漠实验局”，该局由巴盟治沙综合试验站等数家单位集结而成。

1959年，全国第一次治沙会议在呼和浩特市召开，在会议精神的指导下，巴盟治沙综合试验站于同年3月建立，其任务是开展治沙造林科学试验。1963年底更名为巴盟林业治沙研究所。1969年3月，被北京军区内蒙古生产建设兵团接收为一师一团“六连”、“七连”。1975年生产建设兵团移交地方，改为农场建制，“六连”、“七连”为乌兰布和农场四分场。1975 年 10 月，巴彦淖尔盟恢复建立巴盟治沙综合试验站和巴盟治沙工作站，两个机构一套人马，试验场地址选择在“红房子”、“后海子”，过去林业治沙研究所的一些老专家、老领导逐步被吸纳归队。

根据 1978—1979 年全国科学技术发展规划纲要《建立若干农、林、牧、渔现代化综合科学实验基地》的要求，1978 年初，国家林业部就在全国建立了 4 处林业现代化综合科学实验基地，以探索不同类型地区林业现代化途径、方法、内容和规律问题，与有关省、自治区协商，并与 5 月 4 日报请国家科委审定。1979 年 3 月 15 日，国家农委和国家科委批准建立 11 处农、林、牧、渔现代化综合科学实验基地，内蒙古磴口“三北”防护林现代化综合科学实验基地即属于其中之一。1979 年 5 月，中国林科院成立工作组，由杨子争副院长带队到内蒙古自治区与有关方面的负责同志就基地名称、范围、领导体制和分工等问题进行了充分协商，并成立了由内蒙古自治区林业厅厅长哈伦任组长，中国林科院高尚武研究员和自治区林业厅道尔基副厅长任副组长，巴图、刘汝华、李克强、朱维新等 7 人组成的基地筹建领导小组。由中国林科院、内蒙古自治区林业厅、巴彦淖尔盟公署三方签订了《关于建立沙荒防护林体系综合科学试验基地协议书》，并于 6 月 15 日上报林业部。7 月 11 日，林业部予以批复。按照“三方协议书”规定，中国林科院着手进行磴口实验基地的筹备工作。由中国林科院和内蒙古自治区林业厅共同编制了基地计划任务书，呈报林业部，8 月 17 日，林业部将计划任务书转报国家计委。8 月 23 日，经林业部批准成立了中国林业科学研究院内蒙古磴口实验局。10 月 23 日，林业部根据国家计委指示，对计划任务书做了批复。中国林科院 10 月 27 日转发批复给实验局。实验局实行以中国林科院为主和内蒙古自治区林业厅双重领导。实验局的基本方针和任务是：研究解决干旱区林业建设中有关科学技术问题。基地根据自己的特点和条件以中间试验为主，运用先进的技术装备，应用和推广国内外先进技术，采用科学的生产方法和管理方法，结合生产开展综合科学试验，大幅度提高劳动生产率和土地利用力，以及探讨经济体制的改革，为建设“三北”防护林体系提供科学依据和创造性经验。

1978 年 6—10 月，中国林科院委托内蒙古自治区林业勘察设计院深入乌兰布和沙漠东北部地区进行了林业资源调查工作。同年，邀请国家民航第二航测中队对该地区进行了航测。

实验局范围在磴口县境内，乌审干渠以西，建设一干渠以南，君土滩以东，索音子滩、莫来以北，总控制面积 3.1 万公顷。其中包括原巴盟治沙综合试验站、乌兰布和农场四分场、磴口县乌兰布和林场一分场，以及四分场与一分场之间的 1.3 万公顷流沙和半固定沙地。

李永义特别指出，为组建实验局做出特殊贡献的两个老前辈不能忘记：

一个是高尚武先生。作为中科院沙漠考察队队长，高先生于 20 世纪 50 年代初就来磴口工作，对西部地区的沙漠相当熟悉。特别是对磴口实验局的组建起到了非常重要的作用，他从治沙专家的角度，充分阐述组建磴口实验局的重要性，有关部门的领导采纳了他的意见。高先生长期在西部沙漠地区工作，不畏艰苦，又亲自主持课题并取得重要的科研成果，是科技工作者的楷模和榜样。实验局组建以后，他在第二实验场主持开展了国家攻关项目“大范围绿化工程对环境质量作用的研究”。1990 年，该项目被林业部鉴定为国家领先水平并获得林业部科技进步一等奖。这一课题在实验局实施并完成，大大提高了实验局的声誉，而且这一课题的完成大大地锻炼了实验局的科技队伍，中心科技人员的科研水平有了大幅度的提升。

另一位是马维荣副局长。马维荣是原巴盟林业处副处长、巴盟治沙站站长。20 世纪 50 年代他曾担任巴盟治沙站副站长，当时，巴盟治沙站站长是由盟委副书记、副盟长杨力生兼任。巴盟治沙站是处级建制。实验局组建后，马维荣担任磴口实验局副局长，1981 年调阿拉善盟任盟林业局局长。马维荣为磴口实验局的组建付出了相当大的心血，他是具体跑这个项目的，从 1976 年起，他始终忙于这个项目的筹备、筹建工作。马局长是回族，长期在外出差，生活极不方便，每次出差总要带好多炒面、烙饼之类的食品。到了北京，清真饭店也不是那么随意就能找到的。但马局长克服了许多困难，与当时的国家林业总局的领导、国家科委的领导进行磋商联系，努力把组建、成立实验局的事情办好，工作非常认真负责。马局长没有官架子，常常与普通群众打成一片，他与普通员工在一起生活，在一起劳动。1976 年开挖红房子引水渠时，他与工人一起肩挑手扛，马局长以身作则，身先士卒，给大家鼓起了干劲，使这条引水渠在较短的时间内顺利完成。

实验局是在原巴盟治沙站、乌兰布和农场四分场、磴口县乌兰布和林场一分场合并的基础上建立起来的。当时成立时共有职工 418 人，其中各专业科技人员 58 人。在中国林科院的领导下，边组建边开展各项试验研究工作，他们认真总结以往的治沙经验，坚持以中试为主，大面积中试与小区试验相结合，从研究干旱沙区营林技术为主,林牧农相结合,以种树种草改良沙区生态环境为主，治理改造、利用沙漠相结合的方针，紧紧围绕示范和推广这一中心任务，提高示范区的建设质量，扩大示范影响，稳步推进各项研究工作和建设工作。

亲历了实验局组建初期艰难创业的李永义这样回忆：

当时的科技人员主要是 20 世纪五六十年代初期毕业的大中专毕业生刘德安、于兆璐、李宗然、段耀芳、郭利选、海玉生、田玉林、曹玉印、刘淑华等一批优秀科技人员，当时的条件是非常艰苦的，到实验场工作，骑自行车下去，路又不好走，有的同志还不会骑自行车得步行下去工作。当时的实验局仅有两个实验场，现在的一实验场是在原巴盟林业治沙研究所的基础上扩展的，包括后来的红房子、后海子、南大滩、西大滩；现在的二实验场当时只有霸王区，也就是郭恒耀现在当作业区主任的这个区，其余都是实验局成立后扩展和开发的。当时的生活条件非常差，吃的是玉米面、钢丝面，住的是简易房，冬天冷夏天热，夏天地表温度四五十度，有时白天热得干不成活就晚上干。特别是机械队的小伙子们，为了抢时间，换人不换车，连续作业，为的是尽早开发出实验用地。全场职工发扬艰苦奋斗、不怕苦不怕累的精神。在开挖二实验场引水渠的过程中，全场职工齐动员、齐上阵，机械推、人工挖，肩挑手挖，历时 20 多天，开挖了 7.5 公里引水渠，使新开垦的实验地及时得到浇灌。在开发二实验场的过程中，实验局的领导层、管理者们付出了相当大的心血，他们与全体职工吃住在工地，一起劳动，给了广大职工极大的鼓舞。实验局副局长、二实验场场长段耀芳当时已经是50多岁的人，他长期坚持在一线工作，下地检查作业情况，围绕二实验场一转就是几十里地，非常辛苦。领导做榜样，大家干劲倍增，各项工作都及时顺利完成。有位职工在开发二场的过程中还奉献出了自己年轻的生命。二实验场的开发对“大范围绿化工程、对环境质量的影响的研究”课题安排和顺利实施奠定了非常好的基础。第三实验场始建于1994年10月份。在当地政府“再造一个河套”的口号影响下，乌兰布和沙漠土地开发热兴起，这片土地早已被杨志敢和五原县农民张晓琪开发。为了收回这片土地，在上级主管部门的关心支持下，在当地政府的支持和帮助下，实验局决定建立第三实验场，实验场范围就在这片被开发的土地上。局领导班子与开发者经过长期谈判，最终将这片土地收回。要开发、建立一个实验场，首先资金遇到了困难，因为不但要继续按照实验场规划进行开发，还要给原开发者进行补偿。适逢当时国家有农业开发项目，经班子研究确定，三实验场的开发走农业开发的路子，从地方上争取资金，也就是把三实验场开发列入巴盟农业开发项目。经与地方政府协商，同意将三实验场列入巴盟农业综合开发项目，作为一个项目区对待，由实验局和巴盟农业开发办共同开发。项目区总开发面积2万亩，因而就形成了今天这样的格局。三实验场主要从事沙区宜垦荒地高效开发利用的研究，为生态危困区移民扶贫开发提供技术和经验支持。第四实验场是1996年规划、1997年建立的，创建初衷是探讨井灌条件下的树种、农作物栽培试验，以后又争取德国援助项目，成为中德联合投资的荒漠化防治示范农场，再后来又把种苗工程沙生植物区纳入该场。在三场、四场的建设过程中，广大科技人员发扬了不怕苦不怕累的精神，大家心往一处想、劲往一处使，一心为尽快完成建设任务出谋出力，劳动力紧张时，机关全体干部参加春季植树造林，有时采取军民、警民共建的方式投入到三、四场的建设当中。特别使大家感动的是，中国林科院林研所的周士威专家，与职工一起吃、一起住、一起布置科研项目课题，1995年的那个春天始终和大家工作、生活在一起。他的脸被风沙吹成了紫红色，嘴上起了大泡也没有任何怨言，大家劝他休息几天，但周先生却说没什么，依然和大家挤住在环境极简的简易工棚里，第二天又照常出工。三场造林任务大，二场的职工、农户来帮忙，大家齐心协力，全力以赴，顺利完成了春季造林任务。中国林科院林业所黄铨先生卸任所长后，来到沙林中心搞研究，他是 1987 年来沙林中心搞“沙棘遗传改良”研究工作的，经过十多年的潜心研究，“沙棘遗传改良的研究”于 1996 年获得林业部科技进步一等奖，1998 年获得国家科技进步一等奖。之后他不顾自己年过花甲，继续承担了“沙棘优良品种推广”项目，为沙棘在全国各地大面积良种化推广做出了重要贡献。

1990 年，实验局更名为“中国林科院沙漠林业实验中心”。

经过几十年的建设，沙林中心初具规模，在乌兰布和沙漠中展现出了一片片绿洲。沙林中心一边开垦建设，一边开展科学研究、科学实验，20 世纪 80—90 年代，在基地安排设置 26 个研究课题。通过科学研究开展综合试验，绿洲面积不断扩大，原来贫瘠的土地开始变成具有一定生产力的土壤，生态环境由恶性循环向良性循环转变。国家有关部委、内蒙古自治区以及所在地的领导多次来基地视察指导。沙生灌木容器育苗造林技术现场会、固沙造林技术现场会都曾在基地召开。内蒙古林科院速生丰产林研究项目的专题论证，以及磴口县杨树速生丰产林基地建设可行性研究的论证也都在沙林中心召开。

这一时期，先后来中心参加科研课题和科研学术活动的专家有中科院兰州沙漠研究所的赵兴梁，中国林科院高尚武、马长耕、周士威、朱灵盖、顾万春、马文元、张毅平、刘建华等 26 位专家学者，沙林中心直接从事科研工作的有 28 位专家及科技人员。进入 20 世纪 90 年代后期，沙林中心的年轻科技人员在老一辈科技人员的精心培养和自身努力奋斗下，迅速成长，成为基地建设、课题研究、项目主持的主力，他们或是参加林业所课题项目，或是自己申请项目主持课题，均圆满顺利完成了各自承担的项目，在完成课题项目任务的同时，自己也得到了锻炼，提升了能力。像王玉魁、王志刚、党景中、贾玉奎、郝玉光等，他们都先后成为中心的领导、课题研究和项目主持的骨干，有的还成为林业系统的青年先进人物，受到有关部门的表彰。搞林业和荒漠化防治的科技人员长期工作在基层，工作在环境艰苦的荒漠地区，非常辛苦，他们蹲得下来、

留得下来，坚持在一线工作，靠的是一种理想，靠的是一种信念——那就是坚持了自己当初的选择，这种选择是自愿的也是无怨无悔的。搞林业、搞治沙就是要吃苦的，既然选择了这一行，就要为干好这一行而奋斗。

沙林中心在沙漠的腹地建成了全国最大的集科研、示范、推广于一体，树种丰富、结构多样、功能较为完备的人工绿洲科学试验基地，总面积6000公顷，其中建成灌溉绿洲1200公顷，稳定居住人口2180人。土地生产效益与未开发前荒漠牧业生产效益按可比价计算提高了300多倍。基地先后承担国家及林业部重点攻关、国际合作课题59项，获得国家、省部级奖励成果10项（次）。取得的重大科技成果所呈现的生态效益、社会效益和经济效益得到国内外学术界的认可，为我国北方沙荒地区水土资源开发利用提供了科学依据和宝贵经验。

沙林中心近30年持续开展的监测工作，获得了地下水动态监测数据、荒漠与绿洲内部气象观测数据、大气降尘及风沙流运动数据资料，为我国荒漠化监测与科学研究积累了丰富资料。数据来源于沙林中心建立的“乌兰布和沙漠生态定位监测站”，该站分别设有荒漠和绿洲对应的两个气象观测站、8个风沙流定位观测场、6眼地下水动态监测井。该监测站同时被列入全国生态林业工程功能监测网络。该监测站在本区域开展生态林业工程建设信息管理系统、效益观测与评价技术研究工作。2000年，被列入国家林业部全国荒漠化典型地区监测站，为监测网络长期提供植被、土壤、气象等荒漠化监测数据。同时，开展了大范围绿化工程对改善环境质量作用的系统监测和研究。通过长期大尺度的对比观测试验获得的大量物理化学数据表明：防护林体系建设和人工绿洲的形成对环境质量具有明显的改善作用，防护林保护下的绿洲开发区内部，多吸收短波辐射10%～20%；7月前后可降低大气蒸发量30%～40%；降低绿化区中部风速37%；改变了风沙流结构，林网内沙尘输移减少80%；来自远方上风区的降尘减少40%；大气浑浊度降低35%。研究取得的定量指标是我国治沙史上前所未有的，为同类地区防护林建设和综合开发提供了理论依据，也为评价“三北”防护林的生态效益提供了宝贵的科学数据。

沙林中心精心营建沙旱植物种质资源库，为全国防治沙治提供了丰富的优良种质材料。以“优良沙旱生植物引种”课题为基础，沙林中心建立了“沙旱生植物园”，引进沙旱生植物 159 种，目前保存 134 种；建有沙生灌木母树林 5000 余亩。其中，引种驯化的优良沙旱生灌木 70 余种，并筛选出 20 多种乔木和 30 多种灌木推广造林，进行了 50 余种杨树抗性品种（包括抗食叶、抗天牛和抗盐碱）的对比试验。沙林中心是全国沙棘核心育种区，已选育出乌兰沙林、橘丰、橘大、草新 1 号、草新 2 号、森淼、红霞、乌兰蒙沙 8 个优良品种。目前，沙棘良种已推广到全国 15 个省、自治区、直辖市，提供优良无性系种苗 15 万株、优良实生苗 32 万株，为沙棘在全国各地大面积良种化繁育、造林做出了巨大贡献。2000 年，中国林科院干旱半干旱优良沙旱生乔灌木种苗基地在沙林中心建成，占地 102 公顷，包括高新技术区、苗木繁殖区、良种收集区，为西北地区生态建设繁育多种水土保持树种、治沙树种、防护林树种、经济果木和观赏树种苗木。 除此之外，沙林中心还设有国家林业部植物新品种测试中心磴口分中心，承担我国西北干旱区林木新品种测试任务，承担正在启动的国家重大项目“中国森林植物种质资源库建设”中的“沙生植物种质资源库建设”，计划收集、保存 110 种沙旱生植物种质资源对其测试评价。

沙林中心在乌兰布和沙漠边缘建起防风固沙林带，为磴口县及河套平原构筑了绿色生态屏障，阻止了本区段风沙入侵黄河，有效地保护了包兰铁路、110 国道的畅通。沙林中心累计营造各类试验示范林 4500 公顷，在防护林体系建设方面创建了磴口模式，对同类地区林业建设起到良好示范作用。他们通过三个层次进行建设：一是绿洲外围建立封沙育草区，主要固沙植被为白刺—油蒿灌丛；二是在绿洲上风部建立防风固沙、阻沙区，选用极耐旱、耐沙埋的树种梭梭、花棒、沙枣等，营造人工林带，阻止流沙向绿洲内部侵入，沙林中心结合国家攻关课题——“乌兰布和沙漠防风固沙林体系优化模式的选定与实验示范区的建设”研究，通过营造不同树种规格的林带、片林进行固沙阻沙效能的测定，筛选出阻沙、固沙林的优化组合模式进行推广；三是在绿洲内部建设农田防护林网。沙林中心结合国家攻关课题“大范围绿化工程对环境质量作用的研究”、“林带防风效应的实验”，提出了建设指标。通过科学方法造林形成的效果十分显著，

不仅有效地改善了环境，还使绿洲内种植业效益逐年提高。

沙林中心是我国提高履行联合国防治荒漠化公约能力建设的一个重要组成部分，也是亚非荒漠化防治监测与信息网络的信息源基地。1997—1999 年，沙林中心承担了联合国防治荒漠化公约能力建设项目，在防治荒漠化、农牧民业务技能培训和增强农牧民防治荒漠化意识方面做了大量工作，成绩显著，获得了联合国官员的高度评价。1998 年，沙林中心与韩国林科院联合开展了“黄沙抑制工程式”研究，并取得阶段性成果。2000 年，沙林中心配合中国林科院资源信息所与日本京都大学联合开展“亚洲荒漠化监测与评价”研究。德国友人赛德尔夫人从 1998 年起至她辞世，曾两渡重洋来中心考察，与中心联合共建了沙林中心第四实验场，共为沙林中心的荒漠化防治事业无偿捐资 120 万元，中国政府授予她 2004 年度国家友谊奖。

沙林中心发挥其技术优势，为六大工程建设提供了程度不同的科技支撑。沙林中心与所在地的天保工程实施区的林业部门加强合作，并成为“三北”防护林体系建设工程的主要科技示范点；在退耕还林还草工程中，中心参与了国家林业部退耕还林（草）局领导示范点内蒙古卓资县项目区工作，所承担的新品种引进示范工作已取得初步成效，得到当地政府和群众好评；在京津风沙源治理工程建设中，广泛应用了沙林中心在防沙治沙方面取得的成果和经验；在野生动植物保护及自然保护区工程建设中，国家林业部已同意在包括沙林中心在内的中国林科院下属各基地建立部级自然保护区；在重点地区以速生丰产林为主的林业产业基地建设工程中，作为中国林科院在西北干旱沙区唯一的一处中试基地，经沙林中心基地中试的速生品种在气候和土壤适应性方面具有良好的地域代表性和可靠性，为西北灌溉绿洲防护用材两用林建设提供速生优质林木新品种。过去的 30 多年，沙林中心创业、奋进、改革、发展，取得了可喜的成绩，这些成绩的取得是几任班子、几代专家学者和广大职工共同努力奋斗的结果，它传承着老一辈科学家求真务实、锲而不舍的科学精神和艰苦创业、勇于奉献的社会责任感，也展现了当代沙林人开拓进取的精神风貌，它将激励我们以科学发展观与现代林业理论为指导，坚持把科研、创新、人才作为今后中心发展的根本，继往开来，与时俱进，加强科技创新与合作，促进科技成果的转化推广，努力把我们的林业科研、荒漠化防治事业做好。

沙林中心新一届领导班子全面系统地总结分析了沙林中心的过去、现状以及将来发展的前景方向，结合沙林中心实际，提出了沙林中心当前和今后一个时期“实现一个目标，抓好六项建设”的总体发展目标。一个目标即国内一流的防沙治沙试验示范基地。六项建设：建设好乌兰布和荒漠监测站；建设西北干旱区林木新品种测试中心；建设优良沙旱生种质资源库；建设困难立地条件造林样板基地；建立高素质人才队伍；建设和谐沙林。这为沙林中心今后发展指明了方向、找准了定位。

这个地区盛行西北风，风把沙丘塑造成形态各异的曲线优美的梦幻般的世界，比如月牙形的沙丘活泼奔放，网格状的含蓄深沉，抛物线的藕断丝连，金字塔的八面玲珑，大自然给人以无限的耐人寻味的遐想。沙林人，在这片热土上经风的吹蚀、沙的历练，与沙与风有着难解的情缘，他们热爱这片热土，离不开沙尘的洗礼。与此同时，沙漠也塑造出沙林人的坚韧与顽强，沙林人也创造出了地球上最美丽动人的绿色和希望。

沙林中心在沙漠的腹地建成了全国最大的集科研、示范、推广于一体，树种丰富、结构多样、功能较为完备的人工绿洲科学试验基地，总面积 600 公顷，其中建成灌溉绿洲 1200 公顷，稳定居住人口 2180 人。基地先后承担国家及林业部重点攻关、国际合作课题 59 项，获得国家、省部级奖励成果 10 项（次）。取得的重大科技成果所呈现的生态效益、社会效益和经济效益得到国内外学术界的认可，为我国北方沙荒地区水土资源开发利用提供了科学依据。

沙林中心先后获得了全国绿化委员会授予的“全国绿化先进单位”，全国绿化委员会、人事部、国家林业部联合授予的“全国防沙治沙先进集体”称号，中心还被评为“内蒙古自治区精神文明建设先进单位”。沙林中心有 1 人获得国务院颁发的政府特殊津贴，1 人获全国防沙治沙先进个人，1 人获全国优秀林业科技工作者荣誉称号，有 5 人获得国家林业部科技推广荣誉证书。

词曰：

黄沙东来我挡住，三代治沙人物，顶风吸土志不移，甘为后人不言苦。

沙化如虎，引水植树。锁住黄龙，沙丘变绿洲。

第六章

朝阳产业：沙漠旅游

磴口县是河套地区的小县，人口少、财力弱，“十二五”以来，县委、县政府将旅游业作为战略性支柱产业加以发展、推进，不断加大投入，加快旅游基础设施建设步伐，改善旅游投资环境，加大招商引资力度，加强旅游宣传促销，城市面貌、交通状况、生态环境、对外宣传及旅游景区建设都有了长足的发展，对旅游业的地位作用有了新的认识，旅游业作为国民经济新的增长点的作用明显显现，旅游产业正逐步从第三产业的支柱产业向国民经济战略性支柱产业过渡。“十二五”期间，磴口县旅游业呈现快速增长态势，累计接待游客312.5万人次，实现全县旅游综合收入达10.27亿元。

县旅游局分管宣传的副局长袁瑞琼女士介绍说：

首先以规划为抓手。全面统筹县域旅游产业发展，高度重视旅游规划的编制工作，多方筹资完成了纳林湖生态休闲旅游区总体规划和修建性规划、万泉湖景区总体规划、纳林小镇和黄河渔村总体规划的编制工作，并顺利通过评审；阿贵庙景区总体规划初稿也已编制完成；同时，一批农家乐、牧户游等乡村旅游项目可行性研究报告相继完成。

其次以改善旅游交通环境为重点，加快旅游道路建设及道路两侧的美化、绿化工程。先后修建了通往纳林湖、黄河三盛公景区、阿贵庙、奈伦湖、万泉湖等重点景区的道路300余公里；实施了纳林街6公里二级油路和景区3公里环湖路建设，以及连通王爷地至哈腾套海农场至乌兰布和农场环路18公里三级油路；在贯通景区的各大道路两侧绿化造林，在穿沙公路两侧建起了长46公里、宽10余米的绿化带，在沈乌闸通往奈伦湖的17公里沿黄堤防路两侧共栽植金叶榆2万余株，形成了亮丽的景观带，南湖和北海湿地公园及周边栽植了高低错落、大小各异的各类树种10余种，苗木2万多株，使沙、水、绿、文化四大主题建设起到了明显成效。

再次以加快重点景区建设为突破口，加大对纳林湖、黄河三盛公、阿贵庙等重点成形景区投入力度，积极开发体验型项目。在重点景区项目的带动下，以万泉湖、奈伦湖等新型景区和纳林东湖、乌兰布和西湖、金马湖、二十里柳子度假村等为代表的生态观光农庄、乡村旅游接待户等纷纷加快了建设步伐。

“十二五”期间，全县旅游景区建设累计投入资金达到了5亿多元，旅游产业整体呈现良好的发展态势。

经过5年的整体打造和项目带动，全县旅游景区、宾馆饭店和乡村旅游接待户品质不断提升，评星晋级工作取得了实质性突破。一是A级景区创建工作成效显著。现有国家4A级景区1家：纳林湖；3A级景区3家：黄河国家三盛公水利枢纽风景区、冬青湖、蒙牛乳业工业游；2A级景区4家：云海秋林、镜海旅游度假村、磴口县博物馆、游牧一族苁蓉生态园。二是乡村旅游接待户评审工作取得实质性进展。现有自治区四星级乡村旅游接待户4家：阿贵山庄、纳林东湖、乌兰布和西湖、游牧一族苁蓉生态园；三星级乡村旅游接待户4家：金三角荷花岛、人民公社大食堂、镜海旅游度假村、沃湖度假村；自治区休闲农牧业与乡村牧区旅游示范点1家：云海秋林。三是星级宾馆饭店评定工作实现了零的突破。四是旅游与文化的融合度进一步增强，文物保护单位在旅游业发展中的作用日益凸显。磴口县现有国家级文物保护单位3处：鸡鹿塞、阴山岩刻、朔方郡古城遗址；自治区级文物保护单位8处：阿贵庙、三盛公天主教堂、巴音乌拉石板墓群、沟心庙汉墓群等。

县内旅游企业规模正在不断扩大，旅游产业链条正在形成，服务功能不断提升，接待能力日益增强。以“百湖之乡、魅力磴口”为主题的旅游形象宣传日渐扩大，旅游客源市场逐步拓宽。一是旅游推介活动范围不断拓展，先后赴呼和浩特、包头、鄂尔多斯、乌海、阿拉善、银川、青岛等地进行了旅游宣传推介，参加了内蒙古中西部地区旅游推介踩线会，同时，充分利用县境的区位优势，加强与鄂尔多斯市、阿拉善盟、乌海市等周边地区的合作，在线路设计、资源开发和市场培育上加强区域协作，主动融到周边比较成熟的旅游圈和旅游带中借势发展。二是建立旅游交通标识牌和广告宣传牌进行宣传，分别建设了3个大型擎天柱旅游广告牌，在沈乌闸至奈伦湖沿线建设了旅游宣传道旗，完善了旅游交通道路标识系统。三是编制发放各类宣传品，印制了旅游宣传资料，拍摄了旅游风光片，制作了全县旅游产业建设纪实宣传片。四是发挥现代网络手段的宣传效应，建立了磴口县旅游官方网站，开通了旅游手机APP官方信息平台和“磴口旅游”微信公众平台。五是举办节庆赛事活动，开展了中国旅游日宣传促销活动，先后举办了2014年巴彦淖尔市纳林湖文化与旅游融合系列活动，首届“纳林湖杯”沙滩足球赛，首届“万泉湖杯”垂钓大赛和“万泉湖杯”龙舟赛，首届“金马湖杯”垂钓大赛等。通过大范围、多层次、立体化的宣传，使磴口县的旅游影响力不断扩大，形象不断提升，吸引了大批游客前来旅游观光、休闲度假。

一、三盛公水利枢纽：万里黄河第一闸

外地人来磴口县旅游观光，除了向西穿越乌兰布和沙漠进入阴山，体验大漠风情、佛寺胜景、岩画魅力、古寨沧桑外，还可以沿着黄河，体验书写磴口县的另一种风情——大河浩荡，三盛公水利枢纽就是这些风情中的王牌景点。万里黄河有若干个第一，诸如天下黄河第一桥、天下黄河第一瀑、天下黄河第一镇、天下黄河第一曲、天下黄河第一坝等等。但鲜有人知道，河套平原上的黄河三盛公拦河闸，是名副其实的万里黄河第一闸。每个沿黄河来到磴口县的游人都会发现，黄河之水到此放缓流速，并因此恩泽百万人，不由得再次对母亲河的含义加深了理解。任何一个旅游至此的人，任何一个对黄河心存敬畏的人，来到这里，没有理由不驻足礼敬，因为三盛公水利枢纽工程确实值得人们这样。从这个角度而言，它就不仅仅是一处旅游景点了，它会让你对黄河有另一层含义的理解。

如果你是从西向东进入巴彦淖尔境内时就会发现，黄河离开宁夏平原最北的石嘴山市惠农区后，进入内蒙古乌海市境内，两侧的阿拉善高地、乌兰布和沙漠和东侧的鄂尔多斯高原，像两条紧紧束在黄河腰身上的腰带，不仅使黄河在两边高地之间变得拘束，而且因两岸地势高而无法像在宁夏平原上那样自流灌溉，使得黄河行走于此无法浇灌出一片绿洲，两岸的枯黄使这一区域成了黄河的“伤疤”。

然而，当黄河流出乌海市 80 公里，横在黄河中间的一道大闸，不仅提升了河水在这里的积蓄高度，而且还浇灌出千万亩良田，成就了“黄河百害，唯富一套”的河套平原，拉开了黄河在河套平原上舒缓而富足的旅程。

如果整个河套平原是一幅美丽的画卷，那么，巴彦淖尔就是这幅画卷中最美丽、最核心的部位，横在黄河上的这道大坝就是这幅画卷精彩而诱人的开卷。这就是引黄灌溉面积最大的水上建筑，八百里河套上最壮观的黄河人文景观，在万里黄河上屹立了半个多世纪的大型工程——三盛公黄河水利枢纽工程。

站在滔滔河水被收束的大坝前，大家的耳边响起阵阵轰鸣声，自水闸中奔流而出的水声背后，掩藏着一段重要的黄河水利史。

1952 年，毛泽东视察黄河时发出“要把黄河的事情办好”的号召，从此，黄河治理成为新中国关注的一件大事。1954 年，国家聘请苏联专家和国内水电科技人员组成黄河勘察团，并成立了黄河规划委员会，编制出了《黄河技术经济报告》。专家们都在考虑，能否在河套平原上修建一个拦河大坝以提高黄河水位，利用黄河水浇灌两岸的土地。

1959 年，在位于巴彦淖尔盟（今巴彦淖尔市）的磴口县、伊克昭盟（今鄂尔多斯市）的杭锦旗，开始修建一项大型黄河水利枢纽工程。因为工程距离磴口县城所在地三盛公仅 2 公里，便称之为三盛公水利枢纽工程。这一工程从开始勘测到施工，得到了国家有关部门和兄弟省区的大力支援。苏联专家给予了具体的指导和帮助，黄河三门峡工程局先后派出工程技术人员和数百名老工人支援，国家还为这一工程培训了千余名岗位工人。三盛公水利枢纽完全显示了新中国成立之初我国水利工程建设的先进技术水平和施工水平，这一工程利用水势运行规律，成功地解决了库区泥沙淤积和渠道泥沙淤积问题，保证了枢纽运行安全正常，渠道畅通无阻。

1961 年 5 月 13 日，三盛公水利枢纽截流成功，万里黄河至此被截流。河水从这里缓缓流进两岸的良田，一条总长 228 公里的总干渠使河套灌区灌溉面积由过去的 290 万亩增加到 780 万亩，控制灌溉面积达 1700 万亩。它是亚洲最大的也是黄河上唯一的以灌溉为主的一首制引水大型平原闸坝工程，素有“万里黄河第一闸”之称，也是“亚洲第一闸”。

这里南距乌海市 83 公里，距银川市 265 公里，北距巴彦淖尔市市政府所在地临河区 60 公里，距包头市 200 多公里，交通十分便利。包兰铁路、110 国道、京藏高速公路都穿境而过，便利的交通条件和 300 公里范围内城市群成就了三盛公成为西北旅游线路的一颗新星。

从这里南望黄河，河面如一面平镜镶嵌在两岸绿树中，让人怀疑这不是黄河，而是一潭湖水；转过身北望，闸下公路大桥如黄龙卧波，桥下则是河水翻腾咆哮着一路往北而去；向右看，闸右是鄂尔多斯高原，一片广袤台地出现在视线内；向左看，闸左水力发电气势雄浑，蔚为壮观，构成一幅立体的黄河大写意。真是万里黄河，仅此一景！

黄河流经巴彦淖尔市 345 公里，灌溉出丰饶的河套平原，这座大闸可谓是最大的功臣。黄河水从这里被截流后，形成了东西长 228 公里的总干渠，三盛公水利枢纽工程便是总干渠这条血脉的心脏。它不仅仅是一座以灌溉为主，兼有公路运输、发电及工业供水、渔业养殖综合利用的闸坝工程，325.85 米的拦河闸巍然屹立在波涛滚滚的黄河上，成为八百里河套独特的人文景观，使这里成为河套引黄灌溉辉煌历史的展示台和了解河套悠久农业文化的窗口。

三盛公水利枢纽工程自运行以来，在农业灌溉、防凌防汛、工业用水、水力发电及交通运输等方面产生了巨大的社会效益和经济效益，为内蒙古西部地区国民经济、社会发展及生态环境建设发挥了重要的作用，是内蒙古自治区以及巴彦淖尔市“爱国主义教育基地”。先后有邓小平、彭真、江泽民、乌兰夫、程思远、钱正英等国家领导人来枢纽工程参观、检查、指导工作。

如今，由三盛公游乐园、三盛公水利枢纽工程、河套源度假村三个景区组成的黄河三盛公风情旅游区，已经成为巴彦淖尔功能齐全的大型旅游景区。2005 年 10 月，这里被评为国家级水利风景区，景区以黄河水利枢纽工程为中心。以三盛公游乐园、河套源度假村为两翼，形成了一条体现黄河文明和河套源头特色的旅游线路。据不完全统计，每年到此参观、考察、旅游的人数达 10 万人次之多。

二、怀抱沙漠，“千岛湖”里的探险天堂

提起“千岛湖”，人们很容易想起浙江的千岛湖。但在磴口县西南的黄河和乌兰布和沙漠握手的地方，就有一处“沙漠千岛湖”。

磴口县有一个奇特的景观，那就是黄河和黄沙的浪漫邂逅。沙漠伸进黄河

的沙水奇观是中国独一无二的，而黄河水在每年春季“涨河”时，黄河水位顿时提升，造成河水漫溢。在黄河边修建的泄水闸的调节下，河水缓缓流进西岸的乌兰布和沙漠，逐渐在沙漠中形成了一座座水中的沙岛，构成了中国旅游景观中独特的“沙漠千岛湖”。

这个地方叫刘拐子沙头，地名后面隐藏着一个故事。沙头在磴口县一带的沙漠高处，一个姓刘的腿脚残疾的男人生活在黄河边，靠摆渡为生。当年的治沙站就设在这里。饱受沙漠侵蚀之苦的刘拐子放弃了自己祖辈多年的摆渡生涯，投入到治理沙漠中。和他一样，很多磴口人当初都投入到了这场人和沙漠的较量中。如今，沙头四周遍布当初治沙者栽种的沙生植物，黄绿相间处，默默记录着磴口人和自然抗争的艰辛。刘拐子早已不在人世，但刘拐子沙头这个地名却被保留了下来。

如今，在这片黄河与沙漠握手的地方，一边是蒙古族牧人的简易房子及国家治理沙漠形成的防护林，一边是滚滚黄河水缓缓流过，几步之外便是自驾游体验沙漠魅力的最佳去处。

在世界著名的旅游胜地迪拜流传着这样一句话，登上迪拜的世界第一高塔，左边可以看到沙漠，稍微一转头就能看见大海，这样的一处地方吸引着全世界的游客不远万里去观看这一景致。而站在刘拐子沙头上原地不动，向西可以看见乌兰布和沙漠，稍一偏头向北就能看见黄河水经过泄水闸浇灌出的沙漠里的“千岛湖”，再一转头往东，就能看见黄河和乌兰布和沙漠浪漫接吻的景致。真是原地不动，就可以欣赏到三种绝妙景致。

如果再往乌兰布和沙漠里走，千万别以为那里是一片人迹罕至的不毛之地。经过长期治理，这里生长着旱生乔灌木 128 种，沙生植物种类更为繁多，这里造型独特，天然湖泊错落有致。茫茫沙海在这里延绵起伏，不仅动植物真实地存在着，也有时隐时现的海市蜃楼，构成了巴彦淖尔市旅游资源中的“沙漠天堂”。

风是沙漠最忠诚的伙伴，来自蒙古高原的风，常年吹拂形成了这里的中温带干旱气候，加上少雨，更使乌兰布和沙漠充斥着干燥的气息。风的力量使得整个乌兰布和沙漠南部多流沙，中部多垄岗形沙丘，北部多固定和半固定沙丘，这三种沙漠地貌给走进沙漠探险的旅游者以足够的视觉美感和探险享受。

1979年，中国林科院磴口沙漠林业实验局成立，此后，便在乌兰布和沙漠东北部一直从事以林为主的区域生态治理与开发，这种开发使黄沙的蔓延得到有效的控制。自1982年起，先后在绿洲外围荒漠区、绿洲边缘区、绿洲林网中心区建立地面气象站3座，目前有两个站一直连续工作，积累了大量的观测数据，为建立中国荒漠生态信息数据库提供了依据。

如今，经过几十年的治理，乌兰布和沙漠里办起了农场、林场，开渠引水，植树种草，已形成一条长150公里、宽30～50米的防风固沙带和封沙育草灌木植被带，面积约10万亩。如一道天然屏障，它们不仅有效地阻挡了风沙的东侵，而且成为黄色沙漠中的一条绿色绸缎。

三、三盛公天主教堂：见证河套沧桑

三盛公天主教堂，是八百里河套平原上至今保存基本完好且历史悠久的高大建筑之一。“三盛公”这个名字一定会让初步接触这里的人内心产生一个疑问：这个名字怎么来的？

是的，这个听起来有些洋味儿的名字有着它的历史渊源，它和前几年非常火爆的一部电视连续剧《乔家大院》有关。早在乾隆初年，晋商乔贵发为生计而“走西口”，在包头一个当铺当伙计。十余年后，乔贵发和秦姓同乡开了一个小字号商铺叫“广盛公”。这个小字号商铺经过具有经济头脑的乔贵发的悉心打理，终于在包头城内逐渐有了知名度，乔贵发后来将其改名为“复盛公”。

因乔家经商最注重诚信，复盛公生意日益兴隆。至乔家第二代掌门人乔致庸做东家时，复盛公已经是包头第一大商号，几乎垄断了整个包头市场。有句话说：先有复盛公，后有包头城。由于河套地区紧邻包头，又是历史上农业富庶之地，乔致庸自然不会放过复盛公在此开设分号的想法。当时乔家除在包头有11个生意点外，其他地方还有很多商号。当他决定要在当时属于阿拉善和硕亲王管辖地（今磴口县三道河子）开设商号时，就将这家以油坊为主的商号取名为“三盛公”，意为继承复盛公“买卖公平，昌盛发达”的商业宗旨。他派一位姓袁的掌柜来料理生意，三盛公的生意在河套一带很快就兴旺起来。

然而，就在三盛公的生意达到巅峰时，一场意外发生了。

从19世纪60年代起，西方传教士开始在巴彦淖尔一带传教。最初，内蒙古西南地区统一划为一个教区，由法国传教会的传教士管辖，1861年转由比利时圣母圣心会接管。当时，极力扩大传教范围的传教士显然带有明显的殖民色彩，他们的意图必定要和本土宗教文化产生冲突，而民族工业的代表无疑会受到冲击，信奉佛教的三盛公掌柜便成了这场宗教冲突乃至政治意识形态较量的浪尖之人。

1875年，经阿拉善亲王同意，比利时神父德玉明开始在磴口县一带传教，他们凭借强大的政治后台和雄厚的经济力量，购买了三盛公油坊的部分房屋，随后采取一些政治和商业策略，摧毁了“三盛公”商号的商业声誉，导致“三盛公”商号渐渐垮了。比利时神父德玉明凭借着阿拉善亲王给予的特殊政策和自身的努力，在巴彦淖尔境内的传教活动取得了不小的成绩，他将这种“胜利”上报给梵蒂冈教廷。1883年，梵蒂冈教廷将蒙古教区分为三个教区，三盛公一带被定为西南蒙古教区的主教座堂，由比利时圣母圣心会负责，德玉明为第一任主教。德去世后，第二任主教韩默理因在土默特右旗的二十四顷地教务较兴盛，便将主教座堂迁往二十四顷地。

1891年，主教韩默理主持建造三盛公教堂，设计者为荷兰籍神父兰广济。所用木料、砖石等建筑材料全部从甘肃、宁夏等地经黄河水运至此，教堂于1893年落成。教堂的结构为西洋哥特式风格，高10米，占地675平方米，顶部建有钟楼一座。教堂中矗立着两排14根、直径为30厘米的红漆高柱。36扇尖拱形的玻璃窗户保证了教堂内光线充足。这些窗户上的玻璃，原为带有图案的小块五色玻璃，异常精美。建成后的三盛公教堂，不仅成为西南蒙古教区的主教堂，也成为西方宗教进入中国击败民族工业在河套地区的象征。这座教堂，管辖着西南蒙古地区和陕北部分地区的4万多名教徒。随着人口增长和教会影响日盛，三盛公教堂彻底取代了原来的三盛公油坊，甚至，这里原来的三道河子也被人遗忘。此后，“三盛公”地名一直沿用到1958年。1958年，巴彦淖尔盟公署与河套行政区合并，迁址巴彦高勒另建新区，将教堂附近改称三盛公旧区，而将新区以蒙语命名为巴彦高勒，意为“富饶的河”。如今，在整个磴口县一带，三盛公泛指今磴口县所在地巴彦高勒镇南部一带的农牧区。

1922年，西南蒙古教区又分为绥远和宁夏两个教区，三盛公天主教堂又被定为宁夏教区的主教座堂。宁夏教区当时还包括陕北的三边（靖边县、定边县、安边县），内蒙古的鄂托克、乌审、土默特、杭锦旗。主教座堂附房有修女院、育婴院、诊所和小学等。

抗日战争期间，中国第一位女飞行员林鹏侠考察西北时，从兰州一路而来，到这里时，曾专门拜访过这座教堂。在她的笔下有着这样的描述：“此地有堡，建筑壮美，上竖十字架，一望知为天主堂。欲入参观，门者拒之。谓非神父许，不可入。”她亮出自己的名刺（相当于现在的名片）让门卫转达，等了很久，神父才出来。她用英语表达了自己的来意，却遭到了神父的坚决拒绝。这使林鹏侠很生气，当场指责神父背离了“博爱”的旨意，说：“教堂非禁地，且君异国籍，何能拒中国人？”神父听了她的指责后，无语答复，当即表达了歉意，方才引她入内参观。那时，林鹏侠见到的是一个“构造宏伟精丽”的建筑，除了礼拜堂外，还有医务室及男女小学各一所，设备很是周全。教堂外有一处花园，栽植着各种花木。她感到神父在这里俨然如一方之王，且藐视中国人，不由得心生懊恼：“那时的三盛公天主堂附近有300多户人家，天主教徒就占了三分之二。神父向当地人廉价租用了附近的700多顷良田，然后再高价转租给当地的天主教徒，从中牟得暴利，神父除包揽诉讼、操纵金融外，且有干涉政治之嫌。不良之教徒，倚之为护符，欺侮非教徒殊甚，这样就增长了神父之威。”

抗战时期，日寇空袭磴口县时，两枚炸弹落在了三盛公教堂堂顶，却一枚也没引爆，仅仅是将教堂堂顶砸了两个大洞，玻璃均未损，这一点，也被教徒们传为神奇之事。

“文革”之初，大教堂被关闭，钟楼被拆，铜钟不知去向，彩色玻璃被毁。

随后，教堂被改为红卫公社翻砂厂。

1982 年，三盛公天主教堂重新开放。如今，三盛公天主教堂被定为内蒙古自治区文物保护单位。

三盛公教堂修建后，不少外国传教士云集这里，对周围地区的影响很大，比如，比利时传教士肯特来这里时，路过宁夏黄河东岸的水洞沟发现了犀牛骨化石，并将这个消息告诉来华的法国考古学者桑志华和德日进，拉开了中国史前考古的大幕。

四、纳林湖：乌兰布和沙漠里的湿地公园

谈起湿地，很多人以为那是大江大河岸边的附属或专利，是一种江河湖边的绿意的显露。但对巴彦淖尔当地人来说，想看湿地当然是去黄河边观看，他们认为，湿地和沙漠似乎可以毫不影响地共存。因为，在乌兰布和这头暴怒的“红色的公牛”的腹地，就有一片湖泊伴生的湿地，它给干黄的沙漠带去一片湛蓝和宁静，这就是隐藏在乌兰布和沙漠中的纳林湖。2012 年春天，纳林湖跻身中国国家湿地公园的行列。2016 年 5 月，中央电视台《长城内外》栏目摄制组走进纳林湖，6 月 22 日下午 5 时许，纳林湖的镜头在央视 4 套中出现。

和很多湖泊不一样的是，距磴口县城西 40 公里的纳林湖，是一个由黄河故道加风蚀作用而形成的低洼地，其位置本来位于黄河故道之上，随着黄河的改道干涸，又加之内蒙古高原沙壤土在强劲西北风的吹拂下，带走旧日河道表面的沙尘土，日深月久，河道深度不断加大，纳林湖所在的低洼地便一直干涸着。

20 世纪 60 年代，北京军区生产建设兵团奉命来这里开垦农田，大修水利引黄灌溉，大肆漫灌使黄河水流进这片低洼地，逐渐形成了今天的纳林湖。

在巴彦淖尔境内，这是面积仅次于乌梁素海的内陆淡水湖泊，现在已经形成集旅游观光、养殖、芦苇产业为一体的黄金宝地。水域东西长 8 公里、南北宽 1.5 ~ 2.5 公里，总面积达 667 公顷，明水面积 335 公顷，占 50%，最深处达

6 米，平均水深 2.5 米，这使得纳林湖成为乌兰布和沙漠中较大的淡水湖之一，而且因为水域宽阔，这里繁殖的鸟类有 100 多种，有国家一、二级保护鸟类和地方保护鸟类白天鹅、黑天鹅、灰鹤、鸳鸯、鸿雁、雉鸡、野鸭等品种。纳林湖成为其周围“定居”水鸟的天堂，自然也成了那些飞越万里的鸟类迁徙途经地和迁徙中的重要修养补给基地。

如今，纳林湖已经成为乌兰布和沙漠中的一处景观，入口处的主题广场正对的是百子湾度假酒店，稍往右一些是室外生态休闲区，这一地带是纳林湖中湖湾最为密集之处，占地 50 公顷，“人与自然和谐”的理念在这里得到了充分体现。

景区占地面积大，且大部分景点、设施依水而建，所以，来这里的游客只有选择乘船进行游览，才能领略这片沙漠之湖的美丽……驶出百子湾向北前进，水边芦苇丛中的一排小木屋，叫作苇荡船屋，是专门为船工们提供休息的地方，远处岸上，是白色的蒙古包，这些蒙古包无论与景色的搭配还是包内布置，体现的都是地道的蒙古族风情。

继续乘船向西而行，前面突出的场地是热气球俱乐部、驾驶训练场地和模拟训练馆。这是以提供深度浏览体验为目的，以热气球作为高空观光和交通工具，打造热气球体验的一个基地。

船向南行不久，是一片具有浓郁田园气息的景观带，称为农耕文化博览园。这里占地面积约为 80 公顷，包括农耕文化博物馆、汉代农业小镇、农业耕作体验区、农耕传统节日祭祀活动表演场和农业景观园区。

纳林湖的北部，是一处 135 公顷左右的沙丘地，平均高度 2.5 米。从水中登陆其上，可以看到纳林湖东南西三面的万余亩草牧场。湖泊中有 4 个占地 300 亩的岛屿。春秋两季，多种奇珍异鸟翩然而至，栖息在这波光潋滟、水天一色的湖面上，形成了大漠中的一大奇观。

纳林湖除了是鸟类的天堂外，还盛产黄河鲤鱼、鲶鱼、鲫鱼、雅罗鱼、武昌鱼等 25 种鱼类。因此，当游客坐游艇畅游完纳林湖后，步入纳林湖美食城，会让这里的水产吸引住脚步。你会惊奇起来，在这北方沙漠里的湖中，竟有全

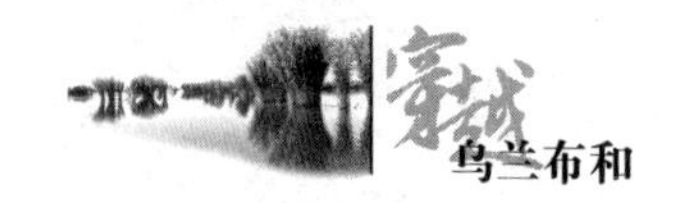

身盔甲的螃蟹横行水族池；碗口大、憨态可掬的乌龟悠闲地游弋在水中；体态臃肿硕大的各种鱼类游窜在宽大的池中，如大头鲶鱼昂起头时两根长长的胡须、宽大的嘴巴清晰可见，它横行肆虐，追逐着其他食草类鱼；小盆大的贝类舒展开来，在沙地上等待美餐的上门服务；透明灵巧的虾在水中翻着筋斗，倏而远逝……

享受着美食的同时，游客可以欣赏到湖面旖旎的景色。成群的野鸭、丹顶鹤游戏于湖面；修长的朱鹮单腿立在水中，俯视水中的鱼虾，准备随时捕杀之；起伏的芦苇荡远远望去像南方的剑竹林，发出沙沙的响声；毛茸茸的小野鸭成群地跟在母鸭身后，穿梭于芦苇间……渔民悠闲地划着小船，不时撒下网后慢慢地收拢，网中沉甸甸的收获让渔民乐开了怀。稍微抬头远眺，就能看见远处的狼山将美妙的身躯延伸至天际。因此，在纳林湖吃的就不是一顿饭了，而是一种味觉、视觉双重的享受。

“大漠孤烟直”的境界是乌兰布和沙漠独有的。但在黄昏时站在纳林湖中的沙岛上，则有另一种享受。水随云上，芦随风舞。水天一色中，归巢的水鸟拖着长长的叫声俯身贴着水面滑翔，湖面顿时留下一串洁白的水花。各种鸟儿的叫声汇集在一起，犹如大型交响乐团在同台演奏，美妙无穷。鱼儿在湖面追逐嬉戏，顶起串串波纹，不时跃出水面，真有鲤鱼跳龙门的意境。呱呱的蛤蟆在浅水处叫声此起彼伏，鼓动着白泡似的嘴巴相互应和着……这时的纳林湖湖面的温度逐渐下降，但整个纳林湖在这个时候是充满动感的。

乌兰布和沙漠由于生存条件的恶劣和地理位置的偏僻，使这里一直呈现在一种宁静的状态中，茫茫沙海，延绵起伏，隐没天际，就在这片广袤的黄沙之海中，分布着大大小小160多处湖泊，每处湖泊周围就是一处带给沙漠生气和诗意的湿地。除了纳林湖这样的“大家闺秀”外，也有冬青湖这样的“小家碧玉”，一湖碧蓝谱写给乌兰布和沙漠一丝凉爽和诗意外，它还是乌兰布和沙漠中开展科学考察及旅游观光、休闲度假等娱乐项目的好去处。

词曰：

沁园春·纳林湖

玉带明珠。南挽黄河，北枕汉关。见蓝天碧水，赏心一色；绿洲金岸，悦目千般。鹭鸣波上，此处钟灵非谬传。惊回首，有荷风微动，仙子临凡。

阴山环抱平川，恰渠纵莺啼伴柳烟。叹前汉秦赵，唯余断迹；故国辽宋，仅有残垣。岁月更迭，沧桑变换，巴市新荣扫塞寒。来河套，看纳林风景，决胜江南。

（作者：纳林湖生态旅游开发有限公司董事长韦星柳先生）

五、“沙漠金条”肉苁蓉基地之旅

从县城驱车向西北而行，平坦的沙漠中间出现了一条宽三四百米、长 175 公里的防风固沙林带，就像一条绿色的巨龙，蜿蜒在沙海中。林带两侧 5 公里为封沙育草区，这也如同给黄色的沙漠铺上了一条巨大的绿毯，控制了沙漠东移。这里是巴彦淖尔人治理乌兰布和沙漠的一大成就，它和宁夏的沙坡头、陕北的毛乌素一样，成为中国人治理沙漠的杰作。继续往沙漠里走，路边不时出现的庄稼，也是当地群众和沙漠抗争的结果。他们除了在沙漠里种树种草外，还开辟出 20 余万亩耕地，主要种植小麦、玉米、甜菜、葵花及各种瓜类。乌兰布和沙漠靠近黄河堤灌区的地方还有养殖场，这就使得这片沙漠出现了农、牧、林、渔发展的画卷。

乌兰布和沙漠不仅仅是磴口县境内的一片沙漠，站在亚洲背景下审视乌兰布和沙漠，这里更是亚洲中部荒漠区与草原区的分界线，而且是极为重要的植物地理学分界线。这种分界线使乌兰布和沙漠境内共有种子植物 312 种，其中甘草、花棒、麻黄、锁阳、沙棘、梭梭等多种名贵药材和稀有植物更是沙漠之宝；大大小小的湖泊就像 160 多面晶莹的镜子，嵌在沙漠中，划过天空的天鹅和各种鸟类的身影，成为这一幅幅镜面上美丽的风景；还有沙漠深处的沙海驼影、大漠落日和生机盎然的沙生植物……这一切构成了乌兰布和沙漠粗犷、恢弘、神秘莫测的天然神韵。

乌兰布和沙漠贡献给巴彦淖尔的不仅是这些，站在沙漠里，我们会看到被称为沙漠人参的肉苁蓉。肉苁蓉，又名“大蓉”，是一种沙生寄生植物，也是一种名贵的中药材，被誉为“沙漠人参”。关于苁蓉的发现过程和药用价值，还有这样一个传说：

当年，成吉思汗的大军崛起于蒙古高原东部，一心想远征西域，但路途遥远，部队的远途给养成了问题。恰好，蒙古军队连续几次攻打西夏军队均未奏效。为什么数量很少的西夏军队能屡次抵挡住蒙古军队的强大进攻呢？成吉思汗便派出探子深入到西夏军队探究。那时，整个巴彦淖尔市都属西夏地界。蒙古探子来到这里后，发现西夏军队在长途跋涉中，总拿出一种奇怪的沙生植物吃，而且吃这种植物后，竟然可以长时间不吃东西——原来，这就是“沙漠人参”苁蓉。成吉思汗下令连夜偷袭西夏军营，掳掠了西夏军队珍藏的大批苁蓉，在远征西域中发挥了巨大作用。苁蓉的好处令成吉思汗大为动心，西征归来后，铁了心要夺取有苁蓉的西夏故地。这就是后来成吉思汗不惜一切代价六次攻打西夏的一个原因。

如今的王爷地一带，更是种植肉苁蓉的上好基地，这里已经建成了磴口县占地面积最大的苁蓉基地和生态观光农业基地。来这里游玩的客人，不仅可以观赏到沙漠治理的成绩，还可以在一片片沙生植物丛中尽情感受大漠风光和人工治沙合成的风情。更为可贵的是，春天，客人在这里可以认养一株或几株苁蓉，委托林场的人看管，到苁蓉长大了，可以来这里在专业人员的指导下采挖属于你的苁蓉。当然，客人也可以直接来这里和地上正在生长的苁蓉零距离接触，直接采挖苁蓉。王爷地仅仅是乌兰布和沙漠腹地一处苁蓉种植基地，这里生产的苁蓉基本上被拿到设在磴口县城北郊的苁蓉交易市场进行贸易——这是中国最大的苁蓉交易市场。当然，在交易市场旁边，还建有中国最大的苁蓉博物馆。

离开王爷地苁蓉基地，往西而行，便来到“游牧一族”苁蓉种植基地。和“王爷地”不同的是，这里有乌兰布和沙漠腹地较大的一处海子，波光粼粼中可以荡舟水面，观赏到黄色沙漠中的湛蓝风情。“神舟八号”飞船搭载的肉苁蓉种子样品就采集自巴彦淖尔市乌拉特梭梭林蒙古野驴国家自然保护区。2012年5月5日,在内蒙古大学生命科学学院和内蒙古梭梭肉苁蓉研究所共同指导下，在游牧一族公司梭梭苁蓉基地进行了太空肉苁蓉种子接种试验。这里的苁蓉被集中运往临河区,在巴彦淖尔市旅游局定点的“游牧一族”苁蓉专售店集中展示、出售。在那里，不仅展示着各种形状的苁蓉，而且还有从乌兰布和沙漠深处收购去的重达55公斤的一根“中国苁蓉王”。

中国是一个沙化严重的国家，巴彦淖尔同样是一个沙化严重的地区。来到乌兰布和沙漠，不仅是一次视觉上感受沙漠的享受和体验，更应成为一次沙漠探索之旅。

1983年，著名的地理学家董光荣通过古风成砂的研究，为中国沙漠年龄的确定提供了科学依据：他研究发现，我国以风砂岩为代表的古沙漠环境早已存在，整体上划分为第四纪以前的红色沙漠和第四纪以后的黄色沙漠。中国境内的很多现代沙漠景观，在50万年前就已经形成了沙漠。黄土边界带最古老的古风成砂，像乌兰布和沙漠、腾格里沙漠等，至少在50万年前就已经出现，这片地域在自然调节下，历经“沙漠—非沙漠”的多次演变，在历史上留下了至少13次明显的扩张、收缩的记录。

黄河大漂移后，留下的这片空地恰好处于阴山西脉——狼山和贺兰山之间一个长达80多华里的巨大开阔地，这里成了西北季风——年平均风速每秒3米的一个“走廊”。风裹着沙尘而来，穿过这里时的积淀，加上后来的人为垦殖和黄河改道后水域的萎缩乃至消失，使裸露出的河底在呼啸而过的风中扬起沙尘，风的速度和方向没变，这片水草之地的肤色和质地却发生了变化。你要是在沙漠里遇见当地放牧的牧民，或许他会带着蒙古族人特有的幽默说：“你看我的这张脸这么黑，就是给这风吹的。”

黄河改道，水随云去，留下的水底敞露出底色，形成深厚的洪积扇，西北风将贺兰山西部腾格里沙漠的沙粒通过巨大的山口源源不断地搬运过来，同时也不时掀起这里的沉沙，沙尘来往之间，形成了今天的乌兰布和沙漠。在乌兰布和沙漠中，至今仍可见一些古墓，绝大部分凸现于地面一米左右，可见狂风已经带走了成千上万吨黄沙。

北宋时期，西夏王朝占据了河西走廊，切断了自汉朝以来中原王朝和西域之间的丝绸之路。狼山和贺兰山之间的这个巨大开口，就成了宋朝的使者、间谍、僧人、商旅偷偷穿越的黄金谷地。宋太宗曾派长期为他掌管衣食供给的大臣王延德回访高昌回鹘，就是从磴口县附近渡河，穿越这片开阔地前往西域的。在他的《西州使程记》中，有这样的记载：“沙深三尺，马不能行。”可见，他们只能靠驼运走出这片沙海。

沙逼水走，黄河屡次被迫改道。流经河套平原的黄河早就不堪黄沙注入了，黄河巨大的胃一直承受着自进入甘肃后不断注入的黄沙，它的消化能力在一处处随两岸山坡而下的黄沙前日益减弱，使其含沙量居世界各大河之冠——平均每立方水含沙接近 6 公斤，每年注入大海的泥沙为 16 亿吨——如果把这些泥沙堆成 1 米高、1 米宽的土墙，可以绕地球赤道 27 圈！当流经磴口一带，黄河注沙的方式不再像上游地区的支流携带沙土或暴雨时顺山坡而来，在这里，是风夹裹着乌兰布和沙漠的沙土进入黄河。

乌兰布和沙漠每年向黄河输沙约 1 亿吨，使得黄河河床年均抬高 10 厘米以上。如今，黄河水面已高出河套地区 2 ~ 4 米，成为黄河上游唯一的一段地上“悬河”！更可怕的是，乌兰布和沙漠仍以每年 8 米的速度东移扩展。如果照此速度继续东移，乌兰布和沙漠将和毗邻的鄂尔多斯市库布其沙漠、毛乌素沙地连成一片，那时，将会在中国的腹地出现面积最大的新沙漠，给整个国家生态安全造成极大威胁！

这个景象震惊了中南海。2006 年 10 月和 2007 年 3 月，温家宝总理就乌兰布和沙漠的治理工作做了两次重要批示，要求各级政府加快乌兰布和沙漠的治理速度。

2009年4月23日，巴彦淖尔市召开乌兰布和沙漠旅游开发研讨会。会议提出崭新的治沙理念——以沙为宝，发展沙产业。中银集团将投巨资，在沙区建立集旅游、生态和文化三种产业为一体的多功能旅游景区。黄河和黄沙在巴彦淖尔境内的共生、共存及共斗的千年历史中，给如今的巴彦淖尔留下了治理黄河和沙漠的空间，同时也留下了珍贵的旅游资源。

整个乌兰布和沙漠内部和外围的岩刻、古寨、长城等地质遗迹和文化遗存都是宝贵的不可再生的历史遗迹，是人类共同的财富。建设地质公园就是对这些历史遗迹、自然遗迹在保护中开发，以开发促进保护，把资源的科学内涵、知识内涵挖掘出来，使其可观赏、可体验、可感受、可消费，让资源优势变为经济优势，实现资源的永续利用。巴彦淖尔市是整个内蒙古旅游业起步最晚的地区，很多自然资源和人文资源开发的资金缺口很大，需要外界的融资相助。沙漠地质公园的建设，也有利于巴彦淖尔市旅游业拓展融资渠道。

亿万年的地质变迁和气候演化，造就了这里独特而脆弱的生态环境。随着全球气候的变暖和人为的破坏，巴彦淖尔市的生态环境也不断恶化，尤其是处于北京乃至华北生态屏障的重要地理位置，更显示出保护好巴彦淖尔生态的重要性和紧迫性。如果这里成功申报国家地质公园，随着开发建设，人流、物流、信息流将不断增加，到那时，当地人民不仅认识了自然的旅游资源，而且会自觉地把保护资源、发展旅游作为一个大产业，积极踊跃参与开发建设，既促进第三产业的快速发展又拉动固定资产投资，既转变人们的思想观念、提升人民文化素质和精神文明程度又改善人民生活质量。

六、冬青湖：沙漠里的生态会馆

时下，提起会馆，很多人都认为那是都市的产物，其实，在磴口县城往西乌兰布和沙漠腹地的冬青湖休闲度假区内，就有一座2000多平方米的生态会馆，以这个会馆为龙头的冬青湖旅游区，以自己独特的风姿亮相于大漠深处。

冬青湖景区湖水面积5000亩，由主湖、东湖和南湖三大水域组成，就像三面玉镜洒落在沙漠中。丰水时水深5米，枯水时水深3米，无论丰水期还是枯水期，不变的一直是她的清澈诱人。沙漠是寂寞的，但这片沙漠中的宝湖里，却有草鱼、鲤鱼等鱼类，有芦苇、水草等植物，春暖花开时，这里还飞来成群的野鸭、天鹅等各种珍稀鸟类。岸边有冬青，长年青绿，每年4月开花，冬青湖因此得名。和国内的一些湖泊不同，冬青湖的东岸和南岸都是乌兰布和沙漠，自然形成的沙丘连绵起伏，像一位母亲伸出温柔的臂膀，将冬青湖轻轻地拢在怀里。

这样的地理形势，很容易让人以为这里是原始的风景大唱主角，其实，在景区内建有450平方米的码头一座，1000平方米停车场以及占地1亩的仿古建筑的四合院生活区，配套有游艇、快艇和自划船，建有供游人散步、观赏的3800平方米的广场……

生态林西侧南湖建有垂钓场，木质结构，设遮阳设施，可容纳20人同时垂钓。垂钓船也是新颖独特，配有床铺和日常用品。乘坐这样的钓船，徜徉于碧玉般的湖面上，或于夕阳下远眺狼山，或在夜幕下进行夜钓和休息，真乃人生一大乐事！

冬青湖生态会馆是一大亮点。它是采用国际最先进的遮阳保温和湿帘风机降温调控技术、现代园艺造景技术建设而成，里面装饰有假山、瀑布，种植着各种吸音、吸味的花草树木，餐厅内温度、湿度适中，四季如春，在为您提供美味可口的原生态绿色美食的同时，更带给您大漠与绿洲两种不同自然风情激情碰撞的唯美感受。

远古大漠庄园则是全荷兰式四星级的别墅区，有中式、欧式多种装修风格，设施齐全，优雅舒适，同时带您领略十多年防风造林的辉煌成就。别墅已投入运营使用十几栋，规划建设上百栋，致力于打造一座豪华的大型沙漠庄园。为您亲近自然、感受沙漠、放松心情、领略大漠夜色提供最理想的环境。

远古生态农业基地，现已开发牧草种植10万亩。为游人提供各种纯绿色无污染绿色蔬菜瓜果的试种与采摘服务，让您真正体会“无花无酒锄作田”的高远境界。1.3万平方米的生态林，种植有国槐、垂柳等植物，还将陆续种植樟子松、沙地柏等植物，让每一个进入者能亲身感受绿色在沙漠深处的真正含义。

冬青湖景区是一个具有浓厚地方特色的集沙漠风光、沙生濒危和稀有植物观赏、沙产业发展为一体的沙漠生态旅游基地，它可使游客在具有浓厚地方特色的沙漠植被保护、沙生植物、沙漠原貌和人造绿洲的观光旅游中，增长知识，交流信息，陶冶情操，提高对生态环境保护和建设的认识。同时，也是在乌兰布和沙漠东部边缘加快建设大型绿色屏障的具体行动，从而为进一步推动乌兰布和沙漠的综合治理、开发和可持续发展创造条件。

七、哈腾套海：国家级自然保护区

哈腾套海，位于乌兰布和沙漠东北缘地，2005年7月晋升为国家级自然保护区，总面积为12.36万平方公里。哈腾套海国家级自然保护区主要保护对象是荒漠植被生态系统和珍稀濒危野生动植物及其生存环境。其位置距磴口县城60余里，西为阿拉善左旗、乌拉特后旗、磴口县三旗县交汇点。气候属中温带大陆季风气候。自然保护区内有国家重点保护野生动物22种，有国家重点保护野生植物6种。自然保护区于1995年建立。

哈腾套海国家级自然保护区境内地形地貌复杂，地貌可分为山地、沙漠、平原、河流四个类型。其中，北及偏北是高耸巍峨的狼山山脉，为土石山区，面积145.3万亩，占全县总面积的23.2%；西部是广袤的乌兰布和大沙漠，地表为沙丘和沙生植物覆盖；南面是奔腾咆哮的古老黄河。整个地形除山区外呈现东南高、西北低走向，东南逐步向西北倾斜，从东南总干渠引水闸到西北乌兰布和沙区，坡降23米。境内海拔最高2046米，最低1030米。

哈腾套海国家级自然保护区深处内陆，属中温带大陆性季风气候，其特征是冬寒漫长，春秋短暂，夏季炎热，降水量少，气候干燥，风沙多，光照充足，热量丰富，温差大，无霜期短。年平均气温为7.6℃，年均日照时数为3209.5小时，植物生长期的5—9月份光含有效辐射40.19千卡/平方厘米，植物生长期积温约为3100℃，是中国光能资源最丰富的地区之一；生长期昼夜温差14.5℃，4—9月份日温差14 ~ 22℃。历年平均降水量142.7毫米，平均蒸发量为2381毫米，干燥度4.08；年平均无霜期136 ~ 144天，年平均风速3米/秒，常年风向西南。这种特殊的气候条件，是由于复杂的地形地貌和地理条件决定的。

哈腾套海国家级自然保护区位于黄河干流上，有20世纪60年代初兴建的黄河三盛公水利枢纽工程。优越的地理条件，使保护区在河套灌区的引黄灌溉史上占有相当重要的位置。在磴口县境内，黄河流经境内52公里，灌水干渠（乌沈干渠）33公里，灌域49万亩。有灌水干渠2条：东风渠长45.6公里，灌域23.7万亩；大滩渠长19.3公里，灌域10.8万亩。有排水干沟2条：一排干流径长16.7公里，二排干流径长28.5公里。有排水分干沟3条：红卫分干沟长16.9公里，渡口分干沟长4.7公里（扬水和自排各半），公地分干沟长12.8公里（扬水）。年引水量约6亿立方米，地面水径流量233.81万立方米。

哈腾套海国家级自然保护区由山地、沙漠、平原湿地3种地貌类型组成，山地总面积约为6.57万公顷，沙漠总面积为2.99万公顷，平原湿地总面积为2.8万公顷（其中湿地3600万公顷），保护区内核心区面积为5.16万公顷，缓冲区面积为3.22公顷，实验区面积为3.98万公顷。

哈腾套海国家级自然保护区主要保护对象是荒漠植被生态系统和珍稀濒危野生动植物及其生存环境，属荒漠生态类型自然保护区。

哈腾套海国家级自然保护区内国家重点保护野生植物有6种，濒危保护植物总面积1.55万公顷。其中，国家二级濒危保护植物沙冬青、绵刺、肉苁蓉的植被面积约1.02万公顷，盖度在30%以上的面积为1万公顷；国家三级濒危保护植物有梭梭、蒙古扁桃、胡杨，面积5300公顷，盖度在30%以上的面积为4500公顷。树种有乔木22种，分属于8科10属。灌木29种，分属于14科20属，其中沙生灌木25种。上述树种中有用材林树种16种，防护林树种8种，固沙林树种10种，主要有红柳、河柳、胡杨、梭梭、柠条、沙冬青、山榆、蒙古扁桃、沙蒿、白刺等。共有野生植物350种。被列为自治区一级珍稀濒危保护植物有梭梭、胡杨、肉苁蓉、沙冬青；被列为自治区二级珍稀濒危保护植物有甘草、文冠果。野生经济植物主要有甘草、肉苁蓉、锁阳、发菜及蒙古扁桃。其中，饲用植物有沙打旺、梭梭、花棒、沙棘等；药用植物有甘草、锁阳、肉苁蓉、沙棘；食用酿造用植物有沙棘、沙枣、白刺；油用植物有沙棘、文冠果、沙枣；芳香植物有沙棘、沙枣、艾；染料植物有沙棘；观赏植物有沙冬青。此外，还有国家重点保护植物沙芦草。

哈腾套海国家级自然保护区动物资源也很丰富，有陆地野生动物 96 种，其中兽类有 6 目 11 科 27 种，鸟类有 14 目 28 科 62 种，两栖爬行类 7 种。有国家重点保护野生动物 22 种，其中国家一级保护动物有黑鹳、北山羊、大鸨等 6 种，二级保护动物有天鹅、岩羊、鹰类等 16 种。

哈腾套海国家级自然保护区地理位置特殊，动植物物种多样，生态系统脆弱，是开展科研、定位监测、普及推广科学技术、提高环境保护意识的良好场所，是天然的教学“大课堂”、“科研实验场”。尤其对研究荒漠生态系统演变规律、荒漠动植物生存和生长规律具有重要意义。

保护区于 2009 年 9 月开工，2011 年 9 月完工，由内蒙古中银集团总投资 8.6 亿元，分三期完成了沙漠旅游区项目。该保护区成为乌兰布和沙漠旅游区又一张靓丽名片，将打造成为国际高端的休闲旅游度假区——“黄河北部湾，沙漠新天地”，是一个融旅游产业、生态产业和文化产业为一体的多功能旅游景区。景区将规划建设亲水乐园、西部太阳城、“北纬 40 度”、快乐大本营、沙漠惊奇欢乐谷、马术运动俱乐部、生态度假庄园等特色景点。

2014 年 5 月下旬，由巴彦淖尔市旅游局出资，市文联组织，集结四五十位本土作家，组成“作家采风团”进行采风。“采风团”由磴口拦河闸起头，至乌拉特中旗草原结束，历时两天，考察访问了全市 20 多处主要旅游景点。

旅行车离开三盛公拦河闸，在前往 40 公里外的纳林湖途中，经不住同座的市旅游局副局长宝音吉日嘎拉的怂恿和撺掇，爱听“烫片片”话的我把导游小女子撇一边，给大家讲起了拦河闸的故事，讲起了众人视线中的三盛公教堂。

我讲了 1964 年 4 月 8 日下午邓小平、彭真、乌兰夫一行人乘专列停靠巴彦高勒（磴口县）火车站，参观拦河闸的故事；亦讲了中央领导人问询“三盛公”一词是嘛意思令回答不上来的盟领导们十分尴尬的传说。在一片掌声中，我站在司机身后，讲述了我对三盛公拦河闸大圈儿的旅游规划和建议。

第三天，在临河召开了作家采风座谈会。我对磴口旅游事业发展前景的建议式的发言，再次受到宝音副局长的追捧；他责成我写成书面建议，由他转呈磴口县政府。

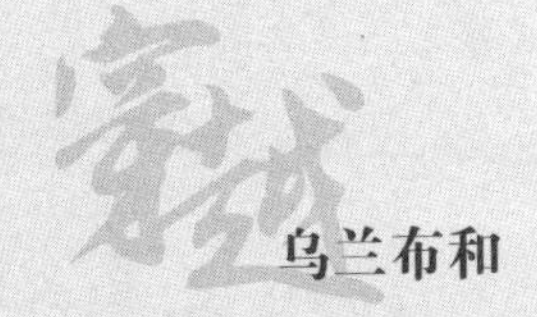

第七章

一切为了保护母亲河

黄河出乌海市二道坎峡谷后，地势逐渐开阔，水流变缓。进入磴口县后的地形，虽然东南高、西北低，但因地球物理作用，河流总的趋势是由西向东摆动，甚至于现在紧贴鄂尔多斯老崖流过。从卫星图片可以清晰地看出，磴口有3条黄河故道，呈南北—西东走向，分布在乌兰布和沙漠东北部的哈腾、沙金两苏木境内。由此可知，在历史发展进程中，磴口曾是多次遭受黄河水患之乡。远的不提，近代如1940年黄河开河时，在二十里柳子扎冰坝，洪水从沙窝流至百公里外的公地湾。有户农民叫马保荣，所种土地全被淹没，万般无奈之下，马在渠边地埂插了大量柳树橛子，到1949年时竟皆长成尺多粗的大柳树。又如1955年开河，在刘拐沙头结成冰坝，河水出岸，流入沙漠腹地。这里较前套纬度偏北，气温低，刮风繁，更兼地处贺兰山与狼山之间的风口地带，气候多变，加上地形开阔，流速减缓，水能降低，易受温差影响之故，封河开河扎结冰坝较多，成为黄河“卡脖子”地段。“大雪”节令前后，由北向南封河，前套大量流凌，冰坝逐流涌来，下游地段已经封冻受阻，遇上东北巡河风，冰凌流不下去，后冰催前冰，与封河断而立碴，结成冰坝。春季开河，由南向北，上游已开，流凌增多，下游流不开；冰块流不下去，又会结成冰坝。河面一结坝，阻塞水流，溢出河岸，即成水灾。因此，洪水和风沙就成为磴口县的两大自然灾害。

原老磴口管辖的黄河地段，如黄白刺滩、大中滩、李华中滩、稗子地、关地、王元地、新地、老磴口以下的小中滩、傅家湾、上江、二十里柳子、南粮台、兴盛扬东河滩，以及东南套子等河滩，都分别生长着黄白刺、沙枣、黄柳、河柳、红柳等灌木丛林，间或有胡杨零星分布，伴生着芦苇、枳芨、马兰、冰草、冲草、莎草，有的（如稗子地、关地）还伴生甘草。这些草木不仅对固沙护河起到一定作用，也形成优良的草牧场。每到夏秋，周边牧民将牲畜由沙窝迁来，边放牧边打草，牛马羊群闲散游弋于肥美的林草之中，牛欢马叫，牧歌声声，河面上运盐之船，百舸争流，片片白帆，蔚为壮观。

1958 年至 1960 年，在兴建三盛公拦河大闸时，因筑围堰工程需合拢断流，要使用 1200 万斤柴草做哨棒，于是从黄河滩岸采伐了大量河柳、红柳，大闸上至二十里柳子，小中滩一带的灌木丛林被采伐殆尽。

1950 年 10 月，磴口县委三级干部会议针对两大自然灾害，研究部署了防沙造林和筑堤防洪工作，做出“沿沙设防，植树造林，营造防沙林带，保护沙区草木；沿河筑堤，沿堤栽树，营造黄河护岸林带”的决定。为治理磴口两大自然灾害，提出了正确的方向和具体方法。从此，全县各族人民在县委、县政府领导下，展开了长达 40 年的营造防沙林带和黄河护岸林带、向风沙水患做斗争的全社会建设工程。

县政府在 1951 年的造林计划中，就将黄河护岸林的营造作为重点之一。1952 年秋季，县委、县政府组织全县民工在南粮台至二十里柳子修筑黄河防洪堤，沿堤栽植了柳树。同年冬，县防沙林场在南套子设立林站，由该站干部李生栋向东套子群众征用耕地 180 亩，同时组织开荒造田 300 亩，并于 1953 年春夏完成育苗 180 亩。原计划将这一林站逐步建成黄河护岸林场，1956 年因林站迁往东青梁而作罢。

为了“把黄河的事情办好”，根治水土流失，植树造林，绿化荒山荒地，1956 年 3 月，共青团中央、林业部在革命圣地延安联合召开陕、甘、宁、蒙、晋、豫黄河中游六省区青年造林大会。全国各地均派代表参加，磴口县派出李克荣、孙林涛、郝虎子、杨秀英4人参加会议。3月5日，毛主席、党中央在给大会的贺信中，向全国发出“绿化祖国”的伟大号召。延安会议结束后，甘肃省接着召开全省青年造林大会，磴口县又增派了方秀英、黄守岗、佟秀珍、侯锁子等8人到兰州参加会议。代表们回来进行了广泛的宣传贯彻，4月份全县掀起造林大会战，县委提出向沙漠进军，全县广大干部群众总动员，男女老少齐上阵，黄河岸边，风沙线上，车马人流，红旗招展，奋战造林，开创了本县大面积造林的新局面。全年完成造林近2500亩，相当于前5年造林总面积的1.2倍。其中，县直机关、学校及粮台乡的青年妇女重点营造三盛公以南至二十里柳子黄河护岸林3000亩，后经县林场组织的幼林抚育队，进行除草松土、保护管理，使南粮台东河滩的一大片柳树成林成材。20世纪80年代末，由黄管局、县林场间伐利用，生态效益和经济效益都很显著。

“大跃进”时期，磴口县掀起更大规模的造林绿化运动，春秋两季完成造林10万余亩。除防沙造林外，还在黄河滩岸、防洪堤两侧进行了大面积造林绿化。经过几年的抚育保护，自羊闸滩、三道坑、东退水、南滩、永胜、东地沿一带防洪堤西侧的黄河护岸护堤林带已经形成。这条林带在营造时占用了一部分耕地或从田间穿过，在20世纪60年代初的经济困难时期和其后经济恢复时期，大面积、大规模遭到破坏，除永胜林业队和防洪堤管理所的两片林木完好无损外，其他陆续又被开垦种地。

1963年秋至1964年春，防沙林场干部职工近百人组成两个造林队，住金沙庙，到河滩大量营造旱柳护岸用材林。当时从场长、技术员到广大工人，吃住在一起，劳动在一起，早出晚归，中午在河滩上啃几口馒头，喝几口凉水，稍稍休息，接着植树，泥里来，水里去，战天斗地，干劲十足。特别是刚从包头接来的60多名男女知识青年，初次参加祖国林业建设，热情更高。那种讲求质量的扎实作风，值得人们传颂。这片6公里长、平均2公里宽的林地和树木，在20世纪七八十年代，绝大部分被河流淘掉，连原有的两棵大胡杨树也被河水淘走。

1976年春季，县委、县政府及共青团、妇联，组织县直机关学校的青年妇女和渡口公社有关大队社员，在磴口、杭后旗交界南至东退水的河滩上，营造了旱柳、河柳、红柳、乌柳等树种组成的黄河护岸林3100亩。事后，由南大滩、南尖子、城西等大队的林业队专门对这片林子经营管护，数年后林草茂密。原来的黄河主流快淘到渡口排水沟扬水站。造林护岸后，黄河水已停止了淘岸，从而保护了扬水站。1986年，黄河护岸林12省区协调会议代表视察参观了该处，颇受好评。

1984年，共青团中央、林业部发动黄河流域各地区营造万里黄河护岸林，并将这一工程命名为“青字号工程”，使黄河护岸林的营造进入了新阶段。县团委、林业局做出了新的营林规划，全县黄河滩岸青少年又在各级团委的组织下，掀起营造黄河护岸林新高潮。这一时期，县防沙林场也在二十里柳子一带新淤出的河滩上逐年营造了大面积灌木护岸林带。据1991年全县林木资源清查卡片统计，全长52公里的黄河滩岸共有护岸护堤林14836亩，黄河滩岸及防洪堤凡是适宜和便于造林的地段基本上都有了护岸护堤林，个别地段还种植了果树、建成果园，这对于护岸护堤，培养草牧场，发展生产，改善生态环境，起到了保护作用。

刘拐沙头位于磴口县乌兰布和沙漠边缘黄河西岸，由于近年黄河淘岸，大量的流沙倾入黄河，使刘拐沙头原有的防护林带被破坏，乌兰布和沿黄河北岸锁边林带形成大的缺口。流沙在强风力作用下，每年以8~10米的速度东移，直接向黄河输沙段长度约20公里，每年向黄河输沙量达7700多万吨，约占黄河含沙量的二十七分之一，河床平均每年抬高10厘米左右，致使河床高出磴口县城所在地巴彦高勒2 ~ 3米，严重威胁三盛公水利枢纽、京兰铁路、京藏高速公路、110国道等。

磴口县审时度势，抓住国家拉动内需、加大生态建设投资的有利时机，启动了刘拐沙头综合治理工程。该项目2009年投资625万元，治理面积5万亩。在刘拐沙头建成一条大型乌兰布和沙漠锁边林带，阻止沙漠东侵黄河。

巴彦淖尔市境内的黄河冲积平原，是黄河流域纬度最高的地区，又被称为“后套”。这里冬季河槽结冰，春季开河时冰凌漂浮水面形成流凌。凌汛期，若天气骤冷骤热，极易导致河道卡冰结坝，对堤岸造成威胁。

大堤一旦决口，危害极大。包兰铁路、京藏高速公路、110 国道、西北电网高压输电线路等都处在黄河防洪工程保护范围内；堤防保护范围内还有 150 多万人，这里又是国家重要商品粮基地。

在后套地区，黄河早已成“悬河”。

后套人最怕黄河决口，每年到凌期和汛期，靠近黄河北岸的人们没睡过安稳觉。为应对凌汛险情，政府给他们发放“明白卡”，卡上标着持有人的家庭情况、安置地点、撤离路线等。一旦险情发生，村民可按明白卡指示路线逃生到安置点。

黄河巴彦淖尔段占内蒙古黄河干流总长的 41%。“黄河在这里已成为悬河，防汛压力太大了。”巴彦淖尔市防汛抗旱指挥部办公室副主任马健军说，“附近村民的房子已被凌汛渗水浸泡成危房，但最担心的还是堤坝决口。”

巴彦淖尔市黄河堤防工程于 1953 年开始建设，历经 8 年方才基本完成。此后大都就近取土完成，使堤防两侧形成了坑塘沟壕，也未进行防渗处理。因此，汛期管涌、渗漏等险情时有发生。

“老百姓常说，黄河一碗水半碗泥。”马健军解释说，因泥沙淤积，黄河巴彦淖尔段河槽已普遍高出沿岸城市：乌拉特前旗段河床比旗政府所在地西山咀镇高 3 米；五原县段河床比县城高 6 米；临河段河床比临河区高 2 米；磴口拦河闸正常水位比所在地巴彦高勒镇高 4 米。

马健军说，近年来封河与开河期出现高水位已是常态，堤防高度明显不足，每年凌汛期防洪大堤有 200 多公里吃水，而且时间长达 100 多天。全市 280 公里堤防中，凌汛期最高水位距堤顶不足 1.5 米的占 35% 左右，目前个别河段的凌汛水位最高处距堤顶仅有 0.5 米。

巴彦淖尔市防汛部门最新实测显示，境内黄河河道行洪能力也在逐年降低。目前河床过水断面比 1986 年缩小了 40%，部分断面缩小 60% 左右。

针对凌汛期水量大增的形势，国家防总和黄河防总曾于 2010 年 3 月 6 日启动了黄河三盛公水利枢纽分洪计划，往河套灌区及其境内的乌梁素海开闸分水。截至 3 月 27 日 12 时分凌结束，累计分凌水 1.2 亿立方米。即便如此，2014 年凌汛期间，黄河巴彦淖尔段河槽最大蓄水量比历史最高时的2009年同期超出3亿立方米。面对严峻的防凌形势，时年，巴彦淖尔市在黄河沿线组织了4万多人的抢险队伍，备足了挖掘机、推土机等排冰除险机械与用料，日夜值守在大堤上。在多处险堤段，许多机械往来穿梭，成百上千的抢险人员忙碌奔波，一派“大会战”景象。

巴彦淖尔市的黄河堤防不够五十年一遇洪水的设计标准，已经远远不能满足防洪要求。要完成二级堤防建设，对境内黄河堤防按照顶宽8米、内外边坡1∶3的堤防建设标准进行加固，280公里的堤防加固工程大约需5亿元资金，这对于以农业为主、财政收入不高的巴彦淖尔市来说有些力不从心。

2012年10月，全程278.77公里的内蒙古巴彦淖尔市段黄河堤防公路建成并通车。黑色路面宽7米，共有平交路口193个，安装道路交通安全标志牌91个，安装道路交通安全标志牌910块，施画黄色道路中心标线278.77公里。

内蒙古黄河堤防公路全程不收费，该路段限速40迈，禁止大型货车、长途客车通行。

内蒙古黄河堤防公路除防洪堤及公路、桥梁建设工程外，还将实施生态绿化、农田配套、新农村建设、旅游景点建设等配套工程。

巴彦淖尔市黄河堤防公路建成通车，对内蒙古各项建设都有一定的推动作用。

2015年10月30日，黄河内蒙古段二期防洪工程在巴彦淖尔市开工。在巴彦淖尔市临河区黄河大堤下，挖掘机、载重卡车在黄河枯水期形成的河滩地区平整取土。泥土运到300米外的黄河大堤上，对大堤进行加厚加宽作业。

黄河内蒙古段二期防洪工程总投资45亿元，计划用3年时间对呼和浩特市、包头市、巴彦淖尔市、乌海市等黄河沿线盟市堤防，进行加厚加固达到二级堤防的标准。同时还要对黄河容易出现河道改道、出现险情的地段进行综合治理。

工程将新建527.1公里堤顶公路，增加70.5公里的防渗漏路面，坝渡的厚度也将由1米增加到1.2米。巴彦淖尔市防汛抗旱办公室副主任马健军说：“按照设计的标准，达到预防五十年一遇5920立方米每秒的防洪能力。”

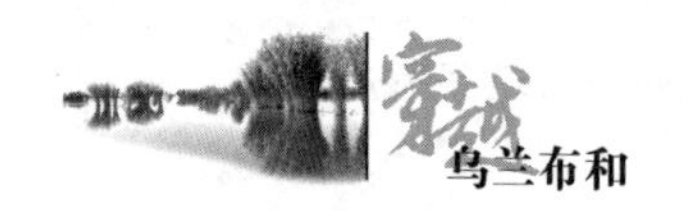

为了证实以上说法，2015 年秋末，我从临河驱车游走于黄河堤防公路上，到磴口县三盛公黄河水利枢纽工程下来，但只见，于我多年前走过的土路完全是两种天地。堤外的坑坑洼洼已经填平，栽种了杨、柳；堤内的河滩地，尽皆种植了高秆作物——葵花、玉米。

第八章

沙区人民不致富，沙漠永远治不住

1963年夏至1972年冬，我在磴口县粮台公社南粮台大队林站小队生活了10年，亲眼目睹并参与了对沙漠野生植被的大破坏、大扫荡。

本书前面述及，这个林站是磴口县建政后在沙漠东缘建立的第一个苗圃与果园，时间当在1950年春天。嗣后，相继建立坝塄、四坝、沙金套海3个林站，形成自东南至西北308华里防沙治沙一线上的4枚棋子。

林站以及林站果园是杨力生主抓之点。少年时期的我曾几次见到这位盟委副书记前来视察，他对父亲的5种嫁接果芽之法大加赞许。记得好像是1965年夏，盟上在果园西大门口开过一次隆重的现场会。

那时的林站不是公办的场站，它在人民公社化初年就已经变“性”了——“三级所有，队为基础”，不再“以林为主”，变成“以粮为纲”了。

1963年夏天的林站现状还是不错的，在一个三面环沙的“绿岛”中间，大约有3000多亩“国土资源”属于林站。从黄河上直接开口设闸，位于沙拉毛道牧业队下游的三盛公渠，沿着乌兰布和沙漠东缘，从东南向西北缓缓流淌滋润着两个生产大队十个小队的农田和林带。

林站的“领地”，沿沙漠东缘，是30～50米宽防沙林带——沙枣树、柳树郁郁葱葱，全部成材了。防沙林带东边就是那条宽不过6尺的三盛公渠，林带西边是一望无际的高大的错落不齐的乌兰布和沙漠。

自20世纪50年代以来，这里除了营造保护防沙林带外，就是育苗——粮食自产自食，不纳公粮。

20世纪60年代，这一切渐渐地变了。特别是“文革”十年所造成的“无政府主义”，将“杨力生时代”积累下来的“绿色”家底摧毁殆尽。

是因为“十年运动”所致吗？不全是。

根本原因是老百姓太穷，“人起炕光”、“家无隔夜粮”，百姓只好向沙漠寻吃的、寻烧的，这是直接因素。

至今50年过去了，清楚地记得林中人家大多数没烧过煤，尽管县上一再号召烧煤，尽管1吨乌达烟煤凭证供应价只有11元，但是仍然烧不起，没钱买，取暖以烧粪为主，做饭以白茨和甘草秧子为主。

白茨和甘草是此地的野生植被，还有红柳、沙蒿等。

在防沙林带内以及防沙林带外围100米以内是严禁砍伐掏挖的。但在“文革”期间这里完全失控了，挖甘草成了解决百姓柴米油盐酱醋茶的直接的经济来源。县医药公司和供销社敞开收购，以根茎粗细论价，每斤头等0.24元、二等0.16元、三等0.09元。沙区农牧民皆在挖，不挖定是大傻瓜、懒人。先是在林带田间挖，再是在沙漠边缘挖，而后到沙漠腹地去挖……最疯狂的是1967—1969年的3年间，我这个未成年人，成为破坏植被、猛挖甘草的元凶。记得一年秋天，我深入兵团一师一团六连沙漠内，五更进去，天黑出来，驮了大约100斤甘草，歪歪扭扭往回骑，刚上了乌沈干渠一座木桥，迎面碰上一位兵团知青从磴口县城往回走。窄路相逢，我将自行车靠在桥栏杆上，同他纠结了十几分钟他仍不放行，坚持要我同他到六连去。如果去六连，我肯定要受皮肉之苦，而且甘草、车子也将被没收……

兔子急了还咬人呢。纠缠之中，我乘其不备，将其推搡到水渠之中，一撇腿，顺坡骑车逃之夭夭，当然，还带回了那一捆连续掘地18个小时的100斤甘草。几天后，我在县医药公司门市部得到16元人民币。

那是河套灌区西边第一条大干渠，名曰乌沈干渠。它的开口在三盛公黄河大铁桥南端，并由东南流入西北的沙漠里。渠阔六丈、水深两三米。

沙漠里还有一物可以变现——“蒿籽”。此物纯属野生，它的母株的名字叫“青蒿”，又名“沙蒿”。蒿籽的籽粒和芝麻大小相同，无味，着水后有黏性，此物掺和到玉米面中可以增加面的柔性，还可以擀成小张面皮吃面条，另外还可以当糨糊用来糊鞋衬，也可以入药，据说还可以在工业上充当什么角色。

沙蒿乃两年生草本植物，高不过1米，耐旱耐寒。叶如丝状，形同妇女的烫发头。其籽粒进入冬至前半个月才可以揉搓下来。

沙漠中，但凡潮湿半潮湿之地皆可见此物。沙蒿远观，忽忽悠悠，毛毛茸茸，一丛丛，一蓬蓬，特别招人喜爱。每年进入腊月，气温骤降，农人到了农闲季节，这时就会有成千上万人，不分男女老少，向沙漠进军，向沙蒿要钱。

揉蒿籽，是将簸箕放到蒿草下面，将蒿草用双手拢到簸箕内，再用脚搓带皮的颗粒，然后散开蒿草，用脚尖或双手揉去皮壳并簸掉，就得了籽粒。

供销社是每斤0.35元，敞开了收购，绝不打白条。民间议价是每斤0.5元。如有蒿籽串，就能换价格更高的别的商品，例如用串换黄米、布票、副食品供应证等等。

当年，我追随父亲就曾骑车子北去100多里路到杭锦后旗、临河县农村用蒿籽串换过黄米，1斤蒿籽串可换2斤黄米。蒿籽和玉米面压成钢丝面条，那是食中极品。

揉蒿籽的勾当，是我的一段亲身经历。终生难忘的是，父亲领着我可以一口气翻越千百座几十米高的沙丘，行程达七八十里，在那里战斗3天、住宿两晚，肩负40斤左右揉搓干净的蒿籽返回家中。真是“一不怕苦，二不怕死”。

这绝对是挑战极限，绝对是“前无古人，后无来者”。在全公社上万名乡佬中，唯有我父亲胆够肥，敢于在哈气成冰的严冬季节在沙漠里过夜，而且，一干就是5个冬天，尽管那几年我还未成年。

人生苦短，眨眼50年。

2015年农历十一月下旬，我在乌兰布和沙漠北部，从北到南，从东往西，驱车奔驰采访，连续一周，在阿拉善旗、磴口县、杭锦后旗3地的乌兰布和沙漠境内，跑出一个大大地“井”字形。在当年我和父亲一口气长途跋涉20个小时、今日小轿车沿着黄阿线穿沙公路半小时就可到达的冬青湖附近的大沙漠旁，我下了车，爬上沙漠顶子，极目远眺南方，有俩黑点在蠕动，有人解释说，那是筑路机械在工作。那一刻，我眼睛潮湿，视线不清，似乎看到那就是我和父亲当年负重返回的背影。

挖甘草、搽蒿籽，是对沙漠植被的直接破坏。

钱学森院士曾于20世纪50年代，在甘肃酒泉导弹发射基地工作时亲眼目睹驻军战士有组织地在荒无人烟的巴丹吉林沙漠里掏挖甘草，目的很简单：变现，改善生活。这事儿特别刺激科学家的大脑。

西部要发展，生态是重点，沙漠化防治是难点，沙区和少数民族聚居区群众脱贫致富是焦点，而突破口是产业化。要实现人与自然、人与社会的和谐发展，就要将生态和生计兼顾，治沙和致富双赢，绿起来和富起来结合。一言以蔽之，解决沙区和少数民族聚居区的“三农”、“三牧”问题，要走绿化—转化—产业化之路。

这条路是钱学森院士被任命为中国科协主席后，于1984年在西部沙区和少数民族聚居区深入调查后提出来的。理论上，叫作“发展知识密集型沙产业、草产业”；实践上要求四点：一是用科学技术来经营管理沙漠，把沙地、草地当作宝贵的国土资源，扬长避短，科学开发，按规律办事，讲投入产出，不以绿色画句号；二是以水为先，以水为限，讲规模经济，搞阳光产业，形成核心竞争力；三是变生物链为产业链，生产终极产品，通过龙头企业的带动，通过科技成果的应用，提高附加值，变粗加工为深加工、精加工，获取高额利润；四是寓生态环境的保护于科学开发之中，不以环境为代价，也不为生态而生态，要变“花钱买生态”的输血机制为造血机制，坚持循环经济和可持续发展。

它的概念是：利用阳光，通过生物，延伸链条，创造财富。

它的特点是：围绕一个“省”字，走资源节约再生的循环经济之路；突出一个“链”字，走城乡一体、“草畜工贸四结合”的生态经济之路；强调一个

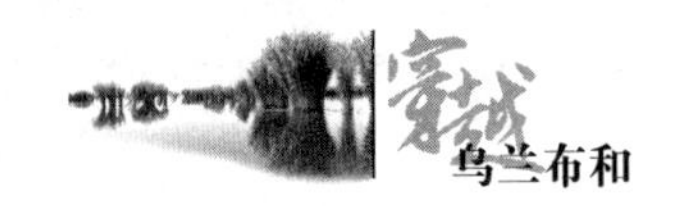

“转”字，走新型工业化的集约经济之路；追求一个“增”字，走知识密集、技术创新、成果集群、系统耦合、利用综合、文化衔接、效益叠加的知识经济之路。

它的好处是：强调了科学用沙，打破了条块分割，着眼于总体效益，立足于光热转化，致力于脱贫致富，为防沙治沙用沙的“预防为主，积极治理，科学经营，持续发展”指明了极具时代感的前进方向。

它又一次证明了经济学家的如下观点：“时代变迁的全部奥秘，隐伏在资源—工具—生产力—生产关系连锁反应的过程中。”

从西部甘肃、内蒙古等地实践中总结出来的沙产业技术路线可用18个字概括：多采光、少用水，新技术、高效益，好机制、大市场。虽然它是初步的，但它是值得重视的。

早在2009年，驻内蒙古的全国政协委员王占、夏日、许柏年、陈瑞清联名在《关于把发展知识密集型沙产业、草产业写进国家“十一五”规划的提案》中提出：一是换一种思维看沙漠、草原，是贯彻科学发展观的要求。把西部的国土资源沙漠、草原优势尽快转变为经济优势是事关全局、影响世界的大事。二是保证人与社会、人与自然和谐发展，就要发展沙产业、草产业。西部不但出现了重大理论成果，而且涌现出有说服力的实践成果。这是中国特色西部开发的一条崭新的路。三是把沙产业、草产业写进“十一五”规划意义重大。我国的和平崛起要重数量、抢时间，更要重质量、讲和谐。它既要靠知识产权的独立自主，也要靠中国特色的理论创新、知识创新、技术创新和模式创新。

沙产业、草产业是中国西部大开发中生态建设、扶贫致富的必然选择，是沙区和少数民族聚居区破解“三农”、“三牧”问题，构建和谐社会的根本出路之一。它符合西部的特殊生态规律、经济规律和产业规律，适应西部各族群众的历史基础、经济基础、生态基础和文化基础，在产业化和市场化、现代化之间搭起一座桥梁。

“退耕还林、退牧还草”，必须解决新型的涉农的后续主导产业的结构优化和市场开拓问题。资源变不成支柱，产品变不成产业，品牌变不成名牌，我们和过去就没区别。过去因为贫穷，我们的农牧民不得不滥垦、滥伐、滥樵。今后，如果贫困依旧，5~8 年，国家项目补助期结束，我们的农牧民还要陷入“越穷越垦，越垦越穷”的怪圈。“荒漠化”就是“贫困化”的同义语，只有按钱学森知识密集型沙产业、草产业理论科学推进产业化，才能保证绿化成果不流失，可持续发展有后劲。

钱学森院士 2000 年 5 月 30 日给内蒙古沙产业、草产业研究者、实践者的信中写道：“我认为内蒙古东达蒙古王集团是在从事一项伟大的事业——将林、草、沙三业结合起来，开创我国西北沙区 21 世纪的大农业！而且实现了农工贸一体化的产业链，达到沙漠增绿、农牧民增收、企业增效的良性循环。我向你们表示祝贺，并预祝你们今后取得更大的成就。”

要想富，先修路——治理沙漠也是同样的道理。为了便于输送人力、物力，磴口县采取了逐层推进的方式，先修路，后育苗。慢慢地，乌兰布和沙漠里的绿色越来越多。经过多年的探索和积累，一条合理可行的治沙道路在乌兰布和得到了推广。

从磴口县城巴彦高勒镇往西往北，车行不远就是乌兰布和沙漠。靠近县城的地方和黄河西岸，经过多年治理，生长着比人还高的沙生植物梭梭。再往里走，有的地方还没治理，黄沙漫漫，连绵起伏；有的地方正在治理，治沙人往沙里压草方格，然后在每个格子里种上齐膝高的梭梭。

被称为“固沙之王”的梭梭虽然耐旱，但要把它养活非常不易。要种梭梭，首先得在沙漠里修路，先把沙丘推平，再倒上黏土，压瓷实了才能使用。大卡车、推土机在松软的沙漠中灰头土脸艰难作业的情景，不是亲眼所见，很难想象得到。路修好了，才能在两边沙地中压草方格，以阻止沙丘流动。压好草方格，才能在格子中栽梭梭。当地百姓打比方说，栽活一棵梭梭，至少得给它磕仨头：挖坑磕一头，栽苗磕一头，浇水磕一头。种梭梭老得弯腰曲腿，有时就得双膝着地，在沙漠里栽树得耐心细致，一道工序也不能少，同时也反映了人们的期望，期望每一棵梭梭都成活。要命的是老天爷经常不赏脸，一场大风刮过，6 米宽的穿沙路能被厚厚的流沙盖住，压好的草方格往往被撕个大口子，幼小的梭梭苗更是难逃厄运。

治沙也能致富，“沙害”趋向“沙利”。

在沙漠里种梭梭，只要保证头一年成活，它就能顽强地长高长粗，根也能扎得很深。梭梭的根上可以寄生苁蓉。苁蓉也叫“大芸”，外观像一根带花纹的大萝卜，具有温补的药用功能，本为野生。2004 年，由磴口县国土资源分局“下海”的魏均在专家指导下尝试人工接种苁蓉，2007 年接种成功，在示范基地现场采挖，亩产鲜苁蓉达到 330 公斤，按市场价每公斤 10 元算，效益每亩超过 3000 元。

以肉苁蓉种植为代表的沙产业逐渐起步，遍地黄沙成了农民致富、企业发展的宝地。过去苁蓉在当地是野生的，很珍贵。通过这十几年的引种、栽种，人工栽种肉苁蓉面积达到 50 万亩。过去栽种梭梭等植物的主要目的是防风固沙，现在在它下面栽上肉苁蓉，初步找到了治沙与致富的结合点。

十八届五中全会明确提出了“两个确保”的目标，就是到 2020 年确保全国 7000 多万农村贫困人口实现脱贫，确保贫困县全部脱贫摘帽。标准和底线是贫困人口要实现“两不愁、三保障”，即不愁吃、不愁穿，保障贫困人口的义务教育、基本医疗和住房，实现真正的脱贫全覆盖。自治区党委结合内蒙古实际，提出到 2017 年基本消除绝对贫困现象，自治区重点贫困旗县全部摘帽；到 2020 年实现农村牧区人口稳定脱贫，国家重点贫困县全部脱贫摘帽，用 6 个字概括就是“人脱贫，县摘帽”。

2016 年 1 月 7 日，我参加了磴口县委召开的全县扶贫工作会议。这是一次多年未曾开过的 4 级干部会议，500 多人参加，声势浩大。磴口县属自治区级贫困县，有 17 个自治区级贫困嘎查、村。到 2015 年底，全县在国家线下的贫困人口还有 5000 人，占全县人口的 4%。

现行国家贫困线标准是：农牧民年人均纯收入按 2010 年不变价为 2300 元，按 2014 年底购买力平均测算为 2800 元。

县长樊文在报告中讲：“这 5000 人虽然总量不大，但剩下的都是贫中之贫。困中之困，是最难啃的‘硬骨头’，主要集中在‘两线一区’，特别是乌兰布和沙区涉及的村、嘎查、分场等，这里自然条件差，产业发展和基础设施滞后，如沙金苏木境内的乌兰察布市移民缺少土地等生产资料，增收门路普遍少，集中了全县最难的扶贫问题、最艰巨的脱贫任务，是当前和今后一个时期全县脱贫攻坚的主战场。

“据初步统计，我县纯土房5500套，土砖混合房（腰线砖房）2400套，‘穿鞋戴帽’房（墙顶和地基为黏土砖，其余墙体为土坯）2000套，有近一半农牧户还居住在土房里，特别是贫困农牧民大部分住的都是危旧土房。

“我县农牧区贫困人口相对集中在生态环境脆弱、生产生活条件和基础设施配套较差的地区，就是我们常说的‘穷山恶水’，‘一方水土养不起一方人’，通水、通路、通电成本很高。合理实施易地搬迁是解决贫困问题的有效办法。

“贫困地区大多处在农牧交错地带，生态地位重要，生态系统比较脆弱，一旦破坏很难修复，特别是乌兰布和沙区的阿茨、哈业乌素、巴彦套海等全市、全区脱贫攻坚的重点区域，生态环境恶劣，风沙大，大部分土地被风沙掩埋而无法耕种，撂荒现象严重。当时开发土地3万亩，到目前实际播种面积只有1.6万亩，耕种面积减少48%，移民人均耕地面积由当初的5亩下降到不足3亩。渡口镇黄河沿岸，因黄河冲淘改道也有不少失地贫困农民。因此，我们必须把扶贫开发与生态保护有机结合起来，牢固树立绿色发展、共享发展理念。要紧紧抓住国家和自治区在重大生态工程项目和资金向贫困地区倾斜的机遇，林业局等部门要做好对接争取工作。要积极发展林果业。引导农牧民栽植苹果梨、枣、杏、李等林果，发展一定规模的种苗繁殖基地，增加林业经济效益，使‘生态林’变成‘致富林’。要大力发展沙产业。引导和扶持贫困农牧民依托龙头企业种植肉苁蓉、酿酒葡萄、黑枸杞，扶持企业建立稳定的原料基地，提高经济效益，实现沙漠增绿、农牧民增收、企业增效。要全面落实好生态补偿政策。认真实施京津风沙源治理、天然林资源保护、草原生态补奖等重大生态工程，确保各类补贴及时发放到农牧民手中。”

是的，沙区人民不脱贫、不致富，沙漠永远治不住。

会前，我采访了磴口县城南边的巴彦高勒镇旧地村。那天，春寒料峭，村党支部书记田金富、村长张文元一干人在落实“十个全覆盖”中的村容村貌——清理垃圾和易燃柴木。当晚，我借住在田书记家中。我俩谈得很晚。第二天上午是县上的扶贫会，自然，我俩就扶贫内容谈了很多。该行政村 5 个自然村（村民小组），1051 口人，人均 1.3 亩土地，完全依靠土地生活的人家，基本上处于贫困状态。年轻人绝大部分在外谋生。年纪大的，刨闹不动了，在家哄孙子，度晚年，手头紧巴巴的。近两年，农副产品价格低迷，养羊挣不上钱，有点指望的就是国家能补一点。

“希望脱贫攻坚来得猛点，实惠多点。”干部群众们这样说。

第九章

沙包成了香饽饽

一、确立沙漠资源观

我国山区总面积占国土面积的69%，山区人口占56%，贫困人口主要集中在生存环境比较恶劣的山区和沙区，贫困地区经济和社会发展的潜力在山、希望在林。实践告诉我们，绝不能干违反自然规律的事。只要变对抗性思维为顺应性思维，变输血机制为造血机制，就可以逐步实现恢复生态、发展生态、提高农牧民生活的“三生统一”和生态效益、经济效益、社会效益的“三效统一”。内蒙古有变化，得益于“三个变”，即变单一防沙治沙为防沙、治沙、科学用沙相结合，变单一的国家抓生态为国家、企业、全民抓生态相结合，变单一的道义回报为道义回报和物质回报相结合。

1998年，磴口县被确定为全国生态重点治理县，当时的县委、县政府在总结50年治沙经验教训的基础上，重新思考治沙问题。“换一种思维看沙漠。”——沙漠不但不是害，还是资源、资本，是磴口未来发展的希望所在，要化害为利，变害为宝，大力实施生态治县工程。“沙漠资源观”的确立，让磴口人看到了乌兰布和沙漠的绿色生机，看到了乌兰布和沙漠发展生态产业的广阔前景。在“沙漠资源观”思想的指导下，全县深入挖掘沙漠财富，积极争取国家、企业及引导个人参与治沙。

沙区形成六大产业基地：以“中粮泰顺”、“食为天”等食品企业为龙头，建起了以番茄、小麦为主的绿色食品基地；以植物药厂、苁蓉生物科技公司、苁蓉酒厂为龙头，打造苁蓉、甘草、苦豆子基地，发展药材产业；以蒙牛集团为龙头，大力发展紫穗槐、柠条为主的饲草料基地，发展生态绿色畜牧养殖业，发展木材加工业；以维信、日健公司为骨干，逐步扩大枸杞、葡萄为主的生态经济林基地，发展酿酒和果汁加工产业；围绕沙漠绿洲和众多的沙漠湖泊，发展生态旅游业，开辟了湖泊度假村、划船、游泳、观鸟、垂钓等旅游项目；利用乌兰布和沙漠的风能和太阳能资源，大力开发风光热能新兴产业。

昨天茫茫戈壁人烟罕，今日翠树环绕绿洲多。走进磴口，乌兰布和沙漠正在变成一个大林场、大牧场、大草场、大工厂、大市场，它同时告诉世人：沙漠是财富，是宝藏。

原内蒙古盘古集团从1996年就进驻沙漠，已建起了50万亩的生态园区，被当地称为“鹰冠庄园”。两旁树木成荫，芳草萋萋，远处阡陌交通，纵横交错，人忙机勤，牛羊声声，俨然一个世外桃源。

相比盘古公司，内蒙古王爷地沙漠苁蓉生物科技公司则在沙漠里找到了另一个财富宝藏——人工种植苁蓉生物。这一技术的成功，在磴口治沙史上具有划时代的意义。

除了种植苁蓉，磴口县还大力发展以甘草、苦豆子等为主的中药材加工业，以及枸杞、菊芋、油沙豆、文冠果等种植、加工项目。这些适应当地自然条件的沙生植物，在发挥防风固沙作用的同时，让广大农牧民尝到了甜头，群众治沙由“要我治”变成“我要治”，防沙治沙的后劲更足了。

目标就是方向，行动昭示未来。磴口以科学发展观为指导，以建设北疆重要的生态安全屏障为目标，始终把生态建设放在重要位置，引进企业全部按照“先治理后开发”的模式，促使境内生态建设呈现出全新态势。

过去，提到乌兰布和沙漠经济林，人们大脑中首先想到的就是梭梭，也就是肉苁蓉的寄生林种。如今，再提及乌兰布和沙漠的种植，闪现在人们大脑里的不仅仅是梭梭，还有葡萄、红枣、文冠果及山药、菊芋等特色经济作物。

陈安平：内蒙古沙产业、草产业协会副秘书长，内蒙古梭梭肉苁蓉研究所副所长，沙生植物专家。

马宇龙：巴彦淖尔市沙产业、草产业协会副秘书长，巴彦淖尔市草原站高级畜牧师，这几年专职在协会工作，主要承担协会内部资料《会员通讯》的责任编辑工作。2008年，马宇龙作为沙漠专家，被中国政府选派到非洲一年。“援非”结束后，他将撒哈拉大沙漠深处所见所闻，以非常优美的游记散文形式，结集出版了《飞向撒哈拉》一书。

2015年12月初的一天，陈安平、马宇龙与我就沙漠治理一事进行了恳谈。

陈安平特别健谈，他说：“要说沙产业，首推肉苁蓉。苁蓉是我国西部沙漠中珍贵的野生植物资源，发展梭梭、肉苁蓉产业，除了有很好的生态价值，还有特殊的经济价值，堪称是沙产业中一颗耀眼的‘新星’。”

肉苁蓉是一种寄生在梭梭根部的名贵中药，也叫苁蓉、大芸（新疆）、地精，前已述及。经北京大学医学部药学院屠鹏飞教授总结概括，肉苁蓉具有补肾、抗衰老、抗老年痴呆、增强免疫力、抗氧化、增强体力、抗辐射、镇静、促进创伤愈合、保护缺血心肌、提高消化功能、保护神经、保肝、通便、肿瘤辅助治疗、提高记忆力等十五六种药用功效，被誉为“沙漠人参”，驰名中外。

肉苁蓉作为中草药在中国已有1800多年的使用历史。目前，其主要产品有苁蓉酒、苁蓉口服液、苁蓉胶囊、苁蓉保健饮料、苁蓉茶、苁蓉浓缩液以及各种含有肉苁蓉成分的药丸、药膏、片剂、粉剂等产品。此外，不断研发推出的新产品跨越了医药领域，广泛进入食品、美容保健、养生保健等高档生活领域。肉苁蓉产品消费不但在国内日渐看好，而且已逐步进入国际市场，为日、韩及东南亚各国甚至欧美国家所青睐，肉苁蓉市场前景极为广阔。

磴口县沙区渠系延伸至沙漠腹地，黄河水侧渗补充达4.9亿立方米，地下水丰富，水层埋深浅，一般为2~4米之间，非常适合梭梭等沙生植被的生长，发展肉苁蓉条件适宜，潜力巨大。

磴口县人工接种肉苁蓉始于 2001 年 5 月，相继聘请中央党校丁义教授，阿拉善盟医药公司戈建新，自治区沙草产业协会陈安平，中国农大郭玉海教授，内蒙古大学生命科学院李天然、曹瑞教授，内蒙古农业大学盛晋华教授，中科院新疆生态地理研究所研究员刘铭庭等专家到磴口进行技术指导，先后有乌兰布和灌域管理局东风所，巴彦淖尔市科技局、科协，以及北京华林公司、中林华源生态治理公司、三利公司、王爷地苁蓉生物有限公司、蔺芝公司、游牧一族苁蓉公司、勤和公司、宏泽公司、泽宇公司、五鑫公司、湘红制衣公司、治沙林场、新绿公司，县防沙治沙和林产业、沙产业协会，还有公地、沙金、哈腾的农牧民等，进入乌兰布和沙漠创业。并且已有多家公司推出了自己的产品，如沙金古泉苁蓉酒厂推出苁蓉红酒、苁蓉白酒两大系列 40 多个品种，

近年来，人工营造梭梭林绿化沙漠得到了良好的效果，而以梭梭为寄主人工接种肉苁蓉也取得了可喜的高效益。随着梭梭人工接种肉苁蓉实验的成功，栽种、接种技术不断推广和普及，梭梭肉苁蓉的种植面积不断扩大。人工接种肉苁蓉技术的突破，不仅改变了人们对沙漠的传统认识，而且在乌兰布和沙区涌起了一股“抢沙”热，特别是广大的农牧户种植积极性很高，把过去弃之不用的沙丘圈起来，栽种梭梭，嫁接肉苁蓉，使肉苁蓉种植业呈现出日趋蓬勃的发展态势。

据巴彦淖尔市林业局统计，目前乌兰布和沙区共有天然梭梭林 64 万亩，人工梭梭林 35 万亩，梭梭接种肉苁蓉产业从业人员约 6000 人。近几年，沙区企业每年人工种植梭梭不低于 1 万亩，成活率在 90% 以上。人工接种肉苁蓉累计达 9 万余亩，接种成活率在 70% 左右，肉苁蓉盛产期亩产可达到 100 公斤（鲜重），按照目前市场价格 30 元 / 公斤计算，每亩产值可达 3000 元。此外，由相关部门组织开展的肉苁蓉地理标志产品认证工作，经自治区药监局、质监局、内蒙古大学和内蒙古肉苁蓉研究所等有关机构的专家论证，已上报国家质监总局审批。若地标工作申报成功，标志着巴彦淖尔市肉苁蓉在地域分布、产品品质、生产加工、销售、价格等诸多环节得到国家保护与认可，并取得品牌专利。在带动就业方面，王爷地、兴套川等公司为了解决农忙时雇工难的问题，在沙区

建起了“农民之家”，并为种植者无偿提供住宅，外来务工人员可全家常年居住，工人按月领取劳动报酬。此举吸引了部分甘肃、宁夏等地农民工前来就业。

自 2002 年乌兰布和沙区人工接种肉苁蓉试验成功后，巴彦淖尔市肉苁蓉企业经过 13 年的努力探索、试验，逐渐形成了从基地种植、生产加工、技术研发、仓储物流、市场营销、电子商务到终端客服等资源整合一体化的产业链运营平台，构建起产、学、研优势互补的合作模式，各企业分别与北京大学、中国农业大学、中国矿业大学、中山大学、厦门大学、上海中医药大学、上海交通大学、四川大学、内蒙古大学、内蒙古农业大学等 20 多家国内知名院校及科研院所密切合作，在乌兰布和沙区肉苁蓉基地积极开展了 20 多项科研项目的实施与研究。2015 年 5 月，经自治区科技厅批准，内蒙古自治区肉苁蓉产业技术创新战略联盟在磴口成立，联盟已有 47 家单位和众多个人争相加入。这为苁蓉产业向更高层次、更广领域发展提供了技术支撑和创新平台。2012 年，游牧一族公司为了提高苁蓉种子的接活率，改良肉苁蓉此前的品质，将苁蓉种子载入“神舟八号”飞船进行太空改良试验后，并将回收的种子在公司所属的乌兰布和基地进行接种，太空肉苁蓉长势旺盛，可望收获第一代试验种子，为肉苁蓉质量提升打好基础。王爷地公司自主研发的肉苁蓉种子营养块、肉苁蓉机械种植等 7 项技术已获得国家知识专利证书。以接种肉苁蓉为例，过去每人每天接种 1 亩，现在应用种子块穴播机，2 人每天接种 30 亩，应用营养土直播机，2 人每天接种 120 亩，一次性完成开沟、播种、覆土等工作，机械化作业大大提高了工作效率。同时，王爷地公司苁蓉鲜品榨汁提取工艺和鲜切片工艺两项深加工技术也已申报国家专利。游牧一族公司在肉苁蓉接种技术等方面也获得了 3 项国家专利。

王爷地公司和游牧一族公司是巴彦淖尔市两家有经营特色的龙头企业，过去仅从事肉苁蓉接种及系列产品研发、销售业务，结构较为单一。从 2012 年开始，这两家公司在主业升级扩张的同时，兼顾沙漠养殖、有机农业种植、果品采摘、旅游观光等，形成了一业为主、多业共生的综合业态。

曾经有人说，沙漠是死亡之海。然而在这里，却随处可见绿色在坚强生长。于是，又有人说，沙漠是金，这里潜藏着地球上最高水平的生产力。

茫茫沙海，是威胁，也是诱惑。因为“威胁”，人们曾经试图“征服沙漠”；因为“诱惑”，人们开始了“生态治沙”的世纪工程。

梭梭的种子，被认为是世界上寿命最短的种子，无水状态下它只能存活几个小时。但它的生命力很强，只要有一点点水，在两三个小时内就会生根发芽。这也是梭梭适应沙漠严酷环境的结果。

梭梭是一种独特的野生沙地灌木，根系发达，一株梭梭可以固沙2立方米。它十分耐旱，但要栽活非常不易：先要在秋后采收梭梭种子，第二年春天播种育苗，然后再用育苗移栽的方法，人工培育梭梭林。每年的4月末5月初是梭梭播种最适宜的时候。

梭梭嫁接肉苁蓉技术的推广和有机酿酒葡萄的引种成功，吸引了一大批企业参与到乌兰布和沙漠的治理和开发中。

在人工适当补水的条件下，春、夏和早秋季节都可以人工栽植梭梭。一棵棵梭梭苗种下去，几年过后，望不到边的绿色就会把红黄色的沙漠覆盖起来。

在茫茫沙海里种梭梭，如果仅靠政府动员当成公益性事业来做，效果必然大打折扣。治沙的关键是要动员全社会的力量。

近几年，巴彦淖尔市本着“谁治理、谁投资、谁开发、谁受益”的原则，出台了一系列政策，鼓励有能力的企业、经济组织和个人通过承包、租赁、股份合作制等方式参与治沙。

短短几年间，民营企业纷纷把眼睛盯向了乌兰布和沙漠，成了产业治沙的主力军。

在投资者眼里，今天的产业治沙已不再只是个公益事业，他们看到了另一面：改造沙漠需要很多资金投入，需要极大的忍耐力等待效益缓慢产生，这是一个艰难甚至痛苦的过程。而企业的超常规发展也很可能就在这个过程中产生。

从栽种梭梭到收获苁蓉，至少要四五年时间，如果赶上干旱、大风，刚栽下的梭梭苗不是被沙子掩埋就是被风连根拔走，有的补水不及时还会旱死，眼睁睁看着投入的钱损失掉……

在普通人看来，治理沙漠，就像把钱扔进无底洞。但在这些投资创业的人眼里，沙漠是一种资源，可以变沙为利，变沙为金。

现在，在沙漠中种梭梭，投资企业只用少量的技术人员、管理人员，压沙、造林、开路、改土，主要雇用当地农民。治沙上有了收入，他们参与的积极性也就更高。

梭梭的根上寄生苁蓉，具有独特的药用功能和较高的经济开发价值。随着人工种植肉苁蓉技术的日渐成熟，发展苁蓉产业，成了促进产业治沙的一条可行之路。

要种苁蓉，先得种梭梭，梭梭防风固沙，这就是生态效益；在梭梭上接种苁蓉，有序采挖，可以持续多年，能获得很好的经济效益。梭梭生长在没有工业污染的“净土”上，不施化肥农药，收获的苁蓉就是真正的有机农产品，再经过精深加工，就能创造更大的经济价值。

那么，沙区的农牧民如何从中获益呢？办法就是做企业基地的产业工人挣工资，或者是承包土地把梭梭和苁蓉种好，收获时卖给企业获利。

目前，乌兰布和沙区有 51 家企业及众多个人从事肉苁蓉产业，人工栽植的梭梭林近 37 万亩，已接种肉苁蓉 9 万亩，年产值过亿元。

有机酿酒葡萄种植面积累计达 1.5 万亩。

治沙投资由过去每年不足 5000 万增加到现在投入过亿元。2015 年，沙区企业用工总量达 32 万人次，创利税 5000 多万元。

经统计，从 2000 年至 2014 年，乌兰布和沙区生态治理资金国家投入近 2 亿元，而企业从 2004 年至 2014 年累计投入近 16 亿元，其中用于生态建设的资金达到 4 亿多元。就 2013 年来说，国家当年下达的沙区生态建设任务是 16.9 万亩，实际完成治理面积 24 万亩，是下达任务的 142%；有了企业的参与，乌兰布和沙漠治理投资逐年增加了，这说明防沙治沙由“要我治理”变成了“我要治理”。

这些治理后的地区，植被覆盖度和生态多样性显著改善，风沙或浮尘天气明显减少，有效地遏制了治理区沙漠化蔓延的势头。

在乌兰布和沙漠，沙生药用植物除了肉苁蓉外，还有甘草、锁阳、黄芪、苦豆子等，经济和药用价值均比较高，可发展人工种植药用经济植物产业。依托经济林基地，还可重点发展葡萄、沙棘、果品等产业，实现生态、经济、社会效益的统一。

每一天，和朝阳一同升起的，还有治沙人对乌兰布和未来的希望。而这片土地，也正如他们希望的那样，正经历着前所未有的产业化发展之路。

二、特别报道

1. 魏均和他的“王爷地”

在乌兰布和沙漠，将名不见经传的肉苁蓉做成一种产业、一种品牌，做大做强，走出内蒙古的第一人，首推魏均；

在乌兰布和沙漠，在千百座光头秃脑的流动沙丘上栽培梳理出毛茸茸的“绿发”的第一人，就面积之大来说，首推魏均。

魏均，今年43岁，参加工作时间已经24年了，如果将12年作为一个轮回，那么24年正好是人生的两个轮回，魏均是为公一轮回，为私一轮回。2003年6月，魏均从磴口县国土资源分局沙金套海苏木所下海，一头扎进家乡的沙漠里。3年后，2006年10月他创办了私营企业性质的内蒙古王爷地苁蓉生物有限公司（以下简称“王爷地公司”）。

说起“王爷地”名称之来历，许多人是只知其然不知其所以然。读者要问：“王爷”是谁？“地”在哪里？

这还得从清朝的一段故事讲起。

原来，阿拉善旗王爷因随康熙西征噶尔丹有功，被赐封亲王，其名分实际上要高于盟长，直属中央理藩院，这是1692年的事情。阿旗地界多属于腾格里沙漠和乌兰布和沙漠，辽阔而又荒凉，只有乌兰布和沙漠北部靠近黄河处可种植。但是，自清初朝廷就有规定“汉人不得越塞开垦”，此地被视为蒙古人的牧场。乾隆帝四年（1739年），娥掌公主（也叫单眼公主）下嫁阿拉善王罗布藏多尔济之后，朝廷恩准磴口四坝乌拉河一带地区为“公主菜园子”。到了1900年，八国联军侵华，清政府拿不出足够的白银打发外国侵略者，便以地抵银。三盛公天主教堂的教徒乘机向阿旗索赔34万两白银。阿旗王爷无力支付便屡屡上奏朝廷，几经周折后又以24万两、18万两压缩到8万两，最后以5万两达成协议，阿旗只给付了2万两，余皆以水地折抵，期限39年。阿旗王爷靠近黄河一带的“公主菜园子”便被迫成了天主教堂的租借地。协议签订之外，天主教堂还开发了大片生荒地。直到1946年才收回。这便是王爷地的故事。

除此之外，民国年间，宁夏省主席马鸿逵在磴口县施行旗、县并存局面，阿旗、磴口县、天主教堂三方土地的确权、纷争也加剧了人们意识中的“王爷地”之概念，以至于后来“王爷的地方”渐成磴口县地域的代名词，磴口县地名“协成”、“新地”、“旧地”、“公地”等等都与此历史有关。

经由磴口县委办公室帮忙联系，我在“王爷地”公司见到了百忙中的魏均。握手的瞬间，我以调侃的语气问候道：“魏王爷你好！”他嫣然一笑，将我让在沙发里。访谈由此开始。

内蒙古磴口县地处乌兰布和沙漠东缘，是国家生态治理重点县，可开发利用沙地面积426.9万亩，占全县总土地面积的68.3%。

魏均祖辈三代生活在乌兰布和沙漠中。为了改变家乡恶劣的生态环境，他从1996年开始在沙漠中植树种草，2003年毅然辞去公职，投身于沙漠治理，让昔日黄沙渐渐变成一片绿海，并在梭梭林根部成功开发被称为沙漠黄金的神奇植物——肉苁蓉，寻找到一条让沙漠变成绿洲、为人类健康谋福祉且可持续发展的沙产业创新之路。他的梦想实现的同时，也为世界沙漠治理树立了中国典范。他认真领会学习钱学森院士提出的沙产业理论，践行沙产业“多采光、少用水、新技术、高效益”技术路线，转变思维看沙漠，把“治理沙漠”转变为“经营沙漠”，大面积种植梭梭林，绿化沙漠，林下种植肉苁蓉，创建了肉苁蓉产业与生态环境治理双赢的可持续发展的新模式。

经过多年治理、示范带动，魏均带领王爷地团队，在乌兰布和沙漠建设沙产业综合示范基地5万亩，种植梭梭林3万亩，杨树防风林15万株，有效地改善了周边的生态环境。带动巴彦淖尔市发展人工梭梭林30万亩，人工接种肉苁蓉10万亩。大面积规范化栽植梭梭，增加植被覆盖率，提高物种多样性，减少沙尘天气，改善当地小气候环境，维护生态平衡，每年阻拦流沙量达130多万立方米，为乌兰布和沙区筑起一道坚固的绿色防风固沙屏障。在他执着的干劲、产业的前景及显著的效益带动下，巴彦淖尔市农牧民、企事业单位治理沙漠、种植肉苁蓉的积极性显著提高，从事以肉苁蓉为主沙产业的企业达51家。

告别魏均的第二天，魏均委派他的副总经理王泽军陪我前往苁蓉基地参观。出了县城往北，在昔日明晃晃的沙漠里，是一条四车道的柏油马路，穿越乌兰布和农场场部，油路收窄为会车道。向西北转道而行，离县城35公里，一眼望不到边的毛茸茸的梭梭林子展现在眼前。这一带处于哈腾套海农场和巴彦套海农场之间，属于沙金套海苏木温都尔毛道嘎查地段。本书第三章描述的20世纪50年代，巴盟盟委组建的哈腾套海综合林场即在这一片明沙区布防。我岳父一家两代人在这里生活了30年，我对这里的地形地貌是熟悉的。一路驱车奔来，竟使我大吃一惊，不仅1963年侯仁之笔下的“50米高”的大沙漠不见了，视线中，居然可以看到百里外的阴山山脉；20世纪70年代，我经常翻越的兀奇高的沙漠也不见了。我问王泽军，得到的回答是：“推平了！”我心中充满疑惑：“推平了？往哪里推？”我不敢确定，只是想侧面证实，便问道：“王总哪里人？”答复是此地人。再问：“你跟随魏总几年了？”再回复：“10年。”王爷地公司注册也是10年，这话如果是真实的话，浩瀚无垠的乌兰布和沙漠得开进推土机兵团吧？改天，我在另一家大公司采访时，得到的回答是被风刮跑了！到底哪个更具有说服力，暂且不作论断。

司机驾车，王总“导游”，我们在波浪起伏的梭梭林海里“漂流”。经过王总介绍，实地参观，我对“王爷地”有了更深入的了解。

这个有机肉苁蓉人工接种示范基地，位于沙金苏木温都尔毛道嘎查架子滩，土地是魏均2003年从这个嘎查7家牧户中租得的。基地面积5万亩，总体布局为肉苁蓉人工种植区、有机农作物种植区、养殖及饲草种植区、生态观光旅游区及办公生活区。自2003年开始规划建设以来，基地已累计投资8000多万元，开发耕地6000亩，栽植梭梭林3万亩，肉苁蓉人工接种3万亩，修筑各种作业

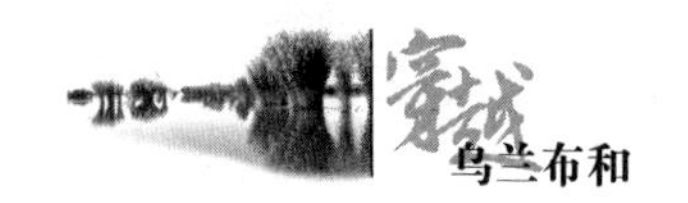

道路25公里、高低压输电线路23.8公里，打机电深井22眼，地埋输水管道15公里，渠路林水电基本配套。2009年5月肉苁蓉产品通过了中绿华夏有机食品认证中心有机认证，2013年通过中国质量认证中心有机认证。自基地建立以来，与国内各大院校、单位合作科研项目20余项，培训农牧民3000多人次，先后接待国家、自治区、市县级领导参观检查200多次，为沙产业发展起到了示范引领作用。基地被列为中国治理荒漠化基金会示范基地、国家发改委高新技术产业化示范基地、国家林下经济示范基地、中国农业大学中药材研究中心试验基地、北京大学现代中医药研究中心肉苁蓉研究基地、自治区沙草产业协会试验示范基地、内蒙古中蒙药材种植科技示范基地、磴口县肉苁蓉人工接种示范基地。

在日本，帮助中年“压力男人”保持和恢复自信的，是由中国进口的肉苁蓉。由于信奉它的非凡功效，有些日本的中年男人甚至把它当作神物，供上案桌顶礼膜拜。在家里，日本人还用肉苁蓉饮茶、煲汤；在药店，他们可以买到肉苁蓉的胶囊或者药丸。

1973年，魏均出生在磴口县原公地公社黎明八队——这里与杭锦后旗交接，是“杨力生时代”构筑的“绿色长城”的尾部。魏均的父辈、祖辈都直接参与了20世纪50年代可歌可泣的防沙治沙战役。但到他这一代，治沙已不再是单一的保护农田了，而是致富的途径。它的“王爷地”苁蓉饮料是饮料界的一朵奇葩。魏均模式开启了一个治沙新时代，这是国家实施生态文明战略的成果，也是沙漠地区始终坚持科学治沙，贯彻科学发展观的结果。

魏均的成功让他曾经成为中央电视台关注的焦点。

2011年5月18日，中央电视台7套《农广天地》栏目组来内蒙古王爷地公司，详细拍摄了该公司肉苁蓉种植、采收、加工、产出等，并采访了公司董事长魏均创业肉苁蓉产业的经历。

2015年5月11—14日，央视7套《致富经》栏目组到内蒙古王爷地公司拍摄《大漠中寄生的财富》，采访了董事长魏均，并全程拍摄了肉苁蓉种植、采收、收购、库存、加工、研发、销售全产业链，于2015年6月16日播出。

2015年7月12—16日，央视综合频道《生活早参考》栏目组到王爷地公司拍摄《大漠寻宝》，拍摄了王爷地肉苁蓉从种植、采收、收购、库存、加工、研发、销售全产业链专题片，并采访董事长魏均的创业史，于2015年7月21日播出。

全国总工会原副主席蒋毅在磴口考察时说："苁蓉产业的未来前景有理由超过蒙牛、伊利。乌兰布和沙漠是座金山。"蒋毅于20世纪70年代中期曾担任过巴盟盟委第一书记，他说这番话是有根据的。

沙漠生态治理需投入大批的劳动力，王爷地公司每年雇用当地农牧民3000多人次进行梭梭栽植、管理及肉苁蓉人工接种、采收等，魏均及公司技术人员对农牧民进行现场指导和培训，使他们掌握了梭梭栽植，肉苁蓉接种、采种及管理技术。同时公司提供梭梭苗、肉苁蓉良种，指导农牧民人工接种肉苁蓉，并回收肉苁蓉，有效激发了当地农牧民治理沙漠、栽植梭梭的积极性，农牧民自发地承包沙漠人工栽植梭梭、接种肉苁蓉向沙漠要效益，带动了2000多户农牧民脱贫致富，农牧民每年就栽植梭梭、接种肉苁蓉及管护等人均增收近3000元。同时，在基地建设了50户、常住人口200人的生态新农村，将生态脆弱地区农牧民进行生态移民，经过科技培训，使农牧民由输出劳动到掌握技术，由生态移民变为产业工人，为农牧民走向富裕路提供了良好的空间和机遇。

在基地新农村生活区，我走入两户外来打工者家中进行访问。

来自国家级贫困县的甘肃省武威市武威县张义镇夹皮沟村的11户农民在这里安家落户。整齐划一的数栋平房，每栋两户。每户里外两间，60多平方米，收拾得干净利落。

58岁的王福海告诉我：他家6口人，4个劳动力，来了4年了，包种王爷地公司130亩水浇地。去年种了葵花、玉米，毛收入11万元，除去开支，可落5万元，在王爷地苁蓉基地打工挣1万多元，附近牧业队干零活得一万五六千元，细细数来，纯收入8万元，人均2万元。

另一户刘文会家，5口人，5个壮劳力，收入10万元。

他们说，在这里，享受的是共产主义生活——住房、水、暖全是魏老板掏钱，他们只管把地种好，把营生干好。有几户人家还买了小轿车。

我问他们想不想回老家。闻讯进来的几个男女纷纷摇头说：“不想回去。娃娃在磴口县城读书，大人在家门口挣钱。回去干甚？！”

这话我信。武威市下辖4县，20年前我去过。北部的武威县、民勤县被腾格里沙漠包围，可谓“贫瘠甲天下”。近代百年，民勤人逃难谋生的首选之地就是乌兰布和沙漠北部的河套灌区。

随着我国消费者对有机产品日益追捧，有机产品市场占有率越来越大，王爷地公司在建设肉苁蓉原料基地的同时，在磴口县建成了肉苁蓉精深加工厂及全国首家肉苁蓉交易市场。2012年，生产车间、仓储、化验室均通过国家GMP认证，建设形成了深加工厂、生物技术研发、产品检测为一体的产品科技转化链，相继推出了御品苁蓉茶、中药饮品、苁蓉纳米粉、苁蓉饮料、苁蓉礼品等五大系列20多个产品。围绕健康、原生态养生主题，陆续开发饮品、保健品、药品、礼品、药膳、苁蓉有机奶、高端食材等产品链。组建营销中心，依托电子商务平台，打造线上产品，组建会员与线下渠道，进行产业基地互动，辐射中草药材交易市场及健康养生市场的全产业链。产品销往全国各地，与同仁堂、康美药业、一方制药、宛西制药、中国医药集团等20多家药企建立战略合作关系。

王爷地公司真正的硬实力，是它的技术创新能力。经内蒙古自治区发改委、科技厅批复，公司成立了内蒙古乌兰布和沙漠肉苁蓉人工接种及产业化工程研究中心、内蒙古自治区企业研究开发中心及肉苁蓉产业技术创新战备联盟。公司还与北京大学、中国农业大学、内蒙古农业大学、内蒙古大学、内蒙古医科大学等科研院校合作，成功地研发了肉苁蓉人工接种高产技术、肉苁蓉种子营养块技术、肉苁蓉种植机械、肉苁蓉鲜切片制作工艺和鲜品肉苁蓉榨汁提取等技术，已获国家知识产权局七项专利证书。通过推广应用专利技术，提高肉苁蓉接种成功率，由原来的45%提高到75%，产量由原来的50公斤，提高到100公斤以上；节约种植成本60%，防止病虫害发生；提高肉苁蓉种植效率，每台机械2人操作，日均可种植肉苁蓉150亩，种植效率是人工接种的75倍。公司积极开展重大关键性和共性技术的研究以及新产品的研发，培育自主知识产权和自主品牌，为肉苁蓉产业有序、快速发展提供技术支撑。

在王爷地公司示范带动下，巴彦淖尔市从事以肉苁蓉为主的沙产业企业达到51家，肉苁蓉产业也被列入全市“十三五”发展规划，拟发展肉苁蓉人工接种50万亩，使肉苁蓉为主的沙产业成为地区经济发展的支柱产业。

王爷地应沙产业的大势所生，有着与生俱来的沙文化基因，“容文化”是王爷地文化的魂脉：既有蒙商勇于进取、胸怀博大、敢于争先的草原文化精神，同时也吸收了黄河文化、河套文化的精髓，形成了自己独特的文化体系。

兼容并蓄是中华文明的优良传统，中国文化的基本精神是“中和融通”。“容”是天地万物高度和谐、共融的状态；“容”是不同事物的协调共处。“容”生万物，意在胸怀宽阔，广纳百川，在和谐的自然环境、社会环境下奋发进取。

“容文化”是指导王爷地发展的最高理念。“容”象征王爷地会聚能量，执着进取的精神品格，“和万物于胸，容天地于心”是大漠之子——王爷地人的精神内涵与特质。

“容文化”的内涵是和融共生，利他共赢。

“容文化”的特征是容知，容行，容才，容情。

公司的愿景是以沙产业为载体，打造生命健康产业领域的世界级公信力品牌。

公司的四大使命是区域使命，公益使命，产业使命，社会使命。

公司的核心精神是敬天，法地，爱人，润心。

公司的核心价值观是以人为本，责任为先，创造为源，公益为魂。

公司的社会责任理念是让沙漠风调雨顺，让工人丰衣足食，让百姓安居乐业。

在苁蓉基地参观，我发现，多处路段立有醒目的标示牌，有国家级的，也有地方的：国家林业经济示范基地、中国治沙暨沙业学会沙产业示范基地、中国治理荒漠化基金会示范基地等，每一块基地面积不等，内容也不一样，故事各异，但目的只有一个：通过“试验”、“示范”、“研究”，得出科学结论，引领生态治理。

2016年是国民经济“十三五”开局的第一年，也是王爷地公司“三五”起步年。谈起今后的发展思路和目标，魏均同我说：

“未来5年，公司在现有基础上，将扩大肉苁蓉、甘草、黄芪等中药材人工种植面积预计达10万亩，以保证中药饮片厂原料的供给；增加中药提取设备，购置制粒、压片、灌装生产线，开发中药颗粒、粉末压片、饮品等精深加工产品；引进、培养科研人才，加大研发投入，争取申报国家级肉苁蓉产业工程研究中心；建成肉苁蓉特色农产品交易市场，实体店与网络交易相结合，形成从基地种植、生产加工、技术研发、仓储物流、市场营销、电子商务到终端会员一体化整合的健康全产业链运营平台。

“未来5年，产品主要以精深加工产品为主，包括口服液、饮料、胶囊、片剂、颗粒等；生产规模预计年处理中药材1万吨，产值10亿元，利润1亿元。加大研发投入，研发治疗高血压、糖尿病、心血管病、癌症等新药，申报发明专利及保健食品批号，推动健康产业发展，提升我国医疗卫生领域的科技竞争力，为建设美丽中国做出积极贡献。”

魏均还说，将以中药材资源为基础，整合各方力量，打破地域界限，建设大宗药材的规范化种植基地；以市场为导向，运用先进技术、先进设备和先进工艺，发展药材精深加工，加快饮品、药品、保健品等高端系列产品开发，打造“王爷地”、“北国荣”、“漠元”知名品牌；以提高中药材产品质量和市场竞争力为核心，实行产学研结合，构建中药材研发体系、生产加工体系、质量标准体系和市场营销体系，推动产品和产业结构优化升级；以科技为先导，加速科技成果转化，促进中药材种植基地规范化、规模化，生产加工现代化。

他的目标远不止这些，还有：依托肉苁蓉产业，建成30万亩有机原料基地，进行精深加工，产值要达50亿元，为家乡的经济发展助力；

以移动互联网+沙漠养生食材的思维，打造王爷地养生食材平台，整合西部优质养生食材产业链，交易额达50亿元；

创新“种植资源+生物科技+电子商务+健康产业市场+资本+沙文化+荒漠化治理”的七位一体的沙产业新商业模式；

在沙产业领域，体现企业的环保责任及社会价值，让西部更多的沙漠变成绿洲，让更多的消费者使用王爷地安全优质的养生食材，为人类的健康服务。

……

王爷地公司经过多年坚持不懈的努力，成绩斐然：

2008 年，被内蒙古自治区认定为首批林业产业化重点龙头企业；

2010 年，被评为内蒙古自治区光彩事业国土绿化先进民营企业；

2011 年，被推选为第三届中国治沙暨沙业学会常务理事单位、获得“中国科技创新型中小企业 100 强”荣誉称号；

2012 年，被评为绿色财富（中国）十大新锐企业；

2013 年，被评为低碳中国年度贡献企业；

2014 年，获得全区五一劳动奖状，并成为唯一参与自治区肉苁蓉地理标志性产品认证的企业。

2008 年，成功开发中国第一款无糖肉苁蓉饮料；第五届中国肉苁蓉及沙生药用植物学术研讨会暨沙产业产品展示会指定饮品；2008 年，内蒙古年度经济人物、创业人物颁奖大会唯一指定饮品。

成为全国肉苁蓉产业的领军企业，开创了沙漠中每亩超过 3000 元收益的产业纪元。

……

魏均背后，各种荣誉接踵而至：

2008 年，被评为内蒙古自治区十大创业人物；

2011 年度中国十大创新人物；

2011 年 8 月，荣获内蒙古发展沙产业“杰出贡献奖”；

2011 年 12 月，全国建党 90 周年引领生态产业发展十大年度影响力人物；

2013 年 8 月，低碳中国发展基金公益项目先进个人；

2014 年 1 月，被评为“光彩事业国土绿化贡献奖”；

2015 年 11 月，被评为“内蒙古创业先锋人物”。

内蒙古自治区沙草产业协会副会长；

中国治沙暨沙业学会常务理事。

当我们治理茫茫沙漠时，一个企业、一百个企业也只是大海里的一滴水。但，这是一个利国、利民，同时也能够为企业和投资者带来经济价值的阳光产业，是泽被后世的宏伟事业。

经过几代人的实践，人们治沙的思维模式在变：从被动抵御沙害、保护生态，变为主动去开发、利用沙漠；从单一政府投入变为多元化投入，因地制宜科学治沙；从单纯重视生态效益，变为重在实现治沙产业化，生态、经济、社会效益并重。

沙漠中这一片片葱茏的绿色，正是人们实践治沙“新思维”的成果，也是撬动沙产业形成发展的有力杠杆。

《世界沙漠宪章》中这样描述：“全球的荒漠是真正的开阔的博物馆，在它们的外貌中记录了人类活动的记忆和沙漠所有的美丽和幽雅。”

“我们一定要更加自觉地珍爱自然，更加积极地保护生态，努力走向社会主义生态文明新时代。”党的十八大报告中发出了这样充满激情的号召。

我们期待着，沙漠——这块现代工业化最后的洁净资源储存地，能生长出一条条金色的产业链条，创造出一个又一个绿色奇迹！

诗曰：

他
本来手捧金饭碗
衣食无虑有俸禄
可他
扔了金饭碗
沉醉创业梦
沙漠腹地搭茅庵
倾家荡产种苁蓉
忽然一夜劲风吹

明沙地下遍生金
十年树木
沙漠锁定

2. 贺文军：沙海游泳，如鱼得水

贺文军与我相识 32 年了。

1984 年，我俩同时报考了中央电大，笔试录取后，被编入内蒙古电大巴盟分校干部专修科 3 班。

1982—1983 年，从中央到地方进行了一次前所未有的大规模地从上到下的机构改革，之后为了迅速而又大面积地提高党政干部的文化素质，中央组织部、人事部委托中央电大面向全国招收在职的党政干部就地脱产培训，学期二年。我和贺文军就是在这种背景下走到一个班的。全班 69 位同学来自盟、旗县党政机关，学员皆为国家干部，最小 19 岁，最大 44 岁，其中 24 位党员，我是党支部书记。

贺文军来自五原县塔尔湖镇人民政府。塔尔湖催生和养育了贺文军；塔尔湖促成和放大了贺文军。这是因为，塔尔湖有一片大沙漠，在河套平原上特别惹眼，新中国成立后的头一个 30 年，塔尔湖人把这处沙漠变成了绿洲。黑柳和钻天杨比翼双飞，红柳和沙枣树争奇斗艳，桃李满园、果味飘香。塔尔湖因这片绿洲在巴盟出名，在内蒙古西部出名。

1980 年夏天，阿尔及利亚 6 位专家和官员来到临河视察。我同巴盟行署的一位领导，陪同非洲客人专程前往塔尔湖。远道而来的中方领导人是时任中国林科院兰州沙漠研究所所长刘恕女士，在 1983 年的那次机构改革中，她升任甘肃省副省长，她后来把官做到了北京——中国科协副主席，此时的中国科协主席正是从巴丹吉林沙漠的导弹基地调任北京的钱学森。

刘恕——一个与沙漠打了半辈子交道的科学家，领着地球上第一大沙漠——撒哈拉大沙漠里的阿尔及利亚专家们前来考察参观的沙漠居然是河套平原上的塔尔湖林场，塔尔湖的名声就可想而知了。

玩着塔尔湖的沙子长大、跟着塔尔湖杨树成才的贺文军，自幼同沙漠结下了不解之缘。这为他此后闯入乌兰布和沙漠埋下了伏笔。

1988 年，龙年，一个多灾多难的年头。

1988 年，一个值得沉思的年头。

1988 年，一个充满激动和忧虑的年头。

1988 年，一个似被激怒了的疯狂的年头。

十年改革，风风雨雨，激流之中泥沙俱下，万年不息的黄河异常喧哗……历史的长河终于涌到了这个隘口。面对它，人们愤怒、忧虑、徘徊、惊愕、叹息、困惑、恐惧……最终无可奈何，趋于平静——静之中蕴含着无尽的焦灼。

1988 年 2 月，鉴于 1982—1983 年机构改革后人员并没有减下来的财政压力，盟委、盟行署贯彻国家政策大胆地出台了曾经轰动内蒙古政坛且之后褒贬不一的鼓励党政干部“顺向流动”、自谋职业的八条规定。

1988 年，是我和贺文军的人生拐点。

我俩人都是自幼玩沙子长大的，自然脱不了沙子的寒光之气，遇风扬场，“搅得周天寒彻”！

时年春天，我俩心有灵犀，积极响应盟委号召，与本单位签订合同，下海经商。从此，再也没有“上岸”，再也没有回头！

贺文军淘的第一桶“金”，是在家乡五原县塔尔湖卖建材——陶瓷。也就是那一年，中央银行首次发行 50 元和 100 元大额面钞。

那时，从农村到城市，从平房到楼寓，室内地面的砖头被刨了，水泥地面也给砸了，甚而时兴了不几年的水磨石地面也弃之不用了，取而代之登堂入室的是陶瓷地板砖。

随着财富的日积月累，贺文军已经不满足在小小的塔尔湖小打小闹，更不愿意驱动四个胶皮轮子往返于包头、五原之间。

在 20 万常住人口的盟府临河，在火车站与汽车站附近，有两条十字街，在那个年代是全盟的商业集散地——盟商业局八大公司的二级站集中在这里吞吐。

也许就是 1988 年那个“疯狂”的年头吧，一条繁花似锦的昔日的盟百货二级站、五金二级站大门口，竟然变成了“陶瓷一条街”！但见这里车水马龙，人头攒动。

1991 年秋，贺文军跻身于这里。“恒鑫建材门市部”——他以这样的营业执照与名片，南下陶瓷之都广东佛山，成车皮地往回发瓷砖。

“贺文军发了！”同学们都这样说。

贺文军真的发了。几年后，他就地买断了破了产的盟百货二级站库房，开发成商业住宅区，开发成宾馆和幼儿园。

“贺文军发大财了！”每遇事宴，同学们都这样说。

然而正在房地产业搞得一片火热的时候，他却转型了，走向荒漠，开始了他的“沙漠人生”。

会当击水三千里，人生能有几次搏，
必然出自偶然兮，换个活法挺快活。

2005 年春季，一次出行乌兰布和沙漠时他遇到沙尘暴。车子无法行进，他只好借宿于牧民家中。谁知一觉醒来，牧民家门推不开，原来是被堆满的沙子挤住了，昨天走过的路全然不见，门外到处是波浪式的连绵起伏的沙包。借宿的牧民告知他，因沙害他们马上就得再搬家。

此遇有点刺激贺文军的大脑。回来后一有空他就查找资料，去沙漠调研。在漫漫黄沙中，有人可能看到的是人类无法战胜沙漠，而他却在黄沙中看到了新的希望：狂风中屹立的梭梭和根部寄生的肉苁蓉，存在着巨大商机。梭梭有固沙、治沙功能；肉苁蓉是“沙漠人参”，是名贵养生保健药材，最贵时可达 500 元一公斤。人工栽培梭梭、在梭梭根部接种肉苁蓉已是一项成熟的技术，贺文军兴奋了。当他把自己的想法公布后，家人、朋友、随从多年的团队成员，有的愿意跟他走，有的怀疑。他给大家讲，虽然目前投资沙漠看不到大效益，远不如房地产来钱快，可这样的投入一旦产生效益，就会超过现有的事业几十倍或上百倍，就是一颗绿色“原子弹”爆发的威力，而且是利国、利民、利己

的一项伟大事业。信者留，不信者走。铁了心的他，2005 年 8 月，注册成立了游牧一族生物科技公司，在乌兰布和买下 2 万亩沙漠经营权，开始专业从事沙漠治理。刚走进沙漠，他和团队吃尽了苦头。没电、没路、没水，住自建的简陋蒙古包。有时赶上大风天，做好的饭里全是沙粒，只能囫囵吞下。发展沙产业是个投资巨大、见效慢、风险大的项目，从栽梭梭到收获苁蓉至少要四五年，赶上干旱、大风，新栽的梭梭苗有的被沙掩埋，有的被风连根吹走，也有的因补水不及时而旱死，那就得重新栽培。还有的梭梭苗被老鼠、野兔啃掉。他们多次眼睁睁看着风沙把树苗刮走，把钱损失掉，揪心、落泪……但他依然信念如磐，不停地接种、补种，不能输！在沙漠中生活充满艰辛，他不怕，本来出身农民的他打锄也无惧，可投资越来越大，不见效益。他将自己的宾馆收入和其他收入全部投入治沙，甚至将房产、公司资产全部做抵押贷款，久经磨难，终于等到“绿洲梦圆”的一天，见到了效益。

那几年，出现在同学们“事宴”桌上的贺文军，脸蛋晒得黑油明，灰头灰脸，风尘仆仆，俨然一个农民。闲聊中，同学们打趣道：“文军啊，听说苁蓉能制茶，多咋会儿能喝上你的苁蓉茶？”说巧了，这又一次刺激了他的脑神经。灵感又来了——苁蓉一般是靠入药、泡酒、熬汤体现药用保健价值的，不喜欢喝酒的人还排斥它，如果把苁蓉生产成茶，中国老百姓就可以天天喝了。就这样，“游牧一族”苁蓉茶系列产品诞生了。其中，苁蓉黄精茶申请为专利产品，并于 2009 年 12 月 21 日正式被国家食品药品监督管理局批准为保健食品。他们还研发了冷冻干燥保鲜技术（FD），该技术已申请发明专利，2012 年 2 月正式被国家知识产权局受理并予以公布。2012 年“游牧一族”商标被评为内蒙古自治区著名商标。同年 5 月，“神舟 8 号”遨游太空的肉苁蓉种子，成功落户“游牧一族”实验基地，填补了巴彦淖尔市肉苁蓉航天育种的空白。

随着“游牧一族”系列苁蓉产品的上市和推广，贺文军在他的沙漠绿色通道上，也开辟了一条财富通道。巴彦淖尔市沙产业、草产业协会副秘书长马宇龙曾评价他说：“贺文军治理沙漠的面积，在乌兰布和地区不算最大，而论他的贡献却是无人可比的。关键在于他把沙漠产品变成了工业产品，他把工业利润又返回到了沙漠治理中。这种产业链循环的模式和‘以沙养沙，以沙治沙’的投资渠道的突破，在中国西部治沙史上写下了浓墨重彩的一笔。”

马宇龙说的是真的吗？我要看看。

2016年初春，贺文军引领我来到“游牧一族”沙漠基地。

循环链中有援军。在防沙、固沙过程中，贺文军发现，靠一个企业的力量，靠个人，是不可能尽快完成治理目标的。他深入研究著名科学家钱学森的治沙理论“多采光、少用水、新技术、高效益”，结合当地实际，创造了一套“公司+基地+农牧户”的产业化发展模式。基地做科学栽培和嫁接技术指引，很多农牧户加入到他的治沙团队中来。目前，“游牧一族”种植标准化基地建设已经辐射到2个旗县、5个农牧场，带动600多户农牧民从事生态治沙。农牧民仅种植肉苁蓉一项，每亩增收800多元。“游牧一族”造林面积已达1万多亩，肉苁蓉接种面积达0.5万亩。在贺文军的倡议下，巴彦淖尔市还组建了农牧民苁阳生态种植专业合作社，2012年合作社辐射5个旗县（区）11个镇（苏木）40个村（嘎查），带动农牧民1000多户，提高了农牧民造林的积极性和人工接种肉苁蓉的成活率，实现了“沙漠增绿，农牧民增收，企业增效，人类增健康”的共赢模式。随着贺文军循环治沙产业链的形成和规模的逐渐扩大，一些国际志愿者组织也被吸引到乌兰布和沙漠种植梭梭林。

人称贺文军为“沙漠迷”、“苁蓉迷”，他不仅在基地和厂区建立了世界首家“苁蓉文化生态园”和“苁蓉文化博物馆”，还将自己的人生总结为“苁蓉之道，从容人生”；将总结出的“坚韧不拔、韬光养晦、善于合作、乐于奉献”的苁蓉文化作为企业文化。

2010年，公司通过沙漠土地流转与承包的形式，依法取得了2万亩土地经营权，实施规模化、产业化经营。基地建设起到了典型示范带动作用，从而极大地激发了各种社会力量种植梭梭的积极性，逐步扩大梭梭人工种植面积，促进了天然梭梭林的恢复和发展，加快了生态建设步伐。

公司通过市场化运作，产业化经营，加快林业生态建设的步伐，推进农牧区经济发展，实现可持续发展。公司标准化基地建设辐射到2个旗县（区）、

5个农牧场区，带动了600多户农牧民，农牧民就种植肉苁蓉一项每亩增收800多元，人均增收200多元。

为了提高农牧民组织化程度，贺文军牵头，积极组建了巴彦淖尔市苁阳生态种植专业合作社，带领农牧民闯市场，起到了龙头带动作用。2011年，合作社产品交易额达1100万元，辐射5个旗县（区）11个镇（苏木）40个村（嘎查）带动农牧民1000多户，实现销售收入40万元，全年举办农村牧区实用技术班6次，培训人数达1000多人次，极大地提高了当地农牧民梭梭造林积极性和人工接种肉苁蓉的种植水平。

创新是公司发展的动力，贺文军带领公司科研团队研发系列养生保健食品，积极开拓市场，提高市场占有率。目前，公司已形成了苁蓉礼品、苁阳茶、苁蓉茶、苁蓉果糕、汤炖料、泡酒料等六大系列80多个产品。公司研发生产的苁蓉茶已获得国家发明专利。肉苁蓉种子制备与接种方法申请专利于2012年7月20日被国家知识产权局正式受理并予公布。苁蓉黄精茶于2009年12月21日正式被国家食品药品监督管理局批准为保健食品，批准文号为“国食健字”G20090540。产品更是远销上海、北京、广州、无锡、西安、银川等地，销售网络覆盖11个省、自治区、直辖市。2011年实现销售收入1500万元，上缴税金50万元。安排新增就业人员130人，其中季节性就业人员100人。

在公司董事长治沙不止的感召下，“大地妈妈”易解放先生创办的“绿色生命”公益组织也多次带领志愿者参与到基地的梭梭种植中来。梭梭人工种植面积的不断扩大，不仅给辽阔的沙漠带来阵阵生机，也实现了新型产业“沙漠增绿、农牧民增收、企业增效”的良性循环。

企业的发展离不开相关政府和领导的支持和鼓励。2008年，公司被中国沙产业高峰论坛组委会、中国沙产业学会评为“中国沙产业先进企业”，被自治区人民政府评为“林业产业化重点龙头企业”，被巴彦淖尔市消费者协会评为“诚信单位”。2009年，被巴彦淖尔市人民政府评为“市级农牧业产业化重点龙头企业”。

2012年，“游牧一族”产品被内蒙古自治区商标评审委员会认定为著名商标，企业通过中国质量认证中心获得 ISO9001 质量管理体系认证和 HACCP 质量安全体系认证，游牧一族公司在企业规范化运营和科学管理上，又上了一个新台阶。

2013 年，贺文军被内蒙古自治区人民政府授予“生态建设先进个人”荣誉称号；同年，被国家三部委授予“全国防沙治沙先进个人”荣誉称号。

2014 年，贺文军被推选为中国民族医药学会理事。

2015 年 1 月 5 日，内蒙古游牧一族生物科技有限公司正式被国家林业局批准为国家沙漠公园建设试点单位。公园建设期为 17 年，即 2014—2030 年，总投资 3.25 亿元，其中：申请中央财政资金 0.65 亿元，申请地方财政资金 1.2 亿元，企业自筹及招商引资 1.4 亿元。截至目前，已完成沙漠公园的可行性研究和总体规划等前期准备工作，同时完成了 4.5 公里水泥路的建设；完成了 147.1 公顷沙地保育区梭梭肉苁蓉栽培；完成了神舟 8 号瞭望塔建设；完成了 5 公里锁边防护林带建设；完成生态景观林 200 亩；完成了服务管理区部分基础工程建筑面积 1270 平方米，其中蒙古包 580 平方米，沙漠公寓 620 平方米，水厕 70 平方米。其他建设项目按照公园的总体规划正在有序进行。

沙漠公园建成后，将拥有大面积林木，将形成植被茂盛、空气优良、环境优美的场所，有效抑制风沙活动，缓解周边环境污染，提高空气质量等，在各方面产生显著的生态效益。沙漠公园的建设将提高周边农牧民生活品质，增加就业机会，促进地方经济发展等，确保了各方面的社会效益。在促进区域经济结构调整和经济社会持续健康发展等方面，具有显著的经济效益。

32 年前的电大同学，如今大多数人退休闲居在家。屈指数来，我班 69 人中，似乎只有贺文军把自己的事业越做越大，他一入沙海，便如鱼得水。

词曰：

人生亦老天难老，岁岁重阳，今又重阳，战地黄花分外香。

一年一度秋风尽，不似春光，胜似春光，寥廓江天万里霜。

——毛泽东《采桑子重阳》

3. 酿酒葡萄，撑起紫色天空

近年来，随着乌兰布和沙漠治理的不断推进，一些矛盾和问题逐渐凸显。治理区域越向纵深推进，治理难度便不断加大；沙区土地权属分散，不利于规模化治沙工程的实施；治沙资金不足，国家工程造林投入单一且投资额十分有限……这些矛盾和问题，无疑成为乌兰布和沙漠治理的瓶颈。产业治沙理念的出现成为加快沙区综合治理步伐，实现生态效益、经济效益、社会效益共赢局面的新机遇。从 2011 年开始，酿酒葡萄产业在乌兰布和沙漠迅速兴起，实现了产业治沙的成功破题，一个紫色奇迹也在这茫茫大漠腹地悄然出现，成为继肉苁蓉之后又一个既治沙又致富的生态项目。

乌兰布和沙漠水、土、光、热资源丰富，日照强，土壤和气候条件非常适宜葡萄种植，发展酿酒葡萄产业具有得天独厚的条件。西北农林科技大学葡萄酒学院经过实地调查，反复比对，对乌兰布和沙漠种植酿酒葡萄给出的结论是：“巴彦淖尔地区的热量能够保证酿酒葡萄果实良好的成熟度，现有品种赤霞珠、霞多丽果实含糖量较高，但与甘肃、新疆一样，其果实含酸量略显偏低；通过栽培技术（产量、成熟期控制）可适当提高果实的含酸量，通过酿造工艺可将葡萄酒的含酸量调整到适宜的水平。通过比较及查阅资料，巴彦淖尔地区热量较高、光照充足、昼夜温差较大，是发展酿酒葡萄与葡萄酒产业的最佳生态区之一。其缺陷是土壤贫瘠、冬季寒冷，可通过增施有机肥、使用抗寒砧木及埋土解决。”

乌兰布和地区历史上并没有种植过酿酒葡萄。从 2010 年开始，巴彦淖尔市乌兰布和防沙治沙局在这里进行了试种。经过对赤霞珠、霞多丽、佳美、雷司令等几个品种的引进、种植，第二年，少量挂果，酿酒葡萄酸度、糖度适中，在乌兰布和沙漠创造出成功的经验，种植技术采取多种形式，适合葡萄的种植与管理。从 2011 年开始，葡萄种植呈现爆发性增长，品种从最初的几个已经增至几十个，企业已经从最初的 1 家增至 2015 年 16 家。

从奈伦湖环湖路驱车向北行驶，到乌兰布和沙漠腹地，穿沙公路两边随处可见葡萄园地。在穿沙公路 25 公里处，我下了车，把相机镜头聚焦在路南偌大的一块帝泰酿酒葡萄公司的广告牌上，掉过头，公路北侧是一眼望不到头的酿酒葡萄基地。

在目前的市场经济条件下，如果没有远期的经济效益，没有创新性的成果，没有政府的配套设施——路、电、水，以及各种优惠政策，这些企业也不会贸然闯入沙漠种植酿酒葡萄。

对此，市、县两级政府做了大量工作。巴彦淖尔市政府专门成立了由市长挂帅，多部门领导组成的乌兰布和沙漠酿酒葡萄生产领导小组，办公室设在乌兰布和防沙治沙局，有财政支持，有项目扶持，专人负责，落实到位。几乎每一个品种的试验过程，都是由政府买单的。

磴口县政府组织农技人员先后赴内蒙古乌海、宁夏、甘肃等地考察酒葡萄产业，实地采集土质、水质等样本进行对比、研究、分析，到葡萄酒庄、基地、示范村学习先进经验，引领葡萄产业健康发展。该县将有酿酒葡萄种植和葡萄酒生产加工经验的大型龙头企业引进来，以提供土地、贷款等优惠政策支持，使这些企业留得住、能发展。同时，鼓励企业和当地农牧民抱团发展，以“企业＋基地＋协会＋农户”的产业化经营模式，建立长效利益联结机制，鼓励农牧民以合作社的形式参与葡萄种植和产业发展，在企业发展的同时，有效提高当地农牧民收入。

从 2011 年开始，在市财政部门的大力支持下，乌兰布和防沙治沙局与企业合作完成了第一个 1000 亩酿酒葡萄标准化栽培示范园。同时，通过招商引资，有 3 家企业与乌兰布和防沙治沙局达成了正式合作意向。到 2013 年，乌兰布和沙区葡萄种植面积达到 1 万亩，从事葡萄种植的企业达到 10 家，生产酿酒葡萄鲜果 12 吨，灌装葡萄酒 6 吨，乌兰布和沙区葡萄酒生产首次实现产业化，有了属于自己品牌的第一瓶干红葡萄酒。2014 年，乌兰布和沙区从事葡萄种植的企业达到 16 家，主要分布在穿沙公路、巴哈公路两侧，流转土地面积超过 20 万亩，按照市政府《加快乌兰布和沙区酿酒葡萄产业发展实施方案》的要求，乌兰布和沙区酿酒葡萄种植面积要达到 2 万亩，当年完成种植 1 万亩，但是由于受到穿沙公路两侧水、电等条件的限制，部分企业在完成土地整理后没有进行种植，当年实际种植面积 0.35 万亩，乌兰布和沙区葡萄种植面积累计达到 1.35 万亩。2014 年，生产酿酒葡萄鲜果 20 吨，可灌装葡萄酒 10 吨，并再次由西北农林科技大学葡萄酒学院完成了第二次的品质测定分析。2015 年，乌兰布和沙区葡萄采收 300 吨，其中白色品种 100 吨、红色品种 200 吨，酿葡萄酒共计 100 多吨。6 家葡萄种植企业完成酒庄建设规划，4 家申报了酒庄建设手续，其中漠北金爵酒庄的地下酒窖及生产车间在建设当中；卢堡庄园的地下酒窖与生产车间已经全部完工；祁王酒庄、朔方郡酒庄进入场地平整阶段。通过 5 年的种植技术推广，乌兰布和有机酿酒葡萄种植产业链条基本形成，尤其是葡萄酒庄建设将会进一步带动乌兰布和沙区有机酿酒葡萄的健康稳步发展。

刚刚过去的 2015 年，在积极完成招商引资，努力扩大葡萄种植面积的同时，乌兰布和防沙治沙局在市发改委、财政、林业、水利、交通、科技、电力及农业综合开发等相关部门和磴口县的支持和协助下，完成了以下多项配套工作：

一是建成了 3 个引种品比试验园，总面积 1120 亩，共引入葡萄品种 72 个，主要目的是要经过品比试验从中选育出适合乌兰布和沙区种植的优良葡萄品种。

二是建成一个葡萄育苗示范园，面积 100 亩，主要目的是通过使用当地繁育的葡萄苗木提高葡萄的适应性和降低苗木使用成本。

三是完成了乌兰布和产业治沙和葡萄产业发展两部宣传片的制作，并在国道、省干道两侧设立了大型的葡萄酒宣传牌匾，加强了宣传力度。

四是通过科技部门完成了乌兰布和沙区葡萄种植及推广应用的科技成果鉴定工作，为下一步大面积推广提供了科学依据。

五是通过与企业合作，在乌兰布和沙区开展葡萄绿苗种植和葡萄秋种试验，绿苗种植可以延迟葡萄种植时间，葡萄秋种可以促使葡萄尽早萌芽，延长葡萄生长期。通过绿苗种植和秋种实现避风种植，从而降低风沙危害和缓解葡萄种植用工压力的目的。

六是与西北农林大学葡萄酒学院合作，选派了 4 名工作人员在葡萄酒学院进行为期半年的脱产学习，解决葡萄产业技术力量薄弱的问题。

七是督促和协助两个企业开始建设酒庄，一个是内蒙古帝泰农林有限公司完成了酒庄建设的地下酒窖和地上发酵车间工程；另一个是巴彦淖尔市尧舜农林科技有限公司完成了酒庄建设手续申报和场地平整工作。

八是组织葡萄酒学院、林业、气象等行业专家对16家葡萄种植企业进行了集中的培训,组织相关企业考察学习了宁夏、甘肃等地的葡萄产业发展先进经验。为了解决葡萄越冬问题，对内蒙古、河北等地的不下架葡萄新品种进行了实地考察，并计划进行引种试验。

九是协调电力部门解决穿沙公路两侧46公里范围的企业用电问题，总投资1420万元。

十是协调水利部门为葡萄种植企业配套水权置换项目,现已完成初步设计，计划在年底前完成配套补贴。

十一是协调交通部门为三个企业修筑了水泥硬化道路，总长度12公里。

十二是协调发改部门为葡萄种植企业配套京津风沙源项目，主要内容包括人工造林、节水灌溉等，总投资超过500万元。

十三是协调农村信用社、包商银行等金融部门为六家企业解决贷款3500万元。

十四是总结乌兰布和沙区近几年的葡萄种植经验，结合乌兰布和沙区的实际情况和葡萄企业技术人员的实践经验，在葡萄酒学院专家的指导下，编制完成了《乌兰布和沙漠葡萄种植技术规程》。

十五是按照2014年市政府《加快乌兰布和沙区酿酒葡萄产业发展实施方案》的要求，由市财政部门组织市林业局、乌兰布和防沙治沙局完成了葡萄种植补贴的验收工作，验收合格面积共5257亩。

在市场经济发展环境下，延伸产业链，提高产品附加值，培育新的增长点成为酿酒葡萄企业发展壮大的必由之路。

帝泰公司葡萄酒庄地处乌兰布和沙漠腹地，交通十分便利，当地旅游部门已经和该公司积极对接，积极开发葡萄采摘、野外探险、房车宿营、休闲度假等旅游产品,未来将把这里打造成磴口县沿沙精品旅游线路上的黄金旅游品牌，牧户游、物流运输、住宿餐饮等与之相关的第三产业也将伴随着迅速发展起来。

尧舜农林科技有限公司于2011年入驻磴口县，总投资2400万元，葡萄基地面积1600亩。公司以承包的方式把葡萄种植地交给农民，农民自己不用花一分钱，只负责修剪、保证糖分，并把葡萄的产量控制在2000斤以内，效益相当可观。尧舜农林科技有限公司计划投资7000万元，种植酿酒葡萄5000亩，并建设3000吨葡萄酒庄。

诺民农林开发有限公司计划投资5300万元，建设酿酒葡萄基地、酒庄及休闲度假园区。

内蒙古兴套川农业科技开发有限公司计划投资1.5亿元，定植酿酒葡萄5000亩。

在市场经济发展环境下，延伸产业链，提高产品附加值，培育新的增长点，成为酿酒葡萄企业发展壮大的必由之路。

1500万亩的乌兰布和沙漠，其面积三分之一在巴彦淖尔市西部3个旗县，三分之二在阿拉善盟阿拉善左旗。在巴彦淖尔市，酿酒葡萄产业已经是如火如荼，方兴未艾。那么，阿拉善盟呢？2016年春节前，我来到黄河西岸的阿拉善盟乌兰布和生态沙产业示范园区。据园区工作人员介绍，阿拉善盟是将发展沙地葡萄种植业列为七大基础产业的首选位置的。内蒙古金沙苑生态集团旗下的金沙葡萄酒业有限公司已经入驻园区，公司生产的“沙恩金沙臻堡”时光系列橡木桶陈酿赤霞珠干红葡萄酒荣获2014年布鲁塞尔国际葡萄酒评比大赛金奖。集团旗下的另一家子公司——“内蒙古金沙堡地旅游有限公司”，在现有2万亩葡萄种植基地的基础上，建设食用葡萄采摘体验区，发展葡萄观光、旅游产业。

4. 光伏治沙，幸福万家

近三四年来，磴口县充分利用乌兰布和沙漠资源和充足的光照优势，探索光伏发电与沙漠治理相结合的路子，打造万亩太阳能光伏产业生态治理示范基地，走出了一条光伏治沙的经济效益和生态效益的新路子。

2016年初的一天，在磴口县巴彦高勒镇纪委副书记周红权和沙拉毛道嘎查党支部书记刘庆林的陪同下，我们驱车前往磴口县光伏产业园区参观。

这个园区，是2012年经内蒙古自治区发改委批准设立的，位于磴口县城西偏北的乌兰布和沙漠里。刘庆林书记同我说：几十年来，这片沙漠始终属于他所在的巴镇沙拉毛道嘎查管辖，方圆几十里，沙丘流动，几无植被，因为正是磴口县城的西风口，每到冬春，使得人们“黄风呼呼眼难睁，出门没有好心情”。

我是在这个县城南端长大的。县城所在地的名字叫“三盛公”。“一年一场风，从春刮到冬，三天不刮风，不叫三盛公。”这首儿歌，大人娃娃都会哼，从中也看出人们对自然气候的无奈。但这是过去。

如今的县城规模，向西北的风沙源地里急速扩张。出了县城北郊，一条四车道向西沙窝延伸。在太阳能光伏园区北侧，堆积了一个几十米高的小车可以开上去的人工观景台。我站在偌大的平台上极目远眺，金色的沙漠上大面积地排列着银色光伏板，在阳光照射下熠熠生辉，犹如涌动着的银色海浪。基地内，道路五纵五横，交错贯通，垂柳、紫穗槐、金叶榆等高低搭配、错落有致……金色沙漠与银色光伏和谐交融，构成了沙漠中一道亮丽的风景线。

板上发电，板下种草。在基地，我看到光伏板行与行间宽约8米。刘庆林同我说：“光伏板下种沙地柏和饲草为主的绿色植物，辅以自然生长的芦草、冰草、稗子草。在这里，春暖花开的季节几乎看不到裸露的沙地。”

在种草的同时，他们还可以在草地上放养牲畜，利用现有的土地发展种养殖业，达到牧草生长与光伏发电的平衡。

下了高高的观景台，行不多远，是又一处小观景台，这里亭台楼阁，小巧别致。台下矗立着多个宣传牌，由此可大体了解园区情况。

目前，该基地已有中电投、国电、国华、蒙华、神州、神华、山路、新疆新民、青岛昌盛日电等大型企业入驻。其中，中电投50兆瓦光伏项目已于2014年底并网发电。

2012年5月28日，由磴口县政府、大唐山东发电有限公司、天津中兴能源光能技术有限公司共同开发建设的200MWP光伏地面电站一期30MWP地面站项目签约仪式在巴彦淖尔市举行。市委副书记、市长段志强出席签约仪式，副市长贺福宝主持签约仪式。中兴能源有限公司副总经理盛建安、崔雅萍，大唐山东太阳能开发有限公司总经理宋伟，分别就企业发展情况和签约项目内容做了简要介绍，对市委、市政府的重视和支持表示感谢，并表示将进一步加大工作力度，高质量、高标准地推进项目建设，力争早日建成投产，促进企业和地方共同发展。此次签约项目投资 5 亿元。项目建成后对加快磴口产业结构调整和产业升级发挥了重要作用。

这是大型国企入驻乌兰布和沙漠的第一家。

随后，2012 年 7 月，由中国电力投资集团公司华北分公司投资建设的 20 兆瓦光伏发电项目在磴口县工业园光伏园区开工建设。该项目总投资 2.357 亿元，项目规划容量 50 兆瓦，分两期建设。一期项目建设容量为 20 兆瓦，占地 49.6 公顷，工期 5 个月，2012 年 12 月投产发电。经测算，项目投产后，年均利用小时数约 1588.35 小时，年均发电量约 3100 万千瓦时，25 年的使用期内总发电量近 8 亿千瓦时，节约标煤 32 万吨，实现二氧化碳减排 79 万余吨。项目建成后，可增强地区供电的稳定性，推动国家太阳能光伏发电产业和设备产业的发展，提升能源安全，对保护环境、削减污染、节约有限的石化能源和水资源有十分重要的意义。

2014 年 7 月，磴口县政府与北京科诺伟业科技股份有限公司，就建设 100 兆瓦光伏电站结合牧草种植综合项目签订了合作框架协议。该项目选址于磴口工业园区的光伏产业园，占地约 3500 亩，总投资 9 亿元，分三期进行建设。其中，一期工程投资 4.5 亿元，建设 50 兆瓦光伏电站结合牧草种植综合项目一期工程，建成并网后预计年可发电 7500 万度，实现年收益 6750 万元。二、三期根据当地电力接入情况逐步建设至 100 兆瓦。

2015 年夏，由青岛昌盛日电太阳能科技有限公司投资建设的 200 兆瓦光伏农业示范园区项目在磴口县开工建设。该项目总投资 45 亿元，建设总规模 200 兆瓦的光伏农业示范园区。其中，一期工程规划投资 3.7 亿元，建设 30 兆瓦光伏电站及 700 亩光伏农业科技大棚，年内建成投产发电，预计年发电量可达 4335 万度。

然而，来头更大、投资更猛的是国外企业。

2015年1月21日，磴口县与韩国三进集团就合作建设生态光伏电站及光伏产业项目进行洽谈，签订了项目合作协议。该项目选址在磴口工业园区和磴口太阳公司流转土地范围内，计划用地3.5万亩，总投资232亿元。其中，1000兆瓦生态光伏电站项目投资100亿元，配套逆变器制造项目投资1亿元，3600吨单晶硅及500兆瓦组件生产项目投资5亿元，40亿立方米煤制气项目投资126亿元。该项目分期实施，一期投资6亿元建设50兆瓦生态光伏电站和逆变器制造项目，用地1700亩，2015年6月开工，计划2016年底建成。此项目建设用地则更在光伏园区西南方向的沙漠深处，与阿拉善旗接壤。沙拉毛道嘎查刘书记说起出让沙漠土地一事，脸上洋溢着兴奋的光芒。

磴口县乌兰布和沙漠全年日照在3100～3300小时以上，属于太阳能富集区域，是自治区规划的发展太阳能产业重点区域，该县充分利用这一优势，以能源利用和沙漠治理相结合，计划在沙漠中利用3年时间建成500兆瓦太阳能生态治理示范基地。

驱车在该基地五纵五横道路上观瞻，但只见，成片的光伏板犹如黑色的波浪在沙漠里蔓延舒展，路两侧以垂柳、紫穗槐、金叶榆、花草等形成高低搭配、错落有致的景观绿化带。基地的西北边界种植以防风固沙为主的花棒、红柳、梭梭、苏丹草。形成连片连网绿化带面积600亩，光伏板下面形成以滴灌为主的紫花苜蓿和中草药材连片种植1.5万亩。形成一个集光伏发电、现代牧业、沙草产业、生态旅游为一体的3万亩太阳能生态产业治理示范基地。

在磴口县城，我拜访了巴彦高勒镇党委书记任海韬。在其办公室，谈起辖区的光伏园区建设，这位领导着一半磴口县人口的女书记，一双大眼睛闪烁着夺人的光芒，她说："陈老师，你一定要去看看，那是我们的希望，那是中国沙漠里最大的光伏园区！明天，自治区文化厅来人，要不，我陪你下去。"当下，她出去交代安排，由周红权、刘庆林第二天带我走进沙漠。

任书记说："在规划建设万亩生态光伏基地时，县上就探索'沙漠生态治理＋太阳能光伏发电'的发展新模式，利用闲置的沙漠资源发展光伏发电产业，利用光伏板的遮阴效果种植沙生植物、发展沙草产业，在发电的同时改善生态环境、发展经济，逐步实现沙漠增绿、企业增效、资源增值的目的。在光伏板下种植沙生植物，光伏板的遮阴效果最少可减少蒸发量的 1%，可以有效改善植物的生长环境。而植物的生长又可以抑制扬尘，减少对发电量的影响，可以实现经济效益与生态效益共赢。”

这片太阳能光伏生态产业示范基地，占地面积 3 万亩，其中太阳能光伏项目投资 49 亿元，规划装机容量为 500 兆瓦。目前，4 家企业已完成投资 13.5 亿元。该基地的光伏产业区已初具规模，每年可节约标煤 7.8 万吨，减少二氧化硫排放 780 吨。

起伏的千年沙海，连绵的光伏电板，开阔的输电长廊……过去风沙肆虐的中国第八大沙漠乌兰布和腹地，如今是正在建设中的数万亩生态光伏基地，这里正逐步实现着沙漠增绿、企业增效、资源增值的良性循环。

“沙生金”进一步推动了“沙防治”。根据自治区党委提出的 8337 发展思路，磴口结合自身地域优势特点，努力做好水、绿、沙、文化四篇文章，利用沙水合一的优势，着力做强旅游业，打造农畜产品加工基地，发展氯碱化工和电力产业。借光治沙、借光致富，在发展壮大县域经济的同时不断改善生态环境，让这座小城更宜居，让百姓生活更美好。

5. 乌兰布和：“圣牧人”的有机梦

2008 年逝去不远，那是令人心跳的一年——亚洲金融风暴袭击中国经济跳水，首当其冲的是国人最为敏感的房地产业。秋天来了，首先是在广州，房价快要跌破银行“按揭”红线了；寒冬来了，中央政府出台“救市”政策——4 万亿人民币投入房地产业，全国各地方财政匹配 18 万亿，共同“救市”。可结果是，“力推”、“力挺”房价一路走高，令人咂舌！

也正是 2008 年 9 月，在中国发生了一件令国人心悸的食品安全事件——“三聚氰胺”事件。中国乳品行业经历了一场空前的“大地震”，一时间中国各大乳企陷入了集体灾难。“三鹿”一夜之间砸了招牌。接着事态迅速恶化，包括伊利、蒙牛、光明、圣元及雅士利在内的 22 个厂家 69 批次奶粉不同程度地检出三聚氰胺。温家宝总理出席联合国有关会议时为此十分痛心地致歉。几十个国家禁止中国奶粉制品进口，一时间人们“谈奶色变”。

这场行业地震深深刺激了国人对食品安全的神经末梢。

中国的乳品大王伊利、蒙牛受到重创。

蒙牛的一位高管，在香港的一次“三聚氰胺”事件新闻发布会上，作为蒙牛上市公司发言人，在回答中外媒体提问时，唯一无法回答的是“中国好的奶源基地在哪里”这个问题。嗣后，随着“奶粉事件”的不断发酵，这位高管的脑神经同样受到莫大刺激，他决定离开蒙牛，另辟蹊径。——他就是姚同山。

姚同山生于1956年，内蒙古呼和浩特人，1988年毕业于天津大学，获工科硕士学位。自1989年起，他先后担任中国建设银行内蒙古分行国际信贷部主任、内蒙古景通投资顾问公司总经理、内蒙古蒙西高新技术集团财务总监等职位。

2001年10月，姚同山通过公开招聘的形式加盟了蒙牛集团，先后任财务总监、集团财务副总裁。从2004年起，他带领团队成功运作了蒙牛公司的上市工作，任中国蒙牛香港上市公司CFO。从此，蒙牛对赌资本市场，依托资本市场，成为市场的一个传奇。

2009年10月，53岁的姚同山创办了属于自己的民营企业——内蒙古圣牧高科牧业有限公司。

在姚同山看来，“三聚氰胺”最大的问题就出在蒙牛现代化的乳品加工产业和上游养殖业的分散运营不相适应了，需要变革。这是整个乳业的事情，说的不仅是蒙牛。此前，农业龙头企业分散养殖带动农民致富的模式很好，但是也有不妥的地方，就是不好把控食品安全关，因此，企业发展到一定程度，就需要在产业模式上创新。

事实上，出走蒙牛选择创业，姚同山并不是第一人。作为蒙牛1999年股改发起人的“乳业最硬的10颗脑袋”：牛根生、邓九强、侯江斌、孙玉斌、邱连军、杨文俊、孙先红、卢俊、庞开泰、谢秋旭，如今都已相继淡出。

此前，跟随牛根生一起创业的蒙牛元老离开蒙牛后纷纷创业，蒙牛前副董事长邓九强创立了现代牧业，蒙牛前副总裁孙先红参与投资了内蒙古和信园蒙草抗旱绿化股份有限公司，蒙牛原总裁杨文俊创办了赛科星澳源牧业等。

正如当年蒙牛创立时很多管理层人士都来自伊利一样，圣牧高科目前80%左右的管理层人士都来自蒙牛。目前，蒙牛还持有圣牧高科4%左右的股份，圣牧生产的有机奶中45%供应给蒙牛，15%供应给伊利。

对于蒙牛的很多元老创业的事情，乳品行业称这是好事，因为蒙牛离职的"元老"在创业中选择的项目大都是奶源的上游，对中国乳业的发展是有好处的，他们很专业，做出模板后，有利于整个行业水平的升级。

"我们要建造世界一流的奶源基地"，"中国一定能够产出让世界放心的牛奶"，早在三鹿奶粉事件喧嚣尘上时姚同山就这样说。如果不看营业执照上注册资金6.4亿人民币的话，谁能相信？

拭目以待吧！

三鹿事件渐渐平息后，人们逐渐将目光放在了有机食品上。圣牧高科就此瞄准行业最高标准，立志打造全程可控的有机奶源基地。在中国，现代化程度较高的都市和城镇普遍存在土壤、水源和空气受到污染的环境问题，在此基础上搞有机奶源基地建设，难度极大。

对此，有乳业专家认为，要做到有机，就意味着苜蓿草等饲草料整个种植过程都不使用化肥、农药，不仅如此，生产饲料、加工、包装和销售等全产业链都要符合有机产品的生产标准。在目前国内气候环境下，饲料种植环节想做到纯天然很难，且奶牛不可能不生病，生病就不可避免地要使用抗生素。

根据行业标准，有机奶也被称为生态奶，是最干净、最安全、无污染、无残留、最有利于健康的一种牛奶。有机奶必须符合以下4个条件：一是源于有机农业生产体系；二是种植、养殖全过程遵循自然规律、生态规律，严禁使用化肥、农药、无机生长调节剂、催奶剂、食品添加剂等人工合成的化学物质；三是严格按照国家颁布的有机食品加工规程进行生产加工；四是必须取得国家有机食品认证机构的认证。

圣牧高科采用的是世界最高的乳品行业标准——欧盟乳业标准，目前是中国唯一一家通过欧盟标准的沙漠有机产业链。有机牧场和传统牧场最大的区别就在于可追溯性，他们可以对养殖的全过程进行监控，包括每一批奶是从哪个牧场、哪头奶牛产的，吃了什么饲料，饲料是哪个基地生产的等等，所有环节一目了然，因而具有可追溯性。

据悉，圣牧有机产品通过中绿华夏和爱科赛尔的国标和欧盟双项有机认证，前者是中国农业部推动有机农业运动发展和从事有机食品认证、管理的专门机构，后者是国际上最大的有机认证机构之一，在全球拥有 29 个分公司，业务遍及欧洲、亚洲、美洲、非洲等 119 个国家和地区，提供独立、严格和高效的有机审查、检测与认证。

在中国，有机食品认证始于 20 世纪 90 年代。彼时，有机产品基本上都外销，国外的认证机构派检查员来中国检查，并颁发国外有机证书。1994 年，当时的国家环保局牵头建立中国有机产品认证制度，并批准一些机构开展有机产品认证活动。

早在 2004 年，国家质检总局就发布了《有机产品认证管理办法》。随后的 2011 年，国家认证认可监督管理委员会修订了《有机产品认证实施规则》，并制定了《有机产品认证目录》。

根据美国有机贸易协会统计，2011 年美国有机食品销售额已占其全部食品销售的 4.2%，七成美国人消费过有机食品。而中国投资顾问委员会发布的《2010—2015 年中国有机食品市场投资分析及前景预测报告》显示，中国有机食品在整个食品行业市场份额中所占的比例估计还不足 1%。有数据显示，丹麦的有机乳品比例超过 50%，荷兰达到 20%，美国达到 10%，而这个数字在中国则是 0.4% 左右。

姚同山做有机牛奶，一是和他最初的目标相一致，想让中国乳业真正崛起；二是参照了发达国家有机乳业模式，也了解了国际乳品行业的最新发展，有机奶是目前世界上最前沿的乳业发展趋势，符合世界潮流。为此，姚同山的队伍便踏上了寻找有机净土之旅。经过多方调研：南方热带地区养奶牛，奶源不宜保鲜；东北零下 30 多度不宜运输；西北地区缺少水资源；华北地区的山西和河北人多地少，养殖和防疫都是问题。只有乌兰布和沙漠地处沙漠黄金奶源带（北纬40°~43°），这里简直是上天赐予养牛人的“风水宝地”。

最终他们将目光锁定在乌兰布和沙漠，并先后成立了巴彦淖尔市圣牧高科牧业有限公司（现更名为内蒙古圣牧控股有限公司）、巴彦淖尔市圣牧高科草业有限公司和内蒙古圣牧高科奶业有限公司，将有机产业链的大本营锁定于乌兰布和沙漠，正式开启了全程沙漠有机奶业的探索之路。

贫瘠，荒凉，无望……人类不宜生存的地方。多少年来，沙漠一直被视为人类的禁区。酷烈的阳光蒸发了每一寸生存的希望，狂暴的风沙和死一般的寂静交替地统治着这里。

中国的沙漠总面积，包括戈壁及半干旱地区的沙地在内，达到130.8万平方公里，约占全国土地总面积的13.6%。自古以来，荒凉的沙漠被人类称之为“死亡之海”，肆虐的沙尘暴不断地侵害人类的生存环境，中国每年有2460平方公里的土地被沙漠吞噬。

治沙历来是人类伟大的壮举。我们国家从新中国成立之始，每年都要投入数以百亿的资金防沙治沙。但过去的传统模式治理不得法，收效甚微，始终缺乏一种有效的、科学的、符合自然规律的治沙模式。

沙漠真的是害，难以驯服吗？

有一个声音振聋发聩：“换一种思维看沙漠，沙漠不是害，而是宝！”

1984年，钱学森创造性地提出“沙产业”的概念，通过生物，包括动物、植物，依靠科技、延伸链条、对接市场、创造财富、造福百姓的沙业系统工程，也可简化为知识密集型的沙产业。钱学森说：“沙产业属于第六次产业革命！用百年时间来完成这个革命，现在只是开始，沙漠地区可以创造上千亿元的产值。”

接替信息化产业革命的第六次产业革命，我们将迎来以生物技术为中心的知识农业时代。这一现代大农业的范畴，涵盖了农产业、林产业、草产业、沙产业。

沙产业是使用系统思想、整体观念、科技成果、产业链条、市场运作、文化对接来经营管理沙漠资源，实现沙漠增绿、农牧民增收、企业增效的良性循环的新型产业。

草产业是“以草原为基础，利用日光，通过生物，创造财富的产业”。

这两大产业连同农业、林业、海产业被钱学森并列为第6次产业革命的重要内容，即知识密集型的沙草产业。

按照发达国家标准，未来牧业将占到总体农牧业产值的70%，农业的有机循环经济模式，全靠牧业带动，把产业模式升华到更高级的商业模式：牧业产业的提升可提高整体农牧产业的附加值；提升可以形成自然资源可循环利用的循环经济模式；可解决和提高农牧产品运输范围和效率；解决了农牧产业销售的问题。

1995年，时任国务院副总理的温家宝在一份报告上批示："钱学森同志和宋老（宋平同志）指出，在我国西部戈壁沙漠发展沙产业，这些重要的理论和意见值得重视。一些地区的成功实践充分说明，办好这件事不仅有经济意义，而且有社会意义和生态意义。"内蒙古把沙、草产业写进了2005年《政府工作报告》和自治区"十一五"规划。

在乌兰布和沙漠腹地，圣牧人正在理论指导着实践，践行着政府规划。

有机产业对环境的要求极高。由于空气、土壤和水源不同程度受到污染，在现代化程度较高的都市周边推行有机产业，显得不太现实。反而越是人迹罕至的地方，越有资格溅起有机的浪花。

2009年11月中旬，"胡天八月即飞雪"的乌兰布和沙漠早已进入了冬季。姚同山带领他的圣牧先遣队第一次冒险进入乌兰布和沙漠腹地，他们满怀着对大自然的敬意和对沙漠有机产业的美好憧憬而来。而这头"红色公牛"却给了他们一个下马威。肆虐的狂风携卷者漫天黄沙铺天盖地而来，队友们近在咫尺却看不清彼此。在距离目的地还有60公里的途中，汽车陷进了沙窝子，这60公里路，他们整整走了7个多小时。这一次探险也让姚同山有了意外收获。当地人告诉他，有好多大企业都派人来过这里，还有当地企业也来尝试过，有的最多待两个月就撤了。这里环境太恶劣，种下的植物可能一夜之间就全被埋了。这些信息看似耸人听闻，但对姚同山来说却是意外的收获：要在这里扎根，首先要做好防风固沙，这是利国利民的好事儿啊！

圣牧人要真正驯服这头千年荒漠"公牛"并非易事。

坚强的圣牧人在如此艰难的环境下，开始了沙漠的开发。围绕着保护生态环境，可持续发展的指导思想，“益草则草、益林则林”，遵循“三同步”的开发原则（同步进行防沙、防风林地建设，同步进行水利及节水灌溉体系的建设，同步进行交通道路、电力网络及基础设施建设）。

无数次，圣牧人从睡梦中惊醒，猛然发觉帐篷已被大风掀起，被褥几乎被黄沙掩埋；无数次，圣牧人吃饭喝水时只能以黄沙下饭；无数次，圣牧人的施工车辆陷入黄沙中，需要使出吃奶的劲儿推车；无数次，圣牧人的青春颠簸在吱吱扭扭的沙漠开发之路上……

为了将沙漠变良田，圣牧人曾经付出过惨痛的代价。第一年，由于没掌握沙漠的“脾性”，3000亩土地颗粒无收，投入的600万元随沙尘飘走；第二年，一场场风沙将绿油油的幼苗摧残殆尽，漫长的干旱期让好不容易存活下来的幼苗奄奄一息；圣牧草业的负责人不禁对着数万亩的受灾草场痛哭失声。姚同山带领着他的团队一同驻扎基地寻找失败的原因，连续四个春节没有回家与家人团聚。经过多年的反复试验与总结经验教训，圣牧人终于摸清了土、肥、水、种的适应情况，茫茫的沙漠上绿色逐渐蔓延。

为了改良贫瘠的沙漠土壤，圣牧人每年春秋季将有机牧场产生的有机粪肥还田，增加土壤有机质和肥力。乌兰布和沙漠的春天，风沙正疾。2009年，彼时还没有公路直达目的地，一条有着杂乱车辙的坎坷沙土路见证了他们蹒跚的有机之路。这条“路”的两旁，三四米高的沙丘随处可见。狂风随时都会裹着沙子碎石扑面而来。风沙大的时候，驾驶员根本看不见前面的路，抛撒的牛粪被刮得到处都是。一天的工作完成后，大家的身上都是浓浓的牛粪味和满身沙子。

但是，圣牧人始终坚信，在“三聚氰胺”的阴影下创立公司一定会成功，因为他们更加清楚牛奶质量对企业的重要性，哪怕吃再多的苦，受再多的罪，也会在沙漠循环有机这条道路上走下去。

就在圣牧人策划防风固沙方案时，另一个意外的惊喜送上门来。内蒙古盘古集团听说圣牧高科要进驻乌兰布和沙漠种草养牛，就找上门来希望联手合作。

1996年，一个叫秦国庆的民营企业家决定利用沙漠发展农业，他领导的盘古集团便与巴彦淖尔盟磴口县政府签订了合同，购买了 80 万亩乌兰布和沙漠。秦国庆最初的想法是，利用沙漠种树，发展造纸业。

盘古集团乌兰布和生态农业公司在以草业为主、草林结合思想的指导下，依托百万亩生态基地、30 万亩耕地，保护沙漠地区特有的植物、动物种质资源，体现了国家级农业产业化重点龙头企业的内涵。

盘古集团利用 50 万亩可开发的沙漠资源为基础，建立了沙漠肉苁蓉等沙生植物的种植，成为无污染的天然药材基地，成本极低，潜力巨大。

盘古集团在乌兰布和与大自然抗争了 16 年。16 年来，盘古人给 30 万亩黄沙披上了绿装，在这里栽种了近 4000 万株杨树、沙枣树和梭梭树，积累了丰富的防风治沙、改良土壤的经验。多年来，那些先前栽下的杨树早已成材，可是无法转换成资金流。“即使砍一棵已死了的杨树，也要经过林业部门批准。”盘古集团提出建设造纸厂，但经过多次调研后发现如果建造纸厂，势必对乌兰布和沙漠造成严重污染，这就改变了保护乌兰布和沙漠的初衷，盘古集团只好放弃建造纸厂的打算。但由于没有延伸的产业链，产生不了经济效益，盘古集团已持续投入了 3 亿多人民币，快“撑不住了”。与圣牧高科合作算是“找到了救星”。盘古集团与圣牧高科一拍即合，很快达成了种植、养殖的合作协议。

2012 年，圣牧高科正式收购、兼并了盘古。从此，“盘古”的名字成为历史，在磴口县乌兰布和沙漠里苦苦支撑了 16 年的盘古集团不复存在。但是，盘古人的创业精神和执着的追求，以及对防沙治沙事业所做的巨大贡献，必将永远地载入史册。

盘古集团持续 16 年在乌兰布和的坚守，更增强了姚同山的圣牧团队在这里打造中国有机奶源基地的信心和决心。

为了做到 100% 全程有机，圣牧人在乌兰布和沙漠做了三件事：有机种植、有机养殖、有机加工，并由此形成封闭循环的有机生态圈。沙漠内自给、沙漠内循环，成了圣牧的“有机天条”。就是在这片圣洁的沙漠中，圣牧人创造了世界上第一个全封闭沙漠有机奶循环产业链，形成了一整套可循环、可持续的“沙漠变良田”的生态循环体系。

要做好三件事，其背景首先是有机环境。

乌兰布和沙漠中段，方圆百里，人迹罕至，没有工业园区，无工业污染和化学农业污染，阳光照耀下的炽热沙子形成天然的有机屏障。远离现代文明，使这块原始土地保留了最纯净的空气、最洁净的水源和无污染的土壤。

乌兰布和沙漠是黄河在历史上多次改道冲积形成的，沙漠下黄河千年古道白垩纪时代形成的十几米厚的红胶泥层，涵水保肥，且乌兰布和沙漠如今依然与黄河毗邻。沙漠中，在被誉为“百湖之乡”的磴口县境内有冬青湖等大大小小200余个湖泊如明星般镶嵌点缀其间，加之乌兰布和沙漠整个地势都低于黄河水面，这里有优越的引黄灌溉条件，黄河水的阴渗弥补了降雨少、蒸发量大、干旱缺水等不利因素;沙漠浅层水资源丰富,水质良好,宜于灌溉。圣牧耗费巨资，将凌汛期排放至沙漠中的黄河水引入了有机种植基地，建成蓄水库13座，均衡了地下水的利用，保障了有机种植的用水需求。

在沙漠地区发展有机养殖，可有效利用沙漠丰富的光热资源。高温干燥的环境形成了一道有效的天然屏障，隔离外界污染源与病毒，利于有机养殖，奶牛不易生病，远离疫情；纯净的沙漠也可有效治疗和预防奶牛乳腺炎，使奶牛健康成长，充足的光照为奶牛提供了钙质保障，健康的奶牛带来了高品质的健康牛奶。

乌兰布和沙漠就是最适合开展有机生产的一个巨大的有机奶“保险柜”！

2016年1月10日，我在磴口县约见并采访了姚同山年轻的助手、有机种植的领头人刘文光。

刚刚步入“不惑之年”的刘文光，1996年毕业于内蒙古师范大学，次年就职于伊利，负责开发辽宁奶粉市场，他使伊利奶粉在辽宁由不知名品牌一跃成为辽宁市场奶粉品牌前三甲；两年后转岗蒙牛，成功开发了具有市场竞争力的时尚产品——奶片，在不到半年的时间奶片覆盖全国市场，使单一产品销售贡献达到1.5亿元；蒙牛与全球最大乳品公司丹麦阿拉福兹的成功合作，为蒙牛奶粉注入了国际品牌的活力，他参与开发了世界级高端乳粉品牌——美雷兹，并成功推向市场。

2011 年，刘文光进入圣牧高科集团，现任圣牧副总经理、分公司巴彦淖尔市圣牧高科生态草业有限公司总经理。

据有关资料显示，像刘文光这样直接来自伊利、蒙牛的高管精英能有十几位，在姚同山身后组成一支特别能战斗的部队。

刘文光领导的草业公司坐落在县城北郊的盘古工业园区内。十年前，这里还是 3 米高的流动沙丘。在我的记忆中，20 世纪五六十年代，这里是枪毙死刑犯的地方，阴森、可怕、冰凉、蛮荒。

小车沿着东西向的穿沙公路驶向我要去的地方。

这条穿沙公路是国家投资实施的拉动内需项目，工程总投资 6100 万元，其中国家投资 2880 万元，地方配套投资 3220 万元。该公路起点是磴口县补隆淖尔办事处“二黄河”西侧的黄土档子村。它穿越乌兰布和沙漠腹地，最终到达巴彦淖尔市与阿拉善盟交界处，全长 71.6 公里，路基宽 8.5 米，沥青路面宽 6 米，桥涵与路基同宽，属三级公路。2009 年建成，次年通车，交通部门为它取名“黄阿公路”，以“黄阿线”三字镌刻里程碑数立于公路两侧。

穿沙公路现已形成了三大效益：一是经济效益。穿沙公路的贯通大大降低了运输成本，为当地农牧民开通了一条绿色致富通道，方便游客到乌兰布和沙漠进行大漠风情游、沙漠生态游，拉动整个沙区经济和社会发展；同时，公路两侧栽植的一片又一片梭梭林，可嫁接肉苁蓉，沙产业发展前景可观，方便企业到穿沙公路两侧进行投资造林。二是生态效益。目前，公路两侧沙生灌木成活率很高，沙漠腹地已呈现片片绿洲，绵延几十公里的流动沙丘，变为成片的灌木林。以穿沙公路为基础，磴口县在实施刘拐沙头综合治理二期工程时，在乌兰布和沙漠腹地成功地修筑了一条南北长 32 公里、宽 7 米的奈伦湖景观道，这条通道与穿沙公路形成十字交叉。全县计划用 3~5 年时间，在刘拐沙头西侧形成一个大型“丰”字形生态屏障，有效保护母亲河的安全运行。三是社会效益。穿沙公路的修通，使当地群众拍手称快，树立了磴口县治理乌兰布和沙漠的信心，在建设过程中筑就的治沙精神，成为该县强大的精神动力，激发着全县人民热爱家乡、建设家乡的信心和激情。

小车向西驶来。

虽然是数九寒天，但晴空万里，风和日丽，风尘尘不动，树梢梢不摇。前后5天，我在乌兰布和沙漠里，东西南北中，纵横数百里，居然都是这种天气，这令我大为惊奇。刘文光驾车，我坐在副驾驶座上，我的第一个问题自然是："刘总，天气咋这么好？"刘文光说："沙子给锁住了，绿色多了，风就少了。"

地绿了，天就蓝了；天蓝了，风就没了。千年沙漠终于安静下来。"一年一场风，从春刮到冬，三天不刮风，不叫三盛公"这口诀是不是要改一改了？磴口几代人的梦想终于变成了现实，而且会越变越好。袁成忠、杨力生、李志远那些老红军、老八路、老一辈治沙英雄们终于可以安息了，长眠了。

小车继续向西挺进。

我的第二个问题是："刘总，我小时候在这一段揉过蒿籽，那时沙漠能有几十米高，今天咋就看不到了？"我得到的回答是：让风刮跑了！他的解释叫我特别信服："现在的乌兰布和沙漠里，东西都有锁边林带，北部固定与半固定沙丘已被开发利用，中部的流动大沙丘渐渐被风刮小了。"至此，我渐渐理解和相信了"人进沙退"之说。

留心观察道路两侧，经过几年的整治，已经形成整齐划一的景观林带，樟子松、垂柳成活率在95%以上。每隔几里路，就可看到一个井房，刘文光告诉我那是由治沙站负责栽种和养护的。景观带外侧的沙丘已被各种天然或人工植被锁定，那些植物有沙蒿、白茨、梭梭、花棒……

在里程碑23公里的地方，一条"丁"字路出现在视线中。路边立着一块大石头，镌刻"冬青湖"三个大字。我下了车，脚踩麦草封沙格，登上最高的一座大沙丘，东南西北极目远眺，激情澎湃，浮想联翩。

穿越沙漠，穿越时空。

我似乎看到两千多年前的西汉王朝，北疆河套，一马平川，人民富足，社会安定，朝廷在这里设置3个县，"40年间，其人口总数，竟从原来的四五万人，增加到23.7万人"（侯仁之语）。好景不长。新莽篡汉，匈奴南下，汉人撤退，良田撂荒。农耕文化被游牧文化长期替代，到后来植被没了，沙子来了，并且越堆越高，越积越大，形成浩瀚无垠的乌兰布和沙漠。

我仿佛看到，53年前的侯仁之等4位科学家，顶着7月流火，骑着骆驼，跋涉在今天的穿沙公路一线，在寻找汉临戎县、三封县遗迹。

车过23公里界碑，天女散花般的圣牧奶牛养殖场随处可见。刘文光向我介绍说：“从这里到54公里处区间的东西10公里、南北20公里的大体范围内，分布了24个养殖场，每个场约有3000头奶牛。

远处的阴山依稀可见，视线中的沙丘变成了黑乎乎的展悠悠的良田，看得人特别舒服，田里堆积着腐熟了的牛粪。刘文光说：“我们把高10米以下的沙漠推平，开发成人工草场。这其中还有和韩国合作的七八百亩公益林。”

在56公里处，汽车别了黄阿公路，向南驶来。但见阡陌纵横，林路配套，黑色的土地与远方波浪式的沙丘形成迥然不同的两个世界。

在巴彦淖尔市与阿拉善盟交界处，我俩下了车。刘文光手指南方向我介绍：“我们在阿拉善左旗敖伦布拉格镇和平嘎查租用7户牧民，租用沙漠5万亩，已全面开发利用，井黄双灌，建设牧场4处，饲养奶牛1.2万头。”

刘文光接着说：“在土地租赁过程中，圣牧高科切实保障农牧民的土地权益，按照依法、自愿、有偿原则，经与牧民充分协商，确定了租赁标准，没有因用地补偿发生矛盾或纠纷。计划待第三轮土地承包开始后，继续签订土地租赁协议。”

圣牧高科计划开发60万亩沙荒地、35万亩半熟地，将这些沙地用作种植适合奶牛饲用的饲草料。

刘文光为我详细介绍了种植的各类沙生植物，主要有4类。紫花苜蓿：多年生豆科作物，在沙漠中生长周期可长达7~8年。在为奶牛提供优质蛋白粗饲料的同时，通过固氮作用为土壤补充氮素，改良土壤，其发达的根系也可起到保持水土的作用。青贮玉米：为奶牛提供优质的养分，其丰富的根系为土壤增加了有机质，改善土壤团粒结构。油葵：主要种植于盐碱度较严重的地区，其强大的适应能力可令其在盐碱地上生长，吸附重金属，改良盐碱土地。沙生牧草：以沙生、旱生、盐生类灌木和小灌木为主，作为防风林带建设用树种，对当地恶劣环境有着极强的抗逆性，并保护牧草作物不受风沙侵袭。

好牛奶是“种”出来的！沙草有机含“四个零”：零农药、零化肥、零转基因、零环境污染。

零农药：乌兰布和沙漠环境纯净，日照时间长，紫外线强，降水量少，气候干燥，人迹罕至，有效隔离和过滤了外界污染，形成了圣牧奶源地的天然环境保障，牧草在这里健康成长，鲜有病虫害，仅使用物理方法防止病虫害，不使用任何农药。

零化肥：三亩地的草养一头牛，一头牛的粪便还三亩地。圣牧在乌兰布和沙漠实行的是草牧结合，畜粪还田，改变土壤结构，增加土壤肥力，形成天然的生态循环体系。

零转基因：不使用转基因品种，杜绝转基因污染。

零环境污染：乌兰布和沙漠由黄河古道千年冲击而成，方圆百里无工业，无污染。

这些适合沙漠生长的作物，为我们有机沙产业的发展提供了优质饲草料，同时也对当地生态环境改善起到重要作用。

从 2012 年 6 月至今，在姚同山的直接策划和领导下，刘文光具体实施组织开发建设圣牧草业有机牧草种植基地，使圣牧草业公司成为国内最大的有机饲草生产基地，为圣牧有机产业链可持续发展奠定了坚实基础。

巴彦淖尔市圣牧高科生态草业有限公司是内蒙古圣牧高科牧业有限公司的全资子公司，是一家集饲草料种植、加工、收购、销售，林业种植，生态开发，农牧业投资，农副产品购销，有机粪肥收购、加工、销售等为一体的大型农牧业高科技企业。公司成立于 2010 年 4 月，注册资金 22868 万元，主营业务为有机饲草料种植、收购、销售；有机粪肥生产、销售和生态农业等。

公司自成立以来，通过结合对内蒙古乌兰布和沙漠的治理改造，已整合开发有机牧草饲料种植基地 41 万亩，已开发建成基地 20 万亩，待开发建设基地 21 万亩，主要种植有机青贮玉米、有机苜蓿、有机玉米、有机燕麦草、有机向日葵、有机小麦等牧草饲料作物。未来拟在乌兰布和沙漠地区及周边农牧结合带进一步以治理沙漠及改良现有低产田为主，建设节水高效的有机牧草饲料种植基地，并充分利用圣牧有机牧场的牛粪提高土壤有机质，牛粪还田，种养结合，有效遏制土壤沙化，以实现土地开发与沙漠治理并重的双重效果。

公司有机饲草种植项目所选地区处于河套平原西部，紧邻黄河灌区。引黄灌区从东南到西北贯穿乌兰布和沙区腹地，地下水源丰富、水质良好，符合有机种植的需要；且该地区土地资源开发潜力大，光照时间是全国最长地区之一；气候干燥，宜于北方各种作物生长。大气、土壤、水资源无任何污染，被环境学家誉为“一块罕见的天然净土”，是从事有机产业开发难得的宝地。

公司成立以来，获得了各级政府部门的大力支持，得到了来自国家牧草与青贮饲料研究中心的技术支持，同时也获得了相关产业同仁的广泛关注。目前，公司严格遵循科学技术指导开展有机牧草饲料种植，从土壤、灌溉、水质检测、有机肥生产、良种选择、科学播种、高效节水灌溉、精细化田间管理、气象监测，到全程大型机械化种植，全面实行科学管理，致力于为圣牧有机牧场提供安全放心、优质高产的有机牧草饲料。

公司已于 2011 年 5 月 11 日取得了中绿华夏有机食品认证中心颁发的有机产品认证证书，并获得了北京爱科赛尔认证中心颁发的欧盟有机认证证书。截至目前，公司已通过有机认证的产品包括：苜蓿、玉米、油葵、青贮玉米、燕麦草、羊草、大豆、小麦、棉籽等有机牧草饲料，可满足圣牧有机牧场十万余头有机奶牛的饲料需求。圣牧高科有机种养基地已成为国内规模最大、最具引领示范效应的有机产业基地。

圣牧沙漠生态有机草产业，是圣牧有机产业体系最上游的一环，草业的发展直接决定着其他产业环节的运营和发展。沙漠有机，草业先行。

草业的第一性生产过程是牧草利用光能把水和二氧化碳合成有机物的过程。沙漠地区昼夜温差较大，利于牧草干物质的积累，且人工草地对于光能的利用率高于天然草地，可更有效地固定太阳能，充分利用沙漠地区的太阳能、热能资源。这也印证了钱学森沙产业理论的第一个环节“过光转化”，即把阳光、叶绿素、二氧化碳和水转化成植物蛋白。

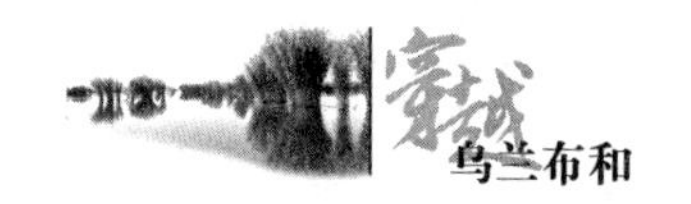

刘文光说：“根据圣牧‘三亩地的草养一头牛，一头牛的粪还三亩地’的有机循环理念，通过牧草养牛，牛粪还田，沙地团力结构成分加大，5~10年间预计这里的土壤可达到东北黑土地土质的条件。”沙漠适合牛生活，要突破传统观念，传统印象牛应该生活在草原上，其实沙漠养牛有更好的优势。在乌兰布和沙漠里，与世隔绝的牛场同样也隔离了疫病传播，横穿沙漠的黄河故道里，生长着无污染的优质玉米和苜蓿草，生长环境与美国加州科罗拉多河畔完全一致。沙漠沙床是奶牛最舒适的“席梦思”，充裕阳光为奶牛的钙质合成提供了保障，自由的沙浴使奶牛皮毛润泽光亮，躺在能治疗和预防乳房炎的明沙里，奶牛是何等幸福呀！高舒适度也带来了健康的牛奶品质。

寻找纯净的有机净土很难，保护这方有机净土更加艰难。为了保证土壤不受污染，有机种植杜绝使用任何化肥以及转基因品种。有机牧场里的牛粪成了有机草场最好的肥力来源，“一头牛的粪还三亩地”，经论证，如此循环，沙漠一年可增加一厘米“有机质”，再加上黄河故道的红胶泥拌上沙即成当地老百姓赞誉的“沙盖楼”，配上节水灌溉设施，昔日的黄沙变成了有机牧草的生长沃土。

阳光照耀下的炽热沙子，形成天然的病毒隔离带。加上科学的栽培管理措施，有机草场鲜受病虫害侵袭。圣牧草业还进口了现代化大型中耕机，杂草防除全靠机械完成。

7年时间，圣牧人将原来人迹罕至的沙漠变成了一座“绿色花园”，并且实现了路通、电通、水通、网通，基础设施完善。在圣牧现有的草场基地，绿色的大型的喷灌圈逐渐布满了整个基地，泛黄的沙漠上绿色逐渐蔓延。从乌兰布和沙漠上鸟瞰，喷灌牧草地如同一幅至美的画卷令人赏心悦目。已经修建好的穿沙公路和“圣牧有机大道”连通着沙漠内外，现代文明源源输入，有机理念频频输出。

此为有机奶的发端——种植。

种出来的草料是用来喂牛的，那么，有机养殖又是怎样一个过程呢？

“粮草”已有，“兵马”出动。打造安全的奶源基地，有机牧场是核心环节。

每个牧场均建在草场的中心区域。牧场设有办公区、生活区、饲草料区、养殖区、挤奶区，还建有多座宽敞明亮、配套齐全的牛舍，配备有兽医处置室、青贮窖、有机粪肥处理厂、机械库及饲草料加工、清粪机械车间等。泌乳牛的牛舍与挤奶区间建有通道，奶牛会在固定的挤奶时间自行到挤奶区挤奶，形成了工厂化的发展模式，促进了生产要素的集中集约集聚。

围绕规模化发展，圣牧高科通过流转、租赁土地等方式实现了有机草场大面积、规模化发展，并以机井为圆心，以大型喷灌设施臂展为半径，形成一个个喷灌圈，每个喷灌圈可覆盖 800 ~ 1200 亩土地。现已建成 24 个大型有机牧场，每个牧场存栏奶牛 3000 头，有效降低了单位面积草场和奶牛的种养殖成本，实现了良好的规模效益。围绕循环化发展，按照“三亩田的饲草养一头牛，一头牛的粪肥还三亩田”的循环体系推进草牧场建设，种植的牧草用于饲养奶牛，奶牛的粪便加上秸秆进行发酵处理后成为有机肥，牧场的废水、奶牛的尿液经过处理后作为液肥，与有机肥共同还田用于改良土壤。经过改良的土壤用于种植牧草，形成了草—畜—肥—田—草的有机循环发展方式，有效降低了经营成本，促进了生态改善。围绕机械化发展，圣牧高科土壤耕作、饲草收割全部采用现代化的大型机械设备，引进的德国克拉斯自走式收割机不但具有收割速度快、浪费少等特点，而且可将秸秆和玉米碾碎，有效节约了后期加工成本；在挤奶区安装了 80 位转盘式自动挤奶设备，每小时可完成 400 头奶牛的挤奶工作，只需配备 6 名工人进行消毒、套杯等简单操作。奶业公司不仅原奶化验检测、牛奶加工设备达到国际领先水平，而且清洗车间实现了清洗过程标准化、程序化和自动化控制，有效提高了生产效率，保障了产品安全。

为了保证沙漠有机产业链全程可控，牧场的每一头奶牛都有自己的“身份证号”。工作人员将号码输入系统，牧场可以随时查询奶牛的身体状况、饲喂情况、产奶情况，确保加工成产品之后，做到全程可追溯。

牛均占地 60~80 平方米，有专门的营养师，专业的保健体系，专属的环境体系。每个有机牧场都严格遵守卫生标准，奶牛享受着高规格的动物福利。比如饮水，通过反渗透技术净化，定时化验，相当于给牛喝矿泉水。这里的奶牛堪称目前中国“最纯净的奶牛”：第一，百里明沙隔离带，天然杀菌，远离疫情；第二，牛卧干沙，粪便还田，没有污染；第三，吃在沙漠，喝在沙漠，长在沙漠，全程有机。

有人质疑“奶牛不可能不生病”。事实上，腐蹄病和乳房炎，是奶牛的常见病。而在圣牧的有机牧场，干燥的环境和充足的阳光恰恰是圣牧奶牛的天然福利。每一间牛舍，每一头奶牛都铺设有沙床，工作人员一天三换沙子，牛卧干沙，舒适的卧床几乎杜绝了乳房炎；柔软透气的沙粒同时降低了奶牛患肢蹄病的几率。倘若有机奶牛发生“伤风感冒”，有机牧场工作人员会将患病奶牛即刻隔离，安排专门医生治疗，直至奶牛痊愈，期间奶牛所产牛奶全部丢弃，保证有机奶源的纯净。此外，圣牧每个有机牧场的奶牛存栏数在3000头左右，没有超大牧场，便于从源头上控制大规模动物疫病发生。

阳光充足，奶牛反刍加快，蛋白质转换率提高，所产原奶的营养价值也会提升许多。钱学森沙产业理论的第二个环节“过腹转化”，即把植物蛋白通过家畜、家禽的消化转化为动物蛋白，在此又一次得到印证。

关于有机肥料的制作还田，圣牧高科利用牛粪和秸秆制作有机肥，经过90℃高温发酵处理，仅用18天就能生产出成品了，而一般有机肥行业生产标准为3 ~ 6个月时间。缩短生产日期就能大大降低成本。目前，核算成本还不到化肥的一半价格。

前后5天，我在乌兰布和沙漠北部采访数家企业，到处可见圣牧牧场。每个有机牧场附近，都建有有机肥场，每头牛所产粪便全部进行无害化处理，经过发酵堆沤的牛粪保留了较高的养分与有机质，于每年的春季、秋季用于还田，补充有机草场的土壤肥力，形成有机循环产业链。

此为“养”。

那么“加”，是怎样的与众不同呢？我要看看。

在磴口县工业园区，圣牧建有加工厂，新鲜纯净的有机原奶运抵这里。

钱学森沙产业理论的最后两个环节分别是“过加工”和“过市场”。“过加工”，即企业通过先进的加工工艺，完成了从原料到商品的转化；“过市场”，即产品通过商品化、品牌化的市场营销，增加了整个产业链附加值，形成了循环经济产业。

由于圣牧全程有机产业链贯彻的“草场—牧场—工厂”全封闭式有机循环，牛奶从工厂到消费者手中，没有一滴牛奶是从散养农户中收购，且当天的牛奶3 ~ 5个小时保证送到工厂，减少了中间环节，确保了奶源的新鲜纯净。

圣牧引进全球最先进的瑞典利乐A3无菌灌装生产设备，严格遵循有机奶的加工流程，力求“零污染”。在生产过程中“零香精、零色素、零防腐剂”，兑现“纯牛奶、真有机”的品质承诺。工艺标准超越了美国食品与药品管理局（FAD）和欧盟法规的食品安全标准。

圣牧全程有机奶均印有获中国国家认证认可监督管理委员会认可的条形码，以便追溯每件产品的生产源头，作为质量控制措施。做到一包一码，即每包产品都印有由国家认监委授予的有机追溯码，消费者可随时登陆国家认监委网站在线查询。

种、养、加，只是产业链的三个过程，能否占领终端有机市场，则是消费者说了算。

经过长达3年的全程监控，“圣牧全程有机奶”光荣地获得了跨国“毕业证”，成为中国唯一获得欧盟有机认证的全程有机奶，也是首家获得国内、国际“双认证”的牛奶。

2014年7月15日，“中国圣牧”这个全国最大的垂直整合有机乳品公司在香港联交所主板成功挂牌上市，向全球发售股份4.448亿股，每股发行价2.39港元，共募集资金10.63亿港元。所募资金用于牧场建设、扩充液态奶生产设施、拓展销售渠道等方面。此举将进一步夯实圣牧在中国有机奶产业的龙头地位，并为其走向世界打下坚实基础。

圣牧高科的成功上市，是内蒙古自治区继伊利、蒙牛上市后借助资本市场发展的又一乳品企业，这对进一步落实自治区“8337”发展思路，打造绿色农畜产品加工基地，形成呼和浩特乳品企业群，强化中国乳都的作用都具有重要作用。

截至目前，圣牧高科可日产有机奶700吨，圣牧也从7年前的小乳企，一跃成为市值120亿的上市企业品牌。

至此，钱学森沙产业理论与圣牧专属的沙漠全程有机产业链完美融合。钱学森对沙产业提出“多用光，少用水，兴科技，高效益”的12字秘诀，在圣牧人这里得到了很好的诠释。从初到沙漠时的寸草不生，到指日可待的万顷绿洲，圣牧在7年期间携乌兰布和沙漠大跨步迈入了现代文明。

环境就是民生，青山就是美丽，蓝天也是幸福。要着力推动生态环境保护，像保护眼睛一样保护生态环境，像对待生命一样对待生态环境。对破坏生态环境的行为，不能手软，不能下不为例。

——习近平

昔日黄沙漫天，如今绿野田畴。一个沙产企业让荒无人烟的乌兰布和沙漠有了不一样的生机和活力。没有有机环境，就没有有机产品。圣牧作为中国有机奶龙头企业，在进行有机开发时，像保护眼睛一样保护乌兰布和沙漠的生态环境。

圣牧结合盘古集团16年的防风治沙经验，在草场开发的同时，“宜草则草，宜林则林”来改造荒漠，采用了旱生乔木、沙生灌木、多年生牧草与一年生牧草相结合的模式，以一年生牧草作为先锋植物，充分发挥了草本植物防风固沙的优势。加强矮灌木型草地结合多年生牧草人工草地建植，以消除大规模沙尘暴沙源。在新开发的土地外围，圣牧建植了以冬青、红柳、柠条、梭梭、花棒等低矮沙生灌木为主，新疆杨、胡杨、沙枣、榆树、槐树等速生乔木为辅的防风林带，不但可阻挡风沙，防止土地进一步沙化，形成了保护人工建植草场的屏障，还形成了乔、灌、草结合的立体生态系统。

圣牧在沙漠建植以紫花苜蓿、玉米为主的人工草场。豆科牧草丰富的根系含有大量根瘤菌，可以固定空气中的氮素，增加土壤肥力，促进物质的有效循环。玉米丰富的地下生物量可增加土壤有机质，避免土壤板结，丰富的地下根系可固定表层土壤，避免耕层土壤流失，增加土壤保水保肥性能。

圣牧还通过利用休闲地等贫瘠土地及盐碱危害严重的土地种植沙打旺、毛苕子、草木樨、箭筈豌豆、红豆草等豆科作物作为绿肥，改良盐碱化土壤，提高土壤肥力。有机牧草收获后，残茬可耕翻入土，为后茬作物增产，提高土壤中生物量，改善土壤结构，固定土壤，提高综合种植经济效益。此外，人工建植牧草地还有调节气候、净化空气、美化环境等作用。

此外，有机养殖可为有机牧草种植提供大量较清洁的有机肥料。有机种植中通过施用有机肥，可使沙化土壤团粒结构增加，保水保肥性能提高，提高土壤肥力，同时提高了作物的抗旱能力。圣牧有机牧场每年可生产数十万吨优质有机肥料，总体积达 50 万立方米，按照 1 厘米厚度铺于沙漠上，可覆盖 5000 公顷的土地，预计 5 ~ 10 年时间，圣牧种植基地的土壤就可得到彻底改良，建立起种植业、养殖业与生态环境之间良性的能量物质循环链，进一步促进农牧业的可持续发展。

圣牧在建设沙漠有机产业体系过程中，在中国西部沙漠走廊的咽喉地带种了 6000 多万棵绿树，筑起了一道严密的防沙屏障，绿化沙漠 20 余万亩，建成了可饲养 10 万头有机奶牛的大牧场，创建了完整沙漠有机产业体系，这一伟大的创举造就了有机产业治沙的可持续发展新模式。

有人算过这样一笔账：圣牧每生产 100 升有机奶，就等同于每年给当地沙漠带来 60 平方米的绿草地和 12 棵防沙绿树。

在收获经济效益的同时，极大支持公益环保事业，圣牧在金山银山与绿水青山的抉择中蹚出了一条科学、有机、可持续的新路子。

有机产业是朝阳产业，潜力巨大。中国有机奶市场起步晚，底子弱，还有很大的上升空间。作为中国有机奶龙头企业，圣牧高科责任重大。

圣牧全程有机产业链以乌兰布和沙漠的纯天然无污染生态环境为依托，整个产业链贯穿牧草种植、饲草料加工、奶牛养殖、粪便无害化处理、有机肥还田利用及奶产品加工等各个环节，为原始沙漠的改造创造做出了巨大的贡献。数十万亩黄沙披上绿衣的伟大壮举，吸引了社会各界的关注度，为各企业寻求可持续发展的道路做出了榜样。

圣牧全程有机产业链引进先进的种植、养殖以及液态奶加工机械设备，创建了优秀的技术专家团队，引用现代化的种植、养殖及加工技术，为当地农牧业的现代化建设提供了强有力的推动作用。

圣牧的迅速发展，带动了当地的经济发展，为巴彦淖尔市及周边地区提供了数千名就业岗位，缓解了当地的就业压力。

此外，圣牧高科有机奶完整体系的构建，本身就标志着我国乳品产业技术能力的进步，有效推动了我国有机奶产品的供应能力，缓解了国内市场目前的“奶荒”问题，满足了国人对高品质有机奶的需求，开辟了国内全程有机可追溯液态奶的新篇章，提升了行业产品质量和市场竞争力，增加了国人对国内乳品行业的信心，让乳品业真正实现了可持续发展。“中国人也可以生产出最优质的牛奶”，不再是一句空话。

圣牧人在沙漠中追逐着有机牛奶的梦想，在漫漫黄沙里书写最壮美的诗篇；圣牧人携着乌兰布和沙漠这头红色公牛，昂首阔步大跨步迈入了有机现代文明。凝心聚力，圣牧正在践行作为一个“生态建设践行者，食品安全守护者，有机生活奉献者”的承诺！

沙漠不再暴虐，圣牧已然崛起！

圣牧高科的核心使命是以内蒙古地区为核心，专注于发展集约化精品奶源基地，开发优质高端的乳制品，为国人提供最健康的有机乳制品。

截至2015年底，圣牧高科在呼和浩特地区建成规模化牧场12座，奶牛存栏4万余头；在巴彦淖尔市和阿拉善盟地区建成有机牧场24座，有机奶牛存栏量7万余头，日产鲜奶1200余吨。

2016年，计划将公司有机草场增至30万亩，奶牛增至12万头，日产有机奶1500吨。

预计到2019年，有机草场增至60万亩，奶牛增至20万头，日产有机奶5000吨，年产值突破200亿元，真正成为国际有机奶第一品牌。

圣牧高科颠覆传统乳业的发展模式，从源头干起，创造了从草业，到牧业，再到工厂，最终到市场的全程有机产业模式，真正做到了农场、牧场、工厂、市场“四场合一”，开创了世界首个沙草有机循环产业链。

圣牧公司具备“一个最大”、“三个唯一”。

“一个最大”：圣牧是中国最大的有机乳品公司，拥有中国最大的有机奶牛牧群数量，拥有有机奶牛 7 万余头，日产有机原奶 1200 吨。

“三个唯一”：第一，圣牧是中国唯一符合欧盟有机标准的有机乳品公司；第二，是中国唯一 100% 用自产有机原料奶生产有机液态奶产品的有机乳品公司；第三，是中国唯一一家将沙漠有机体系与垂直一体化生产模式相结合的有机乳品公司。

一路走下来，刘文光多次提到姚同山老前辈，让我不要写他，写姚老。遗憾的是，此次磴口采访，未能见到“沙漠王”姚同山。

就是这位“沙漠王”，53岁出山创业，短短几年，圣牧公司在呼和浩特周边及乌兰布和沙漠就建设36座牧场，拥有奶牛11万余头，日产鲜奶1500多吨，将20万亩沙漠变成绿洲，并在磴口县境内建设了国际一流的有机奶加工厂。圣牧创造了中国乳业的又一个奇迹：打造了“种、养、加”一条龙的有机生态产业链；有机原奶产量占据了中国有机奶的半壁江山！

圣牧公司实现了生态保护与产业发展的良性循环，经济效益和生态效益的有机统一，不仅提高了我国乳品品质和有机产业的可持续发展能力，推动了内蒙古经济社会实现跨越式发展，更改造了沙漠，改善了祖国北疆的生态环境，为祖国北疆亮丽风景线上平添了一抹绿色。

2014 年 3 月，内蒙古自治区工商联（总商会）及内蒙古企业家联合会就姚同山对发展地区经济所做的贡献一致将他评选为 2013 年内蒙古经济年度十大人物之一。

创模式和建体系是姚同山的法宝，奉献和领先是他真实的写照。朴实的他，凭借信念、执着和韧性，在荒芜的沙漠风尘中战天斗地，秉承财聚人聚、共同富裕的理念，让沙漠增绿，让百姓增收。作为世界乳业的沙漠之狐，他在最原始的荒漠中发现了最具爆发力的商机，把不毛之地变成了有机殿堂！

年届六旬的姚同山，跃马扬鞭于荒无人烟的乌兰布和沙漠；年轻而又执着的一群圣牧人，紧随其后。是他们，让全国消费者知道了什么叫有机奶产品。他们的有机梦终于成为现实。

第十章

阿拉善人的黄河之恋

无数次穿越鄂尔多斯高原，没有这一次神情飞扬，激情满怀，恨不能变成苍鹰，飞上蓝天，鸟瞰高速、国道、铁路、黄河、沙漠；

数百次驰骋包兰铁路列车、公路班车，没有这一次瞠目结舌，眼花缭乱。恨不能破窗而出，踏破戈壁，横渡黄河，看看儿时的第二故乡——上滩变成了啥模样。

列车徐徐开出磴口县巴彦高勒火车站，瞬间，跨越黄河，由北向南穿越贫瘠而又荒凉的鄂尔多斯高原。我凭窗远眺，但见：冰封的黄河像一条长长的白色链子，羁绊在沙漠的脚下；而高傲的乌兰布和沙漠，昂起头，阴沉着脸，似有吞噬黄河之意。

列车在乌海市乌达二过黄河。视线中，乌兰布和沙漠与贺兰山在牛顶牛。有人说，贺兰山斗不过乌兰布和，其西边和北端一部分已被埋在了沙漠下边。

我此行的目的，是要调查、书写乌兰布和沙漠阿拉善盟段。但是，冰封的黄河使我无法涉足，我得绕行。

2016 年初春的一天，我绕道银川，越过贺兰山，来到阿拉善盟盟府所在地巴音浩特镇。

盟委副书记杜隽世在他办公室热情地接待了我。

原计划我是要采访阿拉善左旗旗长戈明的。电话那头，戈旗长同我说，盟委、盟行署成立了一个机构，名称叫“阿盟乌兰布和沙产业生态示范园区项目领导小组”，组长由盟长冯玉臻担任，杜书记任副组长兼总指挥，负责日常工作，建议我直接采访杜书记。

我曾在原巴盟行政公署办公室工作多年，很少见盟委二、三把手共同出任一个临时机构的主管。故深知，这个“生态项目领导小组”绝非一般性的工作。

我曾在新华社、经济日报社做过记者，经验告诉我：采访省、地一级领导干部，在之前没有给出采访提纲的情况下，不宜使用一问一答式，给出题目就行了。

简单地说明来意后，我说：“杜书记，黄河岸边的情况，我明天去看去采访，具体情况就不占用您的宝贵时间了，我只是想知道盟委决策这件事情的前因后果，通过什么手段，要达到什么目的，从宏观上您给我描述一下就行了。”

百忙中的杜书记直奔主题，言简意赅：

“2012 年，阿拉善盟委、盟行署积极响应国家建设生态文明的号召，迅速做出重大决策：在乌兰布和沙漠东缘、九曲黄河西岸的 1000 平方公里土地上，建设乌兰布和生态沙产业示范区。于是，一个绿色的梦想悄然升腾。

“乌兰布和是一头蛮牛，狂傲不羁，一路向东扩张。它不仅踏平了巍巍贺兰山西麓，而且跨过了奔腾不息的黄河，在甘德尔山站稳脚跟后，继续东侵，一路呼啸着穿越八百里河套，直奔自治区首府呼和浩特。如果再不给它披上绿色，它就有可能飞越长城，闯进首都了。

“巴丹吉林、腾格里、乌兰布和三大沙漠在我盟占三分之一面积，以我盟财力治理沙漠，实在是无奈之举。没办法，沙漠害人到了这种程度了，危及生命，侵蚀黄河，不下大资本不行了。

“十二五期间，特别是十八大后，盟委决定，倾全盟之力对沿黄河 100 公里内沙漠进行综合治理，并成立领导小组，由冯盟长挂帅，我为常务副组长、现场总指挥。下设办公室，调盟委农牧部部长戈明任主任。他很能干啊，已经转任左旗旗长了。最近，项目领导小组下设机构已经自治区政府和自治区编制办批准，为常设机构，名称叫‘阿拉善盟乌兰布和生态沙产业示范园区管委会’，县处级，设主任一正二副，领 5 个科级局。从此，要真抓实干了，要一代一代干下去！

“陈老师，你下去看一看。对乌兰布和沙漠阿拉善盟段的沿黄河沙段，我们编制了 1000 平方公里折合 150 万亩的总体规划，自治区发改委已经批复。你在政府部门工作过，你知道，历史上的乌兰布和沙漠很特殊：解放前，是王爷地；解放初，我们党在土地改革时，对蒙古王公以及广大农牧民实行‘不分、不斗、不划阶级’的政策。一直到十一届三中全会以后，分田单干，我们也只是把黄河滩的水浇地分给农牧民打理。1983 年，《内蒙古自治区草原管理条例》出台以后，我们只是把沙漠大体上做了划分，哪是集体的，哪是户家的，仅此而已。这一次，为了明晰产权，不给入驻企业留后患，我盟首先进行了土地确权工作。此项工作是恳请国土资源部委托北京市国土资源监察局下来勘察认定的。原则是：凡能耕种、允许放牧的地，确权给农牧民；无法耕种的、不许放牧的地方，就是需要治理的地方，留给政府。”

杜书记继续强调说：“我盟‘欠发达’，长期综合治理不能依赖政府。筑巢引凤，我们得先搞‘三通’，尽最大能力，把基础设施搞上去。沿河 104 公里的明沙，我们计划建设一条穿沙公路，投资 7 亿多元。去年已经完成了 70 公里，余下 34 公里计划今年修通，与北部的磴口县城打通。要想富，先修路。电、水都已配套。”

出巴音浩特，沿贺兰山西麓是 10 年前修建的半封闭式的乌巴高速公路，东北方向 132 公里可抵乌素图。告别杜书记的当天下午，我搭乘长途班车来到这里。

这里是阿拉善盟经济开发区，它处于阿盟、乌海、宁夏石嘴山市的三角地带。黄河与铁路在这里争宠，贺兰山与乌兰布和沙漠在这里角斗。杜书记所说的穿沙公路就从这里起始，南连乌巴公路，北抵磴口县二十里柳子黄河滞洪闸，在那里，分别有 3 条路可进入磴口县城。

黄昏时分，我挤上了全天只往返一趟的中巴班车，驶入穿沙公路。车上十几位农牧民兄弟，全部是阿拉善左旗巴音木仁苏木居民。听说我小时候在巴音木仁完小念过书，满车人兴奋起来。有几人就判断我是不是他们父母亲的同学，并邀请我到他们家去住，去见见他们家的老人。

座无虚席的中巴，最数司机老牛话多。他人幽默风趣，逗人失笑。7 米宽的油路上，不时有明沙爬上来，汽车被迫减速。我问大家："这里有没有养路工人？"牛师傅抢先回答："我就是，手握方向盘，肩扛大铁锹。"我无心调侃，只关心沙漠，它的大小、它的形状、它的流向，还有它赖以生存的各种天然的、人工的、飞机播种的植物。

按照杜书记的说法，脚下的穿沙公路先期通车 70 公里，到巴音木仁苏木止。以我观察，同磴口县的乌兰布和沙漠相比较，这一带皆属流动与半流动性质。公路东距黄河 10 公里左右。阿拉善盟是要把这一条柏油公路当作阻挡黄沙、保护黄河的屏障吗？阿拉善盟是要把油路东侧的沙漠全部进行综合治理吗？

如果是，这是一个大手笔啊！

因为路没有全部贯通，所以路边没立里程碑。听说，名字已起好，叫"乌磴公路"。车行大约 70 公里，向右拐向黄河方向，进入巴音木仁苏木政府所在地。此时已是掌灯时分，汽车再度北行，来到镇北 5 公里外的老崖滩村。想不到，两排路灯高高地挑在电线杆子上，将一里多的油路照得如同白昼。唯一的一座二层小楼打出"宾馆"字样的霓虹灯。选择在这里留宿，是上车前听了司机老牛的建议。车出乌斯图，车上就有热心人打电话帮我预约房间，并提醒宾馆服务员让把暖气烧热乎。

住下后，一宿无话。

次日上午 9 时许，乌兰布和沙产业生态示范园区管委会办公室主任吴智应约而至。

在巴彦木仁苏木，我采访了党委书记马金虎，这是一位土生土长的回族干部，40 多岁，对当地历史比较了解。他的回答解开了我的几个谜团。

苏木党委、政府办公室居然就坐落在我 50 多年前念书的巴音木仁回民完小。

握别苏木领导们的那一瞬间，我的眼窝是潮湿的。1961 年秋季，我走进这

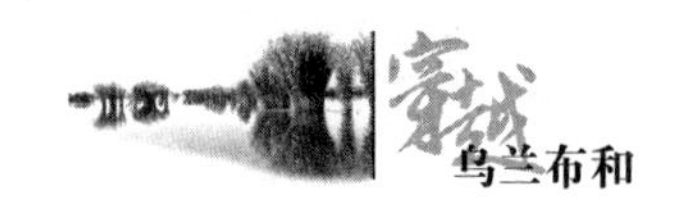

所学校时，坐的是泥凳，趴的是泥桌，就连讲台都是泥的，窗子上没有玻璃，炉子里没有煤烧。进入12月的高寒天气，每节课中，班长牛万忠会高喊："全班起立，跺脚开始！"牛万忠一辈子没离开过老崖子滩，最后得了癌症，已经死了好几年了。这是昨晚我住老崖子滩时得知的。

出了苏木政府大院，一条小油路横贯东西，北侧是一溜儿几家商店，但是没有开门的。看得出来，这里仍保留着20世纪计划经济年代的模样。只有两处古建筑是旧中国时期留下来的——盐库和清真寺。据吴主任介绍，这两处古迹已被确立为文物保护单位。

油路向东到尽头，就是旧时的黄河码头。

50多年前的码头模样没大变。我心潮澎湃，涌起了杨力生时代的回忆。杨力生在他的回忆录《风雨春秋》一书中写道：1949年11月他奉宁夏回族自治区委之命，率领32人来此接管旧磴口县。按照省委的部署，本来是要在这里接管旧县府，成立中共磴口县委和县政府的。因为这里曾经被土匪洗劫过，他们被迫将新县府选择在三盛公，包括对坐羊皮筏子漂流到二十里柳子，对沙漠流到黄河大为惊诧的心情，都有很详细的描写。杨力生在巴彦淖尔为官25年，从阿拉善盟一把手的位子上退下来，他的一生对沙漠治理倾注了心血。1980年9月27日，他就治沙问题曾致信内蒙古党委和周惠书记，提出生态平衡理念及建立沙生植物园的想法。这个观点，我认为，同1984年钱学森提出的沙产业理论基调是一样的。

黄河在这里，因为沙漠欺压，在2公里的距离内，两度拐弯，形成一个"2"字形，由南而来，在镇西掉头往东，躲过沙漠后，在镇东复向北流。本书第一章，对此有描述，特别是西拐弯处的那一大片天然河柳，当年杨力生等32人漂流到这里时，第一眼看见的便是被林子挂住的几十具死尸。

小车离了码头，向西驶到林子东南角，收入我眼帘的偌大林带，比我想象的还要糟糕，就像一个老汉，一点青春活力都没有了，树木活的不如死的多。由林子南端尽眼远望，我小时候上学路上的郁郁葱葱的防沙林带多数已不再。带着这个问题，我打电话询问了阿拉善盟盟委副秘书长张瑞青。得到的答复是：

黄河水涨涨落落，阴渗剥皮，侵蚀树木，致使树木难活。

在老树林子的东端，一条筑起的土路在沙漠与黄河中间的黄河滩地里南北延伸。东西两侧皆是平展展的农田，葵花秆子在迎天站着；东侧，冰封的黄河在立冬时就已归了主航道，视线中已经不见，只有鄂尔多斯高原和高原上奔驰的火车和汽车清晰可辨；西侧，连绵起伏的乌兰布和沙漠东缘，距离土路当在五六百米。50多年前，我曾经生活过的上滩农场，一点影子都没有了。据苏木党委书记马金虎说，早几十年前就没人住了，洪水把人吓跑了，沙漠把人吹跑了，都跑老崖子滩北面5里路的地方安家落户去了。昨天，我在中巴班车上遇到的一群上滩村民，大概就是从这里整体移民过去的。马书记还说："被迫移民搬迁的还有巴彦树贵嘎查、巴音套海嘎查居民，迁出来都已三四十年了。政府在地理条件比较好的老崖子滩、新上滩以北做了安置。"

吴主任驾车，沿着河坝不像河坝公路不像公路的黏土石子路徐徐前进。在距离苏木政府三四十里的地方，两处土里土气的村落映入眼帘。吴主任介绍说："那就是马书记所说的移民后撂下的两个嘎查。土房子冬天没人住，夏天有人来务艺庄稼。"

大约1个小时后，我们来到又一个嘎查——乌兰素太——阿拉善盟乌兰布和生态沙产业示范园区管委会驻地。这里与乌海市城区隔河相望，乌海黄河枢纽工程尽收眼底。

在园区管委会办公室，吴主任和园区产业发展局干部张鹏飞向我详细介绍了示范园区现状。

乌兰布和生态沙产业示范区地处乌兰布和沙漠东缘，南接乌海市乌达区，北至巴彦淖尔市磴口县，东临黄河并与乌海市滨河新区相望，南北长约100公里，东西宽约5 ~ 15公里，综合治理面积约1000平方公里，合150万亩，规划总投资300亿元，分3期建设，建设期15年。

乌兰布和沙漠综合治理的目的主要是遏制沙漠继续侵蚀母亲河，保护周边地区的生态安全，同时把这里打造成集生态、沙产业、旅游业、商住休闲、农牧民转移转产五位一体的新兴现代绿色示范基地，在黄河西岸筑起一道新的绿色生态屏障。

自 2012 年项目启动以来，示范区已先后投入近 30 亿元，实施了生态产业园区供水工程、输变电工程、磴口至乌斯太穿沙公路、防护林工程、移民安置区市政配套等基础设施建设。目前，示范区已引进多家企业发展生态产业，形成了政府引导、企业主导、市场化运作的生态治理和产业化发展格局。其中内蒙古金沙堡地公司、蒙草抗旱公司、悦禾公司、圣牧高科等企业投资建设的项目初具规模，沙产业发展、生态保护与恢复走上了良性互动轨道。

综合治理区的战略定位主要由七部分组成：

一是中国葡萄产业发展的新引擎，在北纬 38° ~ 39° 再造一个大型葡萄酿酒产业链基地；

二是中国北方最大的以文冠果为主的沙生生物质能源林生产和加工基地；

三是内蒙古太阳能、热量、风能转化利用的示范、推广基地；

四是内蒙古肉苁蓉、锁阳、甘草为代表的中草药种植与深加工产业基地；

五是内蒙古西部最大的绿色无公害设施农业基地；

六是中国北方集九曲黄河、高沙大漠、库区平湖（海勃湾水利枢纽）、黄河分洪区、沙产业基地五位一体的生态旅游区；

七是阿拉善黄河上中游流域新的生态宜居移民安居城镇（市），与乌海市西岸共同构成内蒙古西部生态型中心城市，将该地区建设成为黄河上中游的一颗明珠。

功能区相应划分为：库区防护兼沙产业综合开发区、特色种养殖基地、沙地葡萄种植区、生物质原料林基地、沙产业示范区、沿黄护岸景观林带、分洪区沙产业开发基地、生态宜居城镇和生态旅游景区。

乌兰布和沙漠地处黄河以西，吉兰泰盐湖以东，贺兰山以北，狼山以南。分布在阿拉善盟的阿拉善左旗，巴彦淖尔市的磴口县、杭锦后旗、乌拉特后旗和乌海市，沙漠面积 1475.54 万亩。按行政区域分：阿拉善左旗 1056.14 万亩，占 71.58%；磴口县 277 万亩，占 18.77%；巴彦淖尔市农垦局 58.6 万亩，占 3.97%；杭锦后旗 30.7 万亩，占 2.08%；乌拉特后旗 11.1 万亩，占 0.75%；乌海市 42 万亩，占 2.85%。按沙漠类型分：流动沙地 564.78 万亩，占 38.28%；半固定沙地 469.08 万亩，占 31.79%；固定沙地 403.68 万亩，占 27.36%；沙化耕地 7.91 万亩，占 2.57%；其他土地 0.09 万亩，占 1%。沙漠形态以沙堆为主，新月形沙丘和沙垄次之。沙丘高度一般为 3 ～ 10 米。

乌兰布和沙漠属干旱、高温、多风、少雨的典型大陆性气候，主要害风为西北风，风势强烈，年均风速 4.1 米 / 秒。风沙灾害为主要自然灾害，是我国西北方向的主要沙尘源和沙尘暴通道之一。

黄河自南向北从乌兰布和沙漠东部边缘的阿拉善盟、巴彦淖尔市流过，全长 137 公里，是沙区农牧林业生产和生态建设的主要水资源。沙区地下水较丰富，但从东到西水位逐渐加深，矿化度逐渐增高。沙区内陆湖盆、沼泽地、低洼地较多。沙区土壤主要为风沙土、灰漠土、沼泽土和草甸土等。沙区植被自东向西逐渐变稀，分布有沙蒿、白茨、霸王、红砂、珍珠、梭梭、冬青、盐爪爪、棉刺等旱生、超旱生的荒漠植物，其间分布有沙竹、芦草等。黄河边缘分布有人工乔灌木林。

阿拉善盟地理位置特殊，生态区地位重要，是自治区乃至祖国西部生态安全的咽喉和要塞，但在全盟 27 平方公里国土面积中，93% 的地表为沙漠和戈壁，适宜人类生产生活面积仅占 6%，全区 95% 的沙漠在阿拉善。年均降雨量 80 毫米，蒸发量 3500 毫米以上；森林覆盖率 7.65%，低于全区 13.3 个百分点；草原植被覆盖度 16.8%，低于全区 23.2 个百分点；水资源短缺，供需矛盾突出；地下水可开采量 4.85 亿方，黄河取水指标仅有 0.5 亿方，与最多的巴彦淖尔市相差 35.5 亿方……阿拉善的“绿色容颜”日益憔悴。保护和改善阿拉善的生态环境，实现美丽与发展双赢，成为当前全盟亟待解决的现实而紧迫的难题。

阿拉善不是粮仓，也不是牧场，保护好 27 万平方公里的生态环境，就是对国家的最大贡献。阿盟盟委提出，要把阿拉善建设成为国家重要的生态功能示范区。生态保护，绿色发展，是阿盟“十三五”发展的主旋律。未来，阿盟将以此为契机，描绘出绿水青山新画卷，点亮全盟生态文明底色。

阿拉善地处荒漠地区，各物种之间的依存关系十分紧密和敏感，一个物种

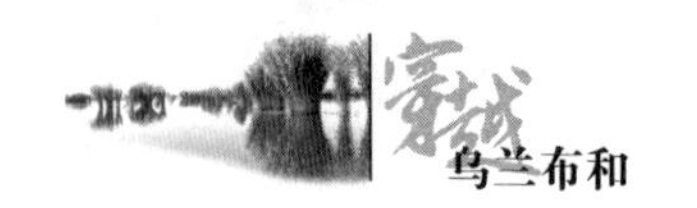

的兴衰会直接影响到另一个物种的存亡，而环境因子的变化会直接影响到动植物的发展变化。荒漠生态环境十分恶劣，其生态系统也极度脆弱，一旦破坏，极难恢复。阿盟是全球同一生物气候带——荒漠高原带上生物多样性物种稀有性最具特色且有较高代表性和典型性的区域，天然乔灌木林资源构成了该盟独特而极其重要的“荒漠绿色生命线”，植物种质资源具有科学意义，也有开发价值。

阿盟地广人稀，且分布不均。这一特点，决定了该盟生态环境开发潜力巨大。但是，因为劳动力资源不足，生态环境建设应以保护为主，治理和保护并重。飞播、封育是本地区生态环境建设的主要措施。把握其特殊性，发挥其特色。顺应自然、顺应时代，以人民的根本利益和长远利益着眼，保护好赖以生存的整个生态环境系统，并以此转变经济发展方式，孕育生态产业，就能提高在生态背景下统筹一、二、三产业，统筹经济与社会，兼顾当前与长远利益，促进全盟经济社会发展的可持续性。

2000年，华北地区包括京津曾连续遭受到8次特大沙尘暴袭击，“额济纳旗”这个名字一度成了沙尘暴的代名词。当年12月，中央电视台《新闻调查》栏目播出专题片《沙起额济纳》，在社会上引起了广泛关注。

一次次沙尘暴把阿拉善推向了新闻的焦点。针对生态环境日益恶化的状况，盟委、盟行署提出了以“适度收缩，相对集中”为核心的“转移发展战略”，并进一步确立“保护就是最大的建设”、“人退带动沙退”的思路，把生态建设摆在了突出的位置，相继启动了天然林保护工程，退耕还林工程，“三北”防护林和野生动植物及自然保护区建设“四大工程”，同时还实施了国家级公益林补偿基金，防沙治沙示范区建设，林业有害生物防治，森林防火，国有林场站基础设施建设等，生态保护建设取得了令人瞩目的成就。

“十二五”以来，阿盟森林资源总面积达到3096.5万亩，比“十一五”末增加1057万亩；森林覆盖率达到7.65%，增长2.61%；活力木总蓄积量达到595万立方米，增加2.92%。森林面积、资源总量实现双增长。全盟完成林业生产任务438.65万亩，其中人工造林177.45万亩，飞播造林145.7万亩，封沙育林 115.5 万亩，完成义务植树 475 万株。与“十一五”相比，生态建设任务量增长 233%，投资增长 332%，各项工作指标再创新高。国家级飞播林补偿面积达到 2289 万亩，较“十一五”增加 317 万亩。通过整村推进，公益林区禁牧，加强管护管理等措施，区域内 9700 万亩林草植被得到休养生息、更新复壮，扩大了保护范围。

如今俯瞰乌兰布和沙漠西缘，可以明显地看到一条长 110 公里、宽 3 ～ 5 公里的巨大绿带。这是阿拉善林业的骄傲，更是阿拉善的生态保护屏障。这个大型防风固沙锁边带，就像是一道绿色长城，有效阻挡了沙漠的前移，形成了“绿带锁黄龙”的壮丽景观。

防沙治沙工作是一项复杂的系统工程，控制风沙害的发生与发展，特别是减弱沙尘暴的风险水平，最根本措施就是提高沙尘源地区的植被覆盖度。在长期与风沙抗争拼搏中，阿盟摸索出了“以灌为主，灌、乔、草相结合；以封为主，封、飞、造相结合”、“保护就是最大的建设”等科学治沙路子，逐步形成了围栏封育、飞播造林、人工造林“三位一体”的防沙治沙保护生态屏障的建设格局，特别是在腾格里沙漠东南缘、乌兰布和沙漠西南缘，连续 32 年实施了飞播造林，覆盖度在 30% 以上的保存面积达到了 300 万亩以上，形成了长 350 公里、宽 3 ～ 10 公理的锁沙治沙防护带，有效阻止了腾格里沙漠和乌兰布和沙漠的前移。这一成果也打破了降水 200 毫米以下地区不能飞播的国际论断。飞播区内植被覆盖度已由过去的 0.5% ～ 5%，提高到 12.8% ～ 50.4%。据悉，“十二五”期间阿盟共完成生态建设面积 320.65 万亩，其中人工造林 118.95 万亩，飞播造林 116 万亩，封山育林 85.7 万亩。

阿盟现有天然草原 2.74 亿亩，占全盟土地总面积的 67.8%，主要为荒漠和草原化荒漠植被，草原生态退化沙化局面严重。2002—2010 年，全盟组织实施了退牧还草一期工程，主要对草场恶化的地区实行禁牧、休牧、划区轮牧和补播。同时，通过棚圈、青贮窖、储草棚、饲草料基地等畜牧业基础设施建设转变草原畜牧业生产方式。为巩固成果，从 2011 年开始，全盟继续实施了第二期工程，通过每年实施 400 万亩左右建设任务，力争使长期严重受损的生态环境得以改善。

为再现农牧区草场植被碧草青青的景色，全盟还逐步建立完善了草原生态保护与奖励机制，在生态环境恶劣、草场严重退化、不宜放牧的草原划定区域，竖立标识牌或建立管护站，实行禁牧封育。据悉，2011—2015年，全盟积极争取到每年25593.49万亩的草原补助奖励实施面积，同时争取到牧民生产资料综合补贴户数1.95万户和年度牧草良种补贴建设任务，保障了全盟2万余户6万余农牧民为维护草原生态安全而牺牲的利益。

巴彦木仁苏木农牧民利用沙漠地带热量丰富、日照强、土壤和气候非常适宜葡萄种植的优势，在黄河边上种植了葡萄。种植园既有鲜食葡萄又有酿酒葡萄，在配套项目上建设大型养殖基地，使得沙漠种植、养殖、葡萄加工、牛羊肉冷冻加工等形成良性循环体系，达到沙漠综合治理的目的。同时，还建设了2万亩梭梭防护林，以葡萄种植带动生态治理，利用黄河湿地景观和葡萄园景观开发生态旅游业。当地人民的这一举措不仅有效地缓解了乌兰布和沙漠流沙急速进入黄河，同时也带动了当地的经济发展，缓和了当地生态环境与经济发展的矛盾。

浩瀚无垠的大沙漠蕴藏着丰富的宝藏，肉苁蓉、锁阳、沙葱这些依沙而生的纯天然的野生植物，在勇于探索创新的阿拉善人的“驯化”下，已经成功进行人工嫁接和种植，并经过深加工成为药用保健和食用的佳品，成为“沙漠三宝”。

“十二五”期间，阿盟立足资源优势，重点鼓励农牧民开展特色沙生中药材种植，推动产业发展。目前，梭梭基地种植规模达到235万亩，接种肉苁蓉46万亩；白刺产业基地围封复壮120万亩，接种锁阳15万亩。并成功申报获得“中国肉苁蓉之乡”的称号。阿盟积极探索发展文冠果、沙地葡萄、黑果枸杞、红枣产业，完成沙地葡萄2万亩、红枣5000亩、艾冠果1000亩、黑果枸杞6000亩的种植，为发展沙草产业、提高区域农牧民收入奠定基础。治沙又致富，沙产业染绿了农牧民心中的希望。如今，阿拉善人已探索出一条治沙与致富双赢的路子，沙产业开发在阿拉善方兴未艾。

“环境是生产力，生态是竞争力”，“发展经济是成绩，保护环境是政绩”。

正是基于对生态保护的深刻理解和认识，“十二五”期间，阿盟始终坚持保护环境与促进发展相协调，污染减排与调整结构相促进，环境治理与优惠民生相结合，不断加大污染防治、生态环境保护与建设、核与辐射安全监管等工作力度，全盟环境质量得到明显改善，环境保护工作取得了长足进步。特别是自2015年以来，全盟环保系统认真贯彻自治区和盟委、盟行署决策部署，认真落实“科学发展隐患排查化解年”工作要求，立足服务科学发展和改善民生，全力推进减排治污等重点工作，强化环境执法监管，全力解决环境隐患和突出问题，环境保护工作扎实推进。

“十二五”期间，全盟已关停水泥企业7户，淘汰落后产能142万吨；关停钢铁企业6户，淘汰落后产能19.1万吨；关停焦炭企业3户，淘汰落后产能70万吨：铁合金企业5户，淘汰落后产能4.3万；关停造纸企业2户，淘汰落后产能2万吨；炼铁企业1户，淘汰落后产能30万吨。巴彦浩特现已建成三个环境空气自动监测站，并于2015年1月1日起正式向国家、自治区实时传输数据。机动车排气检测在线监控中心于2013年底建成，并通过自治区环保厅验收后正式运行，可及时为公众提供车辆尾气情况和超标处罚信息的查询、尾气定期检测信息。完成6个城镇集中式饮用水水源地、12个乡镇集中式饮用水水源地和2个嘎查村饮用水水源地保护区的划定工作。6个城镇集中式饮用水水源完成了网围栏、标识牌等保护措施建设。截至2015年10月底，环境空气质量有效监测天数311天，优良天数达到255天。

多年来，在大规模的生态建设过程中，阿盟林业人积累了丰富的实践经验，总结摸索出一条适合阿拉善特点和实际的林业治沙、生态建设路子，全盟科技工作者和广大群众在科技创新方面取得了一些突破性进展，科技工作者坚持边研究、边推广、边生产，实现科研与生产的紧密结合，取得多项以实用技术为主、针对性强、易于操作的科研成果。这些科研成果，解决了生态环境保护建设方面的许多重大技术问题，在生产实践中推广应用并取得了良好的效益，对恢复生态环境起到重要的科技支撑作用。

但是，新形势下受自然条件制约，生态建设成本高，投资标准低；营林管

护资金缺乏，成果巩固难度大；林牧用地矛盾突出，禁牧工作压力大；林业产业缺乏资金扶持，投入少、规模小、发展慢、效率低；管护面积大，护林防火基础设施建设滞后，保护管理力量薄弱等难题，还是阿拉善盟生态建设过程中亟待解决的难题。

绿色是永续发展的必要条件和人民对美好生活追求的重要体现，阿盟将深入落实自治区“8337”发展思路，按照盟委、盟行署总要求，坚持以改善生态、改善民生为总任务，以生态文明建设为总目标，深入实施以生态建设为主的林业发展战略，以“锁边护城”，护林防火、林沙产业基地、重点区域绿化为抓手，着力建设生态林业、民生林业、生态体系，依法治林、科技兴林，努力建设美丽阿拉善，为构筑北方重要生态屏障，保护生态安全，实现美丽与发展双赢做出新的贡献。

第十一章

黄河与沙漠的文明对决

从高空鸟瞰内蒙古西部，你会惊奇地发现，黄河与乌兰布和沙漠像一对夫妻紧紧地搂抱在一起，那姿势像拧着的麻花，如果不看颜色，你很难分清谁上谁下，谁左谁右。

黄河流经阿拉善左旗东北部，即遇到了寸草不生的乌兰布和大沙漠，向北至磴口县二十里柳子，即巴彦高勒镇沙拉毛道嘎查，大约100公里的距离内，有的地段明沙毫不客气地伸向黄河，逼迫黄河形成大小十几道湾子。黄河忽而向东，忽而向北，忽而向东北，终于在进入河套流域时与乌兰布和沙漠松手，向东流去。

1958年，在修建包兰铁路时，本可以顺河西直通兰州，只因为黄河与乌兰布和沙漠纠缠不清，撕扯不开，故在此建设了三盛公黄河大铁桥以躲避沙漠，包兰铁路过河南行100公里，在乌海市乌达二过黄河，才折往兰州。

2016年早春的冰封季节，我踏上阔别了40多年的第二故乡的那段18公里长的黄河防洪大堤，心潮澎湃。

小车由著名的三盛公黄河枢纽工程桥头向西驶入黄河大坝，南行2.8公里即是包兰铁路线上的双向的黄河大铁桥。紧贴桥的南端，我下了车，在乌沈干渠与沈家河的进水闸下驻足远眺，只见两条大干渠，一条流入乌兰布和沙漠腹地，一条穿越磴口县城，浇灌磴口县东部农区和杭锦后旗西南部农区。

小车别了沈乌干渠进水闸的零公里处，沿黄河大坝向南驶来。我此行的目的是观察黄河防洪大堤内的防护林和河滩地。

小车在柏油路上缓缓而行。

大坝内侧与外侧，近景与远景，一个个既熟悉又陌生的场景将我带回 20 世纪 60 年代。那时，从零公里到 8 公里，是我生活过的磴口县粮台公社南粮台生产大队 5 个生产小队的地域范围，当然也包括黄河大坝内侧的河滩地。

清晰地记得，1964 年 7 月，黄河发洪水，河水猛涨，全公社乃至驻巴彦高勒的盟、县机关干部们，昼夜加筑防洪大坝。那年，年仅 12 岁的我，也随社员们上了大堤。成千上万人在大堤外侧的盐碱地里挖土背土。水涨堤高，堤高水涨。汹涌的洪水拍击着防洪大堤，随时都有冲毁堤坝的可能，最危险的地段伸手即可触摸黄河，河水溅湿人的裤管。大堤上人嘶马叫，穿梭往来。大堤外侧的村子里，一切活物都自动撤离家园，向西攀上最高的沙漠顶子上，以防黄河突然决口。

两天后，洪水撤退，护岸的柳树林子渐渐露出了树梢和树干。

运行了仅 3 年多的三盛公黄河枢纽工程经受住了严峻的考验。黄河大铁桥安然无恙。那一次洪水，据说是十年不遇的。

8 年后，1972 年 7 月，刚刚割罢小麦的流火季节，我在黄河河滩地里经历了又一次防洪战斗。那年，我刚中学毕业回乡务农。我队在防洪堤内的护岸林东侧有几百亩河滩地，时年全部种植了扁豆。7 月的汛期来了，河水一天天升高，队里所有的男劳力全部上了河滩地，与黄河恶战——加高水坝阻挡河水淹没庄稼。水坝加到一人高时，忽然决堤。瞬间，河水淹没了庄稼，向护岸林子扑去！

我们坐在黄河大坝上，无言相对。老队长眼中滚动着泪花说：“完了，完蛋了！今年吃甚呀？”

1972 年，城乡居民皆以玉米面、甘薯为主食。黄河淹没了我们赖以生存的计划外的“黑地”，其后果意味着啥，大家心知肚明。

小车继续逆黄河前行。

黄河大坝8公里处，是巴彦淖尔市境内的第一条由黄河上切口的分干渠——三盛公渠。它是旧中国三盛公天主教堂组织信徒们将黄河的天然壕沟劈宽取直而成的。100多年来，它流淌着“走西口”的“雁行人”的辛酸血泪，它年复一年倾诉着河套人坚韧不拔的“总干精神”。

“忆往昔峥嵘岁月稠。恰同学少年，风华正茂。”三盛公渠留给我的记忆是幸福、艰辛、难忘和不舍的。在这条分干渠里，儿时的我摸鱼、玩水、撵兔子、割羊草。

三盛公渠长不过10公里，仅浇灌磴口县巴镇旧地村和南粮台村10个村民小组的3000多亩耕地。

可是，你别小看了三盛公渠，是它活生生地“拆散”了黄河与乌兰布和沙漠。从空中鸟瞰，就像大躺的人儿，仰八叉，一条腿是沙漠，向西北蜿蜒而去，直抵阴山脚下；一条腿是黄河，从此没了乌兰布和沙漠欺压，改向东流，在巴彦淖尔市境内340公里长的距离内，居然没有一个弯子，更远流至托克托县河道成“一”字形走向奔流而去。河床在黄河三盛公枢纽以下由半公里渐渐扩大至3公里以上，水流缓慢，夹心滩很多，河道分支，水涨时各支流连成一片汪洋，难辨主航道。而且河道不稳定，常向两岸摆动，淹没农田和房屋。

就是这条三盛公渠，迫使黄河主流与支流换位，才形成了今天的后套流域，才有了狭义的“河套”，才有了“黄河百害，唯富一套”之说。

小车别了8公里处的三盛公渠进水闸，黄河大坝变成了西南走向。我原打算去看看刘拐沙头，看看阿拉善左旗的傅家湾子，看看那里的沙漠究竟还有多高。车行至18公里处，又一座高大的建筑物横在路上。向导——沙拉毛道嘎查刘书记介绍说：“这是泄洪闸。”

啊，泄洪闸！泄洪闸？

但见，闸长100米，宽约9米，油路沿闸上通往刘拐沙头。闸下有挖掘机在掏挖河槽，我一下子兴奋起来。在黄河上开大口子，谈何容易？果然，在闸桥头一侧，矗立着一块大石头，镌刻着八行大字，上写着“批准单位：中华人民共和国国务院”，落款是“水利部黄河水利委员会立”。

在闸桥的上端，立有一块金属牌匾，上写“黄河乌兰布和沙漠分洪区项目管理责任状”。在闸西，路北侧又有一块金属牌，牌上赫然书定“国家湿地”四个大字！

这个项目实施于2010年。

项目新建引渠6.2公里，新建围堤27.7公里，面积220平方公里，设计分洪流量273立方米/秒，库容1.17亿立方米，总投资1.22亿元。从2011年春季开河分洪以来，该项目区已形成水面数万亩。磴口县及时把分洪区转变成旅游景区，将分洪区正式命名为奈伦湖。

奈伦湖景区由北京太阳石油化工有限公司开发建设，重点进行了土地整理、景区绿化、基础设施及配套设备建设等工作。景区内已栽植竹柳、抗虫杨及育苗7000多亩，种植高产高蛋白的灌木饲料桑850万株，高产油料作物油莎豆2400亩，试种了第三代水果之王黑莓12万株，高产牧草中华茅500亩，文冠果600亩；购置指针式喷灌圈2台，各类农机具60台，打井85眼，架设高压线路20公里，修公路80公里；建成了年产5万亩滴灌管材设备厂，公司大部分种植作物都配套安装了节水滴灌设备和喷灌设备。景区连续两年投放鲤鱼、鲫鱼等鱼苗近2000万尾，投放大银鱼受精卵8000万粒。景区现已购置豪华游艇1艘、巡逻艇1艘，下一步将陆续完善景区基础设施和游娱设施，使景区逐步具备旅游接待条件。

奈伦湖东岸是一条护岸的柏油马路。南、北、西三面，湖面结冰，起伏不平，一眼望不到边。我已无心观景。我在追思往昔，50多年前侯仁之等4人在乌兰布和沙漠里考古“考”出的黄河3次改道，是不是有一条也从这里开的头而直下阴山？

五千年的中华文明由黄河孕育而成，源远流长的河套文化由黄河孕育而成。黄河上游有宁夏灌区，下游有内蒙古后套灌区，农业水利兴于秦汉，历代连绵，未尝中断。但记述文献对上两处描述多寡不一，宁夏较多，后套涉及很少。自西汉置郡县、兴水利以来，如北魏政权初建，即屯田五原至固阳塞外，修建水利；又有沃野，铜口之引黄灌溉，以至北边六镇，都开有水田。唐代丰州之咸应、永清、

陵阳各渠都载于正史。下至宋明亦应有水利，而记载缺略。清代早期农业未大发展，至嘉庆、道光以后，农业才逐渐恢复，民间开凿引黄八大干渠以至十大干渠，历民国至今水利益多害少，可以说是后套水利之复兴。

一、自然概况

河套灌区，即后套灌区，是我国著名的古老灌区，也是当今我国最大的灌区之一。河套灌区地处祖国北部边疆，位于黄河上游末端，北与阴山山脉的狼山、乌拉山为界，西与乌兰布和大沙漠相接，东与包头市郊为邻，南为黄河自西而东所穿过。全灌区东西长约300公里，南北宽约60公里，总面积近1.5万平方公里。区内干旱少雨，年降雨量在200毫米左右，但蒸发量很大，达2300毫米左右；年平均气温6～8℃，无霜期150天左右，由于上述自然气候因素的影响，这里从来就是无灌溉便无农业。灌区为黄河冲积平原，地势平坦，土质肥沃，引用黄河水方便，是一优越的灌溉农业区，故素有“黄河百害，唯富一套”之称。

河套灌区历史悠久，早在公元前2世纪汉武帝时就进行了大规模的开发，中经北魏和隋唐，相继有续，但几经兴衰，遗迹难稽。河套水利全面连续开发，乃是近代的事，前后经历170多年，始成灌区。按照地貌特征及历史习惯，河套灌区现由西部的乌兰布和灌域、中部的后套灌域和东部乌拉山南麓的三湖河灌域三部分组成，其中，后套部分是主要的，决定着灌区的全局。乌兰布和灌域是20世纪60年代作为水利治沙而开发出来的。

今日河套灌区，在行政区划上绝大部分属于内蒙古自治区西部的巴彦淖尔市，包括磴口县、杭锦后旗，临河区、五原县、乌拉特前旗、乌拉特中旗、乌拉特后旗的山前农业区，另外还有包头市郊区的部分土地，现有灌溉面积1000万亩，农业总人口不到100万，农村人均灌溉面积10亩出头，这在黄河流域是绝无仅有的。黄河在内蒙古河套境内流经段落长340公里，年过境总水量达300多亿立方米，水源有保证，可提供本区灌溉面积之用水。灌区盛产小麦、玉米、向日葵等作物，是我国重要的粮、油生产基地之一。特产丰富，其中恒丰面粉、“鸡鹿塞”牌面粉、河套蜜瓜、大白菜和枸杞等驰名全国。

后套是广义河套的一部分，河套灌区是后套灌区的今称。为说明后套和河套灌区的由来，有必要把广义河套称谓的演变过程简要介绍一下。

根据文献资料和一般习惯说法，广义河套的范围，以今天的行政区划来说，当包括内蒙古自治区鄂尔多斯市的全境，巴彦淖尔市的后套一带和陕北及宁夏的北部地区。清代，因蒙古族鄂尔多斯部驻牧在此而被称作鄂尔多斯或鄂尔多斯高原，也大体指这一地区。

《辞海》中“河套”词条，释为：“指内蒙古自治区和宁夏回族自治区境内贺兰山以东，狼山和大青山以南，黄河沿岸地区。因黄河由此流成一个大弯曲，故名，以乌拉山为界，东为前套，西为后套。又旧以黄河以南、长城以北的地区称前套，和黄河北岸的后套相对称。”

以上关于广义河套的称谓范围和前后套的划分，本书前面已经说得很清楚，不再赘述。

河套之名，在历史上本无定称。在春秋战国时期，由于有北方少数民族楼烦、林胡、匈奴等在这一带活动，所以被称为“胡地”。秦统一全国后，把匈奴向北逐出这一地区，并设置郡县，这里曾称为“河南地”，即泛指黄河（北河）以南的土地。

“河套”的称谓，实际是从明代开始的，《明史》中的有关篇章便曾多次出现。黄河干流，自宁夏青铜峡以下经内蒙古自治区，至陕西河曲附近折而南流，绕成一个形同牛轭的大弯曲，全长 1200 公里，围成套状。明代，为防御北方蒙古游牧民族的扰掠，于宪宗成化九年（1473 年）始建，历经 4 位皇帝，费时 60 年，修起一条东起清水营（今陕西府谷县境），西抵花马池（今宁夏盐池县境），延袤 1700 多里的长城（当地人叫边墙），弃长城以北和黄河以南的土地于不顾，即所谓“弃套”，从此对这片土地便以“河套”名之。《明史》记载：“大河三面环之，所谓河套也。”清人何丙勋在《河套图考序》中开头就解释：“河以套名，主形胜也。”很显然，河套之名是来自一种直观而形象的称谓。

谭其骧教授对古时广义河套的范围说“明世所谓河套，亦应包括今前后套，与秦汉时代所谓河南地等同”，也就是说，与这段弯曲的黄河和长城一线所包围的地区相当。

在河套最北部的顶端有一小块扇形地方，是由黄河在这里又绕成一个小弯曲而形成的。在古代，黄河主流走北河，南河是支流，清朝道光以后，黄河主流和支流互换了位置，到后来北河上部又逐渐淤断，而成为乌加河，南河就正式转变为黄河了。从此由黄河与乌加河所包围的这块扇形地方就叫“后套”。也就是说，因黄河变迁，从河套中分出一个后套来。前面所提到的所谓前套、后套的称谓都是相对而言的。以后套为中心，时人也有把其西部的银川一带叫西套，把其东部的土默川一带叫东套，如以耕地面积的大小、土壤肥沃程度以及引黄条件之方便来说，后套这块地方要冠之于广义河套的其他地方。

在清代，随着农垦事业的发展，后套因地势平坦，土质肥沃，遂被称为后套平原，后套平原的开发，与对水土资源的开发利用是同步进行的，大规模地开发是在道光以后，但直到光绪末年，水利开发才初具规模，形成八大干渠，成为著名的后套灌区。到 1954 年 6 月，绥远省建制撤销，并入内蒙古自治区，原绥远省陕坝专员公署改为一级政权，称作“河套行政区”，辖五原县、临河县、安北县、狼山县、达拉特后旗、杭锦后旗和陕坝镇，从此后套灌区遂改称河套灌区。

1958 年 7 月，河套行政区与巴彦淖尔盟合并，建立新巴彦淖尔盟，盟府设于磴口县三盛公镇。而河套灌区之名却一直沿袭下来。故今日河套灌区实指狭义河套，有别于历史上的广义河套。

本书在后面所介绍的河套水利开发史，除专门指明者外，一般均指狭义河套而言。

二、地质地貌特征

河套平原地质构造系一断陷盆地，大体形成于侏罗纪晚期，距今约1.35亿年。

据内蒙古地质队钻探，在构造形态上是北深南浅、西深东浅的不对称的箕状向斜。据物探资料表明，基底埋深由东南向西北逐渐增大，基底断陷深度和构造形状受近东西向和北东以及北西向三组断裂的控制，形成两个隆起带和四个凹陷带。自东向西可划分为：三湖河槽谷浅凹陷带，西山嘴潜伏乌拉山隆起带，乌梁素海凹陷带，陕坝深凹陷带，乌兰布和基底斜坡凹陷带和磴口断块起带等6个四级构造单元，并以断裂为控制边界。

这样，由于河套盆地封闭的构造条件和长期的下沉，成为广阔的内陆湖，开始了以湖相为主的沉积史，并积存了深厚的第四纪沉积物。所以，后套平原是在内陆湖盆地基础上发育起来的，当然它又是在地堑的基础上发育起来的。黄河形成较晚，最早形成于更新世晚期，在这里原为内陆河，以河套盆地为归宿，以后与南部连通，湖水外泄，后来，后套地堑持续而不均匀下陷，以及老磴口往北一带的相对隆起，加速了黄河自西向东的迁移，导致后套平原向东收缩，退出乌兰布和。

以三盛公、头道桥为三角洲顶端的后套冲积平原，主要是由黄河南支泛滥而形成的，因而决定了大地形的倾斜方向是由西南向东北展开，黄河冲积厚度约为60 ~ 200米不等，乌拉特前旗一带最薄处在20米内。据地质学家推断，河套冲积平原形成的晚期是近三四千年的事。由于新旧河道支流在平原上不断交替发生。形成现今套内残留湖泡、牛轭湖和以古河道为轴线的岗、平、洼地断续相接的地貌景观。

在河套平原漫长的地质时期内，由于古气候和古地理环境的影响，以在湖相为主的深厚的沉积层中，盐分积累量较高，形成广泛的咸水。至全新世以来，由于黄河的迂回改道，在湖积层上覆盖了黄河冲积层，潜水含水层咸水之上覆盖了淡水层，特别由于几组潜伏隆起和断陷带的存在，造成河套平原多变而复杂的咸淡水层。灌区群众打饮水井时，曾有“墙内井淡，墙外井咸”的实例。

现有资料表明，河套灌区以潜水为主，地势低洼，黏质土覆盖层厚度大的地区有半承压潜水存在。灌溉水是潜水的主要来源，其次是降水。潜水基本上无水平排泄出路，主要依靠蒸发，故属灌溉、降水入渗——蒸发型。潜水埋藏深度随季节而变。灌溉期埋深平均 1 ~ 1.5 米，土壤封冻期埋深 2 ~ 2.5 米，10—11 月的秋浇期，埋深在 0 ~ 5 米上下，70% 以上灌区浅层水地区，因灌溉水的补给，矿化度较低，一般为 1 ~ 2 克每升，具有井灌井排的条件。

据内蒙古水利设计院土壤调查和河套灌区《八三规划》（《1983 年规划》）介绍，灌区北部边缘地带为山前冲积，洪积土，多为淡栗钙土、栗钙土及灰棕荒漠土，灌区腹地系黄河冲积母质组成之浅色草甸土及盐渍土和盐土。由于河套平原系黄河冲积而成，灌区土壤平面分布具有“远澄红泥近澄沙”的带状特征。靠黄河及古河道地带以沙土及沙性土为主，远离黄河及古河道地带，以黏土、轻沙壤土为主。例如后套灌域，黏土多分布在总排干沟两侧及灌域下游，沙土主要分布在总干渠沿线及灌区上游一带。灌区土壤剖面质地排列以黏、沙互层居多，剖面深 1 ~ 2 米处广泛分布粉细沙夹层。

按照《河套平原自然条件及其改造》一书中的划分法，狭义河套平原自西到东可划分为乌兰布和灌域、后套灌域及三湖河灌域 3 个地貌区。

乌兰布和灌域：本区系乌兰布和沙漠的北部，东南至黄河西岸，北至狼山山麓，西南至阿拉善左旗界，东北至太阳庙、召庙、四坝、补隆淖一线，大致以杨家河、乌拉河干渠与后套灌域相接，面积约 2500 平方公里，自东南向西北逐渐降低，海拔一般在 1036 ~ 1048 米之间。在第四纪黄河冲积相和冲积、洪积相之上覆盖着近代风成沙丘。其分布情况，西南部多为流动沙丘，向东北以半固定、固定沙丘及平坦沙地渐多，其方向为东北西南向流动沙丘，一般高 10 ~ 20 米，半固定沙丘一般高 1 ~ 4 米，固定沙丘较低，在 0.5 ~ 4 米之间。沙丘间广泛分布着风蚀洼地，这是表土被剥蚀，覆沙被风吹走后的风蚀坑，其面积约占沙漠面积的 25%，呈现着荒漠景观。

乌兰布和灌区原为古黄河冲积平原，平原上第四纪松散沉积物一般由两层物质构成。下层是河湖相中细沙组成的积沙层，上层是河流冲积的黏土层。当黏土层一旦被强烈的风蚀剥开之后，下层沙层便随风吹扬，很快就被搬运到地表上来，“就地起沙”，形成沙丘。区内的风沙，也是后套灌域流沙的主要来源。这种地貌状况，说明了进行水利治沙的极端重要性。

后套灌域：西与乌兰布和灌域相连，东至乌梁素海东的苏吉沙漠，北至狼山，南至黄河，呈扇形面积，约 1.1 万平方公里，地面高程为 1050 ~ 1019 米，地面坡降东西 1/5000 ~ 1/8000，南北 1/4000 ~ 1/8000。区内沙丘海子零星分布，水海子以乌梁素海最大，水域面积约 40 万亩左右。在沿狼山南麓洪积平原和南高北低的冲积平原之间形成一条凹陷地带，就是今天总排干（乌加河）沟所流经的地带。从黄河岸边至狼山南麓，可分为河漫滩、黄河冲积平原、山前洪积冲积土洪积平原、山麓洪积平原四带。各带均有不同的地貌景观和生态环境，至今地面上遗留古河道多处，其中黄河冲积平原，地势平坦，土质肥沃，最适宜农作。

在长期开发水利进行农业灌溉的情况下，区内渠道纵横交织，使原来地貌大为改观。

三湖河灌域：位于乌拉山与黄河之间，西起西山嘴的乌梁素海的大退水壕，东至包头的昆都仑河，为一狭长地带，面积约 1300 平方公里，地势由西北向东南倾斜，海拔高度为 1018 ~ 1010 米，地面坡降 1/7000 左右，地貌分带性明显，从黄河至乌拉山可分为河漫滩、黄河冲积平原、山前洪积冲积与洪积平原、山麓洪积平原四带，区内沙丘、海子很少，大部分土地都可以利用。

三、自然灾害

19 世纪以前，河套地区因没有行政建制，自然灾害情况基本没有记载，清光绪二十九年（1903 年）设立五原厅后，在官方文献中才开始见到一些自然灾害资料，但极为零散。

由于河套平原的自然条件决定了没有灌溉便没有农业，灌溉又有黄河水源可资保证，因此旱灾并不是主要的。主要的自然灾害是沙、洪、碱：沙，就是风沙所带来的沙化威胁；洪，就是黄河洪水和山洪泛滥所造成的损失；碱，就是因用水不当引起的土壤盐碱化。

以下对于沙害和洪灾重点进行叙述。

风沙为害河套平原，在历史上很早就发生了。本书第三章述及，今天的乌兰布和灌域，原系西汉时期一个富庶的农垦区。到了公元 140 年，匈奴南侵，东汉王朝被迫放弃垦区内迁，从此田野荒芜，地表风蚀，遂成流沙，如以孤立于地面的汉墓做标尺，黄河冲积平原的原始地面已被剥蚀 1 米高左右。所以这里的全部沙漠化是在近两千年中形成的。而且沙漠化的发展有越到后来越加强的趋势。例如 1697 年春，清康熙帝西征噶尔丹，自今宁夏沿黄河西岸北行直抵今磴口以北，3 万兵马所过，畅行无阻。就是晚至 1926 年，冯玉祥“五原誓师”时，还曾沿西岸修筑公路，汽车畅通。但至 1949 年前，从磴口二十里柳子以南的黄河西岸明沙已多处涌入黄河，南北交通已完全断绝，新中国建立后修建包兰铁路时不得不绕道黄河东岸。

总之，乌兰布和沙漠，自东汉以来，已吞掉三座县城，毁掉几十万亩良田，新中国建立前 40 年，仅磴口县就有二十里柳子、金沙庙、南粮台等 14 个村庄被黄沙埋没，400 户人家流落他乡，县境内的沈家河干渠也曾因风沙改道 7 次，县城以东的杨家河、乌拉河部分段落也多次被风沙所填埋。这样的沙漠化发展趋势，若不是有河套灌区形成的巨大绿洲为屏障，则全地区的沙漠化可能已经发生。

当然，河套平原内部也有些小片沙漠，据 20 世纪 50 年代统计，约有 423 万亩，加上套区的西面和南面均为沙漠所包围，常年风向又多以西风和西北风为主，境内外的风沙为害都比较严重，据观测，二三级风即可起沙，沙和风是分不开的，据多年统计，以五六级风所形成的年风沙天数为 47 ~ 105 天，其中八级以上的大风沙天数一般为 10 ~ 30 天，最多时达 52 天。风沙大时黄沙蔽天，天昏地暗，称之为沙暴，这种灾害性天气，埋房压地，毁坏庄稼，屡见不鲜。所以靠近沙漠边缘的群众过去流传说：“无风满地沙，有风埋人家，只见春天籽下种，不见秋天收庄稼。”

新中国建立后，风沙为害的情况仍时有发生。风沙为害最大的地方主要是靠近沙漠边缘和山口子附近，因夏季午后空气对流旺盛，容易引起龙卷风。如 1966 年春天，一场大风把杭锦后旗新红大队的 500 亩麦苗全部摧毁。又如 1971

年春天，内蒙古生产建设兵团在这个地区开垦时接连5场八级大风，使四团2.3万亩庄稼被吹毁或沙压盖。

新中国成立后，广大群众连续开展了治水治沙运动，人进沙退，风沙的为害程度已大大减轻，从20世纪50年代中期开始，即沿沙漠边缘进一步开发水利，营造了从二十里柳子至沙海乡177公里长、平均300米宽的大型防沙基干林带，并在侧背建起一道10公里宽的封沙、育林、育草区，这条林带与灌区内相继绿化的数千公里排灌渠道、营造的60多万亩护田林形成网相结合，使河套平原风沙日数减少20%，300万亩农田得到直接保护，灌区内的小片沙漠面积也大多得到改造利用。

历史的经验值得注意。防治风沙是个长期任务，一不小心就会沙迫人退，重新引起沙漠化。

黄河洪灾包括黄河洪水溢岸、山洪泛滥和凌汛决口。

据史料记载1931—1945年的黄河洪水灾情如下：

1931年8月，五原泄雨不止，河水暴涨，于乌兰脑包，乌北侧水出峡南，河渠决口，屋崩禾没，四面汪洋，伤人甚多。

1933年入夏，阴雨连绵，达40余日，黄河泛滥，山洪暴发，情势危急，已达极点，加以陇宁两省雨水尤大，汇流而东，遂致绥西悉成泽国，所有绥远省临河、五原、东胜、萨拉齐、托克托沿河各县，一片汪洋，田舍淹没，我民离析。

1934年8月，黄河水大，磴口水文站实测最大流量2500立方米每秒，北岸黄河泛滥，沿河十多道渠道均被淹没，房倒屋毁，交通断绝。五原由丰济渠口起至沙河渠口止，30多里黄河北岸漫溢串决。包头黄河漫溢淹没10多万亩，19个乡，300余村均泡水中，居民哭号之声，惨不忍闻。

1943年7月12日，石嘴山黄河洪峰流量4800立方米每秒，西起石咀山，东到米仓县的协成渠，淹没土地5000平方公里，其中耕地

300 万亩，倒塌房屋 2400 间，死伤 700 多人。

1945 年 7 月 29 日，黄河水大，临河县城被淹，河套五原、临河一带，因河水猛涨，永济、丰济、长济三大干渠告决，附近田禾全被淹没，人畜死伤甚惨。

以上是在旧社会黄河没有堤防的情况下，对洪水灾害的片断记载。新中国成立后，沿河修了防洪堤，基本防止了黄河洪水决溢的发生。例如 1964、1967、1981 年黄河发生 3 次大洪水，洪峰流量为 5710 ~ 5540 立方米 / 秒，比 1943 年黄河洪峰流量要大 910 ~ 740 立方米 / 秒，但均安全度汛，没有决溢发生。更重要的是，黄河上游修建了龙羊峡、刘家峡等大水库，黄河流量得到控制和调节，从根本上防止了洪灾发生。

黄河凌汛灾情。因气温关系，河套段黄河每年 12 月中旬要封冻，第二年 3 月中旬自上而下消融解冻，开河流凌，形成凌汛灾情。凌汛期间，河中窄湾处最易扎结冰坝，壅高水位，溢岸串决，发生水灾。据当地水文部门统计，整个河段每年扎结冰坝 20 多处，最多时为 40 多处，大小凌块排山倒海般堆积在一起，能抬高水位最高达 6 米多。过去每年 3 月份常因凌汛决口闹水灾，损失严重。现举例如下：

1910 年，解冻开河，扎结冰坝，洪水漫溢，大量牲畜被淹死。

1926 年 3 月，黄河解冻开河，三盛公一带河水涨高及墙顶，大片土地房屋被淹。

1927 年，临河附近黄河凌汛溢岸，水位暴涨决堤，直冲县城。

1933 年，解冻开河，磴口黄河决口，淹没土地 150 多公里。

1945 年开河时，临河塔儿湾扎结冰坝，县城被淹。

1950 年 3 月 18 日开河，磴口县渡口堂处扎结冰坝，米仓县被淹 20 公里，沿河一带被淹 45 公里。

1951 年，三盛公开河时，渡口堂一带扎结冰坝，黄杨闸工程被水包围，附近 1 万多亩土地被淹，倒塌房屋 567 间。

黄河防凌，如同黄河防洪一样，也因新中国成立后沿河修堤而得到加强。自 1951 年起，防凌时常使用现代化技术手段，即每年防凌使用飞机大炮炸开冰坝，消除壅高水位现象。

黄河洪灾还有一种情况便是山洪灾情。

根据河套灌区山洪规划资料，灌区北部狼山和乌拉山从西到东长 500 公里，有大小山洪沟 176 条，其中发生洪水迳流的有 100 多条，洪灾频繁发生。不过过去很少记载，只记载过两次，一次在 1929 年，“立秋后，大雨 5 日夜，山洪暴发……归绥、托克托、萨拉齐、包头、五原、临河……十县悉成泽国，庄禾被淹，田庐冲毁无算”；另一次是在 1931 年，说狼山“山洪暴发，乌兰脑包至山麓水深七八尺，月余水势不减，秋禾尽淹”。从中可看出，那时山洪灾情严重。

新中国成立后，人民政府对防御山洪十分重视，在沿山一带修建了狼山、韩五拉、红格尔、白石头、德令山等 10 多座中小型水库及众多的拦洪灌溉工程，大大减轻了山洪灾情。但限于国家财力，山洪泛滥的情况尚未全部得到根治，特大山洪仍有发生，灾情也较大。如 1958 年，狼山一次山洪淹没良田 6.46 万亩。1971 年 7 月底 8 月初，狼山东段暴发山洪，致使德令山和苏独仑两公社遭到毁灭性冲毁，致 1.2 万人受灾，淹没农田 7 万多亩，毁房 1700 多间，冲毁机电井 900 眼，两座水库和三座塘坝也受到严重破坏。又如 1975 年 8 月 5 日，突降罕见的暴雨，引起狼山 60 多条山沟山洪同时暴发，其中乌兰补隆沟洪峰流量达 4000 立方米 / 秒，历时 22 小时，山洪不但淹没了总排干以北地区，也溢过总排干沟以南，汇成一片汪洋。据不完全统计，受灾人数达 7 万多，淹没农田达 19 万多亩，损失粮食近 2000 万斤及牲畜 9000 多头，倒塌房屋 7 万余间，还破坏了很多水利工程。再如 1981 年，乌拉山发生的一次山洪，使铁路以南、三湖河干沟以北的地区，东西长近 50 公里成为一片汪洋，秋田大部被淹，6.3 万亩全无收成，毁房 200 余间，损失牲畜近千头，冲毁机电井和人畜饮水井 96 眼，破坏桥涵水利工程 78 处。

四、黄河在河套平原的历史变迁

一些史地书籍除肯定历史上黄河除下游广大冲积平原上有过幅度较大的变迁外，在中游的汾渭平原和上游的河套平原也有过变迁。有的书说："内蒙古河套平原，黄河变迁更大，巴彦高勒镇以下至今仍有废河道多条，自乌加河口至西山嘴一带，由于黄河南北摆动，原有的一些湖泊已经淤废，不复存在。"不过黄河上游这一带的变迁，和下游比较起来有一些不同的特点：第一，变迁的速度是以河道的缓慢移动而实现的，它不是以突发性的决溢改道而发生的，当然也不会带来重大灾害性的后果；第二，变迁的结果为河套水利开发提供了有利的自然地理条件。假如河套平原仍是南北河之间经常发生泛滥的河滩地，或者乌加河仍是黄河主流，那么近代的水利开发就不可能了，即便有可能也是另外一种局面了。因此，深入了解一下黄河变迁的过程，对于研究河套水利开发的历史是有必要的。

了解黄河变迁的过程，势必也要同时了解乌加河的变迁。

首先来了解一下黄河河道变迁情况。

黄河在河套平原西部的变迁在《中国自然地理·历史自然地理》一书中这样说："处于荒漠草原地带的乌兰布和沙漠北部原是黄河的冲积平原，现在黄河位于其东南，古黄河从现在的乌海市附近三道坎流出山峡，向北直趋阴山脚下，自晚更新世以下，这段河道北段渐向东移动，旧河道至今有遗迹可见的仍有三条。"就是说这段河道大体以南北方向由西向东缓慢移动。三条旧河道遗迹中最西面的一条，当是今磴口县西南二十里柳子以上傅家湾子的古河道遗迹，即本章开篇说到的泄洪区引水段。对这段古河道遗迹，清末"贻谷派人测量乌加河图"中的说明文字写道："由傅家湾子至康四店一带，西循沙山，似是河堤被沙侵压，势如土崖断续 30 余里，疑是旧大河口，然无东岸。据人云，系多年所冲，像黄河东迁留此堤。"1963 年，侯仁之教授带领考古工作组对乌兰布和沙漠北部进行了历史地理考察，确认了这一带的位置以黄河的段落来说，就是傅家湾子以下至乌拉河口的一段。发现现在自补隆淖迤西到陶升井之间，也至少有三道古代河床遗迹。第一道在补隆淖以西约 5 公里处，又 15 公里为第二道，再西 20 公里为第三道，这第三道恰巧和傅家湾子的古河道遗迹南北相对正，这应当是古河道的上下两段了。这条古河道距补隆淖尔附近的黄河故道相距 70 多公里，经历了多长变迁时间难以推断，不过距今已是 2000 多年是肯定的事情了。

两千多年前的西汉时期，据《中国历史地图集》所标绘的河套平原上的黄河，从今补隆淖的西北处分为南北两支，南支是支流，水不大，没有名字，北支是主流，叫河水，就是当时的黄河。关于“河水”从今磴口以西折而北流的一段路线，郦道元的《水经注》一书中做了明确记载：“河水又北迳临戎县故城西，河水又北，屈而为南河出焉。河水又北迤西，溢于窳浑县故城东。……其水积而为屠申泽，泽东西 120 里……河水又屈而东流，为北河，东迳高阙塞南……”

现在如把北河以南或者自屠申泽以南至磴口之间的一段黄河叫入套的口部，那么在两千年后又是怎样变迁呢？第一，两千多年前由西到东最后改道的一条黄河古道在磴口县城北出补隆淖以西，也就是《水经注》指出的在临戎以西，至清末时已流经其东南，改道至乌拉河，在临戎处东西距离约 5 公里。第二，黄河入套口部“北迤西溢”而形成的屠申泽，与黄河相沟通，由黄河供给水源，成为黄河入套口的一个调节大水库。但在北魏以后，由于黄河河道不断东移，使屠申泽逐渐远离水源，加之乌兰布和沙漠不断东侵，最后导致与黄河完全隔绝而干涸。

在清乾隆《内府舆图》河套南图幅上，约当屠申泽故址处尚绘有一个称为“腾格里鄂博”的小湖。直到 20 世纪 50 年代初还保留一个小水海子，叫太阳庙海子，当时测得湖水面积十二三平方公里，呈碟形，平均水深 2 米，这是因为 1949 年前后，乌拉河下游的灌溉余水通过大成仁、李直、大碱湖、西大坑和土城等小水海子大量往太阳庙海子退泄，为其提供了供水水源。但到 1952 年以后，因修成黄杨闸，乌拉河进水得到了控制，退水减少，到 1961 年 6 月调查时，太阳庙海子面积已减少到不足 2 平方公里，加之水浅，海水浓缩，鱼类大量死亡，再到后来已基本干涸了。现在那里辟为太阳庙农场。

屠申泽为西汉时代农垦区提供灌溉水源的一个大湖，其面积约为 700 多平方公里，若此，是略大于两千年后的乌梁素海的最大面积。一个在西，是旧黄河的进水口，一个在东，是旧乌加河的出水口，此生彼消，二者有无相关关系似乎还可以探索。

以上所说黄河入套口部以下分的南北二支，也就是南河与北河。两千年来更有明显的变化，但大变化是在近300年以内发生的。谭其骧在《产河》一文中对此有专门论述，他指出，自《水经注》后，传世历代图籍鲜有详载河套黄河河道具体方位的，唯北河为主流，南河为支流，此一基本形势不变，至明代后期犹有明证，以后变化在清代。他说：

> 清初河势始变，见于康熙实测《皇舆全图》者，已不复为南北二河，而系初分东西二派，继而分南北中三派。此外，北派又有若干岔流。唯各派宽狭略相等，不辨孰经孰支。三派以何者为正，是其时北河已渐湮塞，而南河尚未发展为经流也。至乾隆《内府舆图》，河形亦旧，独将南支加粗，盖至是而主流南趋之势，始成定局。据此，则南北河支经位置之倒置，殆始于顺、康而成于雍、乾之际，自后遂以新河称向之南河，旧河称向之北河，旧河日就涸废。同治、道光以来，即不多以黄河目之，改称乌加河，而新河独擅黄河之名，至新旧两河之间，自经蒙旗放垦，灌溉大兴，旧日支津岔流，不久悉为人工渠道所代。

以上引文，对南北河的变易已说得很清楚。这里要指出的是南北河的变迁与河套平原水利开发的关系，因为河套地形是西高东低，南高北低，唯有北河湮灭，改流南河，才有可能利用自然地形以西南—东北向大规模地开渠引水灌溉，否则不可能。另外，北河断流后，这一段天然河道尚保留着较深的河槽，为未来的河套灌区提供了一个优良的总退水通道，没有这一条河槽，河套灌区的全面开发也将不可能。

其次来了解一下乌加河的变迁。

乌加河的起源，是在北河断流后改称的。对北河断流的时间目前有两种说法，一说是在同治、光绪年间，一说是在道光三十年（1850 年）。后者称断流是在上游被泥沙和风沙淤断 30 里，从而使黄河完全南迁，北河合流到南河，此说要比前者早二三十年。何者为正？可以继续考证。而乌加河成为河套平原上一段最完整的故河道遗迹却是显然的。

在清朝，乌加河一带原系鄂尔多斯部达拉特旗的放牧地，当地民众就给乌加河起了个蒙古名字为“乌兰加令”，后转称为“乌加河”，意即“红色的老黄河”，或“河的一端”，或“尖河”。由于乌加河上游失去水源，自光绪年间至民国十七年的 50 年间，因天旱还曾干涸过几次。能给乌加河补水的，一是黄河上的天然岔流汛期溢泄的洪水，二是狼山各山沟暴发的洪水，这样补水的结果反而加速了乌加河的淤积过程，加之上游受到乌兰布和沙漠东侵的掩埋，使乌加河河槽越来越浅，排水能力也随之减弱。

晚清大臣贻谷于光绪三十一年（1905 年），出于垦务的需要，为弄清乌加河的情况，特饬令西盟垦务总局会办元凯大人绕河西行，入阿拉善境，寻乌加河古道，由西而东调查乌加河是否可以利用，并且令元凯“溯源寻流，熟查调度，绘图详覆”。当然这次调查属于踏勘性质，并没有用科学仪器测量，所绘原图也多属于地貌的概括描述。同年 12 月 17 日，西盟垦务总局总办姚学镜专门禀报贻谷关于乌加河的详细情况：“绵亘七百余里，河身宽二百余丈至二三十丈不等，形如弓背者为黄河故道。卑职循河故迹，东由王柳子毫至红门兔，长约百里，地极洼下，众流所聚，俗名曰乌梁素海，淤平不辨河身者约十七八里，而河势宽泛，漫无际涯，由红门兔至梅令庙西坝，长一百九十余里，岸宇整齐，河道疏通，稍加修复便即可使用。又梅令庙迤西至义泰魁长约二百四十余里，或沙山积压，横亘河中，或土垄淤塞，深谷为陵。而河岸节节为山水冲刷，缺残断续，应须一律培堤，而浅者深之，塞者通之，计大工十四段，统计约有三十余里。又至义泰魁西行数里，河身分为两道，一循北山根至可可淖，沙山横压，渺无踪迹；一由西南入于杭锦之西巴嘎，土人呼为罔罔午作河，蒙古人呼为老不更河筒（老不更者，译言旧大河也），迄西则呼为沙沟堰，长约一百二十余里，沙山横亘，势若长峰，宽长不等，高下悬殊，其中河身间断，有之不能通畅，挑浚移沙，

疏导维艰。再由纳只亥至大河口，七十余里地均平坦不辨河身，寻源溯流，平沙无垠，仅有准格尔教堂所挖之渠，宽仅三丈余，无复当年河道影响。……访诸士人及年老蒙古人，咸言多年淤塞，故口无存。”

元凯经过几个月的勘察而绘制的《贻谷将军派员测量乌加河图》，为我们保留了一份珍贵的乌加河河道变迁资料。该图与文字说明，也是对当时乌加河河道变迁的详细记载。从中可以看出，在几十年中，乌加河的淤积情况是极为严重的，利用乌加河作为灌区各干渠退水之尾闾，基本上是在1928年以后，在此之前随着水利的开发，原先挖成的八大干渠是于光绪十二年（1886年）后相继与乌加河和乌梁素海接通，但都是基于灌溉的需要而开挖浇地的小渠道，而且时断时续，并不是作为固定的退水渠使用的，所以那时渠道往乌加河的退水量是比较小的，大量的多余退水就近退入沙海子和荒地，人们还没认识到灌区需要一个总退水出路；另一方面，当时乌加河北岸的农民还不时引用乌加河的水浇地。自1928年后情况变了，各干渠经过一番整修，进水多了，加之黄河水大，寻找退水出路的迫切性日益显露出来。这样，义和渠于1929年首先开挖了退水渠，正式通梢入乌加河，提供了退水渠道。接着从1931年后，其他各干渠相继开挖专用退水渠往乌加河排水，于是，乌加河就自然形成各干渠退水之总汇了。应当说，退水是乌加河的基本功能所在。

至1934年，绥远省建设厅为了更好地发挥乌加河的退水作用，乃派以冯鹤鸣为队长的测量队，对乌加河进行了第一次科学测量。测量由5月20日开始至10月21日完成。测量结果汇编成《绥远河套十大干渠暨乌加河图表计划书》。其中关于乌加河的基本情况是：长215公里，高差11.864米，坡度1/18149。据以做出保证退水畅流的工程计划是：上游清淤60公里，土方720万立方米；培修堤防，土方742万立方米；乌梁素海培堤，土方112万立方米；劈宽王六壕子退水，土方54万立方米。但是，之后因经费难于解决，土方工程大多没做，而乌加河的淤积仍在日积月累。有人计算，乌加河每年淤积的土方量，包括渠道退水淤积、山沟洪水淤积和风沙淤积，共约120万立方米还多。自从乌加河纳诸渠退水之后，由于两岸的灌户开始就近引用乌加河的水发展灌溉，使乌加河又逐渐具有灌溉渠道的作用。此后，对局部段落开始进行改建，乌加河利用的规模日益扩大。随之，灌排矛盾产生，用水纠纷迭起。1928 年，有关当局不得不开会议定，将乌加河前后河各分八坝分水浇地。不过当时筑土坝尚系临时性质，水大扒开泄水，水小坐坝分水，此后几年就形成后河纳蓄杨家河、黄济渠的退水，并为同义隆大坝所阻，循乌拉壕东流浇地。永济、丰济、义和诸渠水则入前河，用以灌溉。在乌加河河道中终于建成 4 个控制性的固定草闸坝，并各形成一个小平原水库，用于蓄水，其中上游陈广汗大坝系地主陈广汗于 1931 年所建，库容 750 万立方米。同义隆大坝由西公旗于 1936 年修建，库容为 1000 万立方米。六分子桥草闸坝，系乌加河管理局于 1956 年在原土坝处修建，集神肯巴尔洞海子、刘铁海子等五六个海子形成牧羊公司海子，库容为 1500 万立方米。王羊河头大坝由乌加河管理局于 1954 年修建，目的在于截用前河的水浇灌其北面的高地。这样，历经 40 年之久，形成了一个狼山以南和乌加河以北的 30 万亩面积的乌北灌区。

这种就势利用乌加河的情况是自发的，带有很大的盲目性，其结果，不可避免地导致了问题发生。一是打断了各干渠的退水总出路，下游处处被淹；二是加速了乌加河的淤积过程，总退水出路的作用逐渐削弱；三是乌加河两岸地下水位升高，土壤盐碱化恶性发展。实践告诉人们，乌加河必须打通。由于这个问题已关系到河套灌区的全局，所以通过灌区全面规划，随着灌区的改建，上述各闸坝先后于 20 世纪 60 年代中期全部废除，乌北灌区的灌溉问题采用各干渠架渡槽过乌北供水的办法解决。同时开挖总排干，废除乌加河，至此，乌加河作为灌区总退水的作用为人工开挖的总排干沟所取代。

可以这么说：没有乌兰布和沙漠，就没有今日之河套。试想，如果沙漠不在清道光年间填埋了乌拉河那段古黄河，如果黄河至今仍然奔腾于阴山脚下，今日的河套大地，因为南高北低，浇不上黄河水，也将永远是鄂尔多斯台地的组成部分，或许，库布齐沙漠由南、乌兰布和沙漠自西，滚滚而来，八百里河套就不是“黄河百害，唯富一套”了。

是乌兰布和沙漠成就了河套灌区。

是黄河孕育了河套，涵养了河套。

啊，河套平原，“走西口”走到头的好地方；农耕文化与游牧文化融合生成的好地方！

诗曰：

乌兰布和红公牛，千年沙漠兀奇高。
人迹罕至少植被，不尽滚滚沙尘暴。
沙进人退叹无奈，黄河沙压几改道。
改朝换代杨力生，锁边林带红旗飘。
十年躬身插杨柳，万众一心逞英豪。
沙漠深处见绿洲，沙漠东缘长城牢。
但使祖国春常在，不叫黄河随风飘。
巨人挥手我前进，黄沙声声吹军号。
屯垦戍边七载兮，毁林种粮不着调。
两万战士脱蓑衣，沙尘不再静悄悄。
功亏一篑从头来，生态治沙立新标。
三北防护国家林，六期投资绿廊笑。
西部开发林草兴，还林还草补钞票。
天然林带重保护，官办民助绿色好。
忽闻一夜凌风吹，千军万马削沙包。
沙漠是金转观念，沙漠刨开点金钞。
梭梭根部接苁蓉，沙包推平种葡萄。
花棒柠条油沙蒿，紫花苜蓿中草药。
央企国企驻荒漠，光伏产业领风骚。
遍地英雄踏沙浪，沙浪不再疯叫嚣。
国泰民安奔小康，天下黄河富一套。
喜看沙海绿一色，万民称庆展眉梢。

后　记

《穿越乌兰布和》终于可以付梓出版了，这要感谢远方出版社的大力支持与通力协作。

2015年秋末冬初，我将《穿越乌兰布和》创作选题与内蒙古出版集团远方出版社苏那嘎社长进行了电话沟通，不料竟一拍即合。苏社长责成我速报写作大纲。电子稿发出几天后，我接到了远方出版社综合编辑部胡丽娟主任的电话通知："本书已被列入出版社2016年重点选题规划，请速动笔！"欣喜之余，我像被人追赶的野兔子，在乌兰布和沙漠里狂奔起来！

我自幼生长在乌兰布和沙漠，20岁从军，24岁从政，32岁上大学，36岁下海经商，50岁反聘为新华社、经济日报社记者。

2001年夏天，我在采访上市公司宁夏美利纸业时，来到江泽民总书记曾视察过的中卫市腾格里沙漠东缘50万亩速生丰产纸浆林之地，登上观景亭台极目远眺，但见东面是碧波荡漾的林带绿色长城，西面是红尘滚滚的乌兰布和大沙漠——人与大自然的不和谐竟如此分明。那时，中央就有"不叫沙漠变绿不罢休"的豪情壮志。也正是那一年，我开始创作以乌兰布和沙漠为背景的长篇纪实小说《河套沧桑》，小说最后一段就是借这个场景封笔："梁坳上是三间房大的平台，极目西眺，晚霞映红了西沙窝，沙粒在落日的余晖中闪耀着红色的光芒；收回眼底，一道绿色长城阻挡着绵延不绝的乌兰布和沙漠……”

时隔十多年，当我兔子般地再度驰骋于乌兰布和沙漠进行采访时，沙漠的巨变令我大吃一惊！我恍惚觉得，乌兰布和沙漠已远非我初见时的模样，她含蓄羞涩了许多，而且揭开她的神秘面纱也并非什么难事。作为一个在沙漠边长大的老作家，我有责任、有义务告诉世人：这是怎样一个真实的变迁的乌兰布和沙漠！如今的乌兰布和沙漠并非荒漠，更不觉荒凉，这里是一处未开垦的新型处女地，这里孕育着生机与希望，这里即将成为人与自然和谐共存的伊甸园，这里将呈现出一个别样的繁华世界……

长篇报告文学《穿越乌兰布和》是以纪实的、历史的笔触进行谋篇，是对乌兰布和沙漠变迁的历史回顾，也是对人与自然和谐共存这一永恒话题的深入思考。自认为，本书是一部经得起推敲，具有丰富的历史内涵，且具有大量防沙治沙实践经验的纪实性作品，它是经得起历史考验的！

初稿成型后，我即向乌兰布和沙漠所涉地域范围内的阿拉善盟、巴彦淖尔市，尤其是磴口县的相关官方和当事人进行采访，并广泛征求意见。

阿拉善盟盟委副书记杜隽世对本书第十章“阿拉善人的黄河之恋”的内容表示赞许，认为所言不虚，实事求是。随后，阿盟盟委副秘书长张瑞青与我通话半小时，就具体内容及细节进行了详细润色修改。

“元宵节”那天，巴彦淖尔市乌兰布和防沙治沙局局长闫军专门为我召开了 9 人参加的审稿会议。会议期间，治沙科科长张斌、综合科科长杜凤梅、产业科副科长焦慧亮等人，就书稿内容提出了十分中肯的修改意见。特别要感谢的是闫军局长，在我受命创作《穿越乌兰布和》之初，他即同我长谈 3 个多小时，就本书的创作方向、篇章构架、主要内容、谋篇侧重以及材料遴选、上下连贯等涉及的方方面面的问题，帮我理出一个清晰的脉络。在此次审稿会议上，他同样提出了许多宝贵意见。闫军局长的鼎力支持，实令人感动。

在书稿的创作过程中，还有许多“幕后英雄”给予我帮助和支持。从未谋面的巴彦淖尔市林业局局长刘志勇、总工程师崔振荣等就是很好的例子，他们均打电话就书稿中的问题和我进行反复商榷。崔总工程师还责成防沙造林科的相关人员对我写了一半的书稿进行审改、补充，以臻完美。期间，就书稿的创作修改，我和林业局防沙造林科副科长陈星明、巴彦淖尔市乌兰布和防沙治沙局产业科副科长焦慧亮等人发电子邮件往复多次，直至稿件“含金量”越来越足，我的内心也越来越踏实。还要感谢磴口县的两位常委，一位是在采访环节主动为我联系民营企业家的县委常委、县委办公室主任李山，一位是在审稿阶段给予我有力支持的县委常委、宣传部长、副县长温志红，他们的辛苦付出和全力支持，为本书的顺利出版做出了贡献。

这里要特别提到的是，在本书第九章“特别报道”一节中为读者呈现的几位颇有创业精神的企业家。正是由于他们干事业“闯劲”十足，做事情一丝不苟，为人诚信而豁达，做生意精明却不失远见，才有了他们在沙漠上的“非凡创新”与“空前业绩”，才有了今天乌兰布和沙漠的真正意义上的“改天换地”。在书稿的不断修改中，便可看出他们认真而慎重的做事态度。由此也可看出，他们的成功是有原因的。他们的行事风格与处事方法，令人赞佩。

全书成稿后，沙生植物专家陈安平还提出了中肯的修改意见，牛青云对书稿进行了逐字逐句修改。

书稿交付远方出版社后，本书责任编辑胡丽娟老师与我进行了多次沟通，打电话，发短信、微信、电子邮件等，对内容进行了严格把关，对书稿进行了反复校改，字斟句酌，审校增删，从文字修改到装帧设计，从封面大样到印制要求，反复征求我的意见，力争将本书做成精品。那种出版人的敬业精神，很令人感动。

在此，一并表示真诚的谢意！

本书内容涵盖甚广，涉及政治、经济、历史、地理、人文等各个方面，以及沙漠、林业等专业知识，多学科融合，多内容交叉，错误与遗漏之处在所难免，恳请读者不吝赐教。

作　者

2016 年 7 月于临河